연
암
소
설
을
 독
하
다

간호윤 簡鎬允, Kan, Ho-Yun

현 인하대학교 초빙교수, 고전독작가(古典讀作家) 간호윤은 1961년 경기 화성, 물이 많아 이름한 '홍천(興泉)'생으로, 순천향대학교(국어국문학과), 한국외국어대학교 교육대학원(국어교육학과)을 거쳐 인하대학교 대학원(국어국문학과)에서 문학박사학위를 받았다. 두메산골 예닐곱 때 명심보감을 끼고 논둑을 걸어 큰할아버지께 한문을 배웠다. 12살에 서울로 올라왔을 때 꿈은 국어선생이었다. 대학을 졸업하고 고등학교 국어선생을 거쳐 지금은 대학 강단에서 고전을 가르치고 배우며 현대와 고전을 아우르는 글쓰기를 평생 갈 길로 삼는다.

저서들은 특히 고전의 현대화에 잇대고 있다. 『한국 고소설비평 연구』(2002문화관광부 우수학술도서) 이후, 『기인기사』(2008), 『아름다운 우리 고소설』(2010), 『다산처럼 읽고 연암처럼 써라』(2012문화관광부 우수교양도서), 『그림과 소설이 만났을 때』(2014세종학술도서), 『연암 박지원 소설집』(2016), 그리고 『아! 나는 조선인이다 – 18세기 실학자들의 삶과 사상』(2017), 『욕망의 발견』(2018), 『연암 평전』(2019), 『아! 조선을 독(讀)하다 – 19세기 실학자들의 삶과 사상』(2020)에서 『조선 읍호가 연구』(2021), 『별난 사람 별난 이야기』(2022), 『조선소설 탐색, 금단을 향한 매혹의 질주』(2022), 『기인기사록』(상)(2023), 『코끼리 코를 찾아서』(2023) 등 50여 권과 이 책까지 모두 직간접으로 고전을 이용하여 현대 글쓰기와 합주를 꾀한 글들이다.

'연구실이나 논문집에만 갇혀 있는 고전(古典)은 고리삭은 고전(苦典)일 뿐이다. 연구실에 박제된 고전문학은 마땅히 소통의 장으로 나와 현대 독자들과 마주해야 한다'는 생각으로 글을 쓴다. 연암 선생이 그렇게 싫어한 사이비 향원(鄕愿)은 아니 되겠다는 게 소망이다.

연암소설을 독讀하다

초판인쇄 2024년 4월 5일 **초판발행** 2024년 4월 20일

지은이 간호윤

펴낸이 박성모 **펴낸곳** 소명출판 **출판등록** 제1998-000017호

주소 서울시 서초구 사임당로14길 15 서광빌딩 2층

전화 02-585-7840 **팩스** 02-585-7848

전자우편 somyungbooks@daum.net **홈페이지** www.somyong.co.kr

값 34,000원 ⓒ 간호윤, 2024

ISBN 979-11-5905-863-9 03810

연암소설을 독하다

간호윤 지음

머리말

　글쓰기를 업으로 삼고 유학에 붙은 저승꽃을 하나씩 떼어낸 연암의 삶, 그리고 12편의 소설을 발맘발맘 붙좇았다. 조선 최고 문장가 중 한 자리는 연암의 것이다. 그러나 나는 이 사내의 전략적인 글쓰기와 재주도 좋지만 한계성을 지닌 유자儒者로서 제 스스로 몸을 낮출 줄 아는 인간이기에 더욱 좋다. 억지밖에 없는 세상에 칼 같은 비유를 든 뼈진 말도 좋지만 스스로 삶 법을 빠듯하게 꾸리는 정갈한 삶의 긴장이 더 좋다. 연암 붓끝에 완전한 사람이 없는燕巖筆下無完人 직필直筆도 좋지만 남루한 삶까지 원융무애圓融無礙, 원만하여 막힘이 없음하려는 순수가 좋고 조국 조선을 사랑한 것이 좋고 그의 삶과 작품이 각 따로가 아니라는 점이 더 좋고 소설을 몸으로 삼아 갈피갈피 낮은 백성들의 삶을 그려낸 것이 더더욱 좋다.

　'연암소설을 독讀함'이란, 연암소설을 읽되 내 전공인 고소설 비평어를 넣어 말 그대로 '시론적試論的'으로 살폈다는 뜻이다. 따라서 고소설 비평에 대한 인식이 없기에 군데군데 용어에 대한 설명을 놓았다. 자득지학自得之學까지는 모르지만, 결례가 아니라면 이방의 외피外皮만을 추수追隨하는 의양지학依樣之學은 아니 되고 싶은 게 솔직한 심정이다. 또 말결에 듬성듬성 내가 공부하며 느낀 신변잡사를 취언醉言처럼 곁들였음도 밝혀둔다.

2024년 3월
휴휴헌에서 간호윤

차례

제1부

박종채의 기록인 『과정록』을 중심으로
연암의 삶에 초점을 맞춘 글들이다.

1. 개를 기르지 마라

위대한 개들의 이야기는 즐비하다. 개에 대한 속담도 여간 많지 않다. 심심파적으로 세어보니 한글학회 지음, 『우리말큰사전』에는 어림잡아 52개나 된다. 대부분 상대의 허물을 꾸짖는 비유로 등장하지만, 그것은 그만큼 우리와 삶을 같이하는 동물이라는 반증이다. 그중 "개 같은 놈"이니, "개만도 못한 놈"이라는 욕이 있다. 앞 것은 그래도 괜찮은 데, 뒷 욕을 듣는다면 정말 삶을 다시 한번 생각해보아야 한다. 그런데 사실하는 말이지만, 후자 쪽의 욕을 잡수실 분이 꽤 된다. 사람 사는 세상 그야말로 "개가 웃을 일이다".

개 이야기는 잠시 뒤에 다시 하고 연암의 초상을 살피는 것으로부터 말문을 연다. 연암의 둘째 아들 박종채朴宗采[1]가 지은 『과정록過庭錄』[2]에 의거하여 살펴 본 연암의 생김은 이러하다.

> 아버지 얼굴빛은 아주 불그레하며 활기가 도셨고 눈자위는 쌍꺼풀이 지셨으며
> 귀는 크고 희셨다. 광대뼈는 귀밑까지 이어졌고 기름한 얼굴에 수염이 듬성듬성

1　연암의 둘째 아들로 자는 사행(士行), 호는 혜전(蕙田), 아명은 종간(宗侃). 경산현령을 지냈으며, 전주 이씨(全州李氏, 1780~1834) 사이에서 규수(珪壽), 주수(珠壽), 선수(瑄壽)를 두었다.

2　'과정'이란, 『논어(論語)』「계씨(季氏)」편에 나오는 말이다. 공자의 아들 백어伯魚가 뜰을 지날 때 공자가 불러 '시(詩)'와 '예(禮)'를 배우라고 깨우쳐 준 데서 유래한다. 여기서는 박종채가 아버지의 언행과 가르침을 기록한 글이라는 뜻이다.
　　『과정록』은 연암 사후 17년 후인 1822년 봄부터 시작하여 1826년에 탈고하였다. 『과정록』은 1974년 김영호 교수의 '연암의 내면적 초상'이란 해제와 송욱의 '나의 아버지 박연암'이란 제목으로 번역되어 『문학사상』 6월호에 상, 7월호에 하로 나뉘어 분재되어 처음 학계에 소개되었다. 이후 1982년과 1983년 『한국한문학연구』 6집(서울대본 1, 2권)과 7집(연암의 후손 소장본)에 『과정록』 원전이 영인되어 실렸으며, 또 한 편의 필사본이 1995년 『열상고전연구』 제8집에 김영 교수 해제로 영인되어 수록되었다.
　　번역본으로는 김윤조 역주, 『역주 과정록』, 태학사, 1997과 박희병 역, 『역주 과정록』, 돌베개, 1998이 있다.

하셨다. 이마 위 주름은 마치 달을 치어다 볼 때 그러한 것 같았다. 키가 커 훤칠하셨으며 어깨와 등은 곧추 섰고 정신과 풍채는 활달하셨다.

先君顔色深紅活澤 眼眶重圍 耳大而白 權骨挿鬢 長面踈髥 額上有紋 若仰月然 身長而碩 肩背竦直 神彩朗然.[3]

아들이 쓴 것이기는 하지만, 연암의 인물됨이 여간 아니었던 듯하다. 그러나 연암의 바깥모습이니 이것만으로 연암을 판단해서는 안 된다. 연암은 매우 여린 심성과 강인함을 동시에 지녔기에 불의를 보면 몸을 파르르 떠는 의협인義俠人이자 경골한硬骨漢이었다.

박지원(朴趾源) 초상

박지원의 손자인 박주수(朴珠壽)의 그림. 어글어글한 눈, 눈초리가 올라간 것하며 오뚝한 콧날과 턱수염이 매서운 인상을 준다. 그러나 넉넉한 풍채에서 풍기는 기운은 대인처럼 우람하다. 『과정록』에 보이는 아들 종채의 기록과는 얼굴 모양이 사뭇 다르다.

그의 성격에 관한 글을 찾아보면 연암은 상대에 따라 극단으로 다른 모습을 보인다. 위선자들에게는 서슬 퍼런 칼날을 들이대는 단연斷然함을 보이다가도 가난하고 억눌린 자, 심지어는 미물에게까지 목숨 붙이면 모두에게 정을 담뿍 담아 대하였다. 모나지 않은 사람이 어디 있겠느냐만 그 낙차가 여간 아니란 점에서 연암의 심성이 보인다.

다시 개 이야기로 돌아간다. '개를 키우지 마라'는 연암의 성정性情을 단적

3   박종채, 「과정록」, 『한국한문학연구』 제7집, 1984(영인), 37쪽.

으로 드러내는 결절結節이다.

연암은 "개를 기르지 마라不許畜狗" 하였다. 그 이유는 이러하다.

개는 주인을 따르는 동물이다. 또 개를 기른다면 죽이지 않을 수 없고 죽인
다는 것은 차마 할 수 없는 일이니 처음부터 기르지 않는 것만 못하다.

狗能戀主 且畜之 不得無殺 殺之不忍 不如初不畜也.[4]

말눈치로 보아 '정情을 떼기 어려우니 아예 기르지 마라'는 소리이다. 어전
語典에 '애완견'이라는 명사가 오르지 않을 때다. 계층이 지배하는 조선 후기,
양반이 아니면 '사람'이기조차 죄스럽던 때였다. 누가 저 견공犬公들에게 곁
을 주었겠는가.

언젠가부터 내 관심의 그물을 묵직하니 잡고 있는 연암의 메타포이다. 연
암 삶 자체가 문학사요, 사상사가 된 지금, 뜬금없는 소리인지 모르나 나는
이것이 그의 삶의 동선動線이라고 생각한다. 억압과 모순의 시대에 학문이
라는 허울에 기식寄食한 수많은 지식상知識商 중, 정녕 몇 사람이 저 개와 정을
농弄하였는가? 나는 연암을 켜켜이 재어놓은 언어들 중, 이 말을 연암 속살
로 어림잡고 그의 소설을 따라가 보고자 한다.

한번은 이러한 일도 있었다. 아래 글은 「수소완정하야방우기酬素玩亭夏夜訪友
記, 소완정의 '여름밤 친구를 찾아서'에 답하는 기문」의 일부이다. 위에서 말한 '개를 키우지
마라'는 말이 결코 말선심이 아님을 알 수 있다.

까치 새끼 한 마리가 다리 부러져서 비틀거리는 모습이 우스웠다. 밥 알갱이

---

4   박종채, 위의 글, 74쪽.

를 던져주니, 길이 들어 날마다 와서 서로 친하여졌다. 마침내 까치와 희롱하니 "맹상군孟嘗君[5]은 전연 없고 다만 평원객平原客[6]만 있구나" 하고 말하였다.

有雛鵲折一脚 蹣跚可笑 投飯粒益馴 日來相親 遂與之戱 曰全無孟嘗君 獨有平原客.[7]

굶주린 선비 연암과 다리 부러진 까치 새끼—, 까치에게 밥알을 주며 수작을 붙이고 앉아 있는 연암의 모습이 보이듯 그려져 있다. 이 글을 쓸 때 연암은 사흘 굶을 정도로 극도의 가난 속에 있었다. 아닌 말로 책력冊曆 보아가며 밥 먹던 시절이었다. 그것은 적절한 결핍에 욕심 없이 머무르는 '안빈낙도安貧樂道'라는 상투적 수식어와 차원이 다르다. 하루하루 끼니 때우기조차 힘든 철골徹骨의 가난, 그리고 다리 부러진 까치 새끼 한 마리, 절대적 빈곤 가를 서성이는 겸노상전兼奴上典, 종이 할 일까지 하는 몹시 가난한 양반이면서도 연암은 미물에게조차 애정을 거두지 않는다.

"맹상군은 전연 없고 다만 평원객만 있구나" 하는 말은 '돈은 한 푼도 없는데 손님만 있구나'라는 말이다. 가난에 대한 자조自嘲로 언뜻 들리지만, 그보다는 다리 부러진 까치를 손님으로 맞아 밥알을 건네주는 정겨운 연암의 모습이 더욱 다가온다. 이러한 다심多心한 성격의 연암이기에 그의 소설 속에는 각다분한 삶을 사는 상사람들이 점경點景으로 남은 것이다.

천품이 이러한 연암이었다. 따지자면 연암은 세상에 대해 야멸차게 독을 품고 대들었으니 재물이 따를 리 없다. 연암에게 재물은 '빙탄불상용氷炭不相

---

5   돈. 맹상군은 전국시대의 귀족으로 성은 전(田), 이름은 문(文)이었다. 우리말로 돈을 전문(錢文)이라 해서 음의 유사를 들어 비유하였다.

6   손님. 평원군은 조나라 사람으로 손님을 아주 좋아하였기에 비유하였다.

7   박지원, 『연암집』 권2, 「수소완정하야방우기」, 경인문화사, 1982, 61쪽(이하 『연암집』은 모두 같은 책이다).

氷炭'8쯤으로 설명하는 것이 더욱 이해를 돕는다.

또 한번은 타던 말이 죽자 하인들에게 묻어 주게 하였으나, 그들이 말을 잡아먹어 버린 일이 있었다. 이 사실을 안 연암은 말뼈를 잘 수습하고는 하인들 볼기를 쳐 몇 달을 내쫓았다.

그때 연암은 다음과 같이 혼쭐을 냈다.

> 사람과 짐승은 비록 차이가 있지만 너와 함께 애쓴 짐승이거늘 어찌 이와 같이 잔인한 게냐?
>
> 人与獸 雖有間 是共汝勞苦者 豈忍如是.[9]

한 자 한 자를 짚어 가며 읽을 필요도 없이 미물에게조차 따뜻한 마음결로 다가가는 연암의 모습이다.

종채의 기록을 살피면 연암은 아버지가 위독하자 "곧 칼끝으로 왼손 가운뎃손가락을 베어 핏방울을 약에 떨어뜨려 섞어 드리니 잠시 뒤에 소생하셨다乃以刀尖劃裂左手中指 滴血和藥以進之 俄頃面甦"[10]는 기록도 보인다. 연암의 반포反哺[11]가 어떠했는지는 이러한 행적으로 보암보암 미루어 짐작된다.

가끔씩 연암을 '이단적' 혹은 '괴팍' 등의 치우친 성향의 어휘로 평가하는 글을 보는데 연암의 본 마음밭은 저렇게 순후하였다. 연암의 강골한 삶이나 원융무애는 저 순후함과 나란한 선비의식을 본밑으로 한다. 그의 너무 빈틈이나 너그러운 맛이 없는 바자위진 글 또한 저러한 이유로 접해야 한다.

---

8 얼음과 숯의 성질이 정반대이어서 서로 용납하지 못한다는 뜻으로, 사물이 서로 화합하기 어려움을 이르는 말.

9 박종채, 「과정록」, 『열상고전연구』 제8집, 1995(영인), 465쪽.

10 박종채, 「과정록」, 『한국한문학연구』 제6집, 1982(영인), 13쪽.

11 안갚음, 어버이의 은혜에 대한 자식의 효도.

연암의 성미를 잘 담고 있는 또 한 편을 보자. 이 글은 1901년 김택영이 간행한 『연암집』에 수록된 이응익李應翼이 찬한 「본전本傳」이다.

선생의 얼굴 모습은 괴이하고 기상은 드넓고 쾌활하고 너그러우며 작은 일에 얽매이지 않아 천하사를 봄에 이루지 못할 일이 없었다. 그러나 하잘 것 없는 시문 따위로 벼슬에 간여하는 것을 달갑게 여기지 않았다. 술이 얼큰하여 귀까지 붉어지면 당대의 지위가 높고 귀한 사람과 세상을 속이는 바른 도리에 어그러진 학문을 하는 무리들을 거리낌 없이 이야기하고 기롱하여 배척하였다.

先生 魁顔貌 意氣軒豁磊落 視天下事 無不可爲 然不肯碌碌爲時文 以干有司 酒酣耳熱 亦或縱談譏斥 當塗貴人 及僞學欺世之流.¹²

연암의 천품이 참 선비임을 알 수 있는 글이다. 하지만 이편이 있으면 저편도 있는 것이 인지상정이다. 저러하여 저 시절에는 흰 눈동자로 만 연암을 훑고 종주먹을 들이대는 사람들 또한 적지 않았다. 종채의 기록을 더듬어 따라가 보자.

아버지는 20여 세 때부터 의지와 기개가 높고 엄격하였다. 어떤 법규 같은 것에 얽매여 구애되지 않았으며 왕왕 회해나 유희를 하였다.

先君自弱冠時 志氣高厲 不拘拘於繩墨 往往詼諧游戲.¹³

위에서와 판이한 모습을 보이고 있는 연암이다.

여기서 말하는 회해나 유희의 뜻은, '실없는 농담'이나 '즐겁게 놀며 장난

---

12   김태준, 박희병 교주, 『증보 조선소설사』, 한길사, 1990, 165쪽에서 재인용.
13   박종채, 「과정록」, 『한국한문학연구』 제6집, 1982(영인), 5쪽.

함. 또는 그런 행위'이다. 그러나 그의 날카로운 구변이 사전적인 의미에 그치지 않음은 굳이 설명하지 않아도 된다. 그것은 무세어誣世語로 당시의 세태에 대한 비꼼이었으니 아래 글에 잘 나타나 있다. 무세어란 이홍민李興敏, 1809~1881이 「수호전」을 "거의가 세상을 풍자하는 말이다殆是誣世語也"라 평한 데서 보이는 용어이다. 이 비평어에는 '현실비판'이라는 강한 의미가 내재되어 있다.

아버지께서는 젊었을 때부터 말씀과 의론이 엄정하여 겉으로는 안색이 엄격하고 위엄이 있는 것 같이 보이나 속으로는 온유하였다. 권력을 따라 아첨하는 사람을 보면 용납치 않았으며 문득 즐겁게 농담하고 웃고 즐기는 사이에 넌지시 비꼬았기 때문에 평생 노여움과 비방을 많이 받았다.

先君自小時 言議嚴正 見世之色厲 內荏浮沉 取媚者 不能容忍 輒譏諷於詼諧談笑之間 以此平生怒謗最多.[14]

그러나 연암은 자신이 지적하는 문제에서 자신 역시 자유롭지 못했다. 여러 기록을 보면 연암은 선비다운 기질이 있었음이 분명하지만 고집 또한 여간 아니었다.

한번은 함양군수 윤광석尹光碩이 『후촌집後村集』[15]을 간행하였는데 선조의 사실을 왜곡 기술했다 하여, 그에게 「여윤함양광석서與尹咸陽光碩書, 함양 윤광석에게 주는 편지」 한 통을 주고는 아예 의를 끊어 버린다. 대략 정리하면 이렇다. 윤

---

14 박종채, 「과정록」, 『한국한문학연구』 제6집, 1982(영인), 7쪽.
15 윤전의 문집이다. 윤전은 조선 선조 때의 문신. 자는 정숙(靜叔). 호는 후촌(後村). 본관은 파평. 우계(牛溪) 성혼(成渾)의 아끼는 제자. 36세에 문과에 급제했고 폐모론을 반대하는 소를 올려 이위경(李偉卿) 무리의 규탄을 받고 면직되었다. 시호는 충헌(忠憲).

광석이 선조인 후촌後村 윤전尹烇, 1575~1637의 문집인『후촌집』을 간행할 때 연암의 선조인 금계군錦溪君 박동량朴東亮이 윤전의 요직 진출을 방해했다고 나쁘게 묘사한 것이다. 재미있는 것은 이 책을 함양의 학사루에서 간행할 때 연암이 안음에 사는 각수승刻手僧을 보내어 지원하였고 그 현장을 방문하여 격려까지 하였다는 사실이다. 사실이 이러한데도 연암은 윤광석에게「여윤함양광석」이라는 편지를 주어서는 아예 관계를 단절해 버린다. 연암의「여족제이원서與族弟彝源書,족제 이원에게 주는 편지」도 이 사건과 관련된 내용이다. 윤광석 또한 이에 발끈하여 연암이 '호복임민'한다는 설을 퍼뜨려 곤경에 처하게 만들었다.

연암이 윤광석에게 준 편지의 일부분을 보면 말결이 저처럼 매정하고 몰풍스럽다.

지금 지난번에 만든『후촌집』을 보니 우리 선조 금계군[16]을 도덕적으로 형편없고 어그러짐이 매우 심하게 해놓았으니 지금 나는 그대와 하루아침에 백세의 원수가 되었다. 나는 백세의 원수와 함께 술잔을 주고받고 베개를 나란히 하고는 웃으며 얘기하고 서로 붙좇으면서도 4년 동안이나 깨닫지 못하였다. 그러니 우리 선조의 후손이 된 자가 누가 이 원통하고 분하고 피로써 얼굴을 적시고 눈물을 삼키는 마음을 함께 하지 않겠는가. 그리고 나는 그대에게 더욱 통분한 것이 있다.

---

16 박동량(朴東亮, 1569~1635), 조선 선조 때의 문신. 자는 자룡(子龍). 호는 오창(梧窓), 시호는 충익(忠翼). 대사헌 응복의 넷째 아들. 선조 23년(1590년) 문과에 급제, 벼슬이 호조판서에 이르렀다. 임진왜란 때 병조좌랑으로 왕을 호종하여 호성공신에 올랐고 선조가 죽자 3년간 목릉을 지키고 금계군(錦溪君)에 봉해졌다. 광해군 5년(1613년) 선조유교칠신(先朝遺敎七臣)으로 관직을 삭탈 당했다. 같은 해 8월 이이첨(李爾瞻)이 모후를 폐하려는 모의로 숙청이 일어나 아산에서 5년간 귀양 살았고 인조반정 후 관직이 회복되었으나, 그 후 다시 계축사화 때 모후에게 불공하였다 하여 귀양살이 5년을 치르고 사면되었다. 사후

今見頃來後村集 誣辱吾先祖錦溪君 罔有紀極 今僕與足下 一朝爲百世之讎

也 是吾與百世之讎 飛觴聯枕 譚笑追隨 而不覺於 四載之中也 凡爲吾先祖後

孫者 孰不同此寃憤沫飮之情 而僕於足下 尤有所痛恨者.[17]

편지 서두를 보면 연암과 윤광석尹光碩, 1747~1799의 교분은 매우 깊었던 것 같다. 연암이 안의安義 현감으로 나아갔을 때 함양咸陽까지 겸관兼官, 두 가지 관직을 겸함으로 정해졌다. 이때 윤광석은 연암보다 먼저 함양군수로 내려와 있었으니, 그러구러 연암이 여러모로 도움을 받았을 터였다. 따라서 그 뒤 4년 동안 여러 번 술자리와 잠자리를 함께 할 정도로 알음알음이 두터웠던 사이다. 「열녀함양박씨전 병서」의 후미에, 이상한 꿈을 꾸고 「열녀전」을 지었다는 윤광석도 바로 이 사람이다.

그렇게 면대하던 윤광석에게 연암은 조목조목 『후촌집』 편찬에 얽힌 일을 들어 차갑게 절교를 선언하는데 '백세의 원수百世之讎'니 '원통하고 분하고 피로써 얼굴을 적시고 눈물을 삼키는 마음寃憤沫飮之情' 등, 그 문맥이 보통 냉엄한 게 아니다.

한솥밥 먹고 송사한다는 격이니 아무리 조상의 문제라지만 연암의 또 다른 면을 보기에 자못 흥미롭다.

유한준과 척을 두고 지낸 것 또한 이러한 예인데 당시 유명한 일화이니 잠시 살펴보겠다.

창애蒼厓 유한준兪漢雋, 1732~1811은 연암을 '호복임민胡服臨民, 오랑캐 복장을 하고서 백성들 앞에 섬', '노호지고虜號之稿, 오랑캐의 연호를 사용한 원고'라는 말로 모함하여 연암을 꽤

영의정·부원군이 추증되었다.

17 박지원, 『연암집』 권2, 「여윤함양광석서」, 38쪽(이 책은 1931년 박영철이 간행한 『연암집』 6책 12권을 한 책으로 영인한 것이다). 「여족제이원서」(39쪽)도 이 사건과 관련된 내용이다.

난처하게 만든 사람이다. 우선 호복임민과 노호지고에 대해 살피고 그 이유를 알아본다.

아마 연암 당대에는 아이들에게 **변발**辮髮,남자의 머리를 뒷부분만 남기고 나머지 부분을 깎아 뒤로 길게 땋아 늘어뜨리는 머리하는 풍습이 그대로 내려왔던 듯하다. 이 제도가 들어 온 것은 고려 충선왕 때다. 이를 굴욕의 상징이라 여긴 연암은 안의安義,경상남도 함양군 안의면 일대 고을의 원으로 가자 잔심부름을 하던 아이들에게 땋은 머리를 풀고 머리를 양쪽으로 가르고 양쪽으로 뿔처럼 동여맨 쌍상투를 틀게 하였다. 또 연암은 자신도 옛날 제도에 따라 학창의鶴氅衣를 평상복으로 만들어 입고는 관아에서 일을 보았다. 이 학창의는 지체 높은 사람이 입던 웃옷의 한 가지로 흰 창의의 가를 돌아가며 검은 헝겊으로 넓게 꾸민 옷이지 별다른 것은 아니었다.

그러나 복식에 대해 잘 모르던 사람들은 이를 오랑캐의 풍습으로 여겼던 듯하다. 더구나 여기에 연암이 청에서 배운 벽돌을 사용하여 정각亭閣을 신축하자, 앞에서 언급하였던 그 함양군수 윤광석이 연암이 오랑캐 복장을 하고서 백성을 다스린다고 '호복임민'설을 지어 서울에 퍼뜨린 것이다.

이 말은 반청反淸 감정이라는 사회풍조에 편승해서 연암을 궁지로 밀어 넣는 데 꽤 효과가 있었다. 급기야 『열하일기』에 대한 비방으로까지 비화됐으니 말이다. 연암은 『열하일기』에서 청나라의 연호를 썼는데 이것이 사단이었다.

연암과 감정이 있던 또 한 사람인 유한준이, 이 '호복임민'에다가 명에 대한 의리를 망각하고 오랑캐인 청을 추종한 연호를 썼다는 '노호지고'를 덧붙여 비방하고 나섰다. 당시 공식문건이나 외교문서에는 이미 청나라의 연호를 사용하였기에 사실 그리 큰 문제는 아니었다.

여기에는 깊은 유감이 있었다. 언젠가 유한준의 글을 연암이 "나무를 지

고 다니면서 소금을 사라고 외친다"고 혹평하였기 때문이었다. 그 문장은
이렇다.

문장은 몹시 기이하오. 하지만 사물의 명칭이 빌려 온 것이 많고 인용한 전거
가 적절치 못하니 이 점이 옥에 티라 하겠기에 노형께 말씀드립니다. 문장을 짓
는 데에는 법도가 있으니, 이는 마치 송사하는 자가 증거를 지니고 있고 장사치
가 물건을 들고 사라고 외치는 것과 같습니다. 아무리 사리가 분명하고 올바르
다 하더라도 다른 증거가 없다면 어찌 이길 수가 있겠는지요. (…중략…) 나무
를 지고 다니면서 소금을 사라고 외친다면 하루 종일 길에 다녀도 장작 한 다발
팔지 못합니다.
　文章儘奇矣 然名物多借 引據未襯 是爲圭瑕 請爲老兄復之也 文章有道 如
訟者之有證 如販夫之唱貨 雖辭理明直 若無他證 何以取勝 (…중략…) 擔柴
而唱鹽 雖終日行道 不販一薪.[18]

이러하였으니 유한준은 꼬부장한 마음으로 끝내 연암을 등져버리고 만다.
어찌 보면 조선 내내 글깨나 읽는 사람들이라면 몸에 밴 문인상경文人相輕[19]도
연유이겠지만 그보다 연암과 유한준은 학문의 길이 딴판인데서 비롯된 것
이었다.
　유한준이 누군가 하면 연암 당대 문장으로 이름을 날리던 이로 병자호란
당시 대표적 척화파斥和派였던 유황兪榥의 후손이었다. 그래서인지 유한준은
강경한 존명배청주의자尊明排淸主義者였으며 진한고문秦漢古文에 문장의 모범을

18　박지원, 『연암집』 권5, 93쪽.
19　글을 쓰는 사람들은 모름지기 자기야말로 제일인자라고 자부하여 글 쓰는 사람끼리는 서
　　로 상대를 경멸한다는 뜻.

둔 의고주의擬古主義를 표방하였다.

따라서 실학사상과 법고창신法古創新, 옛것을 본받아 새로운 것을 창조한다는 뜻을 추구했던 연암과는 판이한 문학론을 지녔다. 이에 대해서는 연암의 「답창애答蒼厓」에 잘 나타나 있다. 그런데 유한준의 아들인 유만주가 쓴『흠영欽英』이란 일기를 보면 재미있는 사실이 있다. 유만주는 소설을 긍정하였으며 연암의 소설 또한 기문자奇文字임을 들어 대단히 여기고 있다. 그의 문학론 또한 연암과 비슷하다는 반증이다.

분함을 끝내 삭이지 못한 유한준은 이후, 연암이 포천에 조부의 묘를 이장하려 할 때 일족을 시켜 고의로 그 묘자리를 파내 집안 간에 돌이킬 수 없는 심각한 대립을 빚었다.

박종채는 이때 일을『과정록』에다 유한준이 이러한 것은 연암이 젊었을 때 자신의 글을 인정해주지 않았던 일에 원망을 품어 꾸민 일이라 하며 상세히 전말을 적어 놓고는 "아아, 험하구나. 이 사람은 우리 집안과 백대의 원수이다嗚呼 險矣 此吾家百世之讎也" 하였다.

하지만 연암이 학문적 차이로 척을 두고 지낸 경우는 유한준 외에는 별로 없다. 연암이 면천 군수로 있을 때 한원진韓元震, 1682~1751의 서원에 치제致祭, 임금이 제물과 제문을 내려 죽은 공신을 제사 지냄, 또는 그 일하라는 명이 있자 연암은 이에 순순히 따른다. 한원진[20]은 송시열의 학맥을 이은 서인 산림山林 권상하權尙夏의 제자이다. 그는 과거에 뜻을 두지 않고 학문에만 전념하였다. 같은 문인인 이간李柬 등과 호락논쟁湖洛論爭을 일으켜, 호서지역 학자들의 학설인 호론湖論을 이끈 이다. 한원진이 비록 노론이기는 하지만 호론의 영수였기에 대다수 낙론계열 사람들은 참석을 거부하였다. 그러나 연암은 낙론洛論계열이면서도

---

20 본관은 청주(淸州), 자 덕소(德昭), 호 남당(南塘), 시호 문순(文純).

학파를 초월하여 한원진이 호서 지방의 위대한 선생이라며 참석하였다.

또 이광려李匡呂, 1720~1783 같은 이는 당색이 소인이었지만 연암이 먼저 찾아 평생지기처럼 지내었다. 당대가 파당이 지배하는 사회라는 점을 생각한다면 연암의 도량을 어림짐작하고도 남음이 있다. 더욱이 연암은 적서嫡庶를 가리지 않고 사귀었으니 종채의 『과정록』에는 "이에 세상 사람들은 벗을 가리지 않고 사귄다고 이를 비방하고 헐뜯었다又以交不擇人 謗毀焉" 하는 기록도 있다.

연암이 안의 현감安義縣監, 안의는 지금의 경상남도 함양군 안의면 일대으로 있을 때의 일도 연암의 성격을 알 수 있는 좋은 자료이다.

1793년 봄, 도내에 흉년이 들었다. 그중 안의 고을이 가장 심하여 응당 공진公賑을 설치해야 했으나, 연암은 자신의 봉록을 털어 사진私賑, 흉년이 들었을 때, 개인이 사사로이 백성을 도와주던 일을 실시한 일이 있었다. 이유는 '사진'이라도 이 땅에서 난 곡식이기 때문이라는 것이었다.

이에 조정에서 그 정성을 인정하여 초피貂皮, 담비 가죽으로 아주 진귀한 것이다, 소목蘇木, 콩과에 속하는 상록 교목의 속살로 한약재로 쓰였다 등속을 내렸으나 받지 않았으며, 공명첩空名帖21도 돌려보냈다. 권문세가에 뇌물을 디밀고 엽관獵官, 관직을 얻으려고 갖은 방법을 쓰는 행위운동을 하는 자들이 여간 많지 않을 때 일이다.

연암은 또 관아에서 굶주린 백성들에게 죽을 나누어주고는, 자신도 동헌에 나와 그들과 함께 죽을 먹었다. 죽 그릇도 소반을 바치지 않은 것도 백성들과 똑같았다.

---

21 성명을 적지 않은 백지 임명장. 국가의 재정이 궁핍할 때 국고(國庫)를 채우는 수단으로 사용된 것으로, 중앙의 관원이 이것을 가지고 전국을 돌면서 돈이나 곡식을 바치는 사람에게 즉석에서 그 사람의 이름을 적어 넣어 명목상의 관직을 주었다. 여기서는 연암의 벼슬을 높이려는 의도에서 내린 것이었다.

〈박지원(朴趾源) 초상〉, 홍기문 역, 『박지원작품선집』 1,
북한의 국립문학예술서적출판사, 1960(조선고전문학선집 25)

누구의 그림인지는 모른다. 기름한 얼굴, 약간은 처진 듯 하지만 매서운 눈매, 굳센 콧날과 턱수염의 흐름에서 강골한 인상을 풍긴다. 풍채는 넉넉하기보다는 약간은 마른 듯싶으면서 단정한 모습이다. 이마의 주름이 없다는 것 말고는 『과정록』에 보이는 아들 종채의 기록과 많은 부분이 일치한다.

또 종채의 『과정록』을 보면 연암이 어렸을 때 집안사람이 연경 가는 길에 사주를 가지고 가 술사에게 길흉을 물었더니 '마갈궁 운수'라 하였다는 기록이 보인다. '마갈궁(摩竭宮)'은 점성가들이 좌절과 비방의 운세를 상징하는 별자리로 여겼다. 이 운세를 타고난 사람은 높은 재주에도 평생 좌절과 비방 속에 곤고히 살다 갈 운명으로 보았다. 연암의 평생운수로 보면 정확히 맞는 듯하다. 그러나 마갈궁은 묘시생(오전 5~7시)의 별자리에 해당한다. 연암은 축시생(오전 1~3시)이니 마갈궁과는 맞지 않는다. 또 마갈궁이 12궁의 열 번째 궁으로 동지에서 대한까지 태양이 이 궁에 있게 된다는 기록을 따라도 맞지 않다. 아마도 연암이 겨울에 태어났고 삶 또한 비방을 받았기에 아들 종채가 '마갈궁'을 끌어 온 듯하다. 중국에선 한창려·소식·반고·사마천 같은 이들이, 조선에선 허균이 마갈궁 운수였다.

"이것은 주인의 예이다此主人之禮也."

연암이 이때 한 말이란다. 구휼을 받는 백성들을 손님으로 맞이했다는 소리이다. 이제나 그제나 말할 것도 없이 '예', '도덕'이 우리의 미래인 것은 틀림없다.

그래서인지 연암이 남긴 마지막 말씀은 이랬다.

"깨끗이 목욕시켜다오潔沐洗."

죽으면 모두 깨끗이 염을 하는 것이거늘 문종文宗의 유언치고는 좀 싱겁다. 하지만 군이 유언까지 남기는 이유를 곰곰 생각해보면 꽤 실다운 맛이 있는 듯싶다. 그가 퍽 개결한 성품을 지녔음을 여기서 알 수 있기 때문이다.

그러한 연암이기에 고질병이 되어버린 사대사상의 타파를 역설하고 양반의 지나침을 경계하면서 상민常民을 따뜻하게 바라볼 수 있었다. 게다가 이미 화석화한 조선 후기의 유교입법을 거부하고 양반의 처세와 유학자들의 위선을 매도하는 한편, 여성의 해방과 낮은 백성 심지어 미물에게까지도 마음자리 한쪽을 넉넉히 준 것이 아닐까 한다.

2. 나는 껄껄 선생이라오

어떤 사람은 세상을 지배하는 것이 '머리지혜(智慧)'라고 하였고, 어떤 사람은 세상을 지배하는 것은 '배유물론(唯物論)'라 하였다. 그러나 어떤 사람은 세상을 지배하는 것은 '가슴정(情)'이라고 한다.

연암의 호號를 뒤적이며 나는 연암의 정情을 떠올렸다. 그것은 연암의 호에서 그의 성격을 대강 짚어 낼 수도 있을 것 같은 생각에서다.

"나는 껄껄 선생이라오"

바로 「답대구판관이후단형론진정서答大邱判官李侯端亨論賑政書, 기민 구제에 관하여 대구 판관 이단형에게 보낸 답장」의 맨 끝 구절이다. 연암은 이단형李端亨이 흉년으로 근심

어린 글을 보내오자 이에 대한 답장을 보낸다.

연암 자신은 한 달에 세 번씩이나 기민飢民, 흉년에 굶는 사람에게 국가나 개인이 곡식을 나누어주는 일을 먹이느라 즐거움이 이만저만이 아니라는 요지이다.

그러나 흉년이 들어서 기민을 먹이는 고을 수령으로서 연암은 무슨 즐거움이 그리도 넘치겠는가? 연암이 받은 이웃 고을 수령들의 편지도 모두 극심한 흉년으로 인한 근심과 걱정들뿐이다. 하지만 근심으로 해결할 문제가 아니었다. 한 달에 세 번씩 기민 먹이는 연암의 마음 또한 편지 속 저들의 목소리와 다를 것이 없다.

그러니 이 글을 이단형이 지나치게 근심만 하고 있기에 이를 다소나마 풀어주려는 위로 편지로 예단豫斷해 보자. 그렇다면 즐거움을 반어反語로 읽어야 한다.

하지만 이 편지가 지나친 부분이 없지 않았기에, 연암은 편지를 보는 이단형에게 자기를 '껄껄 선생笑笑先生'이라고 불러도 괜찮다고 한다.

이웃고을 수령의 편지에 대한 이야기와 '껄껄 선생'이라고 한 부분을 보자.

매번 이웃 고을 수령들의 편지를 받으면 근심과 걱정이 너무나 심하여 눈살을 찌푸리고 얼굴을 찡그리는 것이 편지지에 비치고 신음하는 소리가 붓끝에서 끊이지 아니하고 묻어나오. (…중략…) 편지를 여는 날에 족하께서도 반드시 웃음을 참을 수 없어서 나를 껄껄 선생이라 하여도 사양하지 않겠소.

每接同省 守宰之書 憂惱太過 嚬蹙之色 達於紙面 吟呻之聲 不絶筆頭 (…중략…) 發函之日 足下亦必噴飯 號我以笑笑先生 亦所不辭也.[22]

22　박지원, 『연암집』 권2, 「답대구판관이후단정론진정서」, 32~33쪽.

'연암다운' 글이다.

어찌나 이웃 고을 수령들이 근심을 하던지, 그들의 "근심과 걱정이 편지지에 비치고 신음소리가 붓끝에 묻어난다"라고도 써놓았다.

또 연암은 장공예張公藝를 끌어왔다. 장공예는 당나라 사람으로 9대까지 한집에서 살았다고 한다. 그래 당고종唐高宗이 어떻게 그렇게 사느냐고 하자 '참을 인忍 자' 백 자를 써서 보여 주었다고 한다. 연암은 이 이야기를 끌어와 "참을 인 자 한 글자도 오히려 심한데 참을 인 자를 백 번이랴? 백 번 참을 인 자를 쓸 때 머리가 아플 것이요, 콧마루는 찡그려질 것이요, 온 얼굴은 주름살이 가로, 세로, 바로, 외로 나 있을 것이오. 양미간의 '내 천川 자'와 이마 위의 '아홉째 천간 임壬 자'도 상상할 수 있으리다忍之爲字一之猶甚 忍書百字乎 其百忍之時 首其疾焉 頻而蹙焉 滿面皺紋 橫縱竪倒 想見其眉間川字 額上壬字"라고 재미있는 이야기를 한다.

그러니 이런 우스갯소리 쓴 편지를 보내는 나를 '껄껄 선생'이라 불러도 좋다는 것이다. 하지만 편지의 자초지종으로 보아, '껄껄'이라는 넉넉한 삶의 언어와 상황의 낙차落差가 너무 크다. 그렇다고 하면 '껄껄笑笑'이라는 웃음의 메타포를 '허허虛虛로움'에서 찾은들 영판 헛소리는 아니리라.

세상을 고민하며 살아가는 연암, 흉년이 들어 배곯는 백성에게 기민을 먹이는 연암이다. 어쩌면 이토록 피폐한 현실 속에서, 밤이슬 내리도록 신열身熱에 들뜨고 실학을 부르짖어도 어찌할 수 없는 자기의 삶을 자조하는 읊조림일지도 모른다. 아니면 연암의 삶과 문장이 팽팽하게 켕기는 것에 대한 느즈러짐 정도의 의미의 호로 읽는다 하여도 무난할 것이다.

연암의 또 다른 '자'와 '호'를 보며 이 문제를 생각해 보자.

연암의 자字는 미중美仲, 혹은 중미仲美라고도 하나 미중으로 많이 불렸다, 호는 연암燕巖, 연암산인燕巖山人, '산인'이란, 별호 밑에 붙여 겸손의 뜻을 나타내는 말인데, 연암이 가장 널리 불렸다.

'연암'이란 호는 그가 살았던 황해도 금천협으로 현재 개성시 장풍군에 있는 '제비바위골'에서 따온 별호라 사실 큰 의미는 없는 듯한 데도 가장 많이 불렸으니 이를 좀 더 살펴보자.

아래 글은 낙서洛瑞 이서구李書九, 1754~1825가 연암을 찾아보고는 지은 글에 대한 답글인 「수소완정하야방우기酬素玩亭夏夜訪友記, 소완정의 '여름밤 친구를 찾아서'에 대한 기문」의 일부이다.

이서구가 돌아가서 기문記文[23]을 지었는데 이렇다. "내가 연암 장인丈人, 덕이 많고 학식이 많은 사람을 찾아 가보니 장인은 사흘 동안이나 아무것도 드시지 못하였다. 망건을 벗고 버선도 벗고서는 방의 창문틀에 다리를 올려놓고 누워서는 행랑의 천한 아랫것들과 말을 주고받았다."

소위 연암은 나인데 금천金川, 황해도 금천군 연암협으로 현재 개성시 장풍군 골짜기에 집이 있었기 때문에 사람들이 이 이름으로써 별호로 부르고 있다.

歸而有記云 余訪燕巖丈人 丈人不食三朝 脫巾跣足 加股房櫳 而臥與廊曲賤隸相問答 所謂 燕巖者 卽不侫 金川峽居 而人因以號之也.[24]

이서구가 쓴 대로 연암은 이 시절 꽤 힘든 삶을 살았던 것 같다. 불한당들이 용호龍虎인 양 상박相撲하던 시절, 연암은 그러저러한 이유로 서울에서 연암골짜기를 오고가며 거했다. 사흘씩이나 굶는 생활이었으며 양반으로서 몸가짐을 팽개치고는 흐트러진 모양새로 천한 아랫것들과 격의 없는 대화를 나눈다. 저 모습으로 미루어 보건대 아마 아랫것들이 무람없는 행동을 하여도 희영수하며 껄껄 웃고 넘어갈 동태이다. 비록 연암이 자잘한 의리나 예

---

23 이서구, 「하야방연암장인기(夏夜訪燕巖丈人記)」.
24 박지원, 『연암집』 권2, 「수소완정하야방우기」, 61쪽.

절 따위에 얽매이지 않는 '불구소절不拘小節'이 있었다 하지만 설핏 그 모습이 잔망스러운 듯도 하다. 그러하나 이러한 하후상박下厚上薄에서 양반은 많았지만 '인간'은 적었던 시절이기에 연암의 인간성을 넉넉히 짐작케 한다.

여기서 이서구가 부른 별호가 '연암'이요, 위 글은 자신의 별호가 '연암'이 된 내력을 말한 것이다. 연암은 황해도 금천군, 현재 개성시 장풍군 화장산華藏山의 동편 불일봉佛日峯 아래에 있는 한 골짜기이다. 송도松都에서 삼십 리쯤 떨어진 곳이었는데, 동구 왼쪽의 절벽에 항시 제비들이 둥지를 틀고 있다 하여 제비바위라는 뜻의 '연암燕巖골짜기'로 불린 곳이다.

그러니 딱히 '연암'이라는 지명과 연암의 성향을 맞추어 볼 수는 없다. 그런데도 많은 사람들이 '연암'을 그의 호로 불렀다는 것에는, 이곳에서 살던 시절의 연암이 꽤 각인되어서가 아닌가 한다. 거기에는 이러한 연유가 있다. 연암이 42세부터 2년동안 연암골짜기로 몸을 피한 것은 당대 세도가 홍국영洪國榮, 1748~1781 때문이다. 오늘날 '세도勢道'라는 말을 만든 홍국영은 정조의 비인 효의 김씨가 생산을 하지 못하자 자신의 누이를 후궁으로 밀어 넣고 원자를 얻은 뒤 득세하려 하였다. 이에 비분한 연암이 이를 비난하는 상소를 올렸으나 정조에게 전달되지 못하고 오히려 홍국영 손에 들어 갔다. 홍국영은 이 사건으로 연암을 미워하였고 이것이 연암협으로 몸을 피한 연유였다.

이 연암협의 생활은 곤궁하기가 이를 데 없었다. 이웃집이라고 해야 숯을 구워 살아가는 가난한 민가 몇 채가 전부요, 호랑이가 출몰할 정도로 외진 산골에서 연암은 오두막을 지어 놓고 돌밭 약간을 개간하여 뽕나무를 심었다.

그러고는 송도로 나가 양호孟浩孟의 금학동琴鶴洞 별장에 머물 때, 당시 송도의 저명한 유지였던 한석호韓錫祜, 1750~1808와 그의 아들 재렴在濂, 1775~1818, 이현겸李賢謙, 이행작李行綽 들을 가르치며 이 시절을 보낸다. 『서원가고西原家稿』에는 「만시輓詩」 등 연암과 관련된 한석호 부자의 시편들이 수록되어 있다.

〈서울과 금천 지도 해좌전도 1850년대 목판본〉
중앙 아래 경도(京都)와 좌측 상단에 금천(金川)이 보인다.

이때 사제의 교분이 얼마나 두터웠는지 연암이 연암협으로 들어가자 그들은 아예 동행한다.

『열하일기』와 더불어 연암의 대표적 저술인 『과농소초課農小抄』는 바로 이 연암골짜기 시절에 그가 국내외의 농서農書를 두루 구해 읽고 초록해 두었던 자료를 본밑으로 지었다.

뒤에서 한 번 더 살피겠지만 연암의 궁핍을 보다 못한 유언호가 돈을 대어준 것도 이 연암골짜기에 살던 때였다. 「산중지일서시이생山中至日書示李生」, 「답홍덕보서제사答洪德保書第四」를 보면, 문생들을 가르치며 은거하던 연암의 외롭고 궁핍한 연암골짜기 생활이 잘 드러나 있다. 당대가 노론 일당전제一黨專制 시기란 점과 연암의 신분이 노론의 벌열閥閱이라는 점을 꿴다면 이토록 궁벽한 삶을 살지는 않았을 것이다. 잠시만 조선 후기의 기면증嗜眠症, 항상 꾸벅 꾸벅 졸거나 잠이 들어 있는 상태에 저들처럼 몸을 놓아두면 되었기 때문이다.

비록 명예를 구하지 않는 '불구문달不求聞達'의 성미였다 하더라도 당대 실세에 버텨 서서 제 스스로 화를 부를 위인이 정녕 적었던 시절 아닌가. 아마도 많은 이들이 '연암'이라는 호로 그를 부른 데에는 저러 이러한 내막이 있지 않나 싶다.

이제 다시 앞서 말했던 '껄껄 선생'으로 돌아가 보자.

이 '껄껄 선생'은 「마장전」에서 스스로를 칭한 '골계 선생滑稽先生'과도 미묘한 연결을 짓는 듯싶다. '골계 선생'은 「마장전」의 '사평史評'에서 스스로를 칭한 호이다.

골계滑稽란 익살을 부리는 가운데 어떤 교훈을 주는 행위를 뜻한다. 이는 『사기색은史記索隱』에 몇 가지 해석이 보인다.

그중 하나를 살펴보자.

> '골滑'은 '어지러움'이요, '계稽'는 '함께'이다. 언변言辯이 민첩한 사람은 그릇된 것을 말하여도 옳은 것 같고 옳은 것을 말하여도 그릇된 것 같으니 같고 다름을 혼란시킨다.
>
> 滑謂亂也 稽謂同也 以言辯捷之人 言非若是 言是若非 能亂同異也.[25]

저 말눈치로 미루어 보건대 '골계 선생'이란, 말을 잘하는 사람으로 '진실인 것 같으면서도 거짓이고 거짓이면서도 진실한 이야기를 하여 다른 것과 같은 것을 혼란시키는 자'라는 의미이다. 여기서 '말을 잘한다'는 의미는 세도勢道를 향한 잽싼 입놀림이 아님은 물론이다. 비록 언변言辯, 말을 잘하는 재주나 솜

---

25 유협, 범문란 주석, 『문심조룡주(文心雕龍注)』권3 제15, 「해은(諧隱)」.

씨으로 남을 교묘하게 속이는 것 같지만, 이면裏面의 의도는 항상 '바른 이치理致를 겨냥'하는 것이 골계이다.

우리 속담에 "다리 아래서 원을 꾸짖는다"는 말이 있다. 직접 만나서 당당하게 말하지는 못하고 안 들리는 데 숨어서 뒷공론이나 한다는 말이다. 그 사람을 조롱하고 꾸짖고는 싶으나 대놓고 이야기한다는 것은 어렵고 또 두려워 차마 못할 일이니, 듣지 않는 다리 밑을 찾아 들떼놓고 빈정거리는 짓이다.

우리네 얄망궂은 한 품성을 적적히 담아낸 말이지만, 이래서야 소용없는 일이다. 듣지 않는 데서 백 날을 떠들어야 의미 없는 말놀음에 지나지 않으니 연암으로서는 이러한 면장질만 해대는 짓은 생각지 못할 일이다. 대신 연암은 슬쩍 틀어 골계 선생이라는 대리인을 내세워 약간의 희학戲謔과 골계를 담아 무세어적誣世語的인 '연암식 글쓰기'를 하였으니 썩 합당한 호라는 생각이 든다.

「호질」의 저작 동기를 들어 설명해 보자.

연암이 「호질」이란 소설의 원거原據가 되는 글을 베끼자 무얼 하려느냐고 옆에 있는 사람이 물으니 연암은 이렇게 말한다.

돌아가서 우리나라 사람들에게 한 번 읽혀서는 모두들 배꼽이 빠지도록 한바탕 웃게 하려는 거요. 아마 이것을 읽는다면 입안에 든 밥알이 벌처럼 날아갈 것이며 튼튼한 갓끈이라도 썩은 새끼처럼 끊어질 것이라오.

歸令國人一讀 當捧腹軒渠 嘔噦絶倒 噴飯如飛蜂 絶纓如拉朽.[26]

---

26   박지원, 『연암집』 권12, 「사호석기(射虎石記)」, 191쪽.

연암은 소설 「호질」이 '한바탕 웃게' 하려는 것이라고 한다. 그러나 「호질」의 내용은 썩어빠진 선비인 '부유腐儒'들을 비판하는 글이니 단순히 웃고 넘어갈 문제가 아니다. 연암은 이렇듯 속내를 웃음으로 가려 놓은 글이 많다는 점을 예각화한다면 '껄껄 선생'이라는 호와 썩 어울린다는 생각이다.

　증오처럼 강경하게, 때론 연민처럼 온건하게 상대를 구별한 연암이었다. 웃음의 표면만 훑는 소박한 독서로는 연암소설을 따라잡지 못 한다. 독서인은 비극성의 소진이 희화로 이어짐을 챙기고 유희의 변두리에서 시선을 거두어야 '웃음'의 진정성을 찾는다.

　보통 화가는 있는 대로 그리고 못난 화가는 있는 것도 못 그리며, 뛰어난 화가는 있었으면 좋은 것을 그려낸다고 한다. 화성畵聖이 화의畵意를 담아 그려낸 그림은 여느 안목으론 볼 수가 없듯이 글쓰기에 관한한 최고수인 연암 글 또한 그러하다. 연암의 글을 보려면 '글자 밖에 스며져 있는 연암의 마음눈'을 보아야 한다.

　연암의 글은 글쓰기의 고수가 '조선이라는 미망迷妄한 사회'에 던지는 한바탕의 훈수였으니 조선 후기라는 닫힌 시대와 기꺼이 불편한 관계를 달갑게 받아들이겠다는 강기剛氣이다. 그의 글에 수다히 보이는 사회와 이런 불편한 관계는 연암의 삶이 그만큼 정직하다는 반증이 되기도 한다. 연암은 조선 후기를 배경으로 몽롱한 단꿈에 젖은 적이 없었다. 늘 그는 풀 먹인 인동포처럼 빳빳하게 정신을 세워서는 세평世評의 눈치를 보는 '말귀를 알아듣지 못하는 저 축들'에게 당연한 것들에 대한 환기喚起를 촉구했다.

　따라서 연암은 조선 후기 관념의 가부좌를 틀고 앉은 저들과 마찰을 피하려고 종종 글을 익살맞게 씀으로써 자신의 진의를 에둘러 표현하였다. 연암소설이 극히 간명하면서도 희화성戱化性을 보이는 것은 이 때문이다. 그러니 연암소설을 경우 없는 양반들에 대한 야료惹鬧쯤으로 읽는다는 것은 잘못이다. 그가 자신을 짐짓 '골계 선생'이라 칭한 이유는 아마도 여기에 있는 듯싶으니 농으로 데데하게 자신의 호를 '골계 선생'이라 자처하였다 함은 곡해曲解임이 분명하다. 이러니 우리는 그의 글에 한 자락 깐 웃음과 넌지시 둘러서 말하여 잘못을 고치도록 깨우치는 풍간諷諫, 언제나 현실에 대한 부정적·비평적 태도를 취하므로 아이러니와 비슷하지만 아이러니보다는 날카롭고 노골적인 공격 의도를 지니는 풍자諷刺를 곳곳에서 목격한다. 그러니 독자들은 정신을 여미고 이러한 어휘들을 한 자락 깔고 글을 잘 새겨 미독味讀할 일이다.

연암이 오늘날 문학사에서 오롯한 결절結節로 자리매김한 것은, 결코 독설만 퍼부어서가 아니다. 바른 소리에 관한한 혀짤배기 반송장이던 시절이었다. 연암은 때로는 바른 소리를, 때로는 에둘러서, 그러다 안 되면 웃음을―. 그렇게 그는 깨어서 저 조선 후기 서글픈 이들의 존재성을 알렸기 때문이다.

연암은 결코 세상물정을 모르는 '맹문이'가 아니었다. 그의 글 맷집이 여간 아닌 것은 그의 성벽性癖 때문이 아니라, 사물의 참모습을 제대로 분별하려는 '마음눈'으로 저 흔들리는 조선 후기를 바라봐서이다. 그러니 연암의 정직한 삶과 골계, 풍자니 하는 언어의 비대칭을 '긴장의 이완' 정도로만 읽거나 저이의 글쓰기 필살기쯤으로 내쳐서도 안 된다. 저 시절 저만한 이를 몇 분이나 찾을 수 있단 말인가. 연암은 결코 꼼수로 세상을 사는 축들과는 달랐다. 연암은 이미 중세의 변화를 목격한 것이다.

'삶아진 개구리 증후군症候群, Boiled frog syndrome'이라는 말로 다시 연암의 호와 저 시절을 생각해 본다. 찬물이 들어 있는 비커 위쪽은 개방되어 있다. 여기에 개구리 한 마리를 넣고 비커 밑에 불을 붙여 서서히 가열한다. 처음에 찬물 속으로 들어간 개구리는 주변을 살피더니, 이내 헤엄을 치며 놀기 시작한다. 그렇게 개구리가 이리저리 돌아다니며 즐기는 사이에, 램프의 온도는 계속 올라간다. 점점 따뜻해지는 수온水溫 —, 개구리는 조금도 동요를 보이지 않고 오히려 느긋하게 즐기고 있는 표정이다. 어느 순간 개구리는 이상하다는 느낌이 들었는지, 갑자기 몸의 동작이 빨라지면서 비커를 빠져나가려고 안간힘을 다하지만 이미 때가 늦었다. 개구리가 빠져 나오기에는 비커 안의 물이 너무 뜨거워졌고 결국 개구리는 그 안에서 삶아지고 만다.

이렇듯 '변화'는 어느 날 갑자기 오는 게 아니다. 대부분의 변화는 거의 모두가 전혀 눈치채지 못하게 시나브로 다가온다. 지금 이 글을 읽는 독자나 나도 이 사실로부터 자유롭지 않다. 변화를 읽어내어 적절하게 대처하지 못하면 변화에 휩쓸려 인멸湮滅된다. 조선 후기의 저들이 나라를 잃은 소이연所以然이다. 그러니 자기 주변을 늘 잘 살피고 때로는 머무르는 여유도 필요하다. 그래야만 빙그레 웃을 만한 일도, 깨달음도 볼 수가 있다.

종종 우리는 공만 잡으면 골대를 향하여 일전을 불사하며 내달리는 삶의 전시戰死들을 본다. 건곤일척乾坤一擲의 승부수라도 띄운 양, 앞뒤를 안 가리고 골대를 향하여 내달린다. 골을 넣는 것이 목표가 아니다. 공은 차며 즐기라는 놀이기구이다. 그렇다고 공을 혼자만 가지고 놀라는 것도 아니다. 즐김이 지나치면 거기에 취해버리기 때문이다.

옆 사람과 공을 주거니 받거니 하며 저 멀리 골대를 보아야 한다. 옆 사람도 보고 골대도 보아야만 '변화를 볼 수 있는 깨어 있는 삶'이다. 우리가 중세인들처럼 '개구리 신드롬'에 걸리지 않으려면, 공도 사람도 놓치지 않고 보아야만 한다. 거기에 변화가 있기 때문이다.

'삶아진 개구리 증후군'에 대해 새로운 학설이 있어 몇 자 첨언한다. 이 용어는 1869년 독일의 생리학자 프리드리히 골츠의 실험에서 유래하였다. '아주 점진적으로 증폭되는 위험에 개구리는 반응하지 못한다'는 의미이다. 그러나 하버드대학 생물학과 더글러스 멜튼Douglas Melton 교수는 "끓는 물에 개구리를 집어넣으면 뛰쳐나올 수 없다. 바로 죽는다. 만일 찬물에 개구리를 집어넣으면 물이 데워지기 전까지 머물지 않고 뛰쳐나온다"고 증명하였다.

3. 나는 기억력이 아주 나쁘다

"나는 기억력이 아주 나쁘다吾記性甚短."

여담 같은 이야기련만, 연암의 말이기에 나 같은 행내기로서는 여간 반가운 게 아니다. 연암 선생께는 송구하지만 저 말 한 마디가 나에게 얼마나 위안이 되는지 모른다. 연암 선생의 기재奇才를 알기에 저 말을 곧이 믿는 것은 물론 아니지만, 내가 연암을 계속 공부해 가도록 붙잡아 주는 든든한 손임에는 분명하다.

언젠가 나는『과정록』을 보다가 이 부분을 만나고는 어찌나 반가운지 반색을 하며 소리를 질러댔다. 독자들이 궁금할 테니 막 바로 인용문을 보자.

아버지께서는 책을 몹시 더디 보셔서 하루 종일 한 권도 못 보셨다. 늘 말씀하시기를 "나는 기억력이 천성적으로 아주 나빠 늘 책을 보다 덮는 즉시 잊어버리니 머릿속이 멍한 게 한 글자도 남아 있지 않은 것 같단 말이야".

先君看書甚遲 日不過一卷書 常曰 吾記性甚短 每看書掩卷卽忘 胸中茫然若無一字.[27]

"에이, 그게 겸사謙辭란 것 아니요!" 하는 독자를 위하여 바특하지만 증거를 하나 더 대겠다.

아래 글은 연암의 처남 이재성李在誠, 1751~1809이 한 말이다. 이재성의 자는

---

27 박종채,「과정록」,『한국한문학연구』제7집, 1984(영인), 39쪽.

중존仲存, 호는 지계芝溪로 평생토록 매형 연암을 스승처럼 따랐다. 연암의 둘째 아들 종채는 외삼촌의 말을 이렇게 옮겨 놓았다.

지계공께서 일찍이 말씀하셨다. "연암은 책 보는 게 매우 더디셨지. 내가 서너 장을 읽을 때 겨우 한 장을 읽을 뿐이고, 또 기억하여 외우는 재주도 나보다 좀 떨어지셨어."

芝溪公嘗言 燕岩看書甚遲 我下三四板之頃 僅下一板 且其記誦之才 若差遜於我.[28]

매형인 연암이 미워서가 아닌 다음에야 이런 험담이야 했겠는가. 어쨌든 처남과 자신의 입에서 같은 말이 나온 것을 보면, 그것이 사실이었던 것 같다. 그렇다면 '기억력이 나쁘고 책 읽는 속도도 더딘' 연암이 이런 경지에 다다르기까지 얼마나 많은 노력을 기울였을 지는 짐작이 간다.

* 이규상李奎象, 1727~1799이 지은 『병세재언록幷世才彦錄』이 있다. '재언才彦'이란 재주꾼이라는 소리이니 조선시대의 재주 있는 사람들을 기록한 책으로 이해하면 됨직하다. 이 책에 연암은 아래와 같이 기록되어 있다.

박지원은 자가 미중이요, 호는 연암으로 참판 박사유[29]의 아들이다. 그의 글은 재기가 넘치고 수사와 착상이 뛰어나 한 번 붓을 들었다 하면 잠깐 사이에 천여 행이 도도히 흘러 나왔다. 그의 「허생전」과 『열하일기』는 때때로 사람의 턱이 빠질 정도로 웃게 만든다. (…중략…) 『열하일기』 5권을 짓고 5권을 증보하였는

---

28   박종채, 위의 글, 39쪽.
29   원문에는 박사결(朴師缺)로 기록되어 있으나 박사유(朴師愈)의 잘못이기에 바로잡았다. 아울러 참판 벼슬을 지낸 것은 조부인 박필균(朴弼均)이다.

데 글을 아주 거침없이 휘갈겨서 자못 연의소설演義小說[30]의 말투를 지녀 서울 도성에서 칭찬을 받으며 사람의 입에 자주 오르내렸다.

朴趾源 字美仲 號燕巖 參判師愈之子 文溢才氣 藻思多才 一筆俄頃 天行滔滔 其許生傳 熱河日記 往往解人頤 (…중략…) 著熱河日記五卷 後增五卷 多舞文 頗有演義口氣 膾炙都城.[31]

이런 연암을 통해 타고난 재주꾼도 있지만 저처럼 노력을 더하여 재주꾼이 되는 경우도 있음을 확연히 보게 된다. 재주란 자고로 자랑할 것은 못 되는 성싶다.

공부를 하다 보니 재승박덕才勝薄德, 재주는 있으나 덕이 없음인 분들을 의외로 두루룩이 보았다. 그분들이 말씀하는 것을 들으려면, 연방 쓴 입맛만 다시다가는 슬그머니 자리를 뜨는 게 상책이다. 거만한 어품語品에 더 듣다가는 정말 '천탈관이득일점天脫冠而得一點 내실매이횡일대乃失枚而橫一帶!'라고 속으로 욕을 할지도 모르기 때문이다.

'재기才氣가 오히려 독毒'이 될 수도 있다는 게 세상의 순리이다. 이를 끌어와 연암의 기억력 운운을 되짚어 본다면, 연암은 자신의 재주를 경계해서였다고 생각해도 좋다. 좀스런 소기小技에 의존하지 않겠다는 결의다짐이라고해도 무난하다. 사실 당시에 연암의 한문소설이나 글들에서 비범한 그의 재주를 읽어내는 것은 어렵지 않다.

연암의 이러한 겸손은 『열하일기』 「일신수필馹迅隨筆」에서 "나는 삼류 선비다余下士也" 하는 데서도 엿볼 수 있다. 자기 문장을 과신하여 동료들의 글 솜

---

30 역사적 사실을 바탕으로 하되 허구적인 내용을 덧붙여 흥미 본위로 쓴, 중국의 통속소설. 「삼국지연의」, 「초한연의」 따위가 여기에 속한다.
31 『한산세고』 권29; 이규상, 『일몽고』, 「문원록」.

씨를 과소평가하는 경향이 있다는 뜻의 '문인상경文人相輕'이란 말이 널리 퍼졌던 때이다. 연암이 『열하일기』를 쓴 것은 44세였고 이미 조선에 그의 문명이 적잖이 알려져 있었다. 하지만 열하를 여행하면서 조선 선비 연암은 자신의 왜소함을 보았으리라. 그리하여 스스로 '삼류[下士]'라고 한 것이 아닌가한다. 스스로를 삼류라 여긴다는 것은 '노력'을 더해야겠다는 다짐이다.

연암 선생을 보면 한 번 듣거나 보거나 한 것을 잊지 않고 오래 지니는 총기인 '지닐총'이 없어도 공부는 가능하다는 뜻밖의 결과를 얻는다.

연암의 「낭환집서蜋丸集序」라는 글에는 또 이런 부분도 있다.

쇠똥구리는 스스로 쇠똥을 사랑하여 여룡驪龍,몸빛이 검은 용의 구슬을 부러워하지 않는다. 여룡 역시 그 구슬을 가지고 저 쇠똥구리의 쇠똥을 비웃지 않는다.

蜣蜋自愛滾丸 不羨驪龍之珠 驪龍亦不以其珠 笑彼蜋丸.[32]

'낭환'이란 쇠똥구리이다. 쇠똥구리가 여룡의 구슬을 얻은들 어디에 쓰며 여룡 역시 쇠똥을 나무라서 얻는 것이 무엇이겠는가. 내 재주 없음을 탓할 것도 없지마는 저이의 재주를 부러워하지도 말아야 하고 재주가 있다고 재주 없음을 비웃지도 말아야 한다는 의미이다.

『문심조룡文心雕龍』 제48장 「지음편知音篇」에 보이는 말로 이 장을 마친다.

무릇 천 곡의 악곡을 연주해 본 뒤라야 소리를 깨달을 수 있고 천 개의 검을 본 뒤라야 보검을 알 수 있게 된다.

凡操千曲而後曉聲 觀千劍而後識器.

---

32   박지원, 『연암집』 권7, 「낭환집서」, 104쪽.

蜋丸集序

子務子惠出遊見瞽者衣錦子惠喟然歎曰嗟乎有諸己而莫之見也

子務曰夫何與衣繡而夜行者遂相與辨之於聽虗先生先生搖手曰

吾不知吾不知昔黃政丞自公而歸其女迎謂曰大人知蝨乎蝨奚生

生於衣歟曰然女笑曰我固勝矣婦請曰蝨生於肌歟曰是也婦笑曰

舅氏是我夫人怒曰執謂大監智訟而兩是政丞莞爾而笑曰女與婦

來夫蝨非肌不化非衣不傳故兩言皆是也雖然衣在籠中亦有蝨焉

使汝裸程猶將癢焉汗氣蒸蒸糊氣蟲蟲不離不襯衣膚之間林白湖

將乘馬僕夫進曰夫子醉矣隻履鞾鞋白湖叱曰由道而右者謂我履

鞾由道而左者謂我鞋我何病哉由是論之天下之易見者莫如足

而所見者不同則鞾鞋難辨矣故眞正之見固在於是非之中如汗之

化蝨至微而難審衣膚之間自有其空不離不襯不右不左孰得其中

박영철 본 『연암집』 권7, 「낭환집서」

연암과 교유한 실학자 유연(柳璉, 1741~1788)의 『기하실시고락(幾何室詩藁略)』에는 「길강전서(蛣蜣轉序)」
로 수록되어 있다. 『길강전』은 유연의 시고(詩藁)로 연암이 이 책에 서문으로 써 준 것이다.
핵심은 '강랑자애(蜣蜋自愛)', 즉 '나는 나를 사랑하라'는 의미이다.

작가의 작품이 갖는 진정한 가치를 이해하기 위해 꾸준한 연마를 요구하는 비평에 관한 글이지만 "나는 기억력이 나쁘다"라는 연암의 말과 선을 잇댄다.

경계할지어다. 재주를!

세상을 보는 눈을 조금만 넓혀보자.

과過똑똑이들에 더하여 윤똑똑이들이 많은 세상이지만은 지둔遲鈍의 덕, 둔하지만 끈기 있고 느리지만 성실한 자들로서 세상에 이름 석 자를 우뚝 남긴 분들도 꽤 있다. 저런 이들이 우리에게 뜅겨주는 인생 훈수는 '둔재라고 여기는 이들도 노력하면 된다'이다. 또 운명이란 노력하는 사람에게 우연이란 다리를 놓아준다 하였다. 그러니 중의 빗과 같은 말이라 여기지 말고 지긋이 의자에 엉덩이를 오래도록 붙여 볼 일이다.

4. 책을 펴놓고 공부할 방이 없었다

연암의 출생 증명은 양반임에 틀림없다. 연암의 6대조는 박동량朴東亮, 1569~1635으로 금계군錦溪君에 책봉되고 호조판서를 지냈다. 자는 자룡子龍, 호는 기재寄齋·오창梧窓·봉주鳳洲. 대사헌 응복應福의 아들이다. 5대조는 박미朴瀰, 1592~1645이다. 자는 중연仲淵, 호는 분서汾西. 참찬 동량東亮의 아들로 선조의 다섯째 딸인 정안옹주貞安翁主와 혼인한 금양위錦陽尉이다. 문자 그대로 고문갑제高門甲第, 양반 가운데서도 으뜸가는 양반의 집안을 이르던 말요, 유명짜한 집안이다.

조선시대에 양반이라는 신분으로 태어났다 함은 분명 선택받은 인생이나 다름없다. 게다가 내로라 '한골 나가는 양반가'이니 특권층임에 분명하다. 그러나 고문갑제라 하더라도 '어떤 양반들'만이 더욱 양반이던 시대였다. 연암의 집안은 그 '어떤 양반'에는 속하지 못하였다.

연암은 영조英祖 13년에 반남 박씨潘南朴氏라는 관면대족冠冕大族으로 명문가의 후예인 아버지 사유師愈와 어머니 함평 이씨咸平李氏 사이에서 차남으로 서울 반송방盤松坊 야동冶洞, 풀뭇골, 현 서울시 중구 순화동에서 태어났다. 22세 때부터 백탑白塔, 현 종로2가 근처에서 주로 살다 재동齋洞, 현 종로 재동에서 운명하였다. 삶의 터전은 그야말로 조선의 국중國中이었음에 틀림없으나 삶은 거친 누옥漏屋을 전전하였다.

아버지는 벼슬살이를 못한 포의布衣의 선비였기에 생활 능력이 없었으므로 조부인 지돈녕부사知敦寧府事 박필균이 양육하였다. 지돈녕부사는 정2품 관직이었으나 딱히 직무가 없는 한직에 불과하였고 조부는 청빈을 생활신조로 삼은 선비였다.

1752년영조 28 전주 이씨全州李氏 유안재遺安齊 이보천李輔天의 딸과 혼인하면서 비로소 『맹자』를 중심으로 학문에 정진하게 되었다. 장인인 이보천이 연암의 첫 스승이라고 할 수 있으니 당시 양반네로서는 늦깎이 공부를 시작한 셈이지만 공부를 해내는 힘인 '글구멍'이 여간 아니었다.

연암이 어렸을 적에 그의 조부는 공조참판이 되는 등 관직에 있었음에도 그에게 학업을 시키지 않은 것은 이해하기가 어렵다. 다만 연암의 둘째 아들인 박종채朴宗采, 1780~1835의 『과정록』에 보이는 다음 기록으로 집안 형세를 가늠해 본다. 선생의 집안이 어렵고 엄격한 가정환경으로 책을 펴놓고 공부할 수조차 없었다는 것을 미루어 짐작케 한다.

우리 집안은 본래부터 청빈했으며 증조부 장간공章簡公, 연암의 조부인 박필균은 청렴 결백하고 검소하여 집안일에 마음을 쓰지 않았다. 집안의 법도가 또한 엄격하여 조부님들 형제가 하루 종일 한 방에서 웃어른을 모셨으며 아버지 형제는 책을 펴놓고 공부할 방이 없었다.

家素淸貧 而章簡公廉潔儉約 不以家事經心 家法且嚴 王考群兄弟 侍立終

日一室中 先君兄弟 無展卷肄業之所.[33]

말 그대로 상추옹유桑樞甕牖, 뽕나무 지게문과 깨진 독 주둥이로 만든 봉창으로 매우 궁핍한 생활가 아닌가. 그러나 가계의 빈곤으로 연암이 학업을 하는 데 있어 어려움을 주었을지라도 전부일 수는 없을 것이니 그것은 정치 참예를 바라지 않았던 조부의 뜻 때문이 아닌가 한다. 조선의 국심에서 평생을 살다간 연암이지만 많이 대껴나서 어수룩함이라고는 찾아 볼 수 없이 되바라진 '서울 까투리'로 홀하게 여길 만한 글이나 행동을 찾을 수 없는 것은, 모두 어린 시절의 이러한 가정환경 내력인 것 같다.

23세 되던 해 어머니가 돌아가셨고 31세에 부친마저 여의었다.

연암이 24세 되던 해 조부가 돌아가셨는데 이때부터 그의 가계는 더욱 궁핍한 생활을 하였다. 연암의 부친은 꿋꿋하게 실업 상태를 견지하셨으니 팍팍한 삶의 생계유지는 오로지 조부 장간공 박필균朴弼均, 1685~1760의 몫이었다. 필균의 자는 정보正甫. 문과에 급제하여 경기도 관찰사, 대사간, 지돈녕부사 등을 지냈다. 종숙부인 박세채朴世采, 1631~1695에게 수학하였으며 연암의 아버지인 사유師愈가 장남이다. 그는 당쟁에 휩쓸리는 것을 꺼려하다 41세에야 과거에 응시하여 병과丙科에 급제하였다. 벼슬길에 올라서는 청렴한 생활과 강직한 성품으로 반대파의 인물들까지도 감탄하였다 한다. 연암의 성품은 여러모로 조부의 영향을 받은 것 같다. 시호는 장간章簡이다.

연암이 지은 『연암집』「증시장간공부군가장贈諡章簡公府君家狀」에는 조부와 함께 사는 곤궁함이 잘 드러나 있다.

---

33 박종채, 「과정록」, 『한국한문학연구』 제6집, 1982(영인), 4쪽.

벼슬한 지 30년에 밭과 재산은 물론 백금百金의 재산도 없었다. 성 아래의 낡은 집은 값이 궤미에 꿴 돈 30에 지나지 않았으나 돌아가시도록 거처를 바꾸지 않았으며 한 명뿐인 늙은 사내종에게 변변치 못한 밥조차 배불리 먹이지 못했다.

立朝三十年 田産無百金之資 城下弊廬 直不過緡錢三十 而沒世不易居 獨一老僕 糟糠不充.[34]

그래도 양반들에게는 인생역전의 기회가 주어졌으니 이른바 과거라는 제도였다. 물론 연암이 살던 여러 정황을 고려한다면 과거제도 역시 고장이 난 자동차 신세나 다름없지만, 그래도 꼬물거리며 걷는 뚜벅이 보다는 나은 이치였다. 더구나 연암은 빼어난 글재주가 있었고 집안 또한 당시 세도勢道를 잡고 쥐락펴락하던 노론老論[35] 줄기였다. 원래 세도는 세도인심世道人心을 바로 잡는다는 의미에서 '세도世道'라고 하고, 사림정치가 지향하던 세도의 전형典型과 다른 변질된 형태의 독재정치였다. 때문에 세도勢道, 또는 세도勢塗라 하였으니 '정권 잡은 것을 세도勢道'라 하였다. 이 제도는 조선 후기 총신寵臣 또는 척신戚臣이 국왕의 신임을 받아 국정을 장악하였던 일종의 신임정치였다. 시작은 홍국영洪國榮이 영조의 세손인 정조를 왕위에 등극시키니 이에 정조가 그에게 정권을 맡긴 것에서 비롯되었다.

이런 시대였다. 세도와 잘만 영합하면 이냥저냥 사는 데는 지장이 없었다. 보비위만 적당히 하면 일신의 영달도 얼마든 꾀할 터였다. 이를테면 한골 나가는 양반 연암으로서는 흥청거리는 벼슬의 욕망과 흥정할 수 있는 난장판 과거장 입장권을 교부 받은 셈이었다.

---

34 박지원, 『연암집』 권9, 「증시장간공부군가장」, 124쪽.

35 조선시대 사색당파 가운데 남인(南人)에 대한 처벌 문제로 서인(西人)에서 갈려 나온 파. 숙종 9년(1683)에 송시열, 김익훈 등의 강경파를 중심으로 이루어졌다.

허나 연암은 벼슬자리에 욕기慾氣를 부리지 않았다. 과거도 탐탁스레 여기지 않았다. 저 시절 양반에게 과거는 욕구의 상시성이었다. 박종채의 『과정록』을 보면 연암은 29세 무렵부터 과거를 본 듯하나 백지를 제출하고 이후에도 이러한 것이 여러 번이었다. 34세에는 감시監試, 생원과 진사를 뽑던 과거로 소과(小科)라고도 한다에 응시하여 1차 시험에 해당하는 초시初試에 장원을 하기도 하였으나, 몇 달 후 치른 2차 시험인 회시會試에는 시험지를 아예 내지 않았다.

대신 연암은 이 시절, 후일 북학파北學派라고 부르는 학자들과 자주 어울리며 지냈다. 묘하게도 북학파의 활동시기는 유럽에서 괴테Johann Wolfgang von Goethe, 1749~1832나 실러Johann Cristoph Friedrich von Schiller, 1759~1805가 부르짖은 질풍 노도Sturm und Drang의 시기와 맞물린다. 질풍노도시대의 운동은 개성의 해방을 목적으로 하였다. 우리의 북학파와 상당 부분 유사하다. 다만 북학파가 저들보다 사회변혁에 요체를 더위잡고 있었다는 점이 다를 뿐이다.

이 북학파北學派라는 명칭은 박제가의 「북학의」에서 유래한 것으로 조선조 영·정조 때, 청나라의 문물제도 및 생활양식을 본받아 우리나라의 후진성을 극복하자고 내세운 일군의 실학자들을 지칭한다.

대표적으로 박지원을 비롯하여 홍대용洪大容, 이서구李書九, 이덕무李德懋, 박제가朴齊家, 유득공柳得恭 등이다.

원래 '북학'이라는 말의 출전은 『맹자孟子』 「등문공 장구상」의 제4단락 부분이다.

"진량은 초나라 태생이니, 주공 및 공자의 도를 좋아하여 초나라의 북쪽인 중국에 와서 배움을 구하였는데, 북방의 학자들도 그보다 앞선 자가 없었다陳良 楚産也 悅周公仲尼之道 北學於中國, 北方之學者, 未能或之先也"란 대목에서 따온 말이다.

연암은 42세인 1778년정조 2 권신 홍국영에 의해 신변의 위협을 느끼자, 황해도 금천의 연암협으로 이사하여 독서에 전념하며 보낸다. 당시 홍국영은 정조를 보위하여 즉위를 시키는 데 큰 역할을 하였다 하여 세도정치가 대단하였다. 연암은 이 시절에 많은 것을 생각하고 글을 써두었다. 안타깝게도 이 시절 기록들이 남아 있지 않는다. 2년 뒤인 1780년^{정조 4} 친족형 박명원朴明源이 진하사 겸 사은사進賀使兼謝恩使가 되어 청나라에 갈 때까지 그는 이 여행에서 많은 생각을 하였다. 그가 랴오둥[遼東]·러허[熱河]·베이징[北京] 등지를 지나는 동안 특히 이용후생利用厚生에 도움이 되는 청나라의 실제적인 생활과 기술을 눈여겨보고 귀국하여 『열하일기熱河日記』를 저술하여 당시 조선의 정치·경제·사회·문화 등 각 방면에 걸쳐 비판과 개혁을 논한 것과 무관하지 않을 것이다.

이 연암협 시절이 연암의 생애 중 가장 고립과 침잠의 시기인데. 후세에 길이 빛날 '연암燕巖'이란 호는 이 제비바위골에서 비롯되었으니 세상일이란 이렇듯 아이러니하다. 이 시절이 얼마나 곤궁했는지 조선시대 청빈淸貧 열전列傳을 짓는다면 연암은 이에 반드시 수록될 것이다.

「수소완정하야방우기」에 보이는 글을 보면, "이때 내가 과연 사흘 아침을 굶고 있었다. 행랑채의 아랫것이 남을 위해 지붕을 얹어주고 품삯을 받아다가 밤에야 비로소 밥을 지었다時余果不食三朝. 廊隸爲人蓋屋, 得雇直, 始夜炊"고 하였다.

가난을 보다 못한 유언호兪彦鎬, 1730~1796가 연암에게 칙수전勅需錢, 중국 칙사 접대를 하기 위한 일종의 예비비 1천 꿰미를 빌려주었다. 유언호의 자는 사경士京. 호는 칙지헌則止軒. 본관은 기계杞溪로 연암과는 절친이었다. 그는 정시문과에 급제하여 사간원·홍문관의 관직을 지냈다. 영조가 사림세력을 당론의 온상이라 하여 이를 배척하는 『엄제방유곤록儼堤防裕昆錄』을 만들자 항소하여 경상도에 유배되기도 하는 등 강개한 선비였다. 연암에게 경제적으로 많은 도움을 주었던 벗으로 연암의 첫 벼슬도 그가 천거해 준 것이었다.

칙수전까지 받을 정도가 되자 이를 딱하게 여긴 연암의 벗들이 빚물이^{남의}

빚을 대신 갚아 주는 일를 해주었다. 그러나 매사를 어름어름 넘기지 않는 연암이었다. 본래 이러한 돈이야 꾸어 쓴 것이 아니니 세월의 흐름에 따라 헤실바실 잊어버리는 법이거늘, 연암은 이를 잊지 않고 있다가 후일 안의현감으로 가서 받은 첫 녹봉을 떼어 그 돈을 갚으니 사람들이 모두 놀랐다 한다.

할아버지로부터 물려받은 연암의 가난, 곰곰 생각해 볼 여지가 있다. 연암의 소설과 연결시켜 본다면 갖가지 논의도 할 수 있지 않나 생각한다. 양반이지만 극도의 궁핍한 삶, 그리고 정치의 부조리에 대한 체험은 그의 소설에 무한한 소재의 공급을 가능하게 했다. 그의 소설 작품 대부분이 최하층 인물을 주인공으로 내세운 것은 이와 무관치 않다. 연암에게 낮은 백성들은 형영상수形影相隨, 신체와 그림자가 서로 따라다님로 늘 함께 지내는 이들이었다.

양반에게 있어 이들은 '존재存在'가 아닌, '소유所有'의 시대였기에 함께 하늘을 이고 살아가는 같은 인간으로 보지를 않았다. 개중의 부유腐儒들은 이들을 부유蜉蝣, 하루살이로 여기는 시대였다.

하지만 연암의 소설에 삭여낸 이들은 모두 삶의 당위성當爲性을 지닌 존재들이었다. 연암은 그렇게 계층적 질서를 초월하여 이들과 정담을 나눌 줄 알았다. 예단컨대 연암은 상사람들에게도 유학의 이상적 인간상인 군자의 자질이 공유되어 있음을 자각했을 것이다. 「마장전」이니 「예덕선생전」 등은 그 실례의 소설들이다.

박종채의 『과정록』에는 이러한 기록이 있다.

연암이 서거한 뒤에 한 여인이 여막廬幕을 찾아와서 곡을 하고 심상心喪, 상복은 입지 아니하나 상제와 같은 마음으로 말과 행동을 삼가고 조심함을 자청하였다. 이 여인은 이기득李驥得이라는 위항인委巷人, 중인 서리층의 아내였는데 남편의 평소 뜻을 지키기 위해서 찾아 온 것이라 하였다. 기득은 연암이 제비바위골에 들어갈 때에 따라가서는 온갖 고초를 겪은 제자였다. 그런데 이 기득이 스무 살 남짓으로 숨을 모니 연암은 이 제자를 위하여 찾아가서 영결永訣까지 직접 하였다. 그러고는 이 제자의 죽음을 애석해 하며 그가 필사한 『소학감주小學紺珠』를 늘 책상에 놓아두고는 어루만졌다 한다. 『소학감주』는, 송나라 왕응린王應麟, 1223~1296이 편찬한 책으로 천문, 인사, 제도 등 17항목에 따라 그 뜻을 풀이하였다. 이기득에 대한 기록이 전무한 것으로 보아 그리 뛰어난 제자는 아닌 듯싶은데, 그래서 더욱 연암의 제자 사랑이 어느 정도인지를 가늠할 수 있다.

연암이 서거한 다음 날 돌연히 숨진 김오복金五福, ?~1805.10.21의 이야기도 그렇다. 김오복은 연암의 집에서 일하는 청지기였으니 그 또한 아래 인생이었다. 연암이 35세 무렵 여행할 때 어린 종으로 동행했다는 기록으로 미루어 40세 후반쯤에 사망한 것 같다. 오복은 평소에 연암을 지성으로 섬겼다고 한다. 그래서인지 급작스러운 그의 죽음을 두고 사람들은 '연암과 푼푼한 정리'로 이해하였다는 데서도 연암이 그를 어떻게 대했는지 읽어낼 수 있다. 많은 사람들이 연암을 꺽꺽하니 대하기 어려운 이로 여긴 것과는 상반되는 모습이다.

연암이 지니고 있는 농·공·상을 중시한 실학사상도 따지고 보면 여기에서 뿌리를 두고 있지 않나 생각한다. 떠듬떠듬 그의 글을 짚어 가다 보면, 연암의 의식 내부에 낮은 백성들을 따뜻하게 품어 안는 장자長者, 덕망이 뛰어나고 경험이 많아 세상일에 익숙한 어른의 면모를 만나는 것이 어렵지만은 않다. 연암은 그의 소설 속에서 낮은 백성의 선한 의지를 전경화前景化하여 '조선의 희망의 지렛대'로 삼았다.

이를테면 연암은 '닫힌 사회'를 소설이란 '열린 형식'으로 사유의 매듭을 풀어 간 것이다. '열린 형식'이라 함은 소설이 버젓한 '문文'이 아니었기에 관습으로부터 벗어나 있다는 소리이니, 일부의 깨어 있는 자들만이 무가무불가^{無可不可}, 즉 좋을 것도 나쁠 것도 없다로 이해하였을 뿐이었다.

낮은 백성들과 거리가 가까움은 당시가 '상하귀천^{上下貴賤}'이란 바짝 말라붙은 넉 자가 지배하던 사회라는 점에서 찾는다. 연암은 양반과 낮은 백성의 진위^{眞僞}를 가려 조선 후기의 진정성을 그의 소설 12편과 몇 편의 시를 통해 드러냈다. 연암의 이러한 노력은 우리 문학사에서 '자생적인 새로운 인간성 발견'이라는 의미로 읽어도 무방하다.

다음은 「전가^{田家, 농사꾼 집}」라는 시다.

「농사꾼 집」³⁶

늙은이 참새를 지키느라 남쪽 언덕에 앉았는데	翁老守雀坐南陂
개꼬리 같은 조이삭 노란 참새마냥 매달려 있네	粟拖狗尾黃雀垂
장남, 둘째 모두 밭에 나갔으니	長男中男皆出田
시골집은 온종일 한낮에도 삽짝이 닫혀 있어	田家盡日晝掩扉
소리개가 병아리 채가려다 제 뜻대로 못했으니	鳶蹴鷄鵝攫不得
닭들은 박꽃 울타리 아래서 꼬꼬댁! 제각각 울어댄다	群鷄亂啼匏花籬
어린 며느리 새참 이고 시내는 건넜을라나	小婦戴棬疑渡溪
코흘리개와 누렁이가 술래잡기 하는구나	赤子黃犬相追隨

바특한 살림의 농촌 풍경이 정겹게 그려져 있다. 누렁이와 술래잡기하는 코흘리개 위로 텅 빈집의 닭을 노리는 솔개, 노인은 언덕에 앉아 새를 쫓고 갓 시집 온 며느리는 남편 형제 위해 새참이고 시내를 건너간다. 농가를 중심으로 오밀조밀 그림 그려 보여준 이 시에는 구순한 정이 흐르고 있다. 단

---

36   박지원, 『연암집』 권4, 「시」, 「전가」, 87쪽.

순한 시마詩魔,시 지을 마음을 불러일으킨다는 마귀로써 읊은 시가 아니다.

5. 첫 벼슬은 건축공사감역이셨다

정의와 진실의 어깨동무는 불가능한 것일까? 정말 진실을 외치는 모난 돌
은 정을 맞아야만 하는가?

연암은 조선 후기의 석학이었으나 그의 벼슬살이는 형편없었다.

1786년, 연암은 나이 50세에 겨우 벗 유언호의 천거로 선공감감역繕工監
役에 나아가게 되었다. '선공감'은 공조工曹에 딸려 토목과 건축물 따위를 짓
거나 수리하는 일을 맡아보던 관아였고 '감역'은 이 선공감에서 공사를 감독
하던 종구품의 벼슬아치이다. 종구품은 조선시대의 18품계 가운데 맨 아래
등급이니 미관말직에 지나지 않았다. 물론 이것조차도 음서蔭敍, 공신이나 전·현직
고관의 자제를 과거를 보지 않아도 관리로 채용하던 일의 혜택 덕분이었다.

연암의 학문이야 정조 임금조차 과거를 보라고 종용할 정도로 인정받았
으나 연암은 과거를 제대로 치르지 않았다. 이유는 연암이 결코 벼슬살이가
싫어서가 아니라 부조리한 시대가 연암에게 그러한 선택을 내리게 하였다
는 것이 합당하다. 두보杜甫, 712~770가 지은 「천말회이백天末懷李白, 하늘 끝에서 이백
을 생각하다」이란 시에 "문장증명달文章憎命達"37이란 말이 보이는 데 꼭 연암이 이
러하다.

여하간 연암은 그 후 관리의 길을 걷게 된다.

1789년에는 평시서주부平市署主簿38를 거쳐, 의금부도사義禁府都事, 임금의 명령을 받

---

37 직역하자면 '문장은 운명이 통달함을 미워한다'로 글월이 뛰어난 사람은 대개 운수가 트이
     지 않아 영달하지 못한다는 뜻.
38 시전에서 쓰는 자·말·저울 따위와 물건 값을 검사하는 일을 맡아보던 관아에서 각 아문
     의 문서와 부적(符籍)을 주관하던 종육품 벼슬.

들어 중죄인을 신문하는 일을 맡아 하던 관아에서 벼슬아치의 감찰 및 규탄을 맡아보던 종오품 벼슬를 지냈고 55세 때인 1791년에는 한성부판관漢城府判官, 한성부의 종오품 벼슬을 거쳐 같은 해 겨울 유한준의 비방으로 종육품인 안의 현감으로 내려갔다. 비록 큰 벼슬살이는 아니었지만 연암은 이 시기에 자신의 기량을 마음껏 펼친다. 연암은 관직 생활을 그의 조부처럼 청렴결백하게 하였으며 실용 정신과 애민 정신으로 백성들에게 선정을 베풀었다.

연암이 한성부판관으로 있을 때였다. 흉년이 들자 상인들이 한강으로 모여들고 이를 정부가 막으려 하였다. 이에 연암은 상인의 권리, 관 개입 거부, 물건의 유통에 대한 상론商論을 피력하여 다음 해를 잘 견디게 하였다. 또 안의 현감 시절엔 자신의 봉록을 덜어 사진私賑, 흉년이 들었을 때 관아가 아닌 개인이 사사로이 백성을 구휼하는 것을 베풀었고 호조판서가 안의에 비축해 둔 관곡을 팔아 국가의 경비로 쓰고 그 이득을 연암에게 주려 했으나 거절하였다. 아마도 이러한 연암의 관직 생활은 조부에게 보고 배운 바 클 것이다.

그 뒤 연암은 경직京職, 서울에 있던 여러 관아의 벼슬을 통틀어 이르던 말 등을 거쳐 1797년, 나이 61세 되던 해 면천沔川, 지금의 충청남도 당진시 면천면군수로 자리를 옮겨 선정을 베풀었다. 그래서인지, 1800년 8월에는 강원도 양양襄陽부사로 승진하였다. 부사는 정삼품의 대도호부사大都護府使, 종삼품의 도호부사(都護府使)를 가리키는 칭호였으니 과거에 급제하지 않는 음서제도의 혜택으로는 오를 수 없는 자리였다.

연암은 면천군수 시절「한민명전의限民名田義」,「안설按說」이 첨부된『과농소초課農小抄』를 지어 올렸는데 이는 연암이 직접 보고 다스려 본 농촌의 실태를 소상히 적고 앞날의 대안을 제시한 농서農書이다.

양양부사로 있던 65세 봄에 신흥사神興寺, 현재 강원도 속초시 설악산 동쪽 기슭 국립공원 내에 위치한 절의 승려 창오昌悟와 거관巨寬이란 중이 궁속宮屬, 각 궁에 속한 종과 결탁하여 내수사內需司39의 공문公文이나 궁가宮家40의 명함을 얻어내어 사람들을 현혹하고 심지어 관속을 구타하여 죽인 일이 발생했다.

연암이 이를 감사監司, 관찰사에게 알렸으나 감사는 꺼리는 바가 있었던지 흐지부지 하자, "관장으로서 궁속과 중의 무리에게 제어 당하며 백성을 어찌 다스리겠느냐" 하고서는 병을 빙자하여 사직하였다. 이것이 그의 마지막 관직 생활이 되었다.

1805년 12월 5일, 69세로 생애를 마친 연암은 경기도 장단長湍 송서면松西面 대세현大世峴 남향받이에 자리한 그의 아내 묘에 합장되었다.

이상 그의 관직 생활을 간략하게 살핀 바, 연암은 확고한 선비 정신을 지녔다. 당시 조선은 벽파僻派가 지배하고 있었다. 벽파는 정조의 준론峻論인 탕평책에 반대하며 기존의 노론 우위를 강경히 주장한 정파이다. 영조 때 사도세자思悼世子 사건을 둘러싸고 의견이 대립되었다. 노론은 사도세자를 옹호하던 시파와 비판적으로 보던 벽파로 나뉘었다. 이들이 정조 때에 탕평책蕩平策과 관련하여 타 정파의 등용을 반대하는 심환지沈煥之, 1730~1802 중심의 벽파와, 이를 허용하는 김조순金祖淳, 1765~1832 중심의 시파時派이다. 이미 연암시대의 조선은 그렇게 정치적으로 공황 상태나 다름없었다.

인간의 운명이 '유전적 요소'와 '환경'으로 이루어지는 것이 옳다면, 연암은 뛰어난 글재주와 명문가의 자손이라는 두 가지를 다 갖추었다. 셈할 것도 없이 노론 출신인 연암은 이러한 시류에 잘만 편승便乘하거나 세도가에게 접근하여 비나리치기만 하면 될 일이었다.

그러나 연암은 불편부당不偏不黨한 행동에 대해 묵인하는 법이 없었다. 적

---

39 왕실 재정의 관리를 맡아보던 관아. 궁중에서 쓰는 쌀, 베, 잡물(雜物), 노비 따위에 관한 일을 맡아보았다.

40 왕실의 일부인 궁실과 왕실에서 분가하여 독립한 대원군·왕자군·공주·옹주가 살던 집을 통틀어 이르던 말.

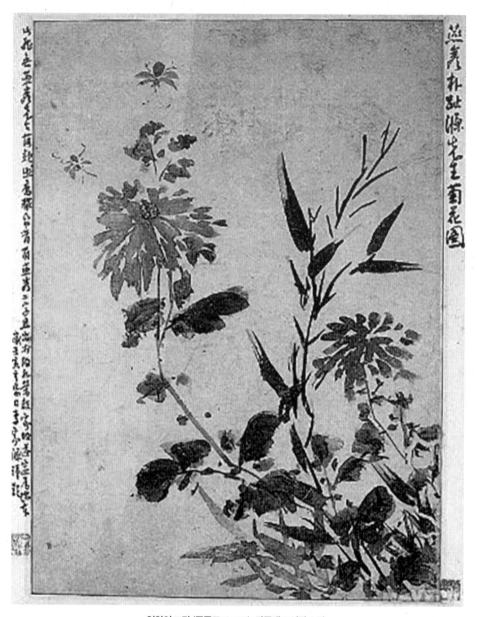

연암이 그린 〈국죽도(菊竹圖)〉, 단국대 도서관 소장

고결함을 상징으로 하는 문인화의 대표적 소재인 사군자(四君子, 매란국죽) 중 국화와 대나무를 그린 그림이다. 문인화(文人畵)란, 학문과 덕망이 높은 선비가 풍류를 즐기면서 그렸던 그림인데 시·서·화(詩·書·畵)를 두루 익혀야만 가능하였다. 두 송이 국화 사이로 대가 반원을 그리며 나란히 어울리고 좌측의 국화 위에는 두어 마리 나비도 보인다.

당한 등거리만 유지하면 될 것인데도 애써 자신의 속내를 그대로 드러내어 쓰디쓴 인생을 자처하였으니, 말라붙은 한국의 지성사知性史에서 흔치 않은 모습이다.

연암은 오로지 목민관으로서 자세를 잃지 않으려 애썼으며 불의와 타협을 부정하고 고치려 노력할 뿐이었다. 그의 소설에서 볼 수 있는 사회의 모순 지적은 이러한 그의 삶과 잇닿아 있다. 그러니 연암의 글들은 단순한 '글자모음字會'도 사회 기득권에 대항하는 일회성의 시비나 조롱도 아니다.

연암이 벼슬을 내놓게 된 동기인 신흥사의 중사건만으로도 알 수 있지만, 그의 벼슬길은 녹록치 않았다. 군이 따지자면 연암의 정업定業은 독서인이었으니 이만하면 부업치고는 괜찮은 것이 아닌가 한다.

그래서인가 연암은 벼슬에서 물러나 연암골에 살던 시절에 지은 글들을 꺼내보며 "안타깝도다! 벼슬살이 10여 년에 좋은 책 한 권을 잃어버리고 말았구나惜乎 宦遊十年 便失一部佳書"[41] 라고 탄식하였다.

'차라리 책이나 지었으면 한 권은 족히 될 터인데……' 하는 생각이렷다. 그렇다면 연암은 어떠한 책을 지었을까?

6. 새벽달은 누이의 눈썹과 같구나

연암은 중세인 답지 않게 따뜻한 시선으로 여인들을 바라보고 있다. 연암은 아내 이씨와 형수, 누이에게 각별한 애정을 주었는데 아마도 그를 키운 것이 형수이고 아내는 모진 가난을 이고 살아서 그러하였는지도 모른다.

안타까운 것은 아내의 죽음을 애도하여 지은 시가 스무 수나 되는데 현재 한 수도 남아 있지를 않다. 다만 연암이 쓴 형수에 대한 제문이나 누이를 그

41　박종채, 「과정록」, 『한국한문학연구』 제6집, 1982(영인), 4쪽.

리워하여 쓴 글이 있어 그의 여인들에 대한 마음자리와 부인 이씨에 대한 낫낫한 정을 대강이나마 엿볼 수 있다.

아마 연암이 일생에서 가장 사랑한 여인은 그의 부인이 아니었던가 한다. 연암은 처음으로 벼슬길에 나간 이듬해 부인을 잃고 마디에 옹이라고 곧바로 큰며느리 상마저 당해 끼니조차 챙겨 줄 사람이 마땅치 않았으나 끝내 혼자 살았으니 말이다. 비록 가난할지언정 명문가의 후예인 연암 같은 이가 처녀 장가를 든다면 배필 자리를 내남없이 내놓을 법도 하지만 연암은 소실을 둔 적도 그렇다고 관기를 가까이 하지도 않았다.

종채의 기록에 보면 주위에서 보다 못해 여러 번 채근도 해보았으나 연암은 이를 모두 마다하였다. 지방수령으로 있을 때 시중드는 기생들은 집안 식구와 진배없이 지냈지만 한 번도 마음을 준적도 없었다.

종채의 『과정록』 기록으로 어림잡아 보자.

아버지는 어머니를 잃은 후 얼마 되지 않아서 또 큰며느리 이씨의 상을 당하여 음식을 챙겨줄 사람이 없었다. 사람들이 혹 소실을 얻을 것을 권하였지만 아버지는 얼버무릴 뿐이시고 돌아가실 때까지 시중드는 첩을 두지 않으셨다. 늘 어머니의 덕행을 말하면 불현듯이 처연하게 오래도록 계셨다.

及失中饋 未幾而又遭長婦李氏之喪 鼎俎無托 人或勸之卜姓 而先君漫語應之而已 終身未嘗有媵侍焉 每語先妣德行 輒悽然久之.[42]

아들로서 부모에 대한 기록임을 감안하더라도 종채의 기록을 보면 연암의 아내는 꽤 현숙한 여인이었던 듯하다. 그러나 안타깝게도 가난한 연암의

---

42 박종채, 「과정록」, 『한국한문학연구』 제6집, 1982(영인), 46~47쪽.

집안에 시집와서 온갖 고생을 다하다 연암이 벼슬길에 나간 지 1년 만에 이승을 달리한다. 겨우 궁핍을 면하자 곁을 떠났으니 연암의 마음이 여북했겠는가.

이외에 「백자증정부인박씨묘지명伯姊贈貞夫人朴氏墓誌銘, 큰누이 정부인 박씨에게 드리는 묘지명」이나 「열녀함양박씨전 병서」 같은 글에서도 그의 여인에 대한 마음결이 드러나 있다.

큰누이를 잃고 지은 「백자증정부인박씨묘지명」의 한 구절을 다시 한번 보자. 큰누이의 운구를 실은 배가 떠나가는 것을 보고 지은 글인데 연암의 누이에 대한 정이 진솔하게 배어 있다. 연암의 누이는 열여섯에 이현모에게 시집가서 1남 1녀를 두고 마흔세 해를 살았다.

아아!

누이가 처음 시집가는 날 새벽에 화장을 하던 일이 어제와 같다. 그때 내 나이 막 여덟 살이었다. 어리광을 피면서 떠나는 말 앞에 누워 뒹굴면서 신랑의 말을 흉내 내어 점잖이 떠듬적거리니, 큰누이는 부끄러워 얼레빗을 내 이마에 떨어뜨려 맞추었다. 나는 골이 나 울면서 먹을 분가루에 개어놓고 거울 가득히 침을 뱉어 놓으니, 누이는 옥으로 만든 오리와 금으로 만든 벌을 꺼내서는 나에게 넌지시 건네어 울음을 그치게 하였다. 지금 벌써 스무 여덟 해가 되었다.

말을 강가에 세우고 멀리 바라보니, 명정銘旌, 죽은 사람의 관직과 성씨 따위를 적은 기이 펄럭펄럭 날리고 돛대 그림자는 강물에 구불구불하더니 언덕에 이르러 나무를 돌아서자 가려서 다시 못 보게 되었다. 강 위의 먼 산이 검푸른 것이 마치 누이의 큰머리채와 같고 강물 빛은 누이의 거울과 같았으며 새벽달은 누이의 눈썹과 같았다.

嗟乎 姊氏新家曉粧 如作日 余時方八歲 嬌臥馬驤 效婿語 口吃鄭重 姊氏羞

墮梳觸額 余怒啼 以墨和粉 以唾漫鏡 姊氏出玉鴨金蜂 賂我止啼 至今二十八年矣 立馬江上遙見 丹旐翩然 檣影透迤 至岸轉樹 隱不可復見 而江上遙山 黛綠如鬟 江光如鏡 曉月如眉.[43]

코끝이 알알하도록 가슴 저미는 여덟 살 터울 누이에 대한 사랑이다. 큰누이 시집가는 날, 누이를 뺏기는 것에 샘이 난 소년의 짓궂은 장난질과 부끄러워하는 누이의 모습이 잘 드러나 있다. 이 글을 썼을 때 연암의 나이 35세였다. 그런데도 내면의 동심세계를 그대로 드러내 놓는다. 그가 품고 있는 그리움이 얼마나 깊은지 보인다.

언급한 김에 연암이 그의 형을 그린 시를 한 편 더 보자. 아래 시는 「연암억선형燕巖憶先兄, 연암이 돌아가신 형님(박희원)을 생각하여 지음」으로 세상을 떠난 형님을 그리며 지은 것이다. 박희원은 후사가 없어 연암의 맏아들 종의宗儀, 1766~1815가 입계入系하였다. 연암은 4남매 중 막내였다. 맏이는 희원, 둘째는 이현모孝顯模, 1729~1812의 부인 박씨, 셋째는 서중수徐重修의 부인 박씨이다.

내 형님의 모습이 꼭 누구와 닮았던고　　　　我兄顔髮曾誰似
아버지 생각날 젠 우리 형님 보았다네.　　　　每憶先君看我兄
오늘, 생각나는 형님 어데서 본단 말가　　　　今日思兄何處見
의관을 갖춰 입고 시냇가로 달려가네.　　　　自將巾袂映溪行

여기서도 연암의 뭉클한 인간미를 엿볼 수 있다.

돌아가신 아버지와 꼭 닮았던 형, 그래서 아버지가 그리우면 형의 얼굴을

43　박지원, 『연암집』 권2, 「백자증정부인박씨묘지명」, 50쪽.

물끄러미 바라보았던 연암, 하지만 이제 그 형님조차 이승을 하직하였다. 연암은 이제 혹 자기의 얼굴에서 형의 모습을 보지나 않을까 하여 주섬주섬 옷을 챙겨 입고 시냇가로 부리나케 나간다.

가슴 뭉클한 동기간의 정을 느낄 수 있다. 이러한 연암이니 시집와서 평생을 가난과 살다간 그의 아내에 대한 마음도 미루어 짐작케 한다.

종신토록 형형炯炯한 눈길, 노기怒氣 띤 숨 몰아쉬며, 바람살 눈살 몰아치는 조선 후기를 허랑허랑 걸어간 연암이었다. 잔재미라곤 없는 사내지만, 이러한 속정마저 없었다면 그의 삶은 어떠하였을까?

후술하겠지만, 이것은 그의 소설에 나타난 여성들에 대한 휴머니즘 의식과 연관짓는다.

연암의 글들에서 우리는 유려流麗한 행문行文, 정열적인 문장, 그리고 웅건한 사상을 보게 되는데 한 가지만 더 첨언한다면 바로 이 휴머니즘이다.

『고추장 작은 단지를 보내니』박희병 역, 돌베개, 2005는 연암이 가족과 벗들에게 보낸 편지 모음집인 『연암선생서간첩燕巖先生書簡帖』 번역이다. 기간은 1796년, 연암이 60세 되던 해 2월부터 이듬해 8월까지이다. 이 편지를 보면 가솔들에 대한 잔잔한 사랑과 맏손자孝壽를 본 기쁨과 산후바라지까지 걱정하는 모습, 아내가 없어서인지 손수 담근 고추장을 보내며 낱낱이 집안을 세세히 걱정하고 챙기는 자애로운 아버지로서 모습을 볼 수 있다. 그러면서도 이와 상반되게 『과정록』을 지은 작은 아들 종간종채의 초명에게는 '과거나 공부하는 쩨쩨한 선비가 되지 말라'거나 제자인 이덕무李德懋의 글을 '조박糟粕, 술지게미, 소절疏節, 하찮은 것'이라고 폄하를 하는가 하면 박제가朴齊家에게는 '무상무도無狀無道, 버르장머리가 없고 도리에 어긋나다'하다라고 인간적인 결점을 그대로 적어 놓고 있다. 휴머니스트 연암의 모습 그대로이다. 이 편지에서 연암은 담배를 좋아하였고 당뇨병消渴症을 앓았다는 것도 알 수 있다.

7. 연암이 소설을 지은 이유는 무엇일까

두루 돌아 연암이 소설을 지은 이유까지 왔다. 세상은 늘 공평치 못하다. 오주五洲, 이규경李圭景,1788~1856 선생의 『오주연문장전산고五洲衍文長箋散稿』 경사편을 보다가 무릎을 쳤다.

"개는 요임금을 보고도 짖는다."

이 글을 쓰는 서너 칸 밖에 안 되는 내 서재 휴휴헌, 책으로 뺑뺑 둘러 싸여 그나마 더 좁다.

어제는 안회顔回의 안빈낙도樂道安貧가 보이기에 책을 내동댕이쳐버렸다. 오늘 이른 아침, 서재를 오다 개 산책시키며 개똥 줍는 사람을 보았다. '사람 똥이라면 따라다니며 주울까?' 곰곰 생각할 필요도 없이 어떤 사람은 개만도 못하게 이 세상을 산다. 예의, 정의보다는 불의, 요령이 세상살이에는 더 편리하고 그런 사람들이 더 잘 산다. 어제, 오늘 일도 아니다. 지금이나 예전이나 하늘은 바야흐로 걸桀, 하(夏)나라 때 폭군으로 주(紂)와 함께 악인의 대명사을 잘만 돕는다.

떼로 몰려다니며 편 가르기 좋아하는 분들, 영달榮達에 여념이 없는 분들, 남 말 좋아하는 분들, 저만 잘난 줄 아는 분들……, 양미간에 '내 천川 자' 서넛씩은 그려야 하는 세상이다. 지금도 이러하건대 조선 후기를 산 상사람들, 마음속으로는 거들먹거리는 양반님들에게 모두 발질이라도 하고 싶었으리라.

조선 후기를 보면 조선의 진짜 주인은 왕이 아닌 양반 관료였다. 실상 조선 후기 내내 줄기차게 계속 되었던 농민들의 잦은 항쟁은 왕을 향한 것이라기보다는 양반 관료들에 대한 불만에서 비롯되었다.

이러한 시대 상황 속에서 양반 사회의 개혁을 부르짖는 일군의 학자들이 등장하였다. 이른바 조선문학사의 '황금 세대'라 부를 만한 실학자들이다. 조선 중기의 유형원柳馨遠, 1622~1673을 비조로 이익李瀷, 1681~1763-박지원, 홍대용洪大容, 1731~1783 - 이덕무李德懋, 1741~1793, 박제가朴齊家, 1750~1805 - 정약용丁若鏞, 1762~1836에 이르는 계보를 형성한 실학사상가들이 그들이다. 연암은 이러한 조선 후기의 '황금 세대'의 핵심 인물이었다.

조선 후기의 키워드 중 하나인 실학사상實學思想을 부르짖은 자들은 비판 정신과 실용 정신을 공유하였다.

이들은 남들과 다른 생각을 지녔다. 당시 문화의 헤게모니Hegemonie를 틀어 쥔 유교 경전을 상대로 하여 힘든 싸움을 치러야 했다. 이 사상으로 영·정조 이후 박지원의 『연암집』을 비롯하여 이익의 『성호사설星湖僿說』, 정약용의 『여유당전서與猶堂全書』 등이 저술되었다. 분명 사상사적으로 보자면 한 시대를 풍미한 사조임에 틀림없으나 그 영향력은 미미하였다. 이들은 모두 조선의 아웃사이더에 지나지 않았다.

연암은 '북학파', 혹은 백탑파白塔派의 수장이었다. 백탑파란, 백탑白塔, 지금의 서울시 종로구 종로 2가 탑골공원 안에 있는 탑을 중심으로 살며 뜻이 맞았던 일군의 젊은 학자들을 말한다. 연암과 서상수, 이덕무, 이희경, 유득공, 박제가, 이서구 등이 그들이다. 박제가의 「백탑청연집서」를 보면 『백탑청연집白塔淸緣集, 백탑을 중심으로 사는 젊은이들이 엮은 책』을 엮고 술과 시詩·문文·서書·화畵를 즐겼는데, 무자戊子, 1768에서 기축己丑, 1769년 간이다. 당시 연암은 32세로 이들의 중심에 서 있었다. 이 일군의 실학자들은 상업의 발달 및 생활기구, 일반기술 등을 역설하였기에 이용후생학파利用厚生學派라 한다.

이용후생이학이란 공리공담空理空談이 아니다. 실질적인 것, 실제적인 것을 추구하는 학문이며 그것을 통해 현실을 개혁하려는 경세치용經世致用 학문이다. 나아가 실제 사회에 이용될 수 있는 학문이었다. 『서경』 「대우모大禹謨」에 보이는 '이용利用'이란 백성들이 사용하기에 편리한 각종 기계나 운송수단 등을 말하며, '후생厚生'이란 의복이나 식량 등을 풍부하게 하여 백성의 삶을 풍요롭게 만드는 것을 말한다.

이들은 영·정조 때에 이미 공리공론空理空論과 무조건 복종의 사회로부터 현실적이요, 자각적인 시대로 발전을 꾀했다. 학문 방법도 실사구시實事求是를 추구하였다. 이는 사실에 토대를 두어 진리를 탐구하는 일. 공리공론을 떠나서 정확한 고증을 바탕으로 하는 과학적이고 객관적인 학문 태도였다. 이들은 양반의 무능과 낮은 백성들의 자아 각성과 반성을 촉구하였다. 그럴 듯한 허울로 위장한 윤리도덕의 가면을 벗고 현실적 생활에 더욱 관심을 보였다. 경학經學, 사서오경을 연구하는 학문의 종속적 위치나 교조적敎條的 관념에서 벗어나려 하였으며, 당시의 형세나 세상의 형편을 객관적 역사인식으로 보려 하였다.

실학자들은 또한 새로운 인간관 정립의 움직임을 보였다. 이들은 분명 조선 후기 사회에서 민중의 편에 선 '고민하는 지식인들'이었다. 이들은 지식을 궁극적으로 민중, 즉 피지배 대중의 이익을 대변하고 생활조건을 개선하기 위하여 활용코자하였다.

그러나 안타깝게도 그 한계성은 분명하였으니, 민중의 실생활 속에 이들의 사상이 파고들지는 못하였다. 다만 연암 같은 이를 중심으로 양반과 낮은 백성이 공생할 수 있는 가능성만은 열어젖혔다.

조선의 영·정조시대, 중국은 청나라 왕조 문화가 최고조로 발달한 건륭시대乾隆時代, 청나라 고종 때의 연호1735~1795였다. 따라서 영·정조시대는 이와 같은 중국의 외부적 영향이 급속하게 들어왔으며 서학西學을 받아들이는 데서 오는 가치관의 혼란 등이 가중되었다. 여기에 중국에서 유입된 소설의 영향 및 세책가의 등장으로 인한 독자층의 확대를 가져왔으니 소설은 '소설의 흥성시대'라는 명칭을 부여할 수 있을 만큼 되었다.

하지만 이런 사회적 분위기와 다르게 양반 사회에서 '소설의 공간'은 여전히 좁디좁았다. 실학자들조차 소설을 경시하였다. 연암은 달랐다. 이를 적극 수용하여 낡은 사고나 보수적 체제에 대한 비판과 시대의식을 '소설'이라는 장르를 통해 나타내었다. 출발점은 그의 또렷한 일지逸志, 즉 그의 사상思想에 서였다. 연암의 글 갈피에서 우리는 당시의 사회 현실에 대해서 비판의 칼날을 수도 없이 찾을 수 있는 것도, 변죽을 울리거나 딴전을 피우지 않는 것도, 소설에 보이는 허무와 절망, 분노에 가득 찬 인물들도 연암의 뚜렷한 일지와 사상에서 비롯된 형상들이다. 연암에게 '설화전雪花牋은 도덕의 시험장'이었으니 '양반이란 우상의 동굴' 해체의 비로솜은 바로 여기이다.

그러나 연암의 소설 속에 있는 그들은 한결같이 분노를 삭이는 모양새가 다를망정 냉소적이지는 않다. 그들은 시종일관 뜨겁다. 연암소설에서 우정을 찾고 신선이 되고 세상을 조롱하는 몸짓들은 모두 뜨거운 가슴이 있기 때문이다. 그렇기에 그것은 절망이 아니라 '희망'이 그 안에 있다는 소리이다. 아주 오래전부터 희망은 늘 그렇게 보이지 않는데 있었다.

아울러 연암은 자신의 삶의 이윤을 추구하고자 쓴 글이 없다는 점도 적어두고 싶다. 연암은 자신의 재주를 자랑하여 현학적인 글을 쓰지도 않았고 재주를 팔아 벼슬을 구걸한 적도 없다.

인생을 견뎌내며, 사실 우리는 무관심과 무감각에 몸을 내맡기는 경우가 많다. 그러나 연암 글에서 이러한 점을 찾기란 이 세상에서 '정의'라는 두 글자를 보는 만큼이나 어렵다. 연암소설은 특히 미시적 관점의 인정물태人情物態를 그려냈기 때문이다. 이는 소심한 시선으로 세상을 보고 담대한 마음으로 글을 썼다는 말이다. 당시 문文이라 함은 거시적으로 성리학 세계를 추구하거나 아니면 삶의 여분으로 자연을 노래하거나 그도 아니면 충신연주지사를 온전한 글이라 여길 때였기에 하는 소리이다.

오히려 좁은 소견으로도 개신개신 따지고 들어가면 그의 글들에는 때 묻지 않은 순수함, 그리고 두려움을 떨치고 외치는 그의 목소리를 들을 수 있는 연유도 여기에 있다.

하지만 그라고 왜, 관습적 질서에 대한 역류의 고통에 온몸이 저려오지 않았겠는가. 가끔씩 지하철 계단을 모두 내려오는데, 나 혼자 오를 때 ―, 그 계단은 왜 그리도 멀고 수많은 까만 눈동자는 어찌나 나를 쳐다보는지. 누구나 한 번씩은 이런 경험이 있을 것이다.

하니 연암이라고 왜 그러하지 않았겠는가?

어찌 보면 연암의 글에서 그가 우리에게 보여준 사랑해야 하는 것들에 대한 속삼임 속에는 괴로움도 배어 있을 것이다. 거지, 역관, 기생, 과부……. 그의 흉금이 기탁^{寄託}된 이러한 소설 속 인물들에서 우리는 연암의 의중을 찾는다. 그래서 그들은, 내가 아닌 '타인에 대한 배려'이며 낮은 곳을 볼 줄 아는 용기와 삶의 성숙이 어우러져 만들어낸 '자명^{自明}한 진리체^{眞理體}'라는 것을 분명히 알 수 있다.

조선 후기, 자명한 진리에서 멀어질수록 도리어 윤택한 삶을 살던 시대였다. 그저 약간의 헛기침과 충신연군지사^{忠臣戀君之詞}에 대한 맹약을 쓰거나 얄궂은 변명이나 하면서 일신의 영화를 꾀하는 치들이 좀 많았나. 이러한 사회에서 특립독행^{特立獨行, 세속에 따르지 않고 스스로 믿는 바를 행함}한다는 것은 꽤 감당키 어려운 일이다. 연암은 이를 알면서도 그 길을 마다하지 않았다. 저러한 글들에 미래가 없다는 것을 분명히 인지하였기 때문이다.

연암의 글들을 조심스레 들추어보면 만날 수 있는 자명^{自明}한 것들과 만남이 그래서 소중하다. 우리가 현재도 그의 글에 '공명^{共鳴}'하는 이유는 여기에 있다. 그러니 입시를 위해, 지적인 수준을 높이기 위해, 영달을 위해, 연암의 글을 보는 몹쓸 짓은 말아야 한다.

전술한바, 문학에서 사상성의 의의는 매우 크다고 하였다. 즉 사상은, 작가의 인생관이며 세계관으로 문학의 골격이 되기 때문이다. 언급한 연암소설에는 그의 투철한 사상의 지취志趣, 근본이 되는 중요로운 뜻가 담겨 있으니 정리하자면 이러한 것이 아닌가 한다.

기저가 되는 연암사상이 '선비 정신'이라면, 호방하면서도 인간미가 넘치는 성격으로 낮은 백성층에 인간긍정을 보이며 부유腐儒들을 향한 '비판 정신'이 둘째이고 실학 정신을 사상적 기반으로 삼아 당시 부패한 사회를 직시한 참여소설을 쓴 것을 그다음으로 치는 정도로 말이다. 사족을 달자면 연암소설은 선비 정신, 비판 정신, 그리고 실학 정신이라는 종자種子를 파종한 결과물인 셈이다.

이제는 직접 연암의 말로 그가 소설을 지은 이유를 어림하여 보자. 연암은 「방경각외전자서」에서 왜 소설을 지었는지를 적바림해 놓았다. 그리고 오륜이 무너진 세상에서 우도友道를 가장 먼저 운운하였다.

친구와 사귀는 도리가 오륜五倫44의 끝에 놓였다고 해서 낮은 것이 아니다. 그것은 마치 오행五行45 가운데서 토土가 한 해 네 계절의 바탕이 됨과 같다. 부자유친·군신유의·부부유별·장유유서에 신의가 없으면 어떻게 되겠는가. 떳떳해야 할 도리가 떳떳치 못하면 우도가 그것을 다 바로 잡아 준다. 친구와 사귀는 도리가 끝에 놓인 까닭은 곧 인륜을 통괄하려는 것이다.

友居倫季 匪厥疏卑 如土於行 寄王四時 親義別敍 非信奚爲 常若不常 友廼正之 所以居後 廼殿統斯.46

---

44 유교에서 이르는 다섯 가지의 인륜(人倫). 곧, 부자 사이의 친애, 군신 사이의 의리, 부부 사이의 분별, 장유 사이의 차서, 붕우 사이의 신의를 이름.

45 만물을 생성하고 만상(萬象)을 변화시키는 다섯 가지 원소인 '금(金)·목(木)·수(水)·화(火)·토(土)'를 이르는 말.

46 박지원, 『연암집』 권8, 「방경각외전자서」, 114쪽.

이 글은 연암 스스로 소설을 쓰는 것에 대한 자명성自明性을 담고 있다. 연암은 "인륜을 통괄酒殿統斯"하기 위해서 '우도'를 들머리에 세웠다고 한다. 연암에게 소설이 사회와 비판적 조정이듯 연암소설에서 '우도'는 모순의 사회를 바로잡는 벼릿줄이다.

'오르되브르hors-d'oeuvre, 전채(前菜)'라는 말이 있다. 프랑스 말로 식욕을 돋우기 위하여 식전에 먹는 가벼운 요리' 정도의 의미이다. 그와 같이 연암소설은 바로 연암문학의 '오르되브르'요, 그의 문학으로 들어가는 출입문 격이다. 더욱이 한 편 한 편에는 문장이 주는 간진間進, 간식을 먹는다는 뜻의 비평어과 감발感發, 소설을 읽는 심미적 쾌락이 여간 아니다.

그렇다면 당대 독서인들은 연암소설을 어떻게 읽었을까? 잠시 「방경각외전放瓊閣外傳」 소재 소설에 대한 평을 본다.

이내 아버지를 모시고 「방경각외전」을 보았다. 별부에 운운 이야기들은 하나의 기문자奇文字라고 생각한다. 중서인과 여항인의 이문기적을 두루 취하여 차례로 논하였는데, 형용이 이처럼 핍진하여 스스로 고문을 이루니 하늘이 주신 기이한 재주가 아니면 가능하겠는가.

仍侍閱放璃閣外傳 云云別部 議是一奇文字也 雜取中庶閭巷間 異聞奇蹟 論次 而形容之 如是逼眞 自成古文 非天授之奇才 而能之乎.[47]

이 평은 연암과 사이가 좋지 않았던 유한준의 아들인 유만주의 『흠영』에 보이는 글이다. 유만주는 연암소설의 문장을 '기이한 글奇文'이라 하였으며 형용이 핍진하니 하늘이 내린 재주라고 극찬하고 있다. 특히 '핍진逼眞'이란

47　유만주, 『흠영』 6, 서울대 규장각자료총서, 1977, 71쪽.

소설 속에 묘사된 인물들의 목소리, 생김새, 말투, 행동거지 등이 일상생활 속의 그것과 가깝다는 말로 고소설 비평에서는 소설을 긍정적으로 바라보는 용어이다. 연암이 소설을 쓰되 '모사진경模寫眞境, 실제 그대로 참다운 진경을 그려냄'과 '절근정리切近情理, 사람 사는 인정과 도리에 아주 가까움'로 당대를 그려냈음이다. 비록 연암의 작가 정신을 제대로 짚어내진 못하였지만, 척을 두고 지낸 이의 아들조차 저렇게 극찬할 수밖에 없었다.

"어떤 책은 음미해야 하고 어떤 책은 삼켜야 하고 약간의 책은 잘 씹어서 소화시켜야 한다." 영국의 철학가 F. 베이컨의 말이다. 연암소설은 그 '약간의 책'에 속하지 않을까.

다음 장에서는 좀 더 구체적으로 연암이 소설을 지은 까닭을 살펴보겠다.

8. 세상 돌아가는 꼴이 미워 소설 9편을 지으셨다

"세상이 무엇이냐고 알려고 대들기보다 우선 그 속에서 어떻게 살아가느냐가 더 중요하다." 헤밍웨이Ernest Hemingway, 1899~1961의 소설인 『태양은 또다시 떠오른다The Sun also Rises』에서 주인공인 제이크가 한 말이다. 전쟁에 나가 남자의 기능을 상실한 그가 이 사회에서 취할 수 있는 유일한 행동이다. 뒤집어 생각하면 어떻게 살아가느냐를 생각할 만큼 절대적인 상황이라는 소리다. 먼저 '어떻게 사느냐'를 알게 되면 '세상이 어떠한지'는 당연히 알게 되는 법이다.

연암의 소설 속 인물들은 하나같이 '어떻게 세상을 살아가느냐'가 삶의 절대적 명제인 사람들이었다. 그래서인지 연암의 글을 보면 묘한 흥분을 느낀다. 나로서는 볼 수 없는 것을 보고 쓸 수 없는 것을 썼기 때문이기도 하지만 작품 속 그들의 삶에서 지적 긴장감과 일종의 쾌감을 느끼기 때문이다.

연암의 소설은 그의 사유를 구현하려는 통로 역할을 하는데 18세기를 살았던 양반네의 글로는 매우 '낯설다'. '낯익다'라는 말이 지금도 미덕으로 자리 잡고 있는 우리네이기에 '낯설다'라는 의미 속에서 당대에 대한 비판의식과 치열한 작가의식의 내재를 되짚어 보아야 한다.

우선 '현재의 소설'과 '저 시절의 소설'은 동음同音이되, 동의어同義語는 아니라는 분명한 사실을 표해놓고 이야기를 시작해 본다.

그래서인지 연암의 소설을 우리 소설사의 계보로 따지자 치면 꽤나 독특하다. 사회소설社會小說이니, 풍자소설諷刺小說이니, 참여소설參與小說이니, 도교소설道敎小說이니, 한문단편漢文短篇, 전傳을 빙자한 소설 등으로 부르는 명칭들이 바로 이러한 반증이다. 그만큼 연암소설은 그 성격을 한 가지로 규정하기가 여간 까다롭지 않다.

다시 한번, '현재 소설'과 '저 시절 소설'은 동음이되, 동의어가 아니라는 분명한 사실을 염두에 두고 논의를 시작해 보자.

연암소설은 당대에도 많은 논란의 중심에 섰지만 그 반향은 사실 지금이 더 크다. 그것은 고소설임에도 독서인들의 추체험追體驗[48]이 지금도 만만치 않기 때문이다.

연암은 벼슬도 명예도 곁눈질한 적이 없다. 연암의 삶을 보면 벼슬한 수년간에도 그는 의연불변毅然不變하게 글쓰기를 평생의 업으로 꾸렸다. 이 말은 연암소설의 독자가 현재성을 보이는 것에 밀접한 단서를 제공해 준다. 그것은 현실의 사단事端과 맹랑한 허구적 문맥만으로 점철된 여느 소설과 다르다는 점을 명백히 반증하기 때문이다. 연암소설에서 우리는 담대심소膽大心小, 문장을 지을 때의 마음가짐으로 담력은 크게 가지되 세심하여야 한다는 말한 글쓰기를 하는 데서 오는 '시대와 작가의 팽팽한 긴장감'을 읽을 수 있는데, 앞 문장을 해결하기 위하

---

48 흔히, 문학 작품의 주인공이나 수기를 쓴 사람의 체험을 자기의 체험인 듯이 느끼는 따위.

여 다음과 같은 명제를 놓아본다.

"연암은 세상 돌아가는 꼴이 미워 소설을 지었다."

연암은 명문 노론가 출신이다. 양반으로서 용렬한 상사람들을 생각한다는 적당한 마음씨만 보이고 뒷전으로 당파와 손을 잡는 두길마보기만 하였더라면 분명 연암은 조선 후기를 편안히 보낼 수도 있는 인물이었다. 그런데 그는 이를 단호하게 거절해버리고 양반과 낮은 백성의 계층을 넘나들며 자기의 소리를 내었다. 저 시대 최말단인 참봉參奉조차 돈으로 사서는 벼슬이랍시고 거드름을 피우던 '개다리 참봉'들이 도처에 있던 시절이다. 이미 자정 능력을 상실한 조선이었다.

연암은 「방경각외전자서」의 지작기尨作記에서도 소설 쓰는 이유를 분명히 했거니와 일없이 붓을 드는 법이 없었다. 연암의 문학관이 즉물적卽物的으로 현실에 바탕을 두었다는 점은 이에 시사하는 바가 적지 않다.

우선 종채의 『과정록』 기록을 빌려 연암소설에 관한 이야기를 접해보자. 종채는 분명 아래와 같이 말하였으니 연암이 소설을 지은 뜻은 '세상 돌아가는 꼴이 미워서' 그러한 것임에 틀림없다. 다소 양반들에게는 악의적으로 읽힐 글마디가 보이는 것은 이 때문이요, 연암소설의 자양분 제공도 바로 여기서 출발한다.

아버지께서는 젊으셨을 때부터 세상 사람들이 친구를 사귐에 오로지 권세와 이익에 따라 아첨하여 좇거나 푸대접하는 모습을 보이는 세태를 미워하여 일찍이 구전九傳49을 지어 이를 기롱譏弄하며 세상 사람들을 왕왕 놀려주고 비웃어 주

---

49 「마장전(馬駔傳)」·「예덕선생전(穢德先生傳)」·「민옹전(閔翁傳)」·「양반전(兩班傳)」·「김신선전(金神仙傳)」·「광문자전(廣文者傳)」·「우상전(虞裳傳)」·「역학대도전(易學大盜傳)」·「봉산학자전(鳳山學者傳)」으로 9편.

었다.

先君自少時 嫉世之交友 專視勢利 炎凉聚散 情態可見 嘗作九傳以譏之 往往以諧笑發之.[50]

현대 과학의 모듬체라 부르는 자동차라는 물건은 우습게도 '두 개의 페달' 밖에는 없다. 빨리 달리게 하는 가속 페달과 속도를 줄이는 브레이크인데 잘 보면 가속 페달보다는 브레이크 페달이 넓다. 브레이크가 더 넓은 것은 '가속의 위험성'을 보완하려는 의도를 가지고 있어서다. 연암소설은 물욕物慾을 향해 질주하는 우리들에게 정신적 브레이크의 역할을 한다. 오늘날에도 그의 소설을 읽는 효용성이니 이른바 세교론世敎論이다.

세교론이란 소설에 대한 찬·반 양면을 모두 포괄하는 용어이다. 김시습金時習, 1435~1493은 「제전등신화후題剪燈新話後」에서 "말이 세상의 교화에 관계되니 괴이해도 무방하고 사건이 사람을 감동시키니 허탄해도 기쁘도다語關世敎 怪不妨事涉感人 誕可喜" 하였다. 선조 때 문신인 성여학成汝學도 "소설총화를 지어 세교世敎에 도움이 될 뿐만이 아니라 많은 사람들이 즐겨 보게 하는 것만 같지 못하오不若著小說叢話 非但稗補世敎 衆亦樂觀之"라며 소설류에 대한 적극적인 비평을 이 세교론을 통하여 하였다.

종채가 지적한대로 연암은 적극적인 사회참여의식을 본밑으로 한 자신의 소설을 통하여 비틀린 사회와 거칠 것이 없이 가속도를 내는 질탕한 유교놀음에 제동을 걸었다.

이야기가 빗나가지만 '복화술腹話術'이란 말을 쓰면 이해하기 편할 듯하다. 복화술이란, 인형人形이 말하는 것처럼 입술을 움직이지 않은 채 말하는 것

---

50   박종채, 「과정록」, 『한국한문학연구』 제6집, 1982(영인), 8쪽.

인데 연암소설 속 인물들이 하는 말은 연암 자신이다. 그리고 소설이란 장르를 선택한 것도 그렇거니와 내용으로 보아 아예 '시비판'을 차려 놓은 셈이니 이것은 연암의 또렷한 작가의식에서 기인한 것이었다.

논의를 잠시 연암의 작가의식으로 돌려보자.

언급한 바 '작가의식'이란 한 작가가 지닌 대사회 의식의 치열성으로 볼 수 있다. 더구나 '조선 후기라는 공간'을 염두에 두고 생각해보자. 꼬투리를 잡자면 모두 시비가 되던 시절이기에 저들과 감정을 낸다는 것이 어떠한지 연암이 모를 턱이 없다. 사회에 대한 비판과 관찰, 그리고 그것을 문학작품으로 형상화하는 과정은 작가와 사회와의 치열한 한판 승부일 터이기에 예사 사람이라면 뒷갈망을 생각하여 엄두도 낼 수 없는 일이다. 그야말로 연암이 척당불기倜儻不羈, 뜻이 크고 기개가 있어 남에게 얽매이지 않음이기에 이러한 소설들을 지어 세상의 시비를 가른 것이 가능했다.

문학은 '사회적社會的 산물産物'이다. 모든 문학행위는 언어라는 사회적 의사소통과 저자와 독자라는 사회적 관계망에서 이루어지는 것이므로 사회성을 지닌 작품이 생화生花라면 그렇지 못한 작품은 가화假花일 수밖에 없다. 숨이 이미 멈춰버린 천조각으로 주렁주렁 꾸며 놓은 서낭의 거짓 꽃에서 무슨 향내가 나겠는가.

송나라 양만리楊萬里, 1127~1206의 「하횡산탄두망금화산下橫山灘頭望金華山」이라는 시가 있다. 글 짓는 마음이 머무른 곳, 그곳은 길을 나선 문밖세상이지 대궐 같은 집이나 아름다운 정원이 아니다. 그래야만 어제도 오늘도 내일도 흐르는 동선動線에 올망졸망한 팍팍한 삶들이 석축에 긴 이끼처럼 붙어 있음을 보지 않겠는가.

강산이 머금은 뜻 언제 저들을 저버렸던가   山思江情不負伊

비가 오든 날이 맑든 한결같이 신기하다네 　雨姿晴態總成奇

문을 닫고 시구 찾는 건 시 짓는 법 아니지 　閉門覓句非詩法

길을 나선다면 저절로 시가 되는 것이라네. 　只是征行自有詩

문 닫아 걸고 헛기침이나 해대며 읊조리는 글, 혹은 한갓진 시골에 들어앉아 바라본 산수는 '봉건 찬가'이거나 그저 '산천 구경'에 지나지 않는 문아풍류文雅風流였다.

조선조문학은 사실 이러한 점을 들이대면 그렇게 자유롭지 못하다. 조선조문학의 대표적 장르로 소소한 즐거움을 주는 시조時調와 가사歌辭는 많은 작품이 바로 님ㅋ을 그리는 잘 짜깁기한 노래요, 소박한 전원주의 미술은 관념적 산수화를 낳았다. 물론 이것은 수많은 당대의 '청맹과니형 방관'들 중 하나이지만, 이 정도의 고리삭은 미학으로도 민중을 충분히 마취시켰다. 이것은 대다수 양반들의 관습화된 글쓰기였다. 관습이란 누구나 그러하듯 너무나 낯익어서 느끼지 못하고 종종 지나친다.

남인 학맥의 대표적 존재요, '화국수華國手, 나라를 문학을 빛낸 대가'라는 칭호를 들은 채제공蔡濟恭, 1720~1799도 당대를 이렇게 보았다. 연암과 분명 동시대를 함께하였고 더구나 병조·예조·호조판서·좌의정을 두루 역임하고 정조의 신망을 한 몸에 받았던 조선 정치의 중심에 서 있던 그다. 하지만 그의 시각은 아래처럼 연암과는 영 다르다.

도성의 달관達官, 높은 벼슬이나 관직에서부터 여항閭巷, 백성의 살림집이 모여 있는 곳의 낮은 백성에 이르기까지 모두 놀이하며 꽃구경을 함에 마치 미치지 못할 것처럼 한다. 수레와 말소리가 몹시 요란하고 크게 들리며 노래를 부르고 외치는 소리가 차례로 일어나는 사이사이에 생황과 통소 소리가 들린다.

都人士自達官 至閭巷民庶遊賞如不及 車馬殷殷轟轟 歌呼迭作 間以笙簧

이 글은 채제공이 북저동北渚洞을 유람하고 지은「유북저동기遊北渚洞記」의 일부이다. 북저동은 지금의 서울시 성북구 성북동 일대이다. 복숭아나무가 많아 봄철이 되면 복숭아꽃이 만개한 게 여간 아니어서 도화동桃花洞이라고도 불렸다. 채제공의 표현처럼 도성 사람들이 다투어 나가 놀며 구경하고 상춘객들의 수레와 말들이 골짜기를 가득 메웠을 수도 있다.

하지만 나라의 안위를 책임지는 정치인으로서 상춘賞春의 도도한 흥에 이어지는 "국가 백년의 태평한 기상이 모두 이곳에 있도다國家百年昇平之象 盡在是矣" 하는 대목은 어딘가 임금의 턱밑에서 '충신불사'를 웅얼거리는 듯한 작위적作爲的인 냄새를 풍긴다.

그 시절이 정녕 채제공의 말대로 태평성세太平聖世니 강구연월康衢煙月이니를 입을 모아서 칭송하던 시절이었다면, 연암의 글들은 모두 볼멘소리일 수밖에 없다. 채제공의 전모를 보지 못한 내가 이 정도의 언질 잡는 말로 그를 품평하려니 흉하적인 듯도 하지만 정녕 저 시절이 도원경桃源境은 아니라고 생각한다.

연암의 문학은 사회에 초점을 맞추고 부조리와 모순을 소설을 통해 풍자한다. 여기서 말하는 풍자의 대칭은 단순한 '웃음'이 아닌 '비판'이다. 간과할 수 없는 점은 연암소설을 읽었던 독자층이 낮은 백성층 보다는 양반 계층이었다는 점이다. 이른바 연암소설의 불경성不敬性은 저들에게 분명 시빗거리지만, 연암은 이렇게 하는 것이 선비로서 소여小與라고 생각하였다. 연암소설은 이렇듯 불온한 사회에 헛웃음질만 치는 것이 아닌, 자아를 드러내 보이려는 행동이었다.

천리대天理大 도서관에 소장되어 있는『속제해지續齊諧志』라는 책은 연암의

『속제해지』의 표지와 「호질(虎叱)」, 일본천리대도서관소장

유몽인을 비롯 12인 35화가 수록되어 있는데 주로 '전기(傳記)', '일문(逸聞)', '전기소설(傳奇小說)' 등이다. 그중 연암의 작품은 「호질」, 「민옹전」, 「발승암기」, 「양반전」 등 4편이다. 대곡삼번(大谷森繁)이 『조선학보(朝鮮學報)』 제92집, 1979, 152~237쪽에 영인, 해제해 놓았다.

작품소설이 어느 계층의 사람들에게 읽혀진 것인가에 대해 상당히 주목할 만한 자료를 제공해 주고 있다. 이 책은 조선조의 유명한 문인·학자의 '전기傳記'와 '일문逸聞, 세상에 알려지지 않은 소문이나 이야기', 그리고 '전기傳奇'류에서 두루 뽑았다. 연암의 작품을 4편이나 수록하였다는 것은 아마도 편자가 후세에 전할 만한 가치가 있다고 생각해서이거나 아니면 연암의 사상과 풍자 및 그의 비판에 공감하는 점이 있었기 때문이다. 4편 중, 「발승암기髮僧庵記」를 제외하면 모두 소설이다.

발승암이란 '머리를 기른 중'이란 뜻으로 김홍연金弘淵이란 사람이다. 이 작품 소재는 시정市井에서 취하였으되 나와의 문답 등 허구성을 적절히 끌어들였다. 따라서 단순한 '-기記'라고 보기에는 소설적 색채가 짙어 논자에 따라서는 소설로도 본다. 「민옹전」의 민옹과 유사한데 내용의 일부를 보면 다음과 같다.

> 김은 활자闊者이다. 대개 마을에 부랑하고 호협豪俠하다는 말인데 소위 검사劍士·협객俠客 따위와 같다. 그가 한창 소년 일적에 말타기와 활쏘기를 잘해서 무과에 합격했다. 힘이 능히 범을 움켜잡았으며 기생을 끼고 두어 길 되는 담벼락을 뛰어넘기도 했다. 녹녹하게 벼슬길에 나가기를 즐겨하지 않았고 집이 본디 부자여서 재물을 똥 같이 여겼다……[51]

연암소설이 한문으로 쓰였다는 점도 잠시 짚는다. 모든 '독자는 이미 작가가 저술하려는 구상構想 속에 있다'라는 말을 유념한다면, 연암소설은 이미 양반 독자와 불화가 약정約定된 셈이었다. 연암의 시대에는 모름지기 따라야 할 보편적인 법칙이 있었으니 바로 유교였다. '계층적 층위'로서 연암의 신분과 '문화적 층위'로서 소설을 견준다면 왕청된 그 낙차는 그대로 당대의 양반과 연암소설의 거리였을 터이다. 유교의 면전에서 등을 돌리지는 않았다 하여도 부조리한 현실을 응시하며 소설을 쓴 연암은 간접적 유죄인 셈이다.

연암이 소설을 쓴다는 것은 그 시절 제도화된 글쓰기 관습에서 일탈이요, 결별을 고하는 행위이다. 끊임없는 시빗거리였다. 더구나 소설은 그렇다손 치더라도 양반네들에 대한 명시적明示的 공격은 쉽사리 받아들였다고는 이해하기 어렵다.

그래서인지 널리 읽혔다는 것에 깔끔하게 주석을 붙이는 것이 여간 어려

---

51 박지원, 『연암집』, 권1, 『연상각선본』, 「발승암기」, 24쪽(번역은 이우성 편역, 『박지원』, 한길사, 1992, 170쪽의 번역문을 그대로 따랐다).

운 게 아니다. 독일의 철학가 발터 벤야민Walter Benjamin, 1892~1940의 예술 이론을 끌어들인다면, 연암의 소설에는 유교라는 오라Aura[52]가 흐르고 있기 때문이 아닐까? 사실 연암의 글들에서 진한 유교의 냄새를 맡을 수 있는 것은 분명한 사실이다.

혹은 '포만飽滿 뒤의 느긋거림처럼, 조선 후기를 포식하는 자의 낯선 불안과 겸연쩍음 때문은 아니었을까?' 하는 점도 생각해 본다. 더러는 '세습적 가해자'임을 깨달은 양반독자가 있어 연암의 글이야말로 '참으로 읽을 만한 글眞切可讀'이라고 인정하는 이가 있었기에 그래도 그 시절이 멈추지 않았다. 끊임없이 유교적 독서를 조장하는 당대에 연암소설이 읽혔다는 것은 퍽 재미있는 현상이며, 저러한 독서상황이 있었기에 연암소설이 오늘날 고전이 된 것이다.

그 시절, 몇몇이나 연암의 소설을 보고 '고전古典'이라 하였을까만, 21세기를 사는 우리는 그의 작품을 고전이라 부르는데 주저하지 않는다. '고古'는 '열十'과 '입口'으로 '10대를 전함직한 말'이요, '전典'은 '책冊'과 '책상丌'으로 '책을 얹는 책상'이다. 고전이란, '10대를 전함직한 글이기에 책상에 올려놓고 소중하게 다룬다'는 의미다. 고전에 '오랫동안 많은 사람에게 널리 읽히고 모범이 될 만한 문학이요, 예술 작품'이라는 긴 정의항을 놓아도 '세상 돌아가는 꼴이 미워서 지었다'는 연암소설은 오늘날 '고전'임에 틀림없다.

연암소설은 저러하여 한 자라도 한문자閑文字가 없다.

---

52 '분위기' 등의 의미. 예술작품에서 개성을 구성하는 계기로 예술 작품이 지니고 있는 미묘하고도 개성적인 고유한 본질로 1934년 벤야민의 논문 「기술복제시대의 예술 작품(Das Kunstwerk im Zeitalter seiner Reproduzierbarkeit)」에 등장한 예술 개념이다.

9. 연암소설은 참여소설이다

꼬맹이 시절 촌놈인 내가 서울 대고모 댁에 가서 처음 펌프라는 것을 보았다. 신기하게도 물 한 바가지 붓고 손잡이를 위아래로 움직이면 물이 콸콸 나오는 게 아닌가. 그 기억이 아직도 생생하다. 처음에 붓는 그 한 바가지의 물이 '마중물'이다.

연암의 소설은 연암문학을 이해하는 '마중글'이다. 조선 후기, 시객詩客이 풍월을 읊고 묵객墨客이 산수를 그렸다면 연암은 긴장된 시선으로 가위눌리던 사회를 썼다. 연암은 소설이라는 허구적 장르를 이용하였지만 조선 후기의 시정市井, 인가가 모인 곳을 그대로 노출시키되 생동감 있게 그렸다. 요컨대 길거리는 떠도는 가담항어街談巷語가 연암소설의 작품 공간인 셈이다. 그렇기에 연암소설들에서 조선 후기의 세습적인 피해자와 가해자들인 그네들을 만나고 또 그 시절의 팍팍했던 삶을 두루 짐작한다.

영화 〈미저리Misery〉, 〈쇼생크 탈출The Shawshank Redemption〉 등의 원작자인 세계적인 대중 작가 스티븐킹Stephen Edwin King의 『유혹하는 글쓰기』라는 책을 읽다가 연암의 소설 법칙과 유사한 부분이 있어 깜짝 놀랐다.

스티븐킹은 저자에게 있어 "소설이란 이미 존재했으나 발견되지 않은 어떤 세계의 유물이기 때문에 이야기는 저절로 만들어진다"고 하였다. 즉 소설은 이미 있는 이야기를 쓰는 것이니 고고학자의 유적발굴과 같다는 의미이다. "따라서 플롯이란 좋은 작가들의 최후의 수단이고 얼간이들의 최초의 선택이 될 수밖에 없다. 스토리는 믿을 수 있으나 플롯은 교활하므로 가둬두어야 한다" 하였다. 유적의 발굴이기에 플롯을 구성하여 쓰는 게 아니라는 주장이다.

사실 연암의 소설 소재원은 모두 연암의 주변에 화석처럼 남아 있는 것들이다. 그의 소설에서 잠시 전에 붓을 두고 간 듯한 묵향墨香과 선명한 필선筆線

을 보는 것도 삶의 진정성을 찾는 것도 모두 이 비밀스런 공통점 때문이다.

그래서인지 연암의 글은 무척이나 자세하다. 예를 들자면, 나뭇잎을 표현하기 곤란하니 연암은 이렇게 나뭇잎을 그려 놓았다.

자세히 나뭇잎의 힘줄을 보면 '천자만년天子卍年'이란 글자로 되어 있다. 이 글자는『열하일기』「황교문답」에 보이는데 나뭇잎을 그려 넣음으로써 독자의 이해를 높이고자 하였다. 글자의 이름을 굳이 붙이자면 '나뭇잎 잎' 자 아닌가?

언급한 이러저러한 이유로 해서 나는 연암의 소설을 '참여소설參與小說'로 본다. 여기서 말하는 참여란, '참여문학參與文學'에서 '참여'라는 낱말과는 다른 의미이다. 이 글에서 연암소설을 참여소설이라 함은 서구의 박래품舶來品으로서 '참여문학'이 아니다.

따라서 이 글에서 연암소설을 '참여소설'로 규정함에 두 가지의 선차적 조건을 두고자 한다.

첫째로 '참여'라는 문학 용어가 등장하기 이전에도 얼마든 그 용어를 품어 안을 만한 문학적 행위가 있었는데 연암소설이 그러하다.

둘째로 '참여'라는 용어 사용에 상관없이 소설을 통한 참여는 문학이 존재하는 한 지속될 것이다.

'작가의 사회참여'에 귀 기울인다면 우선 작가가 지닌 도덕성이 작품의 내용을 결정짓는 중요한 요소임을 들 수 있다. 따라서 작가의 고뇌를 읽어야 한다. 작가의식이 작품의 내용에 미치는 것은 작품 속에 작가의 의도가 개입되어 일으키는 미의 창조이고 예술의 본질이므로 생동하는 예술은 그 내용의 감동력의 여하에 따라 가치가 달라진다.

물론 논자에 따라서는 이런 말을 할 수 있다.

"문학은 설교가 아니다. 문학은 어디까지나 예술이다. 여기에는 윤리도 없고 도덕도 없다. 오직 아름다움만을 추구할 뿐이다"라고. 물론 이러한 예술적 형상화가 작품성의 절반을 차지하지만, 감동력을 잣는 것이 오직 비단결 같은 아름다움에만 있는 것은 아니다. 때로는 치열하게 때로는 따뜻하게 세상을 보며 '지식인으로서 행동하는 양심'이 꼭 필요하다는 생각이다. 즉 진실한 사상이나 신념, 그리고 정열적인 욕구의 표현과 행동이 독자의 내부로 파고들 때 독자의 감동을 길어 올릴 수 있다. 작가의 치열한 사회참여 의식과 작품의 예술적 형상화 모두를 만족시키지 못할 때 선택은 그래서 전자여야 한다.

가람 이병기李秉岐 선생은 「고전의 삼폐三弊」라는 글에서 이런 말을 하였다.

문학이란 반드시 사실寫實이어야 한다는 것은 아니되 비록 그 무엇을 가설적假說的으로 상상想像한 것이라도 그것이 과연 복받치는 정열情熱의 표현이고 보면 훌륭한 작품이 될 수 있다.[53]

그러고는 우리글의 폐단 세 가지를 들었으니 ① 큰소리, ② 군소리, ③ 문소리이다. 목소리만 내는 '큰소리'와 쓸모없는 '군소리'는 알겠으니 '문소리'

---

53 이병기, 『가람문선』, 신구문화사, 1966, 469쪽.

만 설명한다. 가람 선생 표현으로는 '문덩문덩 썩은 소리'라 한다. 그럴 성싶기는 해도 진부하고 썩어 문드러진 소리를 하는 것이라는 말씀이다.

글이야 태생적으로 '가진 자와 함께 하는 것이 숙명'이라지만, 글을 끼고 살아가는 그들 중 몇이나 연암 같은 삶을 살고 글을 써댔나. 그 당시 '정문유착政文癒着'은 항다반사恒茶飯事이던 시절이다. 지금의 '정경유착政經癒着'과는 비교할 수도 없이 '정치政治'와 '얼레발만치는 문文'이 엉겨 붙어 충신불사忠臣不事와 목릉성세穆陵盛世를 길게 읊었다. 그 시절 그 곳에서 연암의 글은 중뿔나게 고집피우는 사람이 아니라면 쓸 수 없는 글이었다.

작가는 영원한 평화와 행복을 추구하려는 인류의 현실적 고민, 그런 공동과제를 해결하려는 진실한 노력이 필요하고 이것이 작가의 사회참여의식이다. 이는 시대와 상황에 대한 작가로서 책임 자각이라는 선행조건이 필요하다. 이것이 '작가 정신作家精神'이니, 현실에 대한 뚜렷한 역사의식과 이를 문학이라는 예술적 구조로 형상화하되 거기에는 날카로운 비판의식을 담아내려는 의지가 필요하다.

연암의 「방경각외전자서」라는 지작기誌作記는 그 좋은 예이다. 이 지작기를 보면 사대부 양반들과 대립각이 몹시 가파르다. 연암은 그의 소설을 방담放談 혹은 방일放逸로 보는 것을 미연에 차단하기 위해 이 지작기를 붙였다.

물론, 연암의 소설 창작태도에 기양技癢 또한 없다고는 못하겠다. "기양이란 인간에게는 긁지 않고서는 견딜 수 없는 가려움증과 같이, 표현하지 않고서는 못 배기는 기술 내지 재주이다. 이 쓰지 않고 견딜 수 없는 표현욕을 기양이라고 한다伎癢者 謂人有技藝 不能自認 如人之癢也 伎癢 謂懷伎欲求表現也." 즉, 이 기양론은 저술의 심성적 동기로 쓰고 싶은 표현욕을 말한다. 연암의 글은 이 기양론보다 부조리한 현실을 비판하고 모순된 제도의 질곡에서 신음하는 계층을 구제하려는 양반으로서 책임 자각이 더욱 크다. 이 또한 연암소설을 참여

문학으로 보는 이유이다.

내친김에 이제 말줄기를 연암의 당대와 글쓰기로 확장시켜 보자.

"천하가 이미 썩어 문드러진 지 오래다天下腐爛已久"라며 정약용丁若鏞, 1762~1836
도 토혈하던 시대이다. 연암소설은 이런 막돼먹은 세상의 방부서防腐書였다.
연암은 당대의 곤욕스런 현실에 발 개고 나앉지 않으려 애썼으니 그의 소설
은 이러한 사회 현실에 대한 강한 불만을 잔뜩 뼈 물고 쓴 것들이다. 그렇기
에 연암은 참다운 문학이 이루어지는 동기는 득의得意가 아니라, 세상에 대
한 '불만不滿'이라고 한 것이다. 불만의 대상은 사대부였다.

세상의 허위, 위선과 싸우는 것이 문학의 사명이라 자각한 연암은 자신이
양반이면서도 곧장 사대부에게 칼날을 겨누곤 했다. 연암은 자신이 글 쓰는
심정을 사마천司馬遷, B.C. 145~B.C. 86?의 『사기史記』를 예로 들었다. 연암소설에서
볼 수 있는 공능工能, 공들인 보람을 나타내는 능력의 출발점은 바로 여기다.

사마천은 궁형宮刑54이라는 극단적 형을 받고 비분강개한 마음으로 시야비
야是也非也를 외치면서 『사기』를 쓴 사람이다. 그가 '시야비야'를 외친 것은 도
대체 무엇이 옳고 그른 것인지를 확연히 하려 함에서 비롯된 것인데, 이를
'발분저서發憤著書'라고도 한다. 연암은 이를 글쓰기의 동기로 끌어들여 심리
의 미묘한 국면을 설명하였다.

아이들이 나비 잡는 것을 보면 사마천의 마음을 알 수 있다. 앞다리는 반쯤
꿇고 뒷발은 비스듬히 들고 손가락을 벌리고 앞으로 가서 손이 닿을 둥 말 둥
할 때, 나비는 날아가고 만다. 사방을 돌아보면 아무도 없다. 겸연쩍게 웃고 부

---

54 궁형은 중국에서 유래하는 사형 다음가는 중형으로 남녀의 생식기능을 상실하도록 만드
는 형벌이다. 남자는 생식기를 거세하고 여자는 질을 폐쇄하여 자손의 생산을 불가능하게
하였다.

끄러운 듯 성난 듯한 이 경지가 바로 사마천이 글 지을 때이다.

見小兒捕蝶 司以得馬遷之心矣 前股半蹲 後脚斜翹 丫指以前手 猶然疑 蝶則去矣 四顧無人 哦然而笑 將羞將怒 此馬遷著書時也[55]

연암은 사마천이 글 지은 동기를 「답경지삼答京之三」에 이렇게 적고 있다. 나비를 잡았으면 글은 이루어지지 않는다. 잡힐 듯 잡히지 않는 세상. 마음을 도스르고 온 힘을 다하여, 이제는 득의의 웃음을 지으려는 순간 물거품이 되어버렸다. 글재주를 통한 조선 후기의 '권력과 환전'은 그렇게 사라졌다.

사마천이 『사기』를 저술했던 동기를 자신의 글 속에다 밝힌 연암의 속뜻은 무엇일까? 그것은 자신의 심경과 등치等値를 나타내고자 함이니, 나라를 다스리는 자들의 횡포와 허위를 용납하지 않겠다는 분명한 의식이다. 사마천과 연암, 모두 나비를 잡지 못했으므로 '부끄러운 듯, 성난 듯한 경지'에서 심정을 다스려 글을 쓴 것이다.

연암의 소설은 이처럼 뜻을 펴지 못하고 억눌린 사람이, 글을 통해서 자기의 세계를 이룩하고자 한 고민의 결정체였다. 이렇듯 가슴으로 쓴 소설이었기에 연암소설은 18세기의 위기담론이요, 연암 사후 200년이 넘는 오늘날까지 그의 소설이 빛나는 이유이다.

'참여'에 대해 살폈으니 이제 선걸음으로 '소설'이라는 장르를 따라가 보자.

분명, 소설의 시대가문학사에서는 흥성거렸지만, 연암의 시대 양반들은 아직도 당판唐板 서적과 유학의 경전이나 읊조릴 때였다. 적절한 비유일는지 모르겠지만 항상성恒常性이라는 말이 있다. 항상성이란, 내부 환경과 외부 환경 사이의 평형 유지를 뜻한다. 예를 들어 포식자로부터 벗어나기 위한 카멜레

---

55 박지원, 『연암집』 권5, 「답경지삼」, 92쪽.

온의 색소 위장이나 사막에서 살아남기 위한 낙타의 물주머니 따위이다. 바깥 세계와 조화하지 못하면 그것은 바로 '죽음'이다. '로빈슨 크루소'의 삶 역시 이 항상성으로 이해할 수 있다.

조선 후기라는 시간, 많은 이들은 연암에게 "잊어버리게! 여기는 조선일세" 하고 충고했겠고 그 속에서 연암은 꽤 괴로워하였으리라. 이에 병난 연암은 자신을 치료하기 위해, 살아남기 위해 군색스럽지만 전략적으로 소설을 택하였다. 소설은 세상의 그물을 걱정하고 타자의 시선을 경계하는 비겁한 글쓰기와 멀찍이 떨어진 글이었다. 그렇다면 용이하지 않은 답치고는 꽤 성공한 셈이다.

이러한 점을 고려하여, 다소 문제의 여지가 있을지 몰라도 연암의 소설은 모두 '사회현실 모순 비판'이라는 한 주제로 묶을 수 있다고 생각한다. 박래적인 용어로는 '옴니버스^{omnibus}[56] 형식'의 한 유형쯤으로 읽어도 된다.

계속 연암소설의 참여적 성격을 살펴보자.

연암소설들을 보면 사회적으로 낮은 계층의 백성들을 주인공으로 설정하였다. 이는 개인과 사회의 구체적 관계를 객관적으로 조명하여 그 속에 숨은 갈등의 요인을 찾아내려는 것이다. 다시 말하면 연암의 소설은 현실의 부조리와 위선, 그리고 그것과 대립되는 하층민의 진정성을 볼 수 있는 발광체^{發光體}이다. 그래서 연암은 정통적인 시문의 형식보다는 이른바 패관소품에 속하는 한문소설을 적합한 문학 형식으로 택했다.

이것은 작품 속에 작가의식을 최대한 반영하기 위한 전략적 의도에서였음은 어렵지 않게 추론할 수 있다. 장르의 경계에는 문체적 특징과 사회적 인식이 내재해 있기 때문이다. 생각할 점은 작가의 의식세계가 다르면 그 문

---

56 영화·연극 등의 한 형식. 하나의 주제를 요체로 더위잡아 몇 개의 독립된 짧은 이야기를 늘어놓아 한 편의 작품으로 만든 작품이다.

체 또한 달라진다는 평이한 생각이다. 연암 당대 문체는 작가의 세계관 문제가 아니다. 중세질서를 유지하려는 욕망과 이탈하려는 욕망의 충돌로 보아야 한다.

따라서 양반으로서는 전혀 어울리지 않는 소설문체, 소설 속의 하층민들, 신선, 역관, 몰락 양반, 거지, 열녀는 그 자체의 언어망言語網으로 읽어서는 안 된다. 연암이 그린 인물들의 형상화는 단순, 명쾌하지만, 이 낱말들은 조선 후기의 관습과 제도적 모순을 소설이란 정으로 다듬어 낸 조각들이요, 조선의 축도縮圖요, 중세질서로부터 벗어나려는 강렬한 욕망이기 때문이다. 당연히 시시콜콜 글로 내뱉은 나부랭이 글이 아닌, 훨씬 더 소중한 가치를 지닌 이야기들이다. 기록과 시대의 아부 사이를 오고가는 관습화된 글쓰기가 만들어 낸 '도덕 수양서'와 아예 거리가 멀찍하다.

조선이 '글'의 나라임에는 틀림없다. 그러나 글 쓰는 소위 양반들은 세상의 그물을 걱정하고 타자의 시선만을 경계하는 비겁한 글쓰기를 하였다. 더욱이 소설은 진짜배기 '글'도 아니었다. 소설은 양반으로서 삶의 편익便益을 멀찍이 비켜선, 악성惡性사상을 부추기는 몹쓸 글일 뿐이었다.

또 연암은 여느 소설처럼 재자가인才子佳人을 주인공으로 내세워 '선인필복善人必福이나 악인필망惡人必亡'도 그리지도 않았다. 연암소실에는 그의 심지心志가 약동하고 조선 후기를 똑바로 치어다보는 눈자위가 있다. 그의 소설은 때론 열정적으로 때로는 위험하게 권력의 임계臨界를 넘나들었다. 그러니 그의 소설쓰기는 호사가의 여기餘技가 아니다.

더욱이 연암은 끙끙대며 소설을 쓴 것이 아니라, 당대의 진실을 본밑으로 하여 그렸다. 연암이 글을 배워 첫 서슬에 지은 것이 「이충무공전李忠武公傳」이라는 사실도 연암소설의 참여적 성격을 규명하는 데 보탬이 되는 좋은 자료이다. 이 작품은 현재 전해지지 않아 이순신을 어떻게 그렸을까 궁금하다.

연암은 글을 앉히고 뜸 들이는데 고민하지 않았다. 그래서 우리는 연암의 소설에서 다소 과장과 희화화된 몸짓을 찾을지라도 헛짓이 없으며, 연암 당대의 온기 있는 정물靜物로서 지금의 우리도 공감할 수 있는 일상임을 안다. 연암소설 속 인물에 오유 선생烏有先生이나 무시공無是公, 자허子虛 같은 '세상에 존재하지 아니하는 인물'이 없음이 실례이다. 이미 시문은 조선 후기의 인식을 지탱하기에도 버거워하고 있었다. 그래서 더러 의식 있는 이들은 피세避世, 세상을 피하여 숨음와 완세玩世, 세상을 경시함로 버텼다. 연암의 표현을 빌면 "이문위희以文爲戱"하는 넉자바기 말마디다. 연암소설이 참여소설임을 규명하는데 '이문의회'라는 넉자는 '연암스러움'을 읽어내는 소중한 글줄이다.

흔히들 정조시대를 우리나라의 문예부흥기라 하나 소설에 대해서만 혹독한 위기의 시기를 모르고 하는 말이다. 정조는 비변문체라는 서슬 퍼런 붓으로 소설에 대한 접근금지선을 선명하게 죽 그려 놓았다. '비변문체不變文體'란 한문 문장 체제를 정통 '고문古文'으로 환원하려던 국책사업이다. 학계에서는 통칭 '문체반정文體反正'이라 하는데 이는 고교형高橋亨[57]의 연구 이래 붙여진 명칭이다. 따라서 원래대로 비변문체, 문체지교정文體之矯正, 귀정歸正으로 부르는 게 마땅하다. 고루한 고문정전주의古文正典主義를 표방한 정조는 소설에 대한 불편한 심기를 여지없이 드러냈다. 그의 유일한 기호는 정통 고문이요, 제1적은 소설이고 연암은 발칙한 그 수괴로 지목 당했다. 비변문체를 단행한 정조는 남공철南公轍, 1760~1840을 통해 연암에게 순정醇正한 글을 지어 올릴 것을 명하였다. 그때 정조의 말은 종채의 『과정록』에 이렇게 기록되어 있다.

57　일제강점기 조선총독부 관리·한국사상 연구가인 일본인 타카하시 토오루.

오늘날 문풍이 이와 같은 것은 그 근본을 캐어 보건대, 박모朴某, 연암을 지칭의 죄가 아님이 없다. 『열하일기』는 내가 이미 숙람하였으니, 어찌 감히 속이겠느냐?

近日文風如此 莫非朴某之罪 熱河日記 予旣熟覽 焉敢欺隱58

이에 연암은 「답남직각공철서答南直閣公轍書」에서 『열하일기』를 짓게 된 심회를 짧게 말했다. 결코 정조의 어명에 따라 반성문을 올리지 않았다. 연암 글의 성격을 대번에 규명해 준 글은 이렇다.

중년 이래로 역경에 빠져서는 요도潦倒, 노쇠하여 아무 것도 하지 못하는 모양하여 스스로를 중히 여기지 않고 글로써 희롱하였다.

中年以來 落拓潦倒 不自貴重 以文爲戲.59

불평한 마음을 이문위희, 즉 글로써 희롱하였다는 말이다. 자기 글에 대한 가치폄하적인 발언이나 이것은 반어적 표현에 불과하다. 연암과 같은 철저한 사의식士意識의 소유자가 한가히 '글로써 희롱'하였다는 것은 이치에 닿지 않는 말이다. 연암의 어느 글발 어디에서, 그렇게 흐느적흐느적 세상만 희롱한 허문虛文을 찾을 수 있던가. 누가 보아도 오늘날까지 죽비소리 쩡쩡한 그의 글들이다. 그런 연암이기에 눈총을 받아가면서도 붓머리를 재우지 않고 당대의 부조리를 발라낸 것이다. 어찌 이러한 글을 진실 되지 아니하고 장난으로 하는 짓인 흐락으로 여기겠는가. 언어의 통발에 떨어져선 안 된다.

조선 후기라 하지만 문학의 주파수에서는 아직도 문이재도文以載道, 글로써 도를 싣는다가 변함없이 흘러나오던 시절이다. 순정문학醇正文學이라하여 고문의 문

---

58   박종채, 「과정록」, 『한국한문학연구』제 6집, 1982(영인), 89쪽.
59   박지원, 『연암집』권2, 「답남직각공철서」, 33쪽.

체를 추종하여 인간의 성정性情에 대한 교화를 지향하는 문학만을 외치던 때였다. 고루한 유자들은 문이재도라는 박제된 조선의 지성知性을 지성至誠으로 섬겼다. '문'의 기능은 '훈육訓育'이요, '문필진한文必秦漢, 시필성당詩必盛唐'을 몸 받는 데서 좀처럼 벗어나지 못하였다.

연암의 시대문학에는 저렇게 중국에 대한 모방주의模倣主義와 형식주의形式主義의 군살이 깊숙하니 박혀 있었다. 더욱이 이번에는 정조가 직접 연암을 '비변문체의 장본인'으로 지목하고 반성문을 요구한 일이다. 연암의 글이 얼마나 문화적 장악력이 대단했는지를 되읽어낼 수 있다.

연암이 자기 변명하듯 쓴 '이문위희'는 넉자는 고소설에서 볼 적에 그리 섭섭하지만은 않다. 소설류의 한 특징인 '익살스런 이야기滑稽'와 '실없는 이야기戱談', 즉 골계희담滑稽戱談과 이웃하는 비평어이기 때문이다.

연암의 이문위희 식 저술태도는 20세 전후에서 30세 초반 무렵, 그러니까 「방경각외전」의 한문소설에서 도드라진다. 방경각은 연상각烟湘閣, 공작관孔雀館, 하풍죽로당荷風竹露堂, 백척오동각百尺梧桐閣 등과 더불어 안의 현감으로 재직할 때 지은 누각의 이름이다. '경'은 옥돌로 좋은 것을 말하니 방경각이란 옥돌을 놓친 집, 그러니까 '좋지 못한 집'이란 뜻이다. 겸사쯤으로 이해하면 된다.

그는 이 집에서 조선의 풍광을 정신으로 찍어 글로 인화해 우리에게 건넸다. 인화지에는 연암의 정신과 당대의 풍경이 그대로 적혀 있다. 연암소설의 주인공들, 그들은 모두 연암의 관심 그물망에 걸려 지금껏 살아 있다. 비록 가난하고 천하고 근심하는 슬픈 군상들이지만, 이들이 없었다면 조선 후기는 꽤 살풍경이다. 연암소설이 우리에게 차갑게 재어진 언어보다는 따뜻함으로 다가오는 것은 아마도 이에 연유해서이다. 연암소설을 보면 송나라 학자 횡거橫渠 장재張載, 1020~1077 선생의 「서명西銘」이란 글에 보이는 "가난과 천

함, 그리고 근심과 슬픔은 당신을 옥玉으로 만든다貧賤憂戚庸玉汝於成也"가 생각
난다.

요컨대 연암소설 12편에는 한 글자 한 글자마다 그래서 그의 온기가 있
고, 도탄에 빠진 당대를 짚어가는 양심이 숨 쉬고 있다. 대지大旨는 저러한 세
상의 도덕적 교화, 즉 세도론世道論이라는 효용성에 맞추어져 있다. 세도론은
세교론과 유사한 용어로 소설의 긍·부정 모두에 사용된 비평어이다. '세도'
란 '세상을 다스리는 바른 도리'이니 당시 유교적인 이념 정도로 이해하면
된다.

마지막으로 연암의 「능양시집서菱洋詩集序」에 글 짓는 연암의 마음이 드러
나 있으니, 이를 살피는 것으로 장을 마치겠다. '입을 봉할 수 없다'지만, 그
시절 입 다문 것을 세상사는 요량으로 삼는 이들이 태반이던 때였다. 저런
시절, 연암은 '말할 수밖에 없다!' 하였다. 작가의 사회참여요, 지식인의 행
동하는 양심 아닌가.

> 세상에 달사達士, 세상 이치에 통달한 선비는 적고 속인俗人은 많다. 그런즉 침묵하고 말
> 하지 않는 것이 좋겠지만 그런데도 말을 그칠 수 없는 것은 어째서일까?
>
> 世之達士少而俗人衆 則黙而不言 可也 然言之不休 何也.[60]

10. 고소설과 고소설 비평이란 무엇인가

이 장은 연암소설과 고소설 비평古小說批評에 대한 이해를 돕기 위해 마련되
었다. 저자는 '연암소설'을 12편으로 보았다.

---

60 박지원, 위의 책, 「능양시집서」, 105쪽.

그러나 이 12편의 소설을 두고 학자에 따라서는 다양한 장르론을 펴고 있다. 이 말이 무슨 말인가 하면, 학자에 따라서는 이 12편을 '모두 소설로 인정'하거나 '일부만 인정'하거나 '소설이 아닌 경우'로 이해를 달리한다는 말이다. 더욱이 「마장전」·「허생」과 「호질」을 제외한다면 일반적인 '전傳'과 상당히 부합하는 면이 많은 것이 사실이다. 따라서 학자에 따라서는 '한문단편漢文短篇, 한문으로 쓰인 짧은 이야기'이나, '전傳'[61]이라고 칭하기도 한다.

'고소설 비평'이라는 용어 또한 아직 제대로 명칭에 상응하는 대접을 받지 못한다. 많은 이들은 이렇게 말한다. '고소설 비평을 조감할 만한 글이 어디 있냐고. 그저 소설에 대한 호好·불호不好를 써낸 인상 비평印象批評 정도가 아니냐고. 그러니 소설 비평이라 할 수 없노라고.'

하지만 선인들이 소설 비평이라고 인식하였든 그 반대든 간에 소설 비평으로 '결격 사유'가 없다면 그들의 글을 단순한 메모들notes로 야박하게 대할 이유가 없다. 사실 고소설 비평의 역사는 이론이 아닌 '경험의 역사'이기에 근본 원리보다는 '소설적 현상'에서 출발해야 한다. 그 시절 그 누가 지금처럼 '소설 비평가입네' 하고 글을 썼겠는가?

그래도 굳이 특정 출처를 원한다면, 연암의 제자 이덕무李德懋, 1741~1793의 『청장관전서靑莊館全書』 제5권, 「영처잡고嬰處雜稿」의 '소설삼혹小說三惑, 소설의 3가지 의혹'이란 글이다. 이 글에는 소설 작가와 평자, 독자를 분명히 인식한 발언이 보인다.

소설은 세 가지 의혹스러움이 있으니, 거짓을 꾸미고 공론을 말하여 귀신과 꿈을 이야기하였으니 소설을 짓는 자가 첫 번째 미혹함이요, 허황된 것을 감싸

---

61 한문 문체의 하나. 어떤 사람의 독특한 행적을 기록하고 여기에 교훈적인 내용이나 비판을 덧붙인 글이다. 크게 열전(列傳), 사전(私傳), 탁전(托傳), 가전(假傳)으로 나뉜다.

고 천하고 더러운 것을 고취시켰으니 논평하는 자가 미혹함이요, 기름과 시간을 허비하고 경전經典을 등한히 여겼으니 보는 사람이 세 번째 미혹함이다.

小說有三惑 架虛鑿空 談鬼說夢 作之者一惑也 羽翼浮誕 鼓吹淺陋 評之者二惑也 虛費膏晷 魯莽經典 看之者三惑也.[62]

이덕무가 말하는 '소설의 세 가지 의혹'이란, ① '소설을 짓는 자가 첫 번째 미혹함作之者一惑'이요, ② '논평하는 자가 두 번째 미혹함評之者二惑'이요, ③ '보는 사람이 세 번째 미혹함看之者三惑'이다. 당시에 이미 소설을 비평하는 사람을 분명히 인식한 발언이니 18세기였다.

우리는 대상을 바라보면서 판단할 때, 종종 '가장 종요로운 것은 시선을 가진 자의 서 있는 위치'라는 점을 잊는다. 그것은 목측目測으로 가늠할 수 없는 '그 무엇'에 대한 간과看過이다.

이 말은 우리의 고소설에 대한 인식의 문제를 곰곰 짚어 보아야 한다는 의미이다. 즉 우리가 '서구의 박래품舶來品인 소설이란 장르에 시선을 맞추고 있기 때문에 고소설사小說史에 탐조등을 제대로 비추지 못하고 있는 것은 아닌가?'라는 소박한 의문을 떨칠 수 없다는 말이다.

새삼 우리가 '서 있는 위치'를 둘러 보아야 한다는 생각이다.

사실 우리 소설사를 통시적通時的으로 검토해 보면 서양의 소설과는 다른 우리 나름의 '소설小說' 개념을 추출할 수 있다. 더불어 유교적인 이데올로기가 지배하던 지적 상황知的狀況 속에서도 당시 뜻있는 이들이 소설에 대한 이해와 비평을 하고 있음을 적잖이 확인할 수도 있다.

서론은 이쯤 그치고, 이제 '고소설과 고소설 비평이란 무엇인가?'를 정리해

---

62   이덕무, 민족문화추진회 편, 『국역청장관전서』 2, 솔, 1978(영인), 5쪽.

보겠다. '고소설古小說, Ancient Korean Novels'의 재래적인 명칭은 소설小說·언패諺稗·전기傳奇 또는 니아기칙 따위로 불리었다. '소설'은 주로 한문소설과 야사野史, 한담閑談, 일사기문逸事奇聞 등속을 두루 포괄하는 광범위한 것이었으며, '언패'는 언문諺文으로 된 패관소설稗官小說이라는 뜻으로 국문소설만을 지칭하고 '전기'는 주로 당나라의 소설을, '니아기칙'은 한글과 한문소설 모두를 가리켰다. 또 신소설과 구분 지어 고대소설古代小說·고전소설古典小說·구소설舊小說·전기소설傳奇小說이라 부르기도 했다. 현재는 이러한 제 명칭을 타당성 있는 용어인 '고소설'로 정하였다.

사실 '고소설'은 학술상의 명칭으로는 '소설'이라고만 하면 된다. 하지만 갑오개혁1894 이후의 소설과 구별하기 위해서 주로 '고소설'이라는 용어를 사용한다. 그렇지만 여기에도 다소 문제점이 있으니, 실상 20세기 초까지 고소설이 창작되었다는 점이다. 따라서 '고소설'의 시대구분을 어느 한 시점을 못 박는 데는 해명해야 할 문제점이 '제법'이라는 소리이다.

이렇듯 용어의 정립부터 애를 써야 하는 우리의 소설 개념은 같은 한자 문화권인 중국과 유사하다. 그렇기에 우리의 소설을 논함에 중국의 소설 비평사가 필요하다.

현재 중국에서 최초로 '소설'이라는 이름이 보이는 것은 장주莊周, B.C. 약 369~289의 『장자莊子』 '외물外物' 편이니 물경勿驚! 2000년도 훨씬 전이다. 『장자』에 보이는 소설이란 말은 임나라 공자公子가 큰 낚시로 커다란 고기를 잡아 어포魚脯를 만들었다는 이야기 다음에 나온다.

이윽고 후세의 작은 재주로 이야기를 말하는 사람들이 서로 놀라워하며 그 이야기를 하였다. 무릇 가는 줄을 맨 낚싯대를 들고 작은 도랑에 가서 붕어 같은 작은 고기를 기다리는 사람들은 이처럼 큰 고기를 잡기는 어렵다. 이와 마찬가지로 소설을 꾸며서 높은 명예나 칭찬을 구하는 사람은 큰 깨달음과는 거리가 멀다. 그러므로 임나라 공자의 이야기[63]를 들어 본 적이 없는 사람은 함께 세상을 경륜하기에는 역시 크게 부족하다.

已而後世輇才諷說之徒 皆驚而相告也 夫揭竿累 趣灌瀆 守鯢鮒 其於得大魚難矣 飾小說以干縣令 其於大達亦遠矣 是以未嘗聞任氏之風俗 其不可與經於世亦遠矣.[64]

여기서 소설이란 '작은 재주를 가진 사람들이 지껄이는 이른바 큰 깨달음과는 거리가 먼 작은 이야기' 정도로 볼 수 있다.

큰 깨달음이란, 『논어論語』의 「자장子張」 편에 나오는 소도小道와 상대되는 대도大道이다. 본래 '작은 도리小道'라는 것은 농사꾼이나 무당들의 도리를 말한다. 즉, 군자들이 말하는 '세상을 다스리는 도리 및 자연이나 사회 발전의 법칙으로서 도리와 상대되는 개념'쯤으로 이해해 봄직하다.

환담桓譚, B.C. 약 23~A.D. 50은 또 소설을 이렇게 정의하였다.

소설가의 부류는 자잘한 이야깃거리를 모으고 가까운 곳에서 비유적인 이야기들을 취하여 짧은 책을 지은 것이다.

若其小說家 合叢殘小語 近取譬論 以作短書.[65]

유언비어라고나 할까. '자질구레한 이야기' 혹은 '작은 이야기'로 얕추어

---

63 임나라 공자가 물고기를 낚아 올려 포를 만들어 절강의 동쪽에서부터 창오산의 북쪽에 이르기까지의 사람들이 배불리 먹게했다는 이야기.

64 곽경번,『장자집석(莊子集釋)』제4책,「외물제이십육」, 북경 : 중화서국, 1961, 925쪽.

65 이선 주, 소통 편,『문선(文選)』3책 31권,「강문통 잡체시삼십수」,「이도위종군(李都尉從軍)」, 상해고적출판사, 1986, 1458쪽.

보는 소설 개념이다. 소설의 태생은 이렇듯 영 '잡것 출신'이었다. 하지만 첨언添言컨대, 여기서 잡것 출신이란 어디까지나 겸사이다. 소설의 설명이 이렇다하는 것일 뿐, 오히려 소설은 '소설小說과 대설大說의 회통會通,언뜻 보기에 서로 어긋나는 뜻이나 주장을 해석하여 조화롭게 함'이라는 점을 잊지 말아야 한다.

이러한 중국소설의 개념은 '코 아래 입'이라고 우리 고소설과 지근至近한 관계이다. 그렇다고 직수입이란 소리는 아니다. 중국소설의 후광을 과도하게 들이댈 필요는 없다.

우리나라에서는 김부식金富軾, 1075~1151의 『삼국사기三國史記』권 제26,「고구려본기高句麗本紀」제10 '보장왕 하寶藏王 下'에 처음 보이니 "유공권의 '소설'에 말하기를柳公權小說曰"이 그것이다. 그러나 여기서 유공권柳公權, 778~865은 중국 당나라 유명한 서예가이니 문헌에 소설이라는 용례가 보이는 것으로 만족할 수밖에 없다. 우리나라 사람으로는 고려 공민왕 때 고승高僧 경한景閑, 1299~1375의 법어法語 편명篇名인 『흥성사입원소설興聖寺入院小說』이란 문헌에서 '소설'이란 용어가 보인다.

흔히들 이규보李奎報, 1168~1241의 『백운소설白雲小說』에서 우리나라 최초로 소설이라는 명칭을 찾는다. 그러나 『백운소설』이 홍만종洪萬宗, 1643~1725의 『시화총림詩話叢林』이란 책에 실려 있는 점에 유의한다면, 최초의 소설이란 명칭은 이규보와 어울릴 수 없다.

이후 '소설'이란 명칭은 조선으로 들어와 『조선왕조실록朝鮮王朝實錄』과 양성지梁誠之, 1414~1482의 글 등에서 보이니, 15세기이다.

『세종실록』27년, 1445년의 기록을 보면, "옛 역사의 기록들을 골고루 모으고 소설의 글들까지 곁들여 뽑아서偏摭舊史之錄 旁採小說之文"라고 되어 있다.

이 글은 정인지 등이 세종에게 올린 글의 일부인데, 여기서 언급한 소설이란 용어가 우리 『조선왕조실록』에 보이는 최초의 것이다.

그런데 여기서 말한 소설이 어떠한 책을 말하는지는 알 수가 없다. 다만 전후사를 통하여 추정하건대 여러 가지 잡다한 사실을 적은 '잡서류雜書類' 정도일 것이다. 사실 소설이 진짜와 가짜, 경험과 환상, 가공과 현실, 사람과 사람의 목소리가 뒤엉켜 이루어진다는 점을 고려하면 이질혼성에 의한 잡종성이 극명하다. 수많은 장르의 명멸 속에서 소설이 아직도 건재한 것은 이 잡종강세雜種强勢, heterosis 때문이 아닌가 한다.

비교적 정확한 소설의 개념이 보이는 것은 서거정徐居正, 1420~1488이 1482년 간행한『태평한화골계전太平閑話滑稽傳』에다 양성지梁誠之, 1414~1482가 쓴「동국골계전서東國滑稽傳序」에서다.

인용하면 다음과 같다.

경전과 사서는 본디 성군과 현명한 재상이 치국평천하한 도인 것이다. 패관소설의 경우도 또한 유자들이 문장으로 희롱한 것으로 혹은 이것으로 견문을 넓히기도 하고 혹은 한가로운 시간을 보내기도 하였으니 모두 없앨 수 없는 것들이다. 옛 사서에『골계전』이 있고 송태종이 이방에게 명하여『태평광기』를 지어 올리게 하였던 것도 그러한 뜻이었다. (…중략…) 이제『골계전』의 문장은 익제의『역옹패설』과 더불어 우리나라에 만세토록 유전하지 않겠는가.

曰經曰史 固聖君賢相 所以治國平天下之道也 至於稗官小說 亦儒者 以文章爲戲 或資博聞 或因破閑 皆不可無者也 前史有滑稽傳 宋太宗命李昉撰太平廣記卽此意也 (…중략…) 今傳文 豈不與益齋稗說 永流傳於海東萬世也哉.[66]

여기서 '소설'이라 함은『태평광기太平廣記』,『역옹패설櫟翁稗說』, 그리고 이 글

---

66   양성지,「골계전후서」,『서사가전집』, 오성사, 1980, 814~815쪽.

이 실린 『태평한화골계전』을 말한다. 비록 관습적慣習的인 용어로 쓴 것이지만, '유자들이 문장을 희롱'하여 지은 것으로 박문博聞을 돕고 혹은 파한破閑의 자료라는 소설의 거죽이 보인다.

우리 소설의 장적帳籍을 정리한 이는 18세기 학자인 통원通園 유만주俞晩柱, 1755~1788이다. 통원의 일기인 『흠영欽英』을 보면 그는 중국문학사에 상당히 해박한 지식을 지녔음을 알 수 있다. 그는 점잔빼는 문집을 만들지 않고 그 속에 자신의 삶과 소설에 관한 비평적 견해를 담았다.

『흠영』이란 일기에는 소설에 대한 인식이 정확히 드러나 있다. 그는 우리 소설의 '출생증명서'를 이렇게 적바림해 놓았다.

패관이라는 것은 자잘한 이야기를 잡다하게 기록하고 저속한 말을 은밀히 쓴 것이다. 혹 여러 전기傳記, 내용으로 미루어 전기(傳奇)일 듯 가운데에서 신괴하고 황탄한 이상한 일을 취하여 진실을 바탕으로 허구를 꾸미고 많은 곡절을 만들어서 인정물태를 극진하게 표현하였으나 오직 그 마음과 입을 마음대로 놀리어 거리낌이 없다.

夫稗官者 雜記小說 備錄俚言 或取諸傳記中 神荒不常之事 依眞鑿空 千曲萬折 以極乎人情物態 而惟其心口方行無忌.[67]

유만주의 소설 개념을 정리하자면, '여러 전기류傳奇類 가운데서 취하여서는 비속한 말로 진실에 디딤돌을 둔 허구를 꾸미되, '세상 물정[人情物態]'을 극진하게 표현하면서도 뜻이 거리낌이 없는 이야기'라는 정도이다. '전기傳奇'는 중국 당대唐代 중기7~9세기에 발생한 소설의 명칭이다. 전기라는 말은 기奇

---

67   유만주, 『흠영』 1, 서울대 규장각자료총서, 1997, 25쪽.

를 전傳한다는 뜻이다. 육조시대六朝時代의 소설이 귀신鬼神·괴이怪異의 세계를 묘사하여 '지괴志怪'라고 일컬어진 데 대하여, 당나라소설을 부른 명칭이다. 본래는 배형裴鉶이 지은 『전기傳奇』라는 이름의 소설집이 있었는데, 이것이 그대로 장르명으로 굳어진 것이다.

이 통원의 소설에 대한 견해를 찬찬히 살피면 '전기류' 가운데서 취하였다는 것을 알 수 있다. 전기傳奇란, 당나라 때의 소설을 지칭하는 장르 명으로 인간의 여러 모습을 그린 것이었다. 따라서 통원은 소설을 '인생의 서사시敍事詩' 정도로 이해했음을 알 수 있다.

그리고 '진실을 본밑으로 허구를 꾸몄다依眞鑿空'는 것은 당대에도 이미 허구화된 이야기를 소설로 인식하고 있었던 것을 말한다. 물론 이것은 현재까지도 소설의 가장 중요한 속성이다.

그런데 유만주의 이 소설 비평에서 예각화할 점은 '수많은 곡절을 만들어서 인정물태를 극진하게 표현千曲萬折 以極乎人情物態'했다는 발언이다. 소설이 허구적 창작물虛構的 創作物이라는 기본 인식과 사람이 살아가는 이야기라는 점을 주목하였기 때문이다.

이 말은 결코 예사로 넘길 일이 아니다. 이 인정물태란, 소설의 대상이란 측면에서 '일상생활의 묘사'[68]나 '현실반영現實反映의 산물로서 소설'[69]을 지레짐작케 하는 것으로 소설의 표본실標本室에 안치할 용어이기 때문이다.

슬며시 이야기를 돌려보자.

이렇게 본다면 유만주의 소설의 정의는 서양의 소위 노블novel이라는 개념과도 부분적으로나마 유사하다. 도를 넘어서지만 않으면 우리의 고소설에 서구 개념의 '소설'이라는 척도尺度를 대는 것도 우리 소설의 세계화라는 점

---

68 에리히 아우얼바하, 김우창·유종호 역, 『미메시스』, 민음사, 1987쪽 참조.
69 게오르크 루카치, 반성완 역, 『소설의 이론』, 심설당, 1985 참조.

에서 긍정적이다. 그러나 한편으로는 우리 소설 작품의 정당하지 못한 평가를 초래할 수 있음을 간과해서는 안 된다. 서양소설에 대한 경도傾倒는 '석새 짚신에 구슬감기'처럼 격에 어울리지 않는 모양새다. 현재의 소설 비평 이론이 서양 이론에 치우친 것이 사실이기에 하는 말이다.

현재 다소 구미 이론에 경도된 우리 문학 연구의 속성상, 우리의 소설 모두가 당당하게 소설로서 가치를 인정받기는 어려운 것이 현실이다. 그리고 서구의 소설 개념이라는 잣대로 우리의 고소설을 재단裁斷하는 한, 이 문제는 지리하고 비생산적인 동어반복만 계속하게 될 것이다.

그러나 서구에서조차 소설이라는 것에 대해 프레드릭 제임슨이 『정치의 무의식』에서 말한 "소설은 장르의 끝이다"라거나 '일정한 형식을 거부하는 속성' 등으로 장르의 애매함을 지적하는 발언에 힘입는다면, 우리 소설의 구도와 시각을 확장해야 하는 것 또한 분명하다. 따라서 이 글에서는 논란을 거듭하고 있으며, 현재도 다양한 변천을 꾀하고 있는 소설의 개념을, 굳이 우리의 고소설 개념 규정에 맹종하지 말아야 한다고 생각한다.

모든 문학은 각 시기마다 각기 다른 패러다임에 의해 수평적 문학 질서가 운용되는 것이며, 이러한 것이 상호 친근성親近性과 교섭성交涉性 속에서 통시적 질서 체계가 되는 것이기 때문이다.

소설 또한 이러한 문학 세계의 질서 속의 한 장르운동이기에 일반적인 법칙을 전세기에 걸쳐 강요할 수 없다. 바흐찐도 이미 지적한 '주변 장르의 패러디'나 '소설화小說化, novelization'라는 것에 잘 나타나 있다. 즉 소설은 갈래적 속성인 '불확정성'과 '미완결성'으로 '초장르적 특성'일 수밖에는 없다는 점을 인정해야 할 것이다.

따라서 나는 소설이라는 개념을 일차적으로 우리의 문헌에 근거하되, 서양의 소설 또한 간과하지 않는 생산적인 개념을 정립해야 된다는 소박한 생각을 가지고 이 난해한 문제에 접근해 본다.

우리 소설 연구의 기틀을 세운 김태준金台俊, 1905~1945 선생도 "나는 예전 사람들의 율律하든 소설의 정의로서 예전 소설을 고찰하고 소설이 발달하여 온 행로를 분명히 하고자 하였다. 소설이라는 명칭이 시대를 따라 개념에 차差가 있다는 것이다"[70]라고 고민을 토로하였다.

김태준은 우리 고소설 연구의 첫걸음을 뗀 이이다. 저자 또한 선학자의 견해를 단초로 삼아야 한다는 생각이다.

따지고 보자면 소설은 현실現實과 가상假想이란 길항拮抗, 서로 버티어 대항함의 접경지대에 위치하고 있다. 따라서 소설을 딱 집어 설명하고 정의한다는 것은 매우 어려운 문제이다.

이 글에서 다루고자 하는 연암소설 또한 이 문제에서 자유롭지 못하다. 연암이 당시에 소설 개념을 정확하게 이해하고 12편의 작품을 저술하였다는 것은 사실 연구를 하는 나의 바람일 뿐이다. 하지만 연암의 초기 9전이 모두 「방경각외전」에 실려 있다는 점은, 연암이 이들 소설을 일반적인 글들과 달리 저술하였다는 추론을 가능케 한다.

피할 수 없어 통원 유만주의 소설 개념을 바탕 삼아 다음과 같이 고소설이란 무엇인가에 대한 정의를 정리한다.

'소설이란 민간에 떠돌고 있는 신이한 이야기를 취하여 허구적 구성으로 인정물태를 총체적으로 드러낸 서사체이다.' 아마도 이러한 '소설'의 개념은 서구의 근대소설novel보다는 로맨스romance에 가까운 개념으로 '소설류'라는 범칭으로 이해하면 된다.

구체적 작품으로는 「온달전溫達傳」을 시원으로 한다. 이미 「온달전」의 장

---

[70] 김태준, 『증보 조선소설사』, 학예사, 1935, 13쪽.

르에 대한 논의는 '온달전기'나 '온달설화'에서 벗어나 우리 고소설의 시발점으로까지 그 장르적 접근을 시도하고 있다. 일부 북한 학자들도 "고전소설 「온달전」은 문학적인 이야기 줄거리가 뚜렷하고 묘사성도 일정하게 부여되어 있는 것으로 하여 소설의 형태적 체모를 갖추었다고 볼 수 있다"고 한다.

특히 「온달전」의 원작품을 염두하고 그 서사체 속에 담긴 민중들의 욕망을 조망한다면 우리 소설사의 풍성함을 볼 수 있지 않을까 한다. 따라서 『태평통재太平通載』 소재의 「최치원崔致遠」, 『삼국유사三國遺事』에 수록된 「조신調信」, 「김현감호金現感虎」 등으로도 소설의 편폭을 확장해야 한다.

그러나 아직도 15세기 『금오신화金鰲新話』를 우리 소설의 효시로 보려는 견해 또한 상존한다. 북한의 학자들도 대략 우리와 비슷하게 고려시기설과 15세기 설이 대세로 공존하고 있다.

하지만 중국에서는 소설의 발생 시기를 7~8세기로, 일본에서도 소설이 발생한 시기를 10세기로 보고 있는데, 조선에서만 소설이 15세기에 나왔다는 이유는 '중국→한국→일본'이라는 문화의 역학관계를 고려할 때, 설명하기 어렵다.

또 소설화 경향을 보이는 전傳·전기傳奇·한문단편漢文短篇·패설稗說·가전假傳·필사본筆寫本 및 방각본坊刻本소설 등과 같은 허구적 서사물까지 소설류에 넣는다.

이렇다할 만한 성공을 거둔 답변이 아니라는 것을 잘 알지만, 질문을 포기할 수 없어 내린 소설의 정의이다.

그렇다면 '고소설 비평古小說批評, Criticism of Ancient Korean Novels'이란 무엇인가?

'비평'의 사전적 의미는 자로 잰 듯 사물의 미추美醜·선악善惡·장단長短 등을 들추어내어 그 가치를 판단하는 일이다. 그러니까 고소설 비평이란, 신소설이전에 나온 고소설에 대한 이러한 평을 말한다. 또 비평은 사물의 옳고 그름·아름다움과 추함 따위 등 판단과 분석으로 가치를 논하는 것이기에, 이때 평가의 기준이 필요하다. 그렇다면 우리의 고소설에서는 당시의 시평詩評, 좀 더 넓히면 문학론文學論이 비평의 척도다. 즉 우리의 고소설 비평은 '고문론古文論과 대극'으로 파악할 수 있다.

우리의 고전 비평사를 돌이켜 보면 한시 비평은 일찍이 중국의 영향으로 체계화되었지만, 고소설은 그러한 통로를 갖지 못하였다. 고소설 비평은 마땅히 고소설의 문학적 가치를 평가하고 비소설적인 요소를 걸러내야 하는데 당시의 문학론 앞에서는 어림없는 일이었다.

따라서 고소설 비평 연구는 작가가 지닌 내밀內密하고도 위험한 동경憧憬을 읽어 내야하는 작업이다. 더구나 우리의 고소설 비평은 조직적이며, 논리적이라기보다는 닫혀 있고 산발적이라는 점을 고백하지 않을 수 없다. 거기에는 지극히 단순한 인상 비평印象批評을 넘어서지 못하는 것도 꽤 있다.

그러나 곱씹어보면 오래된 흑백사진처럼 연륜 있는 질감質感을 느낀다. 비록 오사란烏絲欄에 메마른 붓인 갈필로 스친 듯한 소설 비평의 자국들이지만, 먹물의 필적은 선연하다. 당시의 규범적 문학관과 대립 속에서 칼바람을 견디며 의도적인 숙고하에 기록된 비평들이기 때문이다. 소설을 비평하는 고계언어高階言語, meta(言語), 다른 언어를 기술하거나 분석하는 데 쓰는 언어 또한 그 대부분이 한자였지만 한 문장, 한 단어일망정 현재의 관점에서 결코 소박한 평으로 절하할 수는 없다. 따라서 '결코 잊어서도 안 될 것이다'로 제1부의 말문을 닫고 제2부로 넘어 간다.

제2부

연암 초기의 작품들로

1754년 18세에서 1770년 34세 사이에 지어졌을 것으로 추정되는

「방경각외전」 소재 소설들을 살핀 글들이다.

모두 9편이 내리닫이로 실려 있는데

「역학대도전」과 「봉산학자전」은 결락되어

「마장전」·「예덕선생전」·「민옹전」·「양반전」·

「김신선전」·「광문전」·「우상전」 등 7편만이 남았다.

작품 연대가 밝혀진 것으로는 「마장전」·「예덕선생전」은 20세,

「광문전」 18세, 「서광문자전후」는 28세,

「민옹전」은 21세, 「양반전」은 28세, 「김신선전」은 29세,

「역학대도전」·「봉산학자전」·「우상전」은 31세 무렵의 작품이다.

마장전

馬駔傳

인간들의 아첨하는 태도를 논란하니

마치 참사나이를 보는 것 같다,

제題「마장전」후後1

이 작품에 등장하는 송욱, 조탑타, 장덕홍은 광통교의 미치광이 3인방으로 불리지만 실은 우도를 논하는 수준의 지식을 지닌 걸인들이니 녹록히 볼 사내들은 아니다.

배경   서울의 광통교

등장인물   **송욱(30세)**   세 사람 중 가장 지식이 풍부하며 은어를 사용할 정도로 해박하다.

            장덕홍(31세)   송욱의 은어를 재빨리 해득하였고 시문을 인용할 정도로 지식도 적지 않다. 특히 노래를 잘 부른 것 같다.

            조탑타   순진무구한 성격의 인물로 송욱의 말을 알아듣지 못한다. 그러나 그의 말을 통하여 진정한 우도가 드러난다. 짐짓 못난 체 어리눅게 구는 것이니, 물색없는 그의 말 속에 우리 미래가 있다.

『연암별집』「방경각외전」에 첫대바기로 실려 있으며, 작자가 20세였던 1756년 무렵의 작품으로 추측된다.

「마장전」은 조선 후기 양반의 당위적 명분론으로 이미 우상화偶像化한 '우도友道'의 해체를 다룬 한문단편소설이다. 광인狂人 친구들인 송욱, 조탑타, 장덕홍이 걸인들의 삶터인 광통교에 모여 벗사귐에 대해 이야기하는 것으로부터 시작한다. 다른 고소설에서 감초역으로나 등장할 만한 이들이 작품 속

---

1   제題「○○○」후後 : 이러한 형식은 김시습의 「제전등신화후(題剪燈神話後)」에서 차용하였다. 「제전등신화후」 역시 본래 '제화시(題畵詩)'라는 그림 비평 방식을 소설 비평에 차용한 것으로 주로 '이시평소설(以詩評小說, 시로써 하는 소설평)'을 적어 놓은 것이다.

주인공으로 발탁되었다는 점, 거기다 양반들이나 운운할 법한 고상한 담론인 우도友道를 세 걸인이 설왕설래說往說來 논한다니 가소롭기 짝이 없다. 인물·사건·배경부터가 우도라는 주제와 어근버근하지만 읽다 보면 작금의 우리 얘기인 듯도 하여 시사하는 바가 적지 않다.

세 광인 중 가장 똑똑한 송욱이 조탑타가 말한 사귐은 그럴 듯이 사귀는 태도인 '교태交態'라 하고 장덕홍이 말한 우도 또한 얼굴만 그럴 듯이 사귀는 '교면交面'이라 하고는 군자의 교우에 세 가지가 있고 그 방법에는 다섯 가지가 있다 한다. 그러면서 자신은 그 가운데 한 가지도 못하기에 나이 삼십이 되도록 친구가 없다고 하며 방법을 일러주는데, 송욱이 말한 군자의 교우 세 가지는 세勢·명名·이利요, 다섯 가지는 권모술수라는 처세이다. 이른바 모두 아첨과 보비위나 일삼는 행위이다.

그러나 어리보기 조탑타는 끝내 송욱의 말을 이해하지 못하고 장덕홍에게 묻는다. 장덕홍은 이에 자세히 설명해 주면서 자기는 삼 십여 년을 돌아다녔으나 친구 하나를 얻지 못하였다고 한다. 장덕홍의 이러한 이야기를 듣고 있던 어리석은 조탑타가 그러면 충忠으로 벗을 사귀고 의義로 벗을 얻으면 되지 않느냐고 하자 장덕홍은 그의 낯에 침을 뱉으며 충의는 빈천한 자들이 하는 것이며 부귀한 사람들은 그런 것을 논하지 않는다고 한다. 세 광인의 대화는 모조리 타락한 양반들의 우도를 조소하고 풍자하는 반어적 상황이니, 연암의 글에서 익숙한 언어 용법이다. 각설하고 '충'과 '의'야 말로 바람직한 우도 아닌가.

이 말을 들은 조탑타는 친구가 없을지라도 군자의 교우는 하지 않겠다고 하며 세 사람은 의관을 찢고 구면봉발垢面蓬髮, 때 묻은 얼굴과 덥수룩한 머리에 새끼를 허리에 띠고 시중市中으로 노래를 부르며 사라진다. 처음엔 머슬머슬한 사이인 것 같던 세 광인狂人이 말거간꾼의 술수인 마장지술馬駔之術'은 쓰지 않겠다며 서로 다짐한다는 데에서 참된 군자는 오히려 시정에 숨어 있다는 '시은市隱'이란 말이 떠오른다.

흔히 소인의 사귐을 깨지기 쉽다하여 '예수교醴水交, 단술과 같이 달콤한 사귐'라 한다지만, 이 말은 이제 양반네들의 '군자지교君子之交'와 그 쓰임새가 바뀌어야만 마땅할 듯하다. 연암은 이 「마장전」에서 면교面交에 젖은 양반들의 우도를 계층적 인물의 전복적 질서를 내세워 가파르게 핀잔하는 것이다.

삶 자체가 난수亂數인 광인들에게 발견한 진정한 우도, 우도는 인류가 경험을 통해 얻은 보편적 삶의 가치로서 지금도 만인공유의 화창한 윤리임에 틀림없고 더구나 저들이 늘 차고 다녔던 관습화된 규범이었다.

"개 머루 먹듯" 우도에 대해서 하나도 모르는 듯한 조탑타의 어수룩함 속에 도사리고 있는 발언의 진의를 곰곰 되새겨볼 일이다.

연암은 이어 골계 선생을 등장시켜 쐐기를 박는다. 양반들의 우정은 아첨이며, 상첨上諂·중첨中諂·하첨下諂이 있다고 설명한다.

도덕적 엄숙주의를 표방하며 절대 예禮를 내세운 저들이라는, 상황의 문맥 속에서 「마장전」을 환치해 보면 연암의 대사회적 시각이 여하함을 알 수 있다.

희망은 인간의 등에 붙어 잘 보이지 않는다고 하지만 세 광인의 등 뒤에 붙은 세도론世道論, 세상을 다스리는 바른 도리은 오히려 뚜렷하다.

지금도 우리는 사실 이런 숙맥불변菽麥不辨인 천골賤骨들에게 사는 희망을 발견하는 경우가 더 많다.

가장 어리석은 조탑타의 말처럼 '충'으로 벗을 사귀고 '의'로 벗을 얻어야 하는 것 아닌가?

마장전

馬駔傳

이 작품에 등장하는 인물은 송욱, 조탑타, 장덕홍으로 광통교의 광인狂人 3인방이다. 그러나 실상적으로는 우도를 논할 만큼 지식을 지닌 걸인들이니 녹록히 볼 사내들은 아니다.

우선 소설 형식이 모두 '-전傳'이니 이에 대한 약간의 설명부터 한다. '-전'은 한 사건의 전말을 기록한 기記와 함께 역사적인 기록물로서 더 많은 가치를 인정받아 왔지만 문학적인 측면에서 다양한 해석과 연구가 이루어지고 있다.

전의 기원은 공자의 『춘추』를 해석하고 설명한 좌구명左丘明의 『춘추좌씨전』에까지 소급되는데, 전은 경전의 뜻을 해석하고 그것을 후대에 전수하는 데 그 목적이 있었다. 이것이 후대에 내려오면서 한 인물의 생애를 기록하고 평가하는 것이라는 개념으로 변하게 된다.

고소설 중 많은 작품이 '-전'으로 되어 있다. 인물의 출생에서 죽음에 이르는 일대기적인 구성 방식과 긴밀한 관계를 단적으로 보여 주기 위해서다. 전은 서술하는 방법과 태도에 따라 정체正體와 변체變體로 구분된다. 정체는 서사를 주로 하고 변체는 의론을 주로 한다. 연암의 9전은 인물의 성격이나 서술 방법으로 보아 이 두 가지 전을 적절히 혼효하였다.

연암은 이 '-전'의 형식을 빌린 소설에 조선 후기의 모습들을 적나라하게 들어앉혔다. 고소설이 대다수가 그렇듯 허공에 기대어 그림자나 잡으려는 것이 아니라 지극히 일상적인 삶을 다루었다.

연암은 20대에서 50대까지, 11편의 소설을 단속적斷續的으로 썼다. 그 11편의 작품 중「마장전」이 초꼬습으로「방경각외전」에 올라 있다. '첫'이라는 접두사는 왜 그런지 신선하지만 능숙하고 미끈하니 기교를 뽐냄은 없다. 다소 거친 톤의 열정이 숨을 몰아쉬고 있다는 의미이다.

늦게 배운 글공부에다 이제 애티를 막 벗은 약관의 나이지만, '우도友道' 즉, '잃어버린 예禮'를 진중하고도 열정적으로 매만져 놓았다. 그렇다면 연암은 왜 그의 소설의 시작을 '잃어버린 도덕을 찾아서'로 시작하였을까? 그것도 시장바닥을 거니는 이들의 사귐을 다루었으니 시쳇말로 '생뚱하다'는 생각이 든다. 어디 그 당시에 그러한 이들이 '사람'이었어야 말이다.

'마장馬駔'이란, '말거간꾼'이란 뜻이니 조선 후기의 천역에 종사하는 상민 중 상민, 걸인들로 내일의 꿈을 가불하여 오늘을 사는 하류인생들이다.

예사롭지 않은 등장인물을 소개하자면 송욱宋旭, 조탑타趙闒拖, 장덕홍張德弘이 그들이다. 그런데 이들이 주제넘게도 광통교廣通橋, 현재 서울시에 의해서 한창 사업이 진행 중인 청계천의 대표적 돌다리 중 하나로 일명 광교로도 불린다라는 천한 것들의 삶터에서 우도友道를 이야기한다.

광통교는 당시 걸인들의 집단 거주지였으니 저들은 비상식량으로 개나 키우거나 나는 참새를 보며 군침이나 흘려야 마땅한 처지였다. 넉넉한 관대함으로 보아도 '우도'를 운운한다는 것은 참으로 별스런 일이다.

좀 자세히 인물들을 뜯어보자.

우선 송욱이란 인물부터 보자. 송욱은 세 인물 중 가장 지식과 이론이 뛰어난 인물로 은어隱語, 특수한 집단이나 사회, 계층에서 남이 모르게 자기들끼리만 알도록 쓰는 말에 능통하며 나이는 30세인데 연암의「염재기念齋記, 생각하는 집 기록」의 주인공이기도 하다. 이 글에서 송욱은 장자의 장주지몽莊周之夢, 호접지몽胡蝶之夢처럼 자아분열을 겪는 인물로 나온다. 장주지몽은 나와 외물은 본디 하나이던 것이

현실에서 갈라진 것에 불과하다는 이치를 비유한 표현이다. 장주가 꿈에 나비가 되었다가 깬 뒤에 자기가 꿈속에서 나비가 되었는지 원래 나비였던 자기가 꿈속에서 장주가 되었는지 알 수 없다는 고사에서 나온 말로, 장자사상의 으뜸이다.

연암은 "대저 송욱은 미친 사람이다. 또한 이로써 나 스스로를 권면해 본다夫旭狂者也 亦以自勉焉"고 의미심장하게 끝맺는다. 송욱은 미친 사람이지만 나는 그를 통하여 스스로 노력한다는 의미로 본다면 연암이 바로 송욱일 수 있다는 말로도 이해된다.

조탑타는 송욱의 말을 해득하지 못하는 둔한 인물이다. 그러나 순수한 마음씨와 정의로움을 지니고 있어 군자의 거짓 사귐은 않는다고 통매하는 자이다. 어이없게도 가장 어리석은 이 탑타가 주제를 구현하는 셈이니 낮추어 볼 인물이 결코 아니다.

장덕홍은 송욱의 은어를 이해하고 『주역』의 시문을 인용하거나 어리석은 탑타를 꾸짖는 등 상당한 지식을 지녔다. 특히 그는 '시장에서 미친 노래를 부를지언정狂歌於市'이라는 구절로 보아 노래를 잘 부른 것 같다.

앞에서 살핀바, 연암은 「방경각외전자서」 처음에 이 소설을 얹어 놓았다.

연암의 이야기는 이렇다.

세 사람의 미친 이가 벗이 되어서는 세상에서 떨어져 숨어 살지만 인간들이 서로 헐뜯어 죄에 빠뜨리는 태도에 대해 논란하니 마치 참사내를 보는 것 같다. 이에 「마장전」을 쓴다.

三狂相友 遯世流離 論厥讒詔 若見鬚眉 於是述馬駔.[1]

---

1 박지원, 『연암집』 권8, 「마장전」, 경인문화사, 1982, 114쪽(이하 「마장전」은 모두 같은 책이다).

앞 장에서 살핀바, 연암은 오륜의 으뜸으로 우도를 들었다. 즉 신의를 기반으로 군신, 장유, 부부, 부자 간의 관계가 성립된다는 이해이다. 「마장전」을 수위에 둔 것은 바로 이러한 연암의 생각이 있었기 때문이다.

이 소설은 가장 어리석은 탑타가 "나는 차라리 친구가 없으면 없지 군자君子의 사귐은 하지 않을 거야吾寧無友於世 不能爲君子之交"라고 말하며 세 친구가 장거리로 사라지는 것으로 종결한다.

여기서 '군자지교' 운운은, 물론 사대부 양반 계층의 버릇소리習慣音요, 유교적 교의敎義, 가르침의 근본 취지임에 분명하다. 그런데 양반의 우도를 논하는 3인은 아이러니하게도 양반이 아닌, 걸식하며 저잣거리를 돌아다니는 광인狂人들이 아닌가. 팍팍한 세상에서 집 한 칸 없이 고단한 인생을 살아가는 인생들이다. 그런데 연암은 이 「마장전」에 이러한 천민들을 저며 넣어서는 양반네들의 고상한 우도에 대해 논하게 해놓고는 저들을 '참사내'라고까지 한다.

이는 전복적顚覆的 상황인 게 분명하다. 연암의 의도는 우도에 대해 논하는 이 천민들의 우정이 사대부보다 나은 것은 물론이요, 사대부들의 우정을 조롱함에 있다는 것을 쉬이 짐작할 수 있다.

18세기 무렵 양반들, 특히 경화거족京華巨族, 서울의 양반들을 특별히 지칭함들의 생활은 도시적 세련을 받아서 사교술이 발달했던 한편, 더욱 권력에 아부하고 현실적 이해에 민감하지 않을 수 없었던 듯하다. 저들은 당길심으로 깍쟁이처럼 살면서도 늘 남들에게 보이기 위한 우도만은 챙겼다.

'우정'은 사실 조선 후기, 유교라는 사이클에 맞춘 방송에서 흘러나오던 스테레오타입의 멜로디였다. 그러나 언필칭 '우도友道'를 운운하였던 사대부 계층의 관념적 고결성은 현실과 대립하지 않을 수 없었으며, 결국 현실에 타협하는 쪽으로 평속화平俗化되었다. 사실 우도는 조선건국의 제도와 동시에 도덕의 문제였다. 탈 이념적으로도 든든하게 자명성自明性을 갖춘 인식층위

용어인 '우도'의 탈선이기에 이미 제도 사회의 붕괴를 알리는 비극의 발자국 소리가 또렷하다.

하지만 저들은 표면적으로 유교적 명분을 쉬이 등질 수는 없었다. 그것은 그래도 18세기 정신사를 지탱하는 한 축이었음을 저들이 모를 리 없기 때문이다. 따라서 사대부들은 그들의 사귐을 세속을 초월한 고결한 것인 양 위장하였다. 그러고는 가증스럽게 당파를 뛰어넘어 명예와 이익을 추구하는 사귐이라고 강변하였다. 그러다보니 작위적作爲的 술수를 부리는 고단수의 사교술이 널리 퍼진 것이다.

연암이 위 글에서 세 광인에게 '수미鬚眉, 참사내'라 하는 이유가 여기에 있다. 어디 사내가 없어서 그러한 것이겠는가. 그들은 모두 우도가 소통되기 어려운 현실을 개탄하고 붙잡기 위해 공들여 만든 인물들이다.

이제 그 고단수의 사교술을 송욱의 말을 통해 들어보자.

송욱은 군자의 사귐 세 가지에 다섯 가지의 방법이 있는데 자기는 이것을 못하기에 지금까지 친구가 없다 한다.

자, 우선 군자의 사귐 세 가지부터 보자. 이른바 세력勢·명예名·잇속利이 그것이라 한다.

온 천하 사람들이 쫓아가는 것은 오로지 세력勢이요, 서로 다투어 얻으려 하는 것은 명예名와 잇속利이지. 그러니까 술잔이 처음부터 입과 약속을 했을까마는, 팔이 저절로 굽어든 까닭은 자연스러운 세勢이기 때문이지. 저 학이 서로 소리를 맞추어 우는 것도 명名을 위해서가 아니겠나? 무릇 좋은 벼슬이라는 것에는 이利가 붙는 것이지. 그러나 덤벼드는 자가 많아지면 세勢가 나누어지고 얻으려는 자가 많아지면 명名과 이利도 자기에게 돌아갈 것이 없어진단 말이야. 그러니까 군자가 이 세 가지를 말하기 싫어한 지가 오래된 걸세.

天下之所趨者勢也 所共謀者名與利也 盂不與口謀 而臂自屈者 應至之勢也 相和以鳴非名乎 夫好爵利也 然而趨之者多 則勢分 謀之者衆 則名利無功 故君子諱言此三者久矣.

풀어보건대, 표면상 명분을 고결하게 내세움으로써 권세나 명예 이익의 분산을 막아 도리어 그것을 독점하려는 수작이 곧 '군자지교君子之交'의 실상이라는 말이다. 그야말로 시장의 장사치처럼 이利가 있으면 모이고 없으면 헤어지는 '시도지교市道之交'요, 권세와 이익으로만 사귀는 '세리지교勢利之交'가 분명하니, 이 소설의 주인공인 말거간꾼 같은 천한 것들의 사귐으로나 마땅한 것들이다.

그런데 이러한 사귐이 '군자지교'라 하니 저 경치게 우도를 내세운 양반들의 세계가 참으로 요상하다. 사실 따져 보자면 유교의 질료는 아무 문제도 없었으나 유교를 가장한 부유腐儒들의 이러한 사귐이 연암과 조선을 힘들게 하였을 것이다. 송욱은 이러한 '군자지교'를 하는 데는 또 다섯 가지의 사교술이 있다 하며 그 방법을 말하는데 문자 그대로 점입가경이다. 송욱이 찬찬히 설명하는 세·명·이를 얻기 위한 방법을 한번 들어보자.

너는 남과 사귈 때에 앞으로 잘할 것을 칭찬하지 않고 앞서 잘한 것들만 칭찬한다면, 그가 싫어하여 아무런 보람도 느끼지 못할 거야. 그리고 그가 미처 생각하지 못하는 점도 깨우쳐 주지 마. 그가 앞으로 그 일을 행해서 알게 된다면 크게 낙담하게 되기 때문이지. 또 여러 친구들이나 많은 사람들이 모인 자리에서 어느 한 사람을 '제일'이라고 추켜세우지도 말아. '제일'이라는 말은 그 위에 다시 없다는 뜻이니, 한자리에 가득 찬 사람들이 모두 쓸쓸하게 기운이 떨어지기 때문이지.

汝與人交 無譽其善 譽其成善 倦然不靈矣 毋醒其所未及 將行而及之 憮然
失矣 稠人廣中 無稱人第一 第一則無上 一座索然沮矣.

겉으로야 좋아 보이지만 이 모든 것이 가식이라는 사실에 구토증이 인다. 저러하니 당대 저들의 사귐이 시나브로 바스러지는 것은 당연한 귀결이었다. 더욱이 학문한다는 자들의 입에서 흘러나온 것이니 저들은 학문의 본질을 잊고 있거나 모르고 있음에 분명하다.

이제 벗을 사귀는 다섯 가지 방법을 보자.

그러므로 벗을 사귀는 데는 방법이 있으니, 장차 그를 칭찬하려고 한다면 먼저 잘못을 드러내서 꾸짖는 것만 같지 못하며, 장차 기쁨을 보여 주려면 먼저 성난 모양을 밝혀야 해. 장차 친하게 지내려고 한다면 먼저 내 뜻을 꼿꼿이 세우고 몸가짐은 수줍은 듯이 가져야 돼. 남들로 하여금 나를 믿게 하려면, 짐짓 의심을 사도록 기다려야 하네. 대개 열사烈士는 슬픔이 많고 미인은 눈물이 많은데, 영웅이 잘 우는 까닭은 남의 마음을 움직이려고 하기 때문이지. 이 다섯 가지 방법은 군자의 조그만 꾀라 하겠으나 세상을 살아가는 방법에는 통달한 거야.

故處交有術 將欲譽之 莫如顯責將欲 示歡怒而明之 將欲親之 注意若植回
身若羞 使人欲吾信也 設疑而待之 夫烈士多悲 美人多淚 故英雄善泣者 所以
動人 夫此五術者 君子之微權 而處世之達道也.

등치고 간 내가는 사귐이다. 겉으로는 상대방을 위하는 체하면서 자기 잇속만을 챙기려는 사교술이 아닌가. 그런데 송욱은 "무릇 이 다섯 가지의 술수는 군자의 조그만 묘리라고 하겠지만, 처세를 하는 데는 도에 통달한 게야 夫此五術者 君子之微權 而處世之達道也" 한다. 그 시절, 그렇게 양반으로서 명분을 들먹이며 살았던 이들의 사귐이 저 정도밖에 안 된다. 「마장전」은 저렇게 반어적인 문맥이니 연암의 속내를 제대로 본다면 독서인은 맵시 있는 반전을 어렵지 않게 읽어낸다.

언급하는 김에 「마장전」에 보이는 아첨하는 방법도 한 번 들어보자. 이른바 '삼첨三諂'이라는 세 가지의 아첨 방법이다.

그러므로 아첨하는 데에는 방법이 있지. 자기 몸을 가다듬고 얼굴을 꾸민 뒤에 말씨도 얌전히 할 뿐더러 명리名利에 담박하며, 다른 사람들과 사귀기를 싫어하는 척해서 자기의 아름다움을 자랑하는 것을 상첨上諂이라하지. 그 다음은 바른 말을 간곡하게 해서 자기의 참된 심정을 나타내되, 그 틈을 잘 타서 자기의 뜻을 이해시키는 것이 중첨中諂이고. 말발굽이 다 닳고 자리굽이 해지도록 자주 찾아가서 그의 입술을 쳐다보며 얼굴빛을 잘 살펴서, 그가 말하면 덮어놓고 칭찬하며 그의 행동을 무조건 아름답게 여기지. 처음 들을 때에는 기뻐하나 오래되면 도리어 싫증내고 싫증나면 더럽게 여기게 되니 그제는 '저놈이 나를 놀리는 것이 아닌가?' 한단 말씀이야. 이는 하첨下諂이야.

故導諛有術 飭躬修容 發言愷悌 澹泊名利 無意交遊 以自獻媚 此上諂也 其次讜言款款 以顯其情 善事其間 以通其意 此中諂也 穿馬蹄 弊薦席 仰脣吻 俟顏色 所言則善之 所行則美之 初聞則喜 久則反厭 厭則鄙之 乃疑其玩己也 此下諂也.

삼첨三諂 중 만만한 것이 없으니 아첨을 떠는 데도 재주가 필요할 것 같다. 아첨과 유사한 뜻으로 사용하는 '노안비슬奴顏婢膝'이라는 말이 있다. 이 말은 동진의 도교학자 갈홍葛洪이 지은 『포박자抱朴子』라는 도가서道家書에 나온다. 갈홍은 이 책의 「교제」 편에서 친구를 사귀는 원칙과 방법을 소개하며, 이렇게 말했다. "남자 종의 아첨하는 얼굴과 여자 종의 무릎걸음이야말로 이 세상을 잘 아는 사람들이다以奴顔婢膝者 爲曉解當世." 비꼬임으로 내린 '아첨'에 대한 정의다. 갈홍이 말하는 아첨이란, 그야말로 노비와 같은 태도로 남과 사귐에서 지나치게 굽실거리는 비굴함을 이르는 말이다. 힘 있는 자에게 비굴한 태도로 알랑거려 아첨하는 뜻이야 구구히 설명이 필요치 않을 것이나, 그 아첨의 끝은 생사람 한 둘 잡는 것으로 그치지 않으니 유념해야 한다.

우리네는 '이도관물以道觀物, 도로써 사물을 본다'이라는 말이 세상의 이치라고 생각하는데, 저들은 치장이 이렇도록 많은 사귐을 하는지 도통 모르겠다. '도'는 물건처럼 작고 큰 것도 없고 추녀도 미녀도 없다. 그저 사물은 사물일 뿐. 친구는 친구로서 소중한 것이기에 결코 고가估價, 값를 매길 수는 없는 것 아닌가. 당시 우도의 타락상을 여실히 보여주는 글이다.

하기야 그 즈음, 성호星湖 이익李瀷도 『성호사설류선星湖僿說類選』 권3, 「인사편 친속문」, '지기'에서 우도의 타락을 이렇게 개탄하였다.

무릇 친밀하게 사귀는 것을 비유한다면 아교阿膠나 옻칠 같이 하는 사람이 어느 시대인들 없겠는가. 아마 권세와 명리로써 사귀는 사람이 더 많을 것이다. 그러므로 "우정이 삼대三代, 중국의 하·은·주 세 왕조에 올라가면 응당 대부와 귀척貴戚들 사이에서 거론되나 삼대 이후로는 오히려 묻혀 사는 선비, 농부, 공장이, 장사꾼 사이에서 발견된다"는 말이 있다. 이것은 대개 성군의 시대에는 어질고 덕이 있는 자가 반드시 높은 벼슬에 있지만, 말세의 풍속은 정반대이기 때문이다.

夫相與密 比如膠如漆 何世無之 或多有勢利之交耳 故論友於三代之上 當取諸 縉紳 休彩之列 論友於三代之下 則當求 諸山林 草澤 農圃 工賈之聞 蓋聖王之世 賢德必在位 末俗反之也.[2]

더럽구나 더러워! 네가 한 말이.

논의를 다시 「마장전」으로 돌려보자.

금란지교金蘭之交니, 수어지교水魚之交니, 관포지교管鮑之交니 하는 고상한 어휘만을 이리저리 꾸며 '우정友情' 운운하는 이들이다. 이러한 작위적 언행과 감정의 꾸밈으로 된 사교술은 결국 권세, 명예, 이익을 꾀하는 데 있다. 그래서 송욱과 덕홍은 이 나라에 돌아다닌 지 나이 30이 넘도록 친구를 얻지 못했다고 한다.

언급한 바, 송욱이 가장 지식과 이론이 우세하고 다음이 덕홍, 탑타는 송욱의 이야기를 해독 못할 정도로 어리석다. 그래서인지 우둔한 탑타는 아직도 충·의만 있으면 친구를 얻을 수 있지 않느냐고 고박古樸, 고지식하고 소박한 소리를 하며 머리를 긁적이자 덕홍은 몹시 화를 낸다.

'그렇게 군자의 사귐이 더러움을 말해주었는데 아직도 저 녀석은 저런 군자 같은 소리만 하고 있단 말인가?' 잔뜩 화가 난 덕홍은 탑타의 얼굴에 침까지 뱉으며 아래와 같이 심하게 면박을 주어버린다.

먼저 '의義'에 관한 덕홍의 말부터 들어보자.

더럽구나. 더러워! 네가 한 말이.

그것을 말이라고 해? 너 내 말 좀 들어봐. 대체로 가난한 사람은 바라는 것이 많기 때문에 한없이 의義를 사모하는 거야. 왜 그런고 하니 하늘을 쳐다보면 막막하건만 오히려 곡식이라도 쏟아질 것으로 생각하고 남의 기침소리만 들어도 목을 석 자나 뽑곤 하잖나. 대체 재산을 모으는 자는 인색하다는 이름쯤은 부끄러워하지도 않으니, 남들이 자기에게 바라는 것을 아예 끊어버리기 때문이지.

---

2   이익, 안정복 편, 『성호사설류선』 권3, 「인사편 친속문」, '지기', 명문당, 1982, 1974쪽.

鄙鄙哉 爾之言之也 此亦言乎哉 汝聽之 夫貧者 多所望 故慕義無窮 何則
視天莫莫 猶思其雨粟 聞人咳聲 延頸三尺 夫積財者 不恥其吝名 所以絶人之
望我也.

이쯤 되면 덕홍이 말하고자 하는 의도를 우리는 정확히 읽을 수 있다. 그
것은 가난한 자들은 바라는 것이 많아서 '의'를 사모하지만 재산이 많은 자
들은 인색하다고 남들이 손가락질하는 것쯤은 대수롭지 않게 여기기 때문
에 굳이 '의'를 추구하지 않는다는 소리다.

이 말을 더욱 요약하면 가난한 자는 의를 사모하나 재산을 모으는 자는 의
를 버린다는 소리이다. 물론 '가난한 자는 낮은 백성', '재산을 모으는 자는
양반'이라는 설정도 그리 어렵지만은 않을 것이다. 그렇다면 '재산을 모으는
자^{양반}'는 정녕 '의'를 버려야 하나?

여기서 잠시 '의義'를 살펴보자.

'의'란 유교의 도덕규범 가운데 가장 종요로운 것이다.『중용』에서는 "의
란 마땅함이다. 어진 사람을 존경하는 것이 중요하다義者宜也 尊賢爲大" 하였다.
『논어』「이인里仁」에서는 "군자는 의義에 밝고 소인은 이利에 밝다 君子 喩於義 小
人 喩於利"고 하였다. 여기서는 물론 항상 이利와 대립하는 의이다. 또『맹자』
「진심盡心 상上」에서는 "어버이를 친하게 대하는 것은 인이요, 어른을 공경하
는 것은 의이다親親仁也 敬長義也" 하였다. 이 역시 윤리의 종요로운 개념이다.

이쯤이 되면 연암의 저 소리는 반어反語임이 분명하다. '의'는 비단 '가난한
자'들 뿐만이 아니라 우리 모두가 공생할 수 있도록 하는 순수의지임에 틀
림없다. 그러니 덕홍이 "더럽구나, 더러워!鄙鄙哉"라는 말은 양반네 우도에 대
한 일갈이요, 미련한 뒤틈바리 탑타의 벗 사귐이 정녕 옳다는 뜻이다.

이제는 충忠에 관한 설명이다.

또 천한 사람은 아낄 것이 없으므로 그의 충성심은 어떤 어려운 일이라도 사양하지 않는 법이지. 왜 그런가 하면, 물을 건널 때에 옷을 걷지 않는 까닭은 다 떨어진 홑바지를 입었기 때문이고 수레를 타는 사람이 가죽신 위에다 덧버선을 신는 까닭은 진흙이 스며들까 봐 걱정하기 때문이거든. 가죽신 밑창까지도 아끼는 사람이 제 몸뚱이야 오죽하겠니? 그러기에 충忠이니 의義니 하고 부르짖는 것은 가난하고 천한 자들의 상투적인 구호일 뿐이고 부귀를 누리는 자들에게는 논할 거리도 안 되는 거야.

夫賤者 無所惜 故忠不辭難 何則 水涉不褰 衣襞袴也 乘車者 靴加坌套 猶恐沾泥 履底尚愛 而況於身乎 故忠義者 貧賤者之常事 而非所論於富貴耳.

'충'의 설명 또한 위에서 살핀 '의'와 다르지 않다.

그런데 이 의와 충이 '가난하고 천한 자들의 상투적인 구호일 뿐이고 부귀한 자들에게는 논의거리도 안 된다'고 한다. 이미 '충의忠義'를 잃어버린 '부귀한 자들'을 내치는 반어이니, 양반들로서는 대단한 모독인 셈이다.

굴원屈原, B.C. 343?~B.C. 277?은 「어부사漁父辭」[3]에서 "새로 머리를 감은 사람은 갓을 털고 새로 목욕을 한 사람은 반드시 옷을 턴다新沐者 必彈冠 新浴者 必振衣" 하였다. 너무나 청렴결백했기 때문에 그로 인해 참소를 당한 굴원의 절조가 담긴 말이다. 그는 더러운 세상과 타협해 살아가느니 차라리 강물에 빠져 죽는 것이 낫겠다는 단호한 의지를 표명하고 나서 끝내 울분을 참지 못하여 멱라수

---

3 굴원은 멀리 호남성(湖南省)에 있는 상수(湘水)가로 추방을 당했다. 우수에 잠겨 헤매고 있을 때 그는 어부를 만났고 그와 대화하듯 지은 작품이 「어부사」다. 어부는 굴원에게 세상에 순응해 살아갈 것을 권했으나 굴원은 더러운 세상과 타협해 살아가느니 차라리 강물에 빠져 죽는 것이 낫겠다는 단호한 의지를 표명했다. 그랬더니 어부는 '물이 맑으면 갓끈을 씻으련만 물이 흐려서 발이나 씻으리'라는 〈창랑가〉라는 노래를 부르며 사라져 갔다는 내용이다.

泪羅水에 몸을 던졌다.

굴원의 충성을 가지고 꽤나 주물럭거렸을 양반네들이 여지없이 무너진다. 저들은 한갓 옷만을 아끼는 소인배 무리에 지나지 않고 '충'과 '의'는 이미 천한 자들의 몫이라는 연암의 불편한 심기가 그대로 보인다.

이제 이 소설은 구성상 무이산제팔곡법武夷山第八曲法의 결말에 다다랐다. 무이산제팔곡법이란 소설의 구성상 결말이 다다랐다는 용어이다. 무이산은 중국 복건성 숭안현에 있는 산으로 아홉 굽이 계곡의 절경이 유명하다. 아직은 팔곡으로 제구곡의 전곡前曲이니 소설의 구성상 결말을 바로 앞에 둔 부분에 유념하여 사용한 비평어이다.

비로소 알 것을 알아버린 조탑타, 그는 낯빛을 붉히고는 이렇게 짧게 내뱉는다.

내가 세상에서 벗을 사귀지 못할지언정, '군자의 사귐'은 안 할란다.
吾寧無友於世 不能爲君子之交.[4]

가장 미욱한 탑타가 세상에 친구가 없으면 없지 '군자의 사귐君子之交'은 안한다고 한다. 말 폼새가 엉뚱한 결의인 듯하나, 사실 이 말 속에 미래가 있음을 우리는 잘 안다. '부귀영화를 타고난 양반'들조차 군자의 사귐을 팽개칠 정도로 우도는 그렇게 무참無慘한 지경에 이르렀다.

연암은 그래서 무지한 말거간꾼인 '마장馬駔'을 내세워 양반들의 사교는 시정市井의 사귐 중에서도 아주 잡스럽고 속된 '말거간꾼의 술수馬駔之術'라고 당시의 위선적 우도를 세세히 들추어 낸 것이다. 양반 납시니 "물렀거라"는 권

---

4   박지원, 『연암집』 권8, 「방경각외전자서」, 경인문화사, 1982, 115쪽.

마성勸馬聲, 귀인이 행차할 때 가마를 메고 가는 교군(轎軍)들이 외치던 소리 소리만 높일 것이 아니라 우도지수를 높이라는 꾸짖음이다.

그렇다면 연암은 친구를 어떻게 생각하고 있는지를 잠시 보자. 그의 「회성원집발繪聲園集跋, 중국인 곽집환(郭執桓)의 시집」에는 이 우정이 비교적 소상히 기록되어 있으니 옮기면 이러하다.

옛날에 친구朋友를 말하는 자는 혹 '제이오第二吾, 제2의 자아'라 부르기도 하고 혹 '주선인周旋人, 자신의 일처럼 돌보아 주는 사람'이라고도 하였다. 이런 까닭에 한자를 만든 사람이 '우羽' 자를 빌려와서 '붕朋' 자를 만들고 '수手' 자와 '우又' 자로 '우友' 자를 만들었다. 말하자면 새에게 두 날개가 있고 사람에게 두 손이 있는 것이다. 그러나 말하는 자는 "상우천고尙友千古, 천고(千古)의 고인(古人)을 벗한다"하니 답답하구나, 이 말이여! 천고의 고인은 이미 죽어 변화하여 흩날리는 티끌이나 서늘한 바람이 되었다. 그런즉 장차 누가 나를 위해 제이오第二吾가 되며, 누가 나를 위해 주선인周旋人이 될 것인가?

古之言朋友者 或稱第二吾 或稱周旋人 是故造字者 羽借爲朋 手又爲友 言若鳥之兩羽 而人之有兩手也 然而說者曰 尙友千古 鬱陶哉 是言也 千古之人已化爲飄塵冷風 則其將誰爲吾第二 誰爲吾周旋耶?[5]

이 글에서 우리는 연암의 친구에 대한 생각 두 가지를 읽을 수 있다. '제이오第二吾'와 '주선인周旋人'이다. 주선인은 자신의 일처럼 돌보아 주는 사람이다. 친구가 나란 말이니 연암의 벗에 대한 정을 알만하다.

또 하나는 친구란 상우천고尙友千古가 아니라는 점이다. '상우천고'란, 중국

---

5   박지원, 위의 책 권3, 「회성원집발」, 67쪽.

의 양웅揚雄이 『태현경太玄經』을 지을 때 나온 고사성어이다. 이 책이 너무 어려워 곁에 있던 이가 그 어려운 책을 누가 읽겠느냐고 퉁을 주자, "나는 천년 뒤의 양자운을 기다릴 뿐일세" 하였다.

그러나 천 년 뒤에 자기를 알아 줄 벗이 나타난들 이왕지사已往之事이니, 얼굴도 볼 수 없고 말 한마디 나누지 못하니 어찌 친구가 될 수 있겠나. 그런데 이 말이 조선에서는 '천고의 옛 벗을 숭상한다'거나 '책을 벗삼음' 등 제법 좋게 받아들였다. 연암은 이 벗 사귐이 어리석다고 여겼다. 따라서 뒷마디를 다음과 같이 쓴다.

즉 누가 능히 답답하게 위로 천고의 앞으로 거슬러 올라가고 어리석게 천 년 뒤를 더디 기다리겠는가? 이로 말미암아 본다면 벗은 마땅히 지금의 당시 세상에서 구해야 함이 분명하다 하겠다.

則孰能鬱鬱然 上溯千古之前 昧昧乎遲待千歲之後哉 由是觀之 友之必求 於現在之當世也 明矣.[6]

친구는 먼 과거에서 불러올 수 있는 학문이 아니다. 연암의 말은 늘 삶의 주변에 있으니 '우정'이란 현재성을 갖는다는 성찰이다.

사실 우정의 문제는 당대 유교의 가장 큰 인간 윤리의 하나였다. 때문에 당시의 양반들에게는 크나큰 행동규범의 하나로 양반계층 사대부들의 벗 사귐인 '군자지교'였다.

그러나 「마장전」에서 그것은 이미 '마장지술'이 되어 버렸으니, 우도지수友道指數가 형편없다. 물색없는 탑타의 말이 우리의 미래임을 곰곰 생각해야

---

6   박지원, 위의 글, 67쪽.

한다. 지금도 우도는 각박한 우리 현실에선 여전한 화두임에 동의하지 않을 수 없음을 상기한다면, 탑타의 어리숙함은 정녕 '지자약치智者若癡, 지혜로운 자는 어리석은 것처럼 보인다'이다.

연암은 이 「마장전」에서 윤리적 자각을 촉구하고 새로운 인간윤리를 모색하였다. 연암이 말하는 인간윤리는 현실 생활, 그 자체가 중요하며 인간의 현실 생활은 '인간다워야 한다'는 것이다. 즉 인간은 인간으로서 존엄과 도덕적 당위성을 지닌 존재여야 한다는 외침이다. 연암은 이 명제의 요건으로 '경제적 조건'과 '사회적 조건'을 들었다.

물론 이 사상은 그의 실학사상에 기인한 것이고 전자가 일반 낮은 백성의 안녕복지를 위한 기술문명의 촉진을 역설한 것이라면, 후자는 인격의 존중을 구현한다. 따라서 약하나마 연암은 신분 문제와 평등이라는 개념을 곰곰 생각하였음을 미루어 짐작케 한다. 그리고 이 양자의 대척점에서 고민하는 연암의 의식이 용해되어 나타난 것이 「마장전」이다.

「마장전」의 마지막은 노래를 부르며 시장거리로 사라지는 세 친구를 클로즈업하는 것으로 끝난다. 노래를 부른다는 결말 처리가 흥미롭다.

'음여정통音與政通'이란 말이 있다. '음악과 정치는 서로 깊은 관계'를 보인다는 것인데, 치세治世의 음악은 안락安樂하고 난세亂世의 음악은 원노怨怒이며 망국亡國의 음악은 애사哀思라 한다. 그렇다면 세 친구가 부른 노래는 어떠한 노래였을까? 혹 음악音樂이 아닌 음악音惡인지도 알 수 없는 일이다.

장을 마치며 요즈음 사람들의 사귐 또한 이 양반들 사귐과 크게 다르지 않다는 생각이 든다. 인성의 오염도가 탁류보다도 더하다. 서로 간 여간해서 속내를 드러내지 않고 상대에게 내 생각을 읽힐까 꼭꼭 숨긴다. 하지만 투시경이 없으니 별 수 있는가. 설탕이든 소금이든 모두 희니, 먹어 보아야만 맛을 안다. 일단 사귈 수밖에. 이제나 그제나 '참사내' 찾기는 지난한 일인 듯싶다.

"삼대 거지 없고 삼대 부자 없다" 하는 우리네 속담이 있으니, 세 걸인의 손자들 세대쯤에는 부디 잘 살면서도 정다운 동무가 되었음 한다.

예덕선생전

穢德先生傳

엄 행수가 똥 쳐서 밥 먹으니

그의 발은 더럽지만 입은 깨끗하다

이 작품에 등장하는 인물은 3인으로 선귤자와 자목은 사제 간이다.

배경	서울 종본탑	
등장인물	**선귤자**	당대의 학자로 매일 똥을 푸는 직업의 엄 행수를 예덕 선생이라고 부르니, 오늘날에도 찾고 싶은 참스승상이다. 이를 못마땅하게 여기는 제자 자목에게 참다운 교류를 가르쳐 주려 하나 실패한다.
	예덕선생	똥을 져 나르는 역부의 우두머리이나 예의를 아는 사람이기에 선귤자가 예덕 선생이란 칭호를 준다. 그의 정직하고 순후한 삶에서 관습적으로 천히 여기는 노동이 더 없이 정갈해 보인다. 그는 잃어버린 예의 은유이다.
	자목	선귤자의 제자로 스승이 엄 행수와 같은 역부를 사귀는 게 부끄럽다며 스승에게 대들 정도로 뱀뱀이 영 형편없는 녀석이다. 당시의 전형적인 양반 사대부를 대표하는 인물로 제 똥 구린 줄 모르는 불인不人한 위인이다.

『연암별집』「방경각외전」에 실려 있으며 작자 20세 무렵의 작품으로 시종 선귤자와 자목 사제師弟 간의 겨끔내기로 진행된다.

'예穢, 더럽다, 똥'란 경멸스런 것에 '덕德'을 짝해 놓고 여기에 더하여 학예學藝가 뛰어난 사람을 높여 이르는 '선생先生'이란 칭호까지 부여하여 제목으로 버젓이 내놓은 소설이다. 선귤자에게 예덕 선생이라는 벗이 있었는데 그는 종본탑 동편에 살면서 분뇨를 져 나르는 역부들의 우두머리인 엄 행수였다.

선귤자의 제자 자목은 스승이 사대부와 교우하지 않고 비천한 엄 행수를 벗하는데 대하여 노골적으로 불만의 뜻을 표시한다. 안타깝게도 어린 나이의 자목은 이미 진부하여 시속에 통하지 않는 동홍 선생冬烘先生이 되어 있었다.

선귤자는 이러한 제자를 달랜다. 벗을 사귐에는 이해로 사귀는 시교市交와 아첨으로 사귀는 면교面交가 있는데 나중 것은 오래 갈 수 없는 것이므로 마음으로 사귀고 덕을 벗하는 도의의 사귐이어야 함을 자상히 일러준다. 비록 엄 행수의 사는 꼴이 어리석은 듯해 보이고 하는 일은 비천한 것이지만 남이 알아주기를 구함이 없고 남에게 욕먹는 일이 없으며 볼 만한 글이 있어도 보지 않고 좋은 음악에도 귀 기울이지 않는 사람이라고도 한다.

선귤자의 이야기를 통해 엄 행수는 아무런 요량 없이, 타고난 분수를 기꺼이 받아들이면서 사람 사는 예를 지킨다는 것을 알 수 있다. 그것은 속절없는 삶에 대한 무기력함에서 나온 행동도, 조선 후기라는 질곡의 시대를 살아가는 삶에 대한 환멸도 아니다. 오히려 세상을 담담하게 인정하는 의연한 모습이다. 엄 행수는 비록 분뇨를 져 나르는 천민으로 지문 없는 사람들 중 하나지만 결코 '가년스럽다보기에 가난하고 어려운 데가 있다' 할 수 없다. 인생의 8할을 아예 양반에게 주어버린 이에게 찾아낸 희망을 연암은 이렇게 그려내고 있다.

그러니 엄 행수야 말로 더러움 속에서 덕행을 파묻고 세상 속에 숨은 사람이다. 엄 행수의 하는 일이 비록 불결하다지만 그의 삶은 지극히 향기로우며 그가 처한 곳은 더러우나 의를 지킴은 꿋꿋하다고 말하는 선귤자 또한 진정한 선생이다. 하지만 자목이란 녀석은 스승과는 영판 다르다. 더욱이 아랫사람으로서 웃어른에 대하여 논쟁을 금하는 '재하자在下者 유구무언有口無言'이라는 말의 위세가 여전한데, 스승에게 대드는 녀석의 태도에서 영 뱀뱀이 떨어지는 인물임을 알 수 있다.

하지만 얄궂한 성격의 자목은 '귓구멍에 마늘 쪽 박았는지' 통 알아듣지 못한다. '상놈'은 양반 앞에서만 상놈임을 저는 알지 못한다는 소리이니 저 백태 낀 눈으로야 엄 행수를 어디 한 사람의 '인간'으로조차 보았겠는가. 더욱이 자목은 불순함이라고는 없는 엄 행수에게 모진 욕까지 퍼붓는다. 자목이 하는 짓을 보면 늘품이라곤 조금도 없다. 연암 당대, 저러한 자목류의 모지락스런 생물들이 적잖았을 것이다.

요즈음 많은 사람들이 세상을 요령껏 사는 것이 큰 재주인 듯 여기나 이 소설을 찬찬이 읽고는 빙충맞아 보이는 엄 행수라는 인물을 통해 부끄러움을 느꼈으면 한다.

선귤자는 엄 행수의 이름조차 부르지 못하고 '예덕 선생'이라고 부르잖은가. 그러니 「예덕선생전」은 양반들의 속악과 허장성세를 배격하고 인간과 근로에 대한 애정을 내세우는 소설이다. 연암소설이 다 그렇지만 언간의진言簡意盡, 즉 말로 다하지 못한 의미가 곡진하니 꼼꼼히 살펴 보아야 한다.

예덕선생전

穢德先生傳

「예덕선생전」은 앞 장의 「마장전」과 함께 '선례후학先禮後學'[1]의 실천을 적실히 보는 소설이다.

「마장전」이 조선 후기 사회의 우정을 표피적으로 진단한 것이라면 「예덕선생전」은 벗의 사귐에 대한 실례의 작품이다. 연암은 양반과 낮은 백성의 계급 대립 지점을 우정으로 포착하였다. 따지고 보면 시是와 비非·선善과 악惡·정의正義와 불의不義를 판별하는데 '우정' 하나면 되지 않을까 한다.

청나라 증국번曾國藩, 1811~1872, 중국 청(淸)나라 정치가이라는 사람은 세상이 어지러워지는 3가지 조짐을, 첫째로 무엇이건 흑백을 가릴 수 없고 둘째는 하찮은 녀석들이 설쳐서 선량한 사람이 위축되어 아무 말도 못하며, 셋째로 이것도 지당하고 저것도 무리가 아닌 우유부단과 이해할 수 없는 행동으로 얼버무리는 풍조라고 했다.

연암의 시대는 저러한 자들이 참 많았다. 「예덕선생전」을 두 번째 놓으면서 연암은 이렇게 말했다.

선비가 입과 배 때문에 구차해지면 백 가지 행실이 이지러지고 부유한 생활은 탐욕스러움을 경계하지 못한 때문이다. 엄 행수가 몸소 똥을 쳐서 밥을 먹을지라도 그의 발은 더럽지만 입은 깨끗한 것이다. 이에 「예덕선생전」을 쓴다.

---

1   먼저 예를 배우고 학문을 하라는 말로 '예의'가 배움에 앞선다는 뜻.

士累口腹 百行骸缺 鼎食鼎烹 不誠饕餮 嚴自食糞 迹穢口潔 於是述穢德
先生.[2]

「예덕선생전」은 똥으로 풀어 본 못난 양반들 비판이다.

양반들의 부패와 탐욕, 속진俗塵으로 가득 찬 배에서 나온 배설물排泄物에 온몸이 사물사물하다. 진동하는 그 오기惡氣를 타고 앉아 똥독이 오를까 봐 깨끗하게 치우는 것이 엄 행수의 업業이다. 엄 행수가 없었던들 양반네들은 똥구더기에서 살며 지독한 제 악취를 맡아야 한다.

어찌 보면 똥은 엄 행수와 양반이 나누는 유일한 소통疏通인 셈인데 엄 행수가 일방적으로 당하는 것 같지만 꼭 그렇지도 않다. 왜냐하면 엄 행수는 이를 '거름'으로 사용하여 향기로 바꾸기 때문이다.

연암 당대에는 두 종류의 인간이 있었다. 똥만 싸는 자와 치우는 사람, 일하지 않는 자와 자가품이 들도록 일만 하는 사람, 세습적인 가해자와 세습적인 피해자이다. 똥질과 방귀질만 하는 자와 그걸 치우고 끼닛거리의 거름으로 만드는 자 중, 남우세스런 짓을 누가 하는 지는 자명하다.

「예덕선생전」은 연암의 시야가 얼마나 넓은지, 또 엄 행수의 삶과 영농營農의 의미를 깊이 새겨 볼 소설이다. 천호賤號로 불리는 '똥'과 그것을 치우는 천역賤役을 생업으로 삼는 '엄 행수', 그리고 이들을 그려내는 연암. 여기에는 연암의 휴머니즘 정신과 중농사상이 고스란히 담겨 있다.

중농사상은 실학사상에서 연유되고 후에 동학東學의 농민란, 프로문학시기의 농민문학론, 그리고 그 이후의 여러 농민소설들과도 연계되는 동선이다. 아울러 이러한 민중문학民衆文學의 한 속성으로 인본주의人本主義, humanism

---

2   박지원, 『연암집』 권8, 「방경각외전자서」, 경인문화사, 1982, 114쪽.

를 찾는다면 연암소설이 그 선두에 설 수 있다.

'잃어버린 예를 아에서 구한다禮失求野'라는 말처럼 상류 사회에서 잃어버린 인간의 미덕이 재야에 살아 있다는 일갈이다.

'예禮'로부터 이야기를 풀어 보자.

예란, 조선 500년간 조선의 정신적 교주인 공자의 지적체계에서 가장 중요한 윤리적 덕목이다. 조선은 이 예를 통하여 인간성을 회복하고 도덕적 질서가 있는 유교 사회를 구현하려 애썼으니, 입만 열면 '버릇소리'로 읊조렸다.

조선시대의 '예'란 허브hub, 차륜의 바퀴살이 모인 부분였다. 모든 사상이 이 '예' 혹은 '윤리'로 불리는 허브를 요체로 자전거의 바퀴살처럼 인간의 삶은 퍼져나간다고 이해하였다. 그리고 지금도 이 허브가 사회를 정화하고 사람 사는 세상을 만드는 것이라는 데 이의를 제기할 사람은 없을 것이다. 그만큼 '예'가 없는 사회는 치명적인 결여를 안고 있는 셈이다.

따라서 '돈'이 이미 허브의 중심을 차지하고 있는 현재에도 우리는 끊임없이 '예'니 '윤리'를 잡기 위해 안간힘을 쓰는 것이다.

그러나 조선 후기로 내려오며 이러한 윤리는 버쩍 줄어들었다. 이미 조선에서 자정 능력을 상실하였다. 그러고는 오히려 퇴행된 행동을 서슴지 않았다. 결과, 사화士禍는 틈만 나면 일어났으며 개인은 무력하고 관념은 공고하였으며 미래는 불투명한 사회가 되었다.

이른바, 사색당파四色黨派의 등장이다. 사색당파란, 조선 선조 때부터 후기까지 사상과 이념의 차이로 분화하여 나라의 정치적인 판국을 좌우한 네 당파. 노론, 소론, 남인, 북인을 이른다. 이러한 생각의 퇴영退嬰은 급격한 격량을 만들어 내었고 집단적 몽상을 불러왔다. 이러한 때 누가 자기 시대를 직시하여 농부, 천인, 시정 상인 등 하층민의 순박하고 아름다운 행실과 대척

〈윤리문자도(倫理文字圖)〉, 예(禮)

사람이 지킬 도리를 문자로 그려 놓은 일종의 교화적 그림이다. 당대의 예에 대한 이해를 읽을 수 있다. 하지만 「예덕선생전」으로 미루어 보면, 자목과 같은 예의와 염치없는 '만무방' 이 '서울 깍쟁이' 가 아닌가 한다.

점에 양반 사회를 놓겠는가.

오늘날 우리가 연암을 찾는 이유가 바로 여기에 있다. 연암은 악명惡名의 사농공상, 조선 후기의 사회적 관념으로 사람을 구분 짓지 않았다.

「예덕선생전」은 서울 시중市中 민가의 인분이나 가축의 똥을 수거하는 일을 하는 엄 행수라는 역부役夫를 주인공으로 한 한문단편소설이다. 그야말로 최하류층 노동자의 건실한 생활과 이와 반대로 양반들의 인간관계에 대한 환멸이 날카롭게 그려져 있다.

선귤자蟬橘子가 엄 행수라는 분뇨수거인에게 '예덕 선생穢德先生'이라는 칭호를 지어 바치며 벗으로 삼는다. 그는 종본탑宗本塔 동쪽에 살면서 매일 마을의 '분뇨'를 져 나르는 것을 업으로 삼는 사람이었다. 마을 사람들은 모두 그를 엄 행수嚴行首라 불렀다. 행수란, 한 무리의 우두머리이다. 그러자 선귤자의 제자인 자목子牧이, 분뇨수거인에게 선생이란 칭호가 다 뭐냐고 대드는데서 이야기가 시작된다. 그러고는 시종일관 겨끔내기로 두 사람의 대화로만 진행한다.

선귤자는 세속적인 교제를 버리고 참다운 우정을 찾자면 엄 행수야말로 누구보다 훌륭한 친구가 된다고 제자를 달래나 녀석이 통 알아듣지를 못한다. 이미 못난 양반 꼴이 박힌 자목이다. 여기서 스승인 선귤자가 미래를 지향한다면, 제자 자목은 오히려 보수 양반의 질서관을 대변하는 처지에 선다. 보면옹장保面甕腸에 지나지 않는다. 보면옹장은 '식견이 좁은 사람'을 지칭하는 것으로 허균의 『한정록』에 나온다. 허균은 이 용어를 사용하여 「수호전」·「금병매」 등의 소설류를 이해하지 않으려는 자들을 비꼬았다. 이와 유사한 평어로는 '동홍 선생冬烘先生'과 '학구 선생學究先生'이 보인다.

선귤자라는 인물은 "세상에서 이름난 사대부들도 그의 발치를 좇아 아래 축에 딸리어 놀기를 원하는 사람들이 많을 정도였다世之名士大夫 願從足下 遊於下風

^{著多矣}" 한다. 이런 선귤자에게 있어 언감생심 천한 역부인 엄 행수가 어찌 친구가 될 수 있을까마는 선귤자는 신분에 앞서 사람됨을 높이 사 그를 마음에 둔다.

'선귤자^{蟬橘子}'는 기존의 연구를 보면 이덕무^{李德懋, 1741~1793}가 아닌가 한다. 이덕무는 조선 후기의 문인, 실학자이며, 박학으로 유명했던 학자이다. 그는 일찍이 홍대용, 박지원, 박제가, 유득공 등과 교유했으며 중국의 여러 문인들과도 친분을 맺었다. 그의 글 중에 선귤당이라는 호를 써서 지은 『선귤당농소^{蟬橘堂濃笑}』가 있고 연암이 지은 「선귤당기^{蟬橘堂記}」라는 작품에서도 이덕무의 또 다른 호인 '영처자^{嬰處子}'와 동일인으로 이야기하는 것으로 미루어 이덕무로 보아 큰 무리는 없을 듯하지만, 반드시 그렇게 단정할 필요는 없다.

이덕무가 지은 『청장관전서』「영처시고^{嬰處詩稿}」'세제병서^{歲題幷序}'에는 다음과 같은 글이 보인다.

전에 남쪽 시냇가에 살고 있을 때 내 집을 선귤^{蟬橘}이라 하였으니 비유하건대 집이 작은 것이 매미 허물이나 귤 늙은이와 같다는 데서 취하였다. 그리고 지난해에는 나의 저서에 쓰기를 어린아이들이 오락 삼아 희롱하는 것과 무엇이 다르랴. 마땅히 처녀처럼 부끄러워 감추리라 하고는 이어서 영처고^{嬰處橐}라 하였다.

昔在南磵之濱 字吾軒曰 蟬橘 取譬室之小 蟬殼橘叟如也 往年題 吾著書曰 何異嬰兒娛而弄 宜如處女羞自藏 仍命曰 嬰處橐.³

옛날 파공^{巴邛}이란 땅에 사는 사람이 귤을 쪼개 보니 두 늙은이가 그 안에

---

3   이덕무, 민족문화추진회 편, 『국역청장관전서』1, 솔, 1978(영인), 28쪽.

서 바둑을 두고 있었다는 '이수지귤二叟之橘'이라는 고사가 있다. 이덕무는 자기의 집이 작아, 마치 귤 속에서 구부리고 장기를 둔다는 이 고사를 빌려 '선귤'이라 한 것이다.

하지만 이덕무는 연암보다 4세 연하의 벗이었다. 연암이 이 소설을 지은 것이 20세 경이었다는 점을 상기하면 이덕무의 나이는 겨우 15세를 넘어섰다는 소리이다. 이런 소년이 선귤자라는 별호를 사용하였고 여러 사람에게 존경을 받는다는 것은 아무래도 무리가 있는 설정이 아닌가 싶다.

따라서 검토가 더 필요하겠지만 군이 이덕무라고 할 것이 아니라 선귤당이라는 호를 가탁한 인물로 봄이 좋을 것 같다. 사실 이 소설에서 선귤자가 누구냐가 중요로운 것은 아니다. 왜냐하면 선귤자는 연암 자신의 분扮이라는 추론이 더욱 합리적이기 때문이다.

따라서 선귤자는 연암, 자목은 당대의 비루먹은 양반으로 치환한들 어그러짐이 없다. 스승이 천인 역부를 벗하는 것에 대해 자목은 마뜩치 않음을 내돋는다. 이러하니 선귤자는 우도론友道論을 설파하며 제자를 곰살궂게 꾸짖으나 자목은 건성으로 코대답만 하다가는 발끈해서는 귀를 틀어막고 "이야말로 선생님께서 저를 시정의 일이나 시중드는 종 따위의 일들로 가르치려는 것일 뿐입니다此夫子教我 以市井之事 傭僕之役耳"라는 독설을 퍼부으며 달아난다.

보암보암 자목의 인끔이 형편없기도 하지만 스승과 제자 사이에 이미 신뢰가 무너진 모습이기에 영 볼썽사납다. 귀천지별貴賤之別이 없는 사회가 있겠는가만은 '선생과 제자의 도리'가 또한 낯 뜨겁다. 연암은 「증계우서贈季雨書」란 글 서두에 "사도가 없어진 지 오래되었다師道廢久矣"고 적어 놓았다. 이미 제자가 스승을 존경하지 않는 세상이었다. 연암의 표현을 빌린다면 "미간에 내 천자요, 이마에 임자로다眉間川字 額上王字". 글 공부가 마음 공부일진대 선생에 대한 태도가 저러고서야 무슨 사람이 되겠는가. 자목이란 인물을 설정함에 연암은 이러한 점 또한 염두에 두었을 것이다.

자목은 조선적 질서 체계가 습관적으로 몸에 밴 답답한 위인이다. 우리말에 '악지가 세다' 혹은 '악지를 부리다'라는 말이 있다. '악지'란 옳지 않은 생각이나 주장을 억지로 해내려는 고집을 말한다. 당대의 사회적 현실로 미루어 악지를 부리는 쪽이 선균자라고 생각할 수도 있지만, 어디 그래서야 세상이 돌아가겠는가. 그렇지 않다.

아니면 자목은 통 공부를 안 하는 녀석이다. 조선 500년간 글 깨나 하는 양반들의 경전은 바로 『논어』라는 책이었다. 조선에서 '논어'니 '공자'니 하는 언어의 위상은 제왕도 부럽지 않았으니 이 주술어呪術語만 투약하면 중세의 환각은 마법처럼 지속되었다.

그 『논어』 제1편 「학이學而」 편에는 이렇게 적혀 있다.

자하가 말하였다.

"어진 이를 어질게 여기되 미색을 좋아하는 마음과 바꾸며 부모를 섬기되 그 힘을 다하며 임금을 섬기되 그 몸을 바치며 벗과 사귀되 말에 믿음이 있으면, 비록 배우지 못했다고 하더라도 나는 반드시 배웠다고 히리라."

子夏曰 "賢賢 易色 事父母 能竭其力 事君 能致其身 與朋友交 言而有信 雖曰未學 吾必謂之學矣."

유교의 질료質料로서 『논어』는 아무 문제도 없었다. 문제는 낮은 백성들에게 본능적인 적의를 품고 있는 자목 같은 썩은 유자들이었다. 자목은 자하의 말처럼 바른 행동을 하면 '배우지 못했다고 하더라도 모름지기 배웠다'라고 인정할 수밖에 없는 이치를 모른다.

또 그『논어』제2편「위정爲政」에도 벗 사귐에 대한 기록이 버젓이 실려 있다. "공자님께서 말씀하시기를 군자는 두루 통하면서도 편파적이지 않고 소인은 편파적인데다 통하지도 않는다子曰 君子 周而不比 小人 比而不周" 하는 구절이 바로 그것이다. 군자의 벗 사귐에 대한 이해가 선명하게 드러나 있다. 여기서 '비이부주比而不周'란, 치우치고 두루 하지 못하다는 뜻이다.

따라서 소인배들은 사사로움에 치우치므로 특별한 사람만 친할 뿐 널리 사귀지 못함을 비유한 말이다. 즉 소인배들은 끼리끼리만 어울리는 행동을 하니 군자된 자는 이러한 행동을 하지 말라는 경계의 글이다. 따라서 양반네들은 이 말씀을 잘 받들어 두루 포용하고 무리를 짓지 않는 '주이불비周而不比'를 해야 한다.

그런데 자목의 태도는 소인배의 짓거리를 벗어나지 못한다. 하기야 어디 자목뿐이랴, 그 당시 양반이라 불린 자들 대부분이 그러하였고 저러한 사귐은 더 나아가 편당偏黨으로 이어졌기에 연암도 불끈하는 생각이 들었을 것이다.

오죽하였으면 1742년영조 18 영조는 이러한 못난 사귐에 대해 탕평책蕩平策, 조선 영조 때에, 당쟁의 폐단을 없애기 위하여 각 당파에서 고르게 인재를 등용하던 정책을 들고 나섰다. 저 '탕평비'에는『예기』의 한 구절인 "신의가 있고 아첨하지 않는 것은 군자의 마음이요, 아첨하고 신의가 없는 것은 소인의 사사로운 마음이다周而弗比 乃 君子之公心 比而弗周 寔小人之私意" 하는 글을 적어 놓았는데 위에서 언급한『논어』와 대동소이하다. 영조는 이 탕평비를 성균관의 반수교泮水橋 위에다 세우고 조선을 끌어 나갈 인재들로 하여금 새기도록 하였다.

하지만 이 탕평책은 문제점이 많기에 잠시 언급하여야겠다. 18세기 미래를 내다본 실학인 담헌湛軒 홍대용洪大容, 1731~1783은 영·정조 국가정책인 탕평책을 기탄없이 통박하였다. 담헌은 탕평론이 '정사'正邪를 분명히 가리지 못

성균관에 세워진 탕평비

유생들에게 경계심을 주기 위하여 세운 것으로 현재 성균관대학교 안에 있다. 떼 지어 다니며 파당(派黨) 짓지 말고 반와(泮蛙, '성균관 개구리'라는 뜻으로, 자나 깨나 책만 읽는 사람을 놀림조로 이르는 말)도 되지 말라는 비(碑)이다.

탕평책은 『서경(書經)』「홍범(弘範)」14장 '탕탕평평(蕩蕩平平)'에서 나왔다.

치우침과 무리 지음이 없으면 무편무당(無偏無黨) 왕도는 탕탕하다. 왕도탕탕(王道蕩蕩)

무리 지음과 치우침이 없으면 무당무편(無黨無偏) 왕도는 평평하다. 왕도평평(王道平平)

문제는 왕을 위한 탕평이었지 백성을 위한 탕평은 아니었다. 신하들이 무리를 짓지 않고 당쟁을 하지 않으니 왕으로서는 탕탕평평이었다. 따지자면 저 탕평비는 조선의 '망조(亡兆)'를 알리는 징표인 셈이다.

한다며 '여채생서'與蔡生書에서 이렇게 말하였다.

대개 논리는 발라正야 하고 치우쳐서偏는 안 되는 것이지만 세상 사람들이 자칭 탕평을 주장하여 피차에 어느 한쪽에도 치우치지 않는다고 하는 사람들은 반드시 사邪와 정正을 혼란시키며 충忠과 역逆을 섞어서 마침내 인심을 괴란壞亂시키고 온 세상을 윤상淪喪하게 만들 것입니다. 붕당朋黨 화는 물론 심한 것입니다만 탕평蕩平 화는 붕당보다 백 배나 더 심하여 반드시 망국에 이르고야 말 것이니 오호라 두렵지 않겠습니까.

담헌의 이 말은 탁견이었다. 탕평책을 폈던 영·정조 재위 76년이 지난 뒤 모든 당파가 힘을 잃었다. 당연히 당쟁도 없었다. 결국 순조 대부터 세도정치가 강화되었고 105년 뒤인 1905년, 조선은 을사조약乙巳條約으로 일본에게 나라의 외교권을 박탈당한다.

안확安廓, 1886~1946은 그의 『조선문명사』3 '제85절 당파와 정치발달'에서 당쟁의 폐해를 주장하는 견해에 대해 "그러나 내가 생각하니 근대 정치는 당파로 인하여 발달을 이루었는데도 오히려 당파가 진전하지 못하고 끊어지는 바람에 정치가 쇠퇴하고 말았다. 서슴없이 단언하는 바이다"라며 그 이유로 세 가지를 들었다.

'당파로 인하여 임금의 권한이 축소되고 신하의 권리가 신장되며, 인재의 다수가 등용되며, 당쟁 속에서 바른 길을 찾게 된다'는 것이다. 안확은 당파가 오히려 정치를 발달시켰다고 주장한다. 당쟁이 없으면 모든 권한이 한 사람에게 돌아가기 때문이다. 안확이 조선이 퇴락하기 시작한 시기를 정조시대로 상정하고 이때를 '독재정치 말기 1'로 규정하는 이유가 여기에 있다.

'탕평의 화가 붕당보다 무섭다'는 담헌의 말을 귀담아들었다면 역사는 달라졌을지도 모른다. 사실 지금도 우리는 붕당과 탕평을 악과 선, 그름과 옳음이라 교육하고 배운다. 붕당의 폐해로 국론이 분열되었고 나라가 망할 수밖에 없었다는 식민사관도 배웠다. 지금도 우리는 한마음 한뜻, 질서정연만이 옳고 분열과 다툼은 그르다고 여긴다. 담헌의 말을 통해 역사와 우리의 삶을 되짚었으면 한다. 정당들 사이에 다툼이 분분하고 사회에서 여러 가지 논의가 활발히 이루어지는 현상은 오히려 장려할 만한 일이다.

다시 「예덕선생전」으로 돌아간다. 자목의 말에서 편당偏黨을 읽어 내는 선귤자의 마음은 어떠하였을까. 선귤자는 어리석은 제자에게 이렇게 말한다.

그러면 네가 수치로 여기는 것은 이곳에 있는 것이지 저곳에 있는 게 아니로구나. 무릇 시교市交는 이해로 사귀는 것이고 면교面交는 아첨으로 사귀는 것이란다. 그렇기 때문에 비록 아주 가까운 사이라도 세 번 도움을 청하면 사이가 벌어지지 않을 수 없고 또 묵은 원한이 있는 사이라도 세 번 도와주면 가까워지지 않을 수 없단다. 따라서 이해로 사귀면 계속 관계가 이어지기 어렵고 아첨으로 사귀면 오래갈 수가 없는 것이다. 무릇 큰 사귐은 얼굴로 사귀는 것이 아니며 좋은 벗은 지나치게 가깝지 않고 다만 마음으로 사귀는 것이고 덕으로 벗을 해야 하는 거란다. 이것을 이른바 도의지교道義之交라 하지.

然則子之所羞者 果在此 而不在彼也 夫市交以利 面交以諂 故雖有至懽 三求則無不疎 雖有宿怨 三與則無不親 故以利則難繼 以諂則不久 夫大交不面 盛友不親 但交之以心 而友之以德 是爲道義之交.[4]

양반에게는 일갈이지만 낮은 백성에게는 인본주의휴머니즘다.

---

4   박지원, 「예덕선생전」, 경인문화사, 1982, 115쪽(이하 「예덕선생전」은 모두 같은 책이다).

'휴머니즘'과 '참여', 연암소설을 읽으며 방점傍點을 꼭 찍어두자 치면 이 낱말이 아닌가 한다. 머리에서 시작된 이론 공부가 가슴을 거쳐 발까지 내려와 행동하는 실학實學이다. 이 실학은 곧 연암의 일관된 행동양식이자 평생 동안의 마름질이다.

연암은 앞 장「마장전」에서 위선적 우도를 폭로하였고「예덕선생전」에서는 천한 백성들의 '도의지교'야 말로 참된 우도론이라 설파하고 있다.

그러나 이렇게 하여도 양반의 대변자인 자목은 뻣뻣하니 제 고집만 세우니 참으로 생김생김이 감사나운 인물이다. 웅숭깊은 예덕 선생은 물론 천인에게조차 비할 바 못 된다. 아마 조선 후기의 저이들도 이와 같았을 것이다. 참 본받을 게 없는 이들이다. 그렇다면 선귤자는 예덕 선생의 어떠한 점에 매료된 것일까? 의문을 갖지 않을 수 없다. 언급한 바, 예덕 선생은 배운 것 하나 없는 그저 천인 역부에 지나지 않는 분뇨수거인이기 때문이다.

해마다 정월 초하룻날이면 아침에 비로소 벙거지를 쓰고 의복에 띠를 두르고 신발을 갖춘 뒤 두루 세배를 다닌다. 그 이웃마을을 돌고 와서는 전의 그 옷으로 갈아입고 다시 발채를 얹은 바지게를 짊어지고서는 마을로 들어갔다.

歲元日朝 始笠帶衣屨遍拜 其隣里還 乃衣故衣 復荷畚入里中.

예덕 선생은 평민도 아닌, 그것도 가외 똥을 져 나르는 천한 역부의 우두머리이다. 그렇지만 새해 아침 자기 의복을 깨끗이 세탁해 입고는 웃어른들에게 세배를 다닐 줄 안다. 예의도 그렇지만, 간과할 수 없는 점은 자기 직분에 충실히 임한다는 점이다. 남의 떡이 커 보이는 게 인지상정이련만, 하물며 천인 역부로 태어난 자신의 운명을 그라고 모르지는 않았을 것이다. 그런데도 예덕 선생은 우직하니 눈을 질끈 감고 제 갈 길을 간다.

더러운 것에도 깨끗한 것이 있다.

선귤자는 또 다음과 같이 말한다.

엄 행수는 똥을 져서 밥을 먹고 있으니 지극히 불결하다 하겠다. 그러나 그가 밥을 얻을 수 있는 까닭을 따지자면 지극히 향기롭다. 그의 몸가짐은 더럽기 짝이 없지만 그 옳음을 지키는 것은 지극히 높다. 그 뜻으로 미루어 보면 비록 만섬에 해당하는 부역임을 안다. 이 점에서 보면 깨끗한 것에도 더러운 것이 있고 더러운 것에도 깨끗한 것이 있을 뿐이다.

夫嚴行首負糞擔溷以自食 可謂至不潔矣 然而其所以取食者 至馨香 其處身也至鄙汚 而其守義也至抗高 推其志也雖萬鍾可知也繇 是觀之潔者有不潔 而穢者不穢耳.

넓은 도포 소맷자락 휘젓는 조선의 양반들은 아예 노동을 하지 않았을 뿐 아니라 오히려 경시하였다. 이 문맥 속에 저 앞문장을 담고 있음은 물론이다. 그리고 여기서 다루는 '인분人糞' 문제는 연암이 늘 생각하던 실학사상에 연유한 것이니 단지 소설을 쓰기 위해 임시로 차용한 소재가 아니란 점도 짚어야 한다. 그의 「일신수필馹汛隨筆」에는 다음과 같은 글이 있다.

똥이란 지극히 더러운 것이지만 밭에 거름을 준다면 마치 금처럼 아까워한다. 길에 버린 재가 없고 말똥을 줍는 자는 삼태기를 메고서 말뒤를 따라 다닌다. 이러한 것을 네모나게 쌓거나 혹은 팔각으로 혹은 여섯 모로, 혹은 누대의 모형처럼 만든다. 똥거름을 보니 천하의 제도가 이곳에 서 있는 것이다. 그러므로 나는 이렇게 말한다. "기와조각과 똥거름 이것은 장관이다."[5]

糞溷至穢之物也 爲其糞田也 則惜之如金 道無遺恢 拾馬矢者 奉畚而尾隨 積

序方正 或八角 或六楞 或爲樓臺之形 觀乎糞
壤 而天下之制度 斯立矣 故曰 瓦礫糞壤 都是
壯觀.

연암은 '똥이란 지극히 더러운 것'이라 하
면서도 가로되, '장관!壯觀'이라고 한다. 연암
이 중국을 여행하면서 볼거리가 없어서 퇴비
더미에 관심을 가진 것이 아니다.

박제가의 『북학의』「분오칙糞五則」의 글을
보면 "한양의 성중에는 매일 인분이 뜰이나
거리에 버려지고 (…중략…) 분뇨는 거두지
않고 재가 길가에 버려져 바람이 조금만 불
어도 눈을 뜨지 못한다都下 則日委之於庭宇街巷 (…중
략…) 糞旣不收 恢則專棄於道 風稍起 目不敢開"고 하였으

니 연암이 청나라에 들어가 저러한 것을 보
고 장관이라고 하는 이유를 알 수 있다. 이것은 그가 평생을 몸으로 실천한
실학사상實學思想과 이용후생利用厚生을 그대로 볼 수 있는 대목이다. 연암이
분뇨수거인 엄 행수에게 '선생'이라는 칭호를 붙이는 이유도 여기에 있다.

연암의 「순패서旬稗序」라는 글 중 일부만 더 보자.

① 그러므로 무슨 물건이 겉치레만 화려[外美]하고 속이 빈 것을 강정이라고 말
하지. 개암, 밤, 메벼 같은 것은 사람들에게 천대받는 것이지만 열매는 좋아서[實

---

5   박지원, 『연암집』 권8, 「일신수필」, 경인문화사, 1982, 172쪽.

^美 정말로 배불리 먹을 수 있지. 하늘에 제사도 지낼 수 있고 또한 사돈에게 폐백으로 쓸 수도 있지. 대체로 글 짓는 방법^[文章之道]도 이와 같아야 하는데도 사람들은 개암, 밤, 멥쌀이라는 이유로 더럽게 여기고 있으니 자네가 나를 위해 변론 해 주지 않으려나?

　故凡物之外美 而中空者 謂之粗粽 今夫榛栗稻秔 卽人所賤 然實美而眞飽 則可以事上帝 亦可以贊盛賓 夫文章之道 亦如是 而人以其榛栗稻秔 而鄙夷之 則子盡爲我辨之.

　② 지금 자네가 비속하고 통속적인 데서 말을 찾고 천박하고 비루한 곳에서 사건을 주워 모았네. 어리석은 남자, 무식한 여인이 천박하게 웃고 일상적으로 하는 말은 모두 눈앞에서 실제 벌어지는 일^[卽事]이 아닌 것이 없으니 눈이 시리도록 보고 귀가 아프게 들어서 제 아무리 용렬한 사람이라도 정말 신기할 게 없는 것이 당연한 것일세. 비록 그렇지만 묵은 간장도 그릇을 바꾸면 입맛이 새로 돌고 일상의 예사롭던 감정도 환경이 달라지면 느끼고 보는 것이 모두 바뀌진다네.

　今吾子 察言於鄙邇 摭事於側陋 愚夫愚婦 淺笑常茶 無非卽事 則目酸耳飫 城朝庸奴 固其然也 雖然宿醬換器 口齒生新 恒情殊境 心目俱遷.⁶

소천암^{小川菴}이란 사람이 우리나라의 속요·민속·방언·속기^{俗技} 따위, 한마디로 오만 잡스러운 것을 적어 놓은 책을 갖고 와서는 연암에게 ①처럼 말한다. 소천암은 사람들이 겉치레만 화려^[外美]한 속빈 강정^[粗粽]을 좋아하고 열매 좋은^[實美] 개암, 밤, 메벼 등을 더럽고 천하게 여기니 이게 어찌된 셈이

6　박지원,『연암집』권7,「순패서」, 경인문화사, 1982, 108쪽.

김홍도(金弘道, 1745~1806?), 〈벼타작〉, 「단원풍속첩」, 국립중앙박물관소장

바쁜 농사철이다. 가을에는 얼마나 바쁜지 '고양이 손도 빌릴 때' 라든가, '가을에는 부지깽이도 덤벙인다' 라는 속담조차 생겨났다. 그러나 저 사내는 느긋하게 신발을 벗어 놓고는 돗자리를 깔고 한 손으로 양반 씌운 머리 받치고 가로누워 장죽만 빨아댄다. 불한당질이 따로 없다. 저 밥이나 축내는 위인이 당시 양반 행세였다. 저러다 제 벼 한 톨이라도 땅에 떨어지면 달려들어 장죽으로 일꾼들 머리를 내리칠 부라퀴. 상식의 폭력이 저토록 무섭다.

나고 하면서 연암에게 '글 짓는 방법[文章之道]'을 알려 달라는 것이다.

②는 연암이 책을 다 읽고 돌려주며 답한 말이다.

연암은 소천암이 말한 대로 '통속적인 데서 말을 찾고 천박하고 비루한 곳에서 사건을 주워 모으고 어리석은 남자, 무식한 여인이 천박하게 웃고' 하는 일상적인 일들이야말로 '모두 눈앞에서 실제 벌어지는 일[卽事]'이기에 사람들이 예사롭게 여기는 것이니 묵은 간장도 '그릇을 바꾸면[換器]' 입맛이 새로 돌고 일상의 예사롭던 감정도 '환경이 달라지면[殊境]' 느끼고 보는 것이 모두 바뀐다고 말한다.

연암의 말을 풀어 보면 소천암이 자잘한 것을 책에 담아낸 것은 좋은 것이지만 사람들은 늘 보던 것이라 대수롭지 않게 여기니 '그릇을 바꾸고[換器]' '환경이 달리 해야만[殊境]' 한다는 것이다. '환기'와 '수경'은 고문과는 다른 새로운 글을 쓰는 것이요, 비유 따위를 적절히 넣는 것 등을 말한다. 더 좁혀 보면 내용 있는 글인 '실미[實美]'를 쓰되 각종 수사修辭 따위를 이용하여 겉치레도 화려하게 꾸미는 '외미[外美]'도 필요하다는 뜻이니 이것이 연암의 '글 짓는 방법[文章之道]'이다.

연암이 걸인, 분뇨 수거인, 광인, 역관 등의 늘 보는 일상의 낮은 백성들을 글 속에 담아내되 그들의 실미實美를 찾아 각종 수사를 동원하여 소설이라는 색다른 방법으로 외미外美를 고려한 것도 이러한 이유에서이다. 연암의 「예덕선생전」 저술 의도는 이러한 것에서도 미루어 짐작할 수 있다.

이러한 연암이기에 예덕 선생의 업業을 통해서 일 없이 돌아다니는 발록구니나 기생적寄生的 생활을 하는 양반들을 공격하는 한편, 낮은 백성층의 노동은 곧 생산 활동이므로 창조적이고 신성한 것으로 보았다. 그리고 한 발 더 나아가서 더러운 노역이라 하더라도 최선을 다하는 상일꾼인 엄 행수야말로 굽실거리지 않고 의를 지켜 나가는 고항高亢한 삶의 태도를 보인다고

추어올린다.

재삼 말하거니와 연암은 이 작품을 통해 하층민에 대한 따뜻한 시각과 실학사상에 기인한 영농의식, 그리고 참다운 우정을 통한 바람직한 사회 만들기 등을 나타내고자 하였다.

여기서 잠시 연암소설을 읽는 독서인의 태도로 이야기를 옮겨 보자.

연암의 글은 빙산과도 같아서 밑에 숨어 있는 의미를 파악하는 것이 무엇보다 중요하다. 그런데 이따금 연암의 글을 색독色讀[7]으로 읽고 말의 향연으로만 해석하려 드는 독서자들을 본다. 연암의 글을 체독體讀[8]하지 않고서 어찌 읽었다고 하겠는가.

연암은 문제의식을 갖고 독서를 하였고 그러한 마음가짐으로 먹을 갈고 붓을 잡았다.『채근담 후집』[9]에는 이런 말이 있으니 연암의 삶과 소설을 견주어 잘 새겨들을 말이다.

사람들은 글자가 있는 책은 읽을 줄 알아도, 글자가 없는 책은 읽을 줄 모르며, 줄이 있는 거문고는 탈 줄 알아도 줄이 없는 거문고는 탈 줄 모르니 형체에만 집착할 뿐 정신을 활용하지 못한 때문이다. 어찌 거문고와 책의 참 맛을 알겠는가.

人解讀有字書 不解讀無字書 知彈有絃琴 不知彈無絃琴 以跡用 不以神用 何以得琴書之趣.

그러니 자획字劃만을 응시숙려凝視熟慮할 게 아니다. 글자 이면에 깔아놓은

7　글을 읽을 때 문장 전체의 의미를 파악하지 아니하고 글자가 표현하는 뜻만을 이해하며 읽음.

8　글을 읽을 때 글자에 표현되어 있는 것 이상으로 그 참뜻을 체득하여 읽음.

9　명나라 말의 환초도인(還初道人) 홍자성(洪自誠)의 어록으로 단문이지만, 대구를 쓴 간결한 미문이다.

작가의 기미를 꼼꼼히 살필 일이다. 이 말은 저자가 마음에 품은 뜻이 많으나 글로 쓰기는 어렵다는 '십분심사일분어十分心思一分語'[10]가 아니다. 연암은 이미 써 놓았고 독자가 이를 읽는 것은 독자의 몫이란 뜻이다.

끝으로 연암의 친구 사귐은 어떠한지를 살피는 것으로 이 장을 마치겠다. 아래 글은 연암이 「답홍덕보서제이答洪德保書第二, 홍대용에게 준 편지 제2」의 일부분이다.

> 벗 사귐이란 정말 어려운 것이지요. 그렇다고 어찌 제가 한 사람도 없다고 하겠습니까? 어떤 일에 관여하여 좋은 법도로써 이끌어 준다면 비록 돼지를 치는 종 녀석도 정말 나의 좋은 벗이요, 올바른 도리로써 충고를 한다면 비록 나무하는 아이도 역시 나의 좋은 벗이 될 것입니다. 이로써 생각해 본다면 저는 세상에서 친구를 못 가진 게 아닙니다.
>
> 欲盡其道友苦難矣 亦豈眞果無一人耶 當事善規 則雖牧猪之奴 固我之良朋 見義忠告 則雖采[11]薪之僮 亦吾之勝友 以此思之 吾果不乏友朋於世矣.[12]

글 허리쯤에 보이는 "돼지를 치는 종 녀석牧猪之奴"이나 "나무하는 아이采薪之僮"도 "나의 좋은 벗吾之勝友"이 된다는 편지이다. 마치 종 녀석이나 나무하는 아이에게도 너나들이를 허여할 것 같은 연암의 벗 사귐이다. 연암은 결코 신분 계층을 고려하여 벗을 사귀지 않았다. 이른 바 '저구지교杵臼之交'[13]의 실천

---

10 마음에 품은 뜻은 많으나 말로는 그 십분의 일밖에 표현 못한다.

11 원문에는 '변(釆)'으로 되어 있다.

12 박지원, 『연암집』 권3, 「답홍덕보서제이」, 경인문화사, 1982, 74쪽.

13 중국 한나라의 공사목(公沙穆)이 오우(吳祐)의 집에서 방아 찧는 품팔이를 했는데, 오우가 공사목의 비범함을 알아보고 친교를 맺었다는 고사에서 유래한다. 귀천을 가리지 않는 사귐을 말한다.

이었다. 연암이 낯가림한 것은 위선과 아첨을 떠는 부유腐儒들과 자목 같은 유자儒者들이었다.

민옹전

閔翁傳

종로 거리를 메운 게 모조리 황충[蝗蟲]이야

제題「민옹전」후後

이 작품의 등장인물은 여러 명이지만 주로 나와 민옹이 이야기를 이끌어나간다.

배경	1756~1757년, 서울	
등장인물	**나**	민옹의 이야기를 이끄는 인물이다.
	민옹	남양의 무인 출신으로 첨사라는 벼슬을 지냈으나 영달하지 못하고 시골에 묻혀 울울하게 살아가는 이이다. 은어와 기담을 자유롭게 구사하는 등 능갈치는 솜씨와 사날이 여간 아니어서 나의 집에 머무르는 사람들이 문답을 하여 하나도 이겨내지 못한다.
	민옹의 아내	늙은 남편의 출세를 기다리다 지친 아낙이다.
	악공들	음악을 연주하느라 힘줄세운 얼굴을 두고 민옹에게 성을 내고 있다고 뺨을 맞는다.
	좌객들	모두 민옹의 뛰어난 재주를 빛내는 조연 역할을 충실하게 하는 이들이다.

『연암별집』「방경각외전」에 실려 있으며, 21세 때의 작품으로 추측된다.

실존 인물인 민유신이 죽은 뒤, 그가 남긴 몇 가지 일화와 작자 스스로 민유신을 만나 겪었던 일들을 엮고 뇌誄, 죽은 사람의 생전의 공덕을 기리는 글를 붙인 소설이다.

남양에 사는 민유신은 이인좌의 난에 종군한 공으로 첨사를 제수 받았으나, 집으로 돌아온 후로 벼슬을 하지 않았다. 그는 어릴 때부터 매우 영특하였으며 옛사람들의 기절奇絶과 위업을 사모하여 7세부터 해마다 고인들이 그 나이에 이룬 업적을 벽에다 쓰고 분발하였으나 끝내 아무런 일도 이루지 못한다. 70세가 되자 그 아내가 '올해는 까마귀를 그리지 않느냐'고 조롱하는데도, 민옹은 기뻐하며 '범증은 기이한 계교를 좋아했다'고 엉뚱하게 쓰고는 태연해하는 사람이다.

나는 17~18세에 우울병으로 누워 있다가 마침 민옹을 천거하는 이가 있어서 그를 집으로 초대하였다. 그런데 이 민옹은 수인사도 나누지 않고 댓바람에 때마침 피리 불던 이의 뺨을 올려친다. 그러고는 시치미를 뚝 떼고는 주인은 기뻐하는데 너는 왜 성을 내느냐고 되레 꾸짖었다. 애매히 뺨 맞은 악사의 기분을 고려하지 않는다면 깔깔 웃을 만한 장면임에 틀림없다. 이렇게 이 소설에는 다소 과장된 희화와 몸짓, 그리고 조금은 요란한 장식이 붙어 있지만 우리는 그것을 허방으로 볼 수 없다. 민옹은 정의가 불한당不汗黨이던 시절, 도덕이 결여된 자들의 폭악으로 정신이 유폐된 자이기 때문이다.

수다한 언롱言弄으로 덮인 소설이지만 민옹이 이미 한계성을 갖고 태어난 그저 그런 무관 출신이라는 상황을 조선 후기 사회사와 더불어 읽는다면 '뜻을 펴지 못하는 자의 비애'로부터 해석을 열어가야 한다.

비록 몸은 저잣거리를 헤매 돌고 불뚝 심사를 부리는 민옹이지만, 삿된 욕망으로 세상의 누린내를 풍기는 자들과는 다르다.

민옹은 기발한 방법으로 나의 입맛을 돋우어 주고 잠을 자게 해 주었으니 병은 점차 차도가 보였다. 어느 날 밤, 함께 자리한 사람들을 마구 골려 대니 사람들이 민옹을 궁지에 몰아넣으려고 어려운 질문을 퍼부었으나 그의 대답은 쉽고 막힘이 없었다. 자기를 자랑도 하고 옆 사람을 놀리기도 해서 모두 웃는데 민옹이 하는 이야기는 두꺼비 나이자랑 같은 우스갯소리인데도 모두 이치에 꼭 맞았다.

누군가 해서海西에 황충蝗蟲이 생겨 관가에서 황충잡이를 독려한다고 했다. 이 말을 듣고 민옹은 곡식을 축내기로는 종로 네거리를 메운 '칠척장신의 황충'보다 더한 것이 없는데 그것들을 잡으려 하나 커다란 바가지가 없는 것이 한이라고 한다. 여기서 민옹이 말하는 황충은 하는 일 없이 놀고먹으며 곤댓짓만 하는 양반네이다.

그다음 해에 민옹은 세상을 떠나고 나는 민옹의 공덕을 기리는 글을 지어 바친다.

민옹은 누구인가?

그는 하찮은 무관집 자손이니 태어난 순간 이미 성장의 시계가 멈춘 이 아닌가. 민옹에게는 양반들의 보편적 삶이 애초부터 불가능하였다. 다소 엉뚱스럽고 순박한 그의 말과 행동으로 보아 혹 '이이가 피터팬 증후군Peter Pan syndrome을 앓지나 않았을까' 하는 생각을 해 본다.

민옹전

閔翁傳

　책방에 가면 연암에 관한 서적들을 자주 접한다.

　전공서적에서 초·중·고등학교 읽기 자료는 물론 입시 자료까지 그 종류도 다양하다. 그 속에 들어 있는 연암의 목소리를 듣고 있는 독서인이라도 만나면 고전을 전공하는 사람으로 마음 한 구석이 흐뭇하다. 따지자면 일제하 국문학자 김태준이 "연암의 시대는 닥쳐왔다. 연암이 사랑하던 민중은 이제야 가지가지 찬사를 봉정하였다" 한 지도 꽤 오래된 이야기다.

　그런데 그로부터 한 세기가 바라보이는 지금, 우리에게 여전히 현재성으로 남아 있는 연암문학의 반향反響은 무엇일까? 연암 연구야 예전부터 있었지만 이제는 중증重症의 연암학질燕巖瘧疾이라도 걸린 듯이 너도나도 재채기를 해대고 심지어는 입시入試에 자주 출제된다고 신열까지 앓으니 부디 오래오래 앓기를 바랄 뿐이다. 학질이란 병이 본래 발작적인 열과 냉의 극단을 보이기에 하는 말이다. 여하간 연암에게 저러한 상황을 기별이라도 넣고 싶다.

　「민옹전」은 박지원이 21세 되던 1757년영조 33 무렵에 지은 한문소설이다. 그런데 이 글을 읽으면 연암의 글쓰기가 여간 재기 발랄한 것이 아니라는 생각이 든다.

　「민옹전」은 실존 인물인 민유신閔有信이 죽은 뒤 그가 남긴 일화와 작자가 민유신을 만나 겪었던 일들을 엮고 뇌誄, 조문, 죽은 사람의 생전 공덕을 기리는 글를 붙인 글이다.

그러나 안타깝게도 「민옹전」에 보이는 단서 이외에는 '민옹'이라는 사람에 대해 알 수 있는 자료가 없다. 다만 「민옹전」 서두에 "민옹은 남양 사람이다. 무신년영조 4, 1728 민란이 일어나니 관군을 따라 그들을 정벌하여 그 공으로 첨사가 되었고 뒤에 집에 돌아가서는 다시는 벼슬살이를 하지 않았다閔翁者 南陽人也 戊申軍興 從征功 授僉使 後家居 遂不復仕"와 "민옹은 키가 아주 작았고 하얀 눈썹이 눈을 덮었다. 자기 이름을 유신有信이라고 하였는데 나이는 73세였다翁殊短小 白眉覆眼 自言名有信 年七十三"라는 외양 묘사가 전부이다.

결국 기록을 종합해보건대, 민옹은 1757년, 우리 나이 74세로 세상을 뜬 것으로 추정된다. 그러니까 1684년생이니, 무신란 때는 민옹의 나이 45세였다. 나이 45세에 관군을 따라 이인좌와 정희량의 난에 출전하여 첨사가 되었다니, 무반이었으며 그것도 그저 그런 직위에 머물렀음도 알 수 있다.

첨사僉使, 첨절제사(僉節制使)라고도 하는데 조선시대 각 진영(鎭營)에 속하였던 종삼품의 무관직이다란 그리 낮은 벼슬도 아니었지만 그렇다고 또 높은 벼슬이라고 할 수도 없는 그저 그런 지위였다.

이제 이 작품을 짓게 된 경위부터 살펴보자.

금년 가을에 나는 또 병이 더욱 깊어져 민옹을 볼 수 없었다. 그래서 마침내 민옹과 주고받았던 세상을 숨어사는 이의 훈계하는 말, 실없이 놀리는 말, 에둘러 깨우치는 말들을 드러내어 「민옹전」을 짓는다. 때는 정축년 가을이다.

今年秋 余又益病 而閔翁不可見 遂著其與余爲隱俳詼言談譏諷 爲閔翁傳 歲丁丑秋也.[1]

---

1   박지원, 『연암집』 권8, 「민옹전」, 경인문화사, 1982, 116쪽(이하 「민옹전」은 모두 같은 책이다).

이 말을 곧이 믿는다면 「민옹전」은 민옹과 연암의 사실담事實譚, 즉 실제로 있거나 실제로 있었던 일에 관한 이야기를 쓴 소설이다. 하지만 여기서 '사실'이란 연암소설 모두가 그렇듯, 이미 소설의 '허구성'과 변증적으로 교묘히 결합한 소재원에 지나지 않는다. 따라서 이미 이 글은 소설로서 '낭만적 거짓과 소설적 진실'을 적당량 담고 있는 셈이다.

그러니 「민옹전」에 보이는 세상을 숨어사는 이의 훈계하는 말, 실없이 놀리는 말, 에둘러 깨우치는 말들은 단순한 우스갯소리가 아닌 '소설 속 장치'들로 보아야 한다.

우선 민옹의 사람 됨됨이부터 보자.

민옹은 어려서부터 영특하였다. 일곱 살이 되자 "항탁은 이 나이에 남의 스승이 되었다項槖爲師"고 벽에다 크게 썼다. 그리고 열두 살 때에는 "감라는 이 나이에 장군이 되었다甘羅爲將", 열세 살 때에는 "외황아는 이 나이에 유세遊說하였다外黃兒遊說"라 썼고 열여덟 살 때에는 "곽거병은 이 나이에 기련에 싸우러 나갔다去病出祁連"고 썼으며, 스물네 살 때에는 "항적은 이 나이에 오강을 건넜다項籍渡江"고 썼다. 그리고 나이가 마흔이 되었지만, 아무런 이름도 이루지 못하자 "맹자는 이 나이에 마음이 움직이지 않았다孟子不動心"고 크게 썼다.

그리고 일흔이 되어 그의 아내가 "영감, 올해에는 까마귀를 그리지 않으시려오翁今年畵烏未" 하고 놀리자 민옹은 "범증은 이 나이에 기이한 꾀를 좋아하였다范增好奇計"고 엉너리친다. 잠시 감라에 대해서만 더 살펴본다. 감라에 대한 이야기는 이렇다.

춘추전국시대, 진나라에 '감라'라는 아이가 있었다. 12세에 재주가 얼마나 뛰어났는지 재상에 버금가는 벼슬에 올랐다.

하루는 여불위呂不偉, 중국 전국시대 말기의 상인이며 정치가가 감라甘羅의 행위를 기이하게 여겨 재주를 떠보려고 말했다.

"나이 어린 동자가 능히 장당 장군을 연나라에 가게 만들어 일을 성사시킬 수 있다면 내 마땅히 왕께 상주하여 너를 경상卿相의 자리에 앉게 해주리라!"

감라가 기다렸다는 듯이 장당의 집을 찾아갔다. 장당은 감라가 비록 문신후文信侯, 여불위의 문객이라고는 하나 나이가 어린 동자라 무시하는 태도로 물었다.

"어린아이가 무슨 일로 나를 찾아왔는가?"

감라 : "장군의 문상을 먼저 올리기 위해 애써 짬을 내어 들렸습니다."

장당 : "너는 어떤 연유로 나를 조문한다고 하는가?"

감라 : "장군의 공은 무안군武安君 백기白起의 것과 비교해서 어떻다고 생각하십니까?"

장당 : "무안군은 남쪽으로 원정하여 강성한 초나라를 꺾었고 북쪽으로는 연燕과 조趙 두 나라를 두려움에 떨게 만드셨다. 싸우면 이기고 공격하면 못 빼앗은 성이 없었고 지금까지 함락시킨 성읍의 수효는 모두 헤아릴 수 없이 많은데 내가 어찌 그와 비교할 수 있겠느냐?"

감라 : "그렇다면 선조 때의 응후應侯 범수范睢와 지금의 문신후文信侯 대감과 비교해서 누가 더 권세가 강할 것이라고 생각하십니까?"

장당 : "응후는 결코 문신후 대감과 비교할 수 없다."

감라 : "장군께서는 문신후의 권세가 응후의 것보다 더 무겁다는 것을 분명히 알고 계시다는 말씀입니까?"

장당 : "내가 어찌하여 모른단 말인가?"

감라 : "옛날 응후가 무안군을 시켜 조나라의 도성 한단성邯鄲城을 공략하게끔 명을 내렸으나 무안군은 한사코 응후의 명을 거절했습니다. 응후가 결국은 노하여 무안군을 함양咸陽에서 추방시켜 음밀陰密, 지금의 감숙성 영대현 서남 지방이다로 유배를 명했다가 길을 가던 도중에 두우杜郵에서 죽게 만들

었습니다. 오늘 문신후 대감께서 몸소 장군을 방문하여 연나라에 가서 상국을 맡아 달라고 청했음에도 불구하고 장군은 거절하였습니다. 옛날 진나라에 그렇게 큰 공을 세운 무안군조차도 응후의 말을 거슬려 목숨을 잃었는데, 문신후께서 어떻게 장군을 용납하시리라 생각하시는 것입니까? 제가 생각하기에 장군께서는 머지않아 죽게 되실 것 같아 이렇게 미리 조문을 온 것입니다."

장당은 감라의 말을 듣고 두려움에 떨며 자기의 무례함에 용서를 빌며 말했다.

"동자는 나에게 깨우침을 주기 바라오!"

감라의 말대답이며 변론辯論이 바르고 분명하니 민옹은 자신이 저러하다는 의미이다.

민옹이 적어 놓은 글귀로 미루어 우선 저이가 보통 사람이 아니란 점부터 분명히 해두어야 한다.

항탁은 일곱 살에 공자의 스승이 되었고 감라는 12살에 조나라에 사신으로 가서 재주를 폈다. 이 정도 재주를 지닌 자가 이 세상에 몇이나 있겠는가.

또 외황아는 13세의 소년으로서 역발산기개세力拔山氣蓋世라는 항우를 설득하여 자기 고향을 구한 아이이고 18세에 언급한 곽거병은 한나라 무제 때의 장군으로 흉노를 정벌하였다. 항적은 항우로 24세에 오강을 건너가 한때 중국을 쥐락펴락한 장수이다.

그리고 40세에 언급한 "내 나이 마흔에 마음이 움직이지 않았다我四十 不動心"는 『맹자』 「공손추 장구상」에 나온다. 공손추公孫丑가 묻자 맹자가 답한 말이다. 나이 40이 넘으면 이리저리 마음이 동하지 않는다는 말인데 세상 사는 사람치고 이러한 이는 정말 드물 것이라 생각한다.

거두절미하고 민옹이 한 해의 잠언으로 벽에 휘갈긴 말들은 실천하기 어려운 것들이며 아내에게 해 줄 긴요한 말도 실은 아니다. "문적 수만복 불여 일낭전文籍雖滿腹不如一囊錢, 학문이 아무리 뛰어나도 실행하지 않으면 한 주머니의 돈만도 못한 것"이라는 말이 있다. 살림에 조금도 보탬이 되지 않는 소리이다. 이런 맹랑한 이야기를 하니 그의 아내가 발칵 화를 내며 그 꾀를 언제나 쓰겠느냐고 따지고 든다.

그러자 민영감은 웃으면서 이렇게 말한다.

옛날 여상강태공(姜太公), 나이 80에 주(周)나라의 재상이 되었음은 여든 살에 장수가 되었지만, 새매처럼 드날렸소. 이제 나를 여상에게 견준다면, 오히려 어린 아우뻘일 뿐이오.

昔呂尙 八十鷹揚 今翁視呂尙 猶少弱弟耳.

요즈음에 혹 이런 말을 하는 노인이 계시다면 그 뒤를 감당하기가 적잖이 어려우리라. 우리는 이 소설 속에서 민옹의 재치 있는 입담으로 재현되는 고담古談도 본다. '귀신 이야기', '두꺼비와 토끼의 나이 다툼', '불사약 이야기', '무서운 이야기' 따위인데 고담을 이용한 재치와 익살은 이 작품이 전傳을 가장한 소설임을 여실히 보여 주는 부분이라 하겠다.

이러한 것을 고소설 비평어로는 기변機辯이라 하는데 임기응변臨機應變에 뛰어나서 소설의 재미를 한층 돋워 주는 것이다.

그러나 민옹은 무반에 지나지 않았다. 그가 아무리 뛰어난 재주를 지녔던들 그에게는 그것을 펼 수 있는 공간이 원천적으로 없었으니 뛰어난 재능을 가지고도 펴지 못하는 연암과 다를 바 없다. 그래서 두통을 앓고 있는 연암의 내면적 인물의 재현이 바로 민옹이라는 생각이 드는 것은 당연한 일이다.

아아! 옹은 죽었어도 죽지 않았습니다.

그렇다면 연암이 이러한 기변만을 자랑하고자 「민옹전」을 썼을까?

저자의 생각으로는 소설의 끝을 장식하는 '황충 이야기'를 유의하여야 한다는 생각이다. 마치 쓴 약을 쉽게 먹게 하기 위해 달콤하게 만들어 주는 당의정糖衣錠으로 여겨 재미있게 넘길 수 있는 부분이 아니다. 양반을 황충으로 비하시켜 풍자한 부분이기 때문이다. '황충 이야기'는 단순한 기변이 아니며, 「민옹전」의 주제는 이 이야기 속에 들어 있다.

이것은 연암이 「민옹전」을 쓴 이유를 적은 글을 보면 대번에 알 수 있다.

> 민옹閔翁은 놀고먹는 사람을 황충蝗蟲으로 보았고 도를 배워 용과 같았는데, 골계로 풍자의 뜻을 붙여 세상을 희롱하고 불공하였다. 벽상에 글을 써놓고 스스로 분발한 것은 게으른 사람들에게 경계가 될 것이다. 이에 「민옹전」을 쓴다.
>
> 閔翁蝗人 學道猶龍 託諷滑稽 翫世不恭 書壁自憤 可警惰憜 於是述閔翁.

황충蝗蟲이란, 메뚜기과에 딸린 곤충으로 떼를 지어 날아다니며, 벼에 큰 해를 끼치는 해충으로 '누리'라고도 하는데 앞뒤 문장을 고려하면 민옹이 황충이라 부르는 사람은 '게으른 사람'들이다.

성종 7년1476의 기록을 보면 당태종이 이 '황충'을 날로 먹었다는 흥미로운 기록이 보이니 잠시 살펴보고 넘어가자.

당시에 왕가 사람들이 수시로 보고 참고하라는 뜻에서, '훌륭한 임금', '처음에는 훌륭했지만 나중에 나빠진 군주', 그리고 '훌륭한 왕비' 등을 주제로 시를 짓고 글을 써서 병풍 3개를 만들었다고 한다.

당태종唐太宗, 재위 626~649 이야기는 그중, 첫 번째 병풍에 기록되어 있다. 조선에서 당태종은 나라의 기틀을 놓은 훌륭한 군주로 알려져 있었으니 그가 지었다는 『정관정요貞觀政要』라는 책은 정치학 교재처럼 읽혔다.

그런 그를 칭송하는 대목에서 언급된 것이 바로 이 황충이다. 당태종은 이 메뚜기 떼가 들이닥치자 "백성은 곡식을 생명으로 하는데, 네가 곡식을 먹으니 차라리 나의 폐장肺腸을 파먹어라"고 외치며 황충을 날로 씹어 삼켰다고 한다.

잠깐 이야기를 저 건너 나라 단테Alighieri Dante, 1265~1321, 이탈리아 최대의 시인의 『신곡神曲, La Divina Commedia』으로 옮겨본다. 『신곡』은 장대한 서사시로 「지옥」·「연옥」·「천국」 등 3편으로 되어 있다. 이 글에서 『신곡』을 언급하는 이유인 즉은, 「지옥편」 '제3곡'의 지옥 입구에서 이 민옹이 황충으로 비유하는 '게으른 자들과 비열한 자들'의 최후가 보이기 때문이다.

한 번도 제대로 살아본 일이 없는 이 게으른 자들은 벌거벗은 채로 왕파리와 벌들의 쏘임으로 신음하고 그들의 얼굴은 상처로 피투성이가 되었다. 또 벌레 떼는 저들의 얼굴에 피를 흘리게 했는데 그 피는 눈물에 뒤섞이어 더러운 벌레들의 다리에 엉겨 붙어 있었다.[2]

문자 그대로 목불인견目不忍見이다.

단테가 목격했다는 이들은 태만한 탓으로 자기의 책임을 완수하기를 거절한 '정치인들'이라고 한다.

그렇다면 「민옹전」에서는 그 '게으른 자들', 하는 일 없이 돌아다니는 발록구니들은 누구일까? 조선을 살아 간 천한 백성, 그 누구도 그렇게 게으름을 피우며 살 수 없다. 종로 거리나 어슬렁대는 경화의 사족부류인 7척의 대

---

2   한형곤, 『신곡(神曲)』, 삼성출판사, 1984, 42쪽 참조.

황大蝗들에게만 해당하는 용어이다.

민옹이 심심파적으로 던지는 이야기가 아니니 나부터 조심해야겠다. 자칫 게으름을 피우다 경화京華의 사족士族들을 거기서 만나면 어쩌나. 이러구러 욕을 진탕하였으니 말이다.

이쯤 되면 황충은 겉가량으로 단순하게 벼만 갉아먹는 메뚜기로 읽히지 않는다. 황충의 외연을 조금만 넓히면 백성을 해코지하는 무리라는 것이 분명하기 때문이다.

증산교甑山敎의 창시자인 강증산姜甑山, 1871~1909이 썼다는 『중화경中和經』[3] 15장에도 이 황충을 언급하고 있으니 여기서는 '국가가 망할 징조'이다. '중화'란, '마음이 텅 비어 있는 것을 중中이라 하고 성품을 다듬는 것을 화和'라 한다.

국가가 바야흐로 부강하려면 화평한 기운이 모여들어 상서로운 기후를 이루고 반드시 상서로운 징조가 있게 되고 국가가 바야흐로 망하게 되려면 괴이한 기운이 모여들어 이상한 기후로 변하여 반드시 요사스런 징후가 싹트게 된다. 의복과 노래, 초목이 이상하니 이를 요상하다하는 것이요, 가뭄, 황충, 괴이한 질병들을 재앙이라 한다.

國家將興 和氣致祥 必有禎祥之兆 國家將亡 乖氣致異 必有妖孽之萌 衣服歌謠草木之怪를 謂之妖 水旱蝗蟲疾病之怪 謂之孽.

그런데 누군가가 황해도에 이 황충이 생겨 관아에서 백성들에게 이를 잡으라는 이야기를 한다. 그러자 민옹은 메뚜기들은 조그만 벌레에 지나지 않

---

3   필사본으로 전해오던 것을 한문 문장에 한글로 토를 달아 1955년에 간행한 증산교 경전이다. 증산이 생전에 직접 저술하여 남겨놓은 것이라고 하나 신빙성은 부족하다.

메뚜기

황충(蝗蟲)은 풀무치라고도 하는데 메뚜깃과에 속한다. '황충이 간 데는 가을도 봄'이니, 사전에도 "좋지 못한 사람은 가는 데마다 나쁜 영향을 끼친다는 말"로 뜻을 달아 놓고 있다. 요즘도 저잣거리에는 이런 황충이 많다 한다. 이런 잡것들을 용수로 걸러내면 좋으련만, 내남없이 용수를 들 자 또한 없다.

으며 진짜 황충은 종로 거리에 있다고 하니 지금까지의 재미에서 짐짓 서슬 퍼런 내심을 드러내는 것이다.

이를 고소설 비평용어로 경동비서지법驚東備西之法이라고 하는데 이쪽을 놀라게 하고 저쪽을 치는 방법이다. 즉 전투할 때 상대방을 한 쪽으로 유인해 놓고 다른 예상 밖의 지점을 공격하여 승리를 얻는 것처럼, '이 말을 하기 위해 부러 저 말을 하는 것'이다. 이「민옹전」에서 연암은 저 말인 황충을 이야기하면서 실상은 이 말인 하느작거리며 종로를 거니는 양반을 공격한다.

아래는 구체적으로 모습을 드러낸 황충의 모습이다.

이것들은 조그만 벌레이니 조금도 걱정할 것은 없지. 내가 보니 종로 거리를 메운 것은 모두 황충이야. 키는 모두가 칠 척 남짓이고 머리는 검고 눈은 반짝이는데 입은 커서 주먹이 들락거리지. 웃음을 치면서 떼로 다니니 발꿈치가 닿고 엉덩이를 잇대고는 얼마 남지 않은 곡식을 모조리 축내니 이 무리들과 같은 건 없을 게야. 내가 이것들을 잡아버리고 싶은데 커다란 바가지가 없는 것이 한스럽다네.

此小虫不足憂 吾見鍾樓塡道者 皆蝗耳 長皆七尺餘 頭黔目熒 口大運拳 咿啞偶旅 蹠接尻連 損稼殘穀 無如是曹 我欲捕之 恨無大匏.

어떤 문장이 가지는 독특한 운치, 또는 그런 글마디를 읽음으로써 맛보는 재미를 '글맛'이라고 한다면 「민옹전」은 꽤나 매운 소설이다. "키는 모두가 칠 척 남짓이고 머리는 검고 눈은 반짝이는데 입은 커서 주먹이 들락거리지. 웃음을 치면서 떼로 다니니 발꿈치가 닿고 엉덩이를 잇대고는 얼마 남지 않은 곡식을 모조리 축내"는 것들이 누구인가. 바로 종루鍾樓, 지금의 종로 근방으로 조선의 국심(國心) 거리를 활보하는 저 경화사족들이 '진짜 황충'이라는 소리이다.

연암소설에 보이는 이러한 무세어誣世語, 세상을 풍자하였다는 비평어에서 감자여甘蔗茹, 소설을 읽는 정서적 감흥을 사탕수수 맛에 비유하는 비평어를 곧장 느낀다. 무세어는 앞에서 몇 차례 보았으니 감자여만 보겠다. 이 용어는 김시습이 「제전등신화후」에서 『전등신화剪燈神話』를 평한 말로 소설의 쾌락 기능을 주장한다. 즉, 소설의 문학적 효용을 극대화한 감각을 이용하는 미학적 소설 비평이다. 이러한 소설의 심미적 비평은 김시습의 '제소설시'에서 처음 보인다. 이후 성현成俔, 1439~1504이 1496년 쓴 「촌중비어서村中鄙語序」에는 이 용어가 '여담자미如啖蔗味'로 나오니 소설을 읽은 흥취를 사탕수수에 비유하였다. 음식 맛에 소설을 비평하였다는 것이 꽤 흥미롭다.

마침내 민옹이 죽었다.

연암은 죽은 그를 위해 아래와 같은 '뇌誄'를 지었다. 유협劉勰의 『문심조룡文心雕龍』에는 '뇌誄란 누룩이다. 죽은 사람의 덕행을 모두 나열하여 그의 명성을 썩지 않도록 드러내게 하는 것이다^{誄者 累也 累其德行 旌之不朽也}'라 하였다.

아아! 민옹이시어, 괴이하고 기이하셨지요.

당황스럽게도 놀랍게도 기쁘게도 노하게도 하셨지요.

또 얄밉게도 하셨는데 담벼락의 새는 아직 매가 되지 못하였답니다.

옹께서는 뜻있는 선비셨는데 마침내 이를 펴시지 못하고 늙어 돌아가셨군요.

제가 옹을 위하여 전을 지으니 아아! 아직 돌아가신 것이 아니랍니다.

嗚呼閔翁 可怪可奇

可驚可愕 可喜可怒

而又可憎 壁上鳥未化鷹

翁蓋有志士 竟老死莫施

我爲作傳 嗚呼死未曾

연암이 민옹에게 바치는 영가^{詠歌, 읊은 노래}이다.

언급한 바대로 미천한 무반 출신이었기에 뛰어난 재주를 지니고서도 펴보지 못한 민옹, 연암은 뇌를 지어 애써 그의 뜻을 기린다. 아래는 구한말과 일제치하를 살다간 비운의 국학자 안확^{安廓, 1886~1946} 선생의 시조다. 나라가 망하려는 즈음 우리 선조들은 무엇을 찾았을까를 여실히 볼 수 있는 글이다.

장부의 하올 일은 말타기와 검술이라

이 평생 먹은 뜻이 서생으로 그릇됐다

어기야, 분한 세상에 어이까 하노라.

장부가 할 일은 말타기와 검술이라고 '절규'한다. 창백하고 힘없는 백면서

신윤복(申潤福, 1758~?), 〈후원놀이〉

18세기, 연암 당대 황충족(蝗蟲族)의 놀이 문화를 엿볼 수 있는 좋은 자료이다. 의관치장이 야단스러운데, 남이 보거나 말거나 의식치 않는 왼쪽 편 저 황충은 어떠한 벼슬살이를 하는지 궁금하다. 저들이 바로 야차(夜叉, 악마)이다. 인두겁을 쓰고 하는 행실짓거리가 고약하기 이를 데 없다. 하기야 저들은 태어날 때부터 빈들빈들 놀면서도 먹고사는 걱정이 없는 '매팔자'였다. 오죽하였으면 다시 다산으로부터 반세기 뒤인 19세기 말, 조선에 가장 근접한 기록을 남긴 영국 여인 사벨라 비숍(Isabella Bird Bishop, 1831~1904)은 『한국과 그 이웃 나라들』이란 책에서 저러한 부류인 관리들을 "하층민들의 피를 빨아먹는 면허받은 흡혈귀"라고까지 저주스럽게 묘사해놓았을까. 안타깝게도 아직도 이러한 매팔자 신황충족(新蝗蟲族)들이 여전히 살아 있다. 살아서는 여의도나 저자에 어정버정하는 치들이 득시글거리니 어디 진짜 큰 바가지 하나 없나. 몽땅 퍼다 버리게! 오늘도 우리는 신문을 보며 기시감(旣視感)을 느낀다. 오늘 지면을 덮은 부정은 어제도 그제도 아니 내일도 그 면에서 보았고 볼 것이다. 그곳에는 또 각박하고 팍팍한 세상이라고 쓰여 있다. 혹 만약, 내일도 태양이 뜬다면 그것은 순전히 연암소설에 등장하는 '선(善)한 사람'들과 '정의(正義)로운 자'들과 같은 이들의 의지 덕분임을 잊지 말아야 한다.

생白面書生을 추앙한 조선 선비의 마지막 절규이다. 일본은 '선비 사士' 자를 쓰면 무사武士를 생각하고 우리는 문사文士를 생각한다.

조선의 선비들도 애초부터 '무武'를 경멸한 것은 아니었다. 세종 이래의 우문정책右文政策이 세월을 넘다보니 상문호학尙文好學이 지나쳐 문약文弱에 떨어져 공리空理와 공론空論을 일삼더니 급기야 애꿎은 '무武'를 폄하하고 책장만 넘기며 그들의 언어가 아니라고 내쳤다.

결과는 국가의 힘이 부실해지고 안방에서 입으로만 하는 허성虛聲을 들은 제국주의들이 조선을 넘나들었으니. 조선의 소리를 귀담아 들어줄 리가 만무하였다. 조선을 팔아먹은 것은 학부대신 이완용李完用, 1858~1926을 위시한 을사오적乙巳五賊4만이 아니다. 역사상의 비극에는 누대에 걸친 문치文治가 그렇게 시대와 어긋나게 놓여 있었다. 목측으로 보아도 안확 선생의 시는 이에 대한 절규일시 분명하다. 무인으로서 울울한 삶을 살다 간 민옹의 삶을 그린 「민옹전」과 함께 애국의 안표眼標, 나중에 알아보거나 찾아볼 수 있게 표시해 둠로서 우리 조선인 가슴 가슴마다 잘 넣어 둘 말이다.

4　외부대신 박제순(朴齊純, 1858~1916), 군부대신 이근택(李根澤, 1865~1919), 내부대신 이지용(李址鎔, 1870~1928), 농상공부대신 권중현(權重顯, 1854~1934).

양반전

兩班傳

명절名節을 닦지 않고 부질없이 가문을 상품으로 삼아

남에게 팔았으니 장사치와 무엇이 다르리요

이 작품에 등장하는 인물들은 매우 복잡하다.

배경		1745년 강원도 정선
등장인물	**양반**	강원도 정선의 양반으로 무기력하고 타성에 젖어 독서만 하다 천 석이나 되는 관곡을 타 먹고 어쩔 수 없이 양반을 파는 인물이다.
	양반의 아내	양반의 아낙이면서도 양반이란 한 푼어치도 안 된다고 매정하고 쌀쌀하게 냉갈령을 부리는 인물이다.
	강원 감사	군읍을 순시하고 환곡장부를 열람하여 정선양반의 관곡사건을 알아낼 정도로 임무를 잘 수행하고 있는 인물이다. 더구나 양반을 잡아 가두라고까지 한다.
	군수	'가재는 게 편'이고 '초록은 동색'이라는 속담이 생각나게 하는 인간형이다. 양반을 잡아들이라는 감사의 명령을 어기고 양반 매매도 결국 없던 것으로 만든다.
	동네 부자	양반이 빌린 돈을 대신 갚아주고는 양반을 사려는 인물이다. 그러나 양반들의 횡포를 적은 문서 내용을 듣고는 나는 도둑놈이 되기 싫다고 포기한다. 양반을 사는데 쓴 천 석도 함께 포기한 것이니 돈만 많은 촌놈이라기보다는 배포가 큰 사내이다.

양반전

兩班傳

나는 어릴 때 공을 차다 다리를 몹시 다쳤다. 같은 반이었으나 나이는 5살이나 위인 '그 형님'과 공을 찼는데 엉뚱하게도 다리를 냅다 차버렸다. 그 후 유증은 심각하여 몇 차례의 자반뒤집기 끝에 종내는 마취도 안 하고 맨살을 쨌다. 지금도 내 다리에 길쭉하니 나 있는 그때 그 칼자국을 보면, 약사면허증도 없었던 돌팔이 아저씨의 기술로는 대단하다는 생각이다.

나는 그 악몽으로 축구는 영 젬병이다. 그러나 관람은 썩 즐기는 편이다. 특히 리베로라는 포지션이 흥미롭다. 리베로란, 특정 포지션 없이 상황에 맞게 경기를 펼치는 선수이다. 포지션에 구애를 받지 않기에 수비와 미드필드, 공격까지 하는 만큼 체력과 기술은 필수요, 근성까지 갖추어야 한다.

연암은 글쓰기에 관한 한 국가대표 선수급이다. 연암 글을 읽을 때마다 나는 그래 이 양반이야말로 우리 문단의 리베로라고 생각을 한다. 아무리 생각해 보아도 시, 문, 심지어 소설까지 거침없이 내닫는 문학가는 조선 전체에서 연암이 제일이기 때문이다. 하기야 한 발 더 나아가 세계문학사에서도 연암 같은 이는 찾기 쉽지 않다. 그러니 연암을 '세기의 작가'라 부른들 잘못될 게 없다는 생각이다. 앞에서도 언급한 것처럼 우리는 너무 연암 글을 되질하는 데 야박하다.

연암은 글쓰기의 대상도 양반으로부터 낮은 백성까지를 아우른다. 양반에게는 경계를, 낮은 백성에게는 따뜻한 온정을 담아내고 있는데 「양반전」에는 그러한 폭넓은 글쓰기가 자리 잡고 있다. 위에서 살핀 것처럼 이 소설 또한 조선에서 취하였다. 스티븐킹이 『유혹하는 글쓰기』라는 자서전적 글쓰기 교본에서도 밝힌 것처럼 소설은 이미 있는 그 어떠한 것을 들어 올리는 것이라면 연암은 훌륭한 조선 후기의 유물 발견가임에 틀림없다. 사실 연암소설 소재원이 모두 가담항설街談巷說, 가담항어街談巷語 출신이었다.

따라서 이 「양반전」 또한 『동야휘집東野彙輯』 권5의 「상관조부민매반償官租富民買班」과 『청구야담靑丘野談』 권3의 「수관조부민매양반輸官租富民買兩班」이라는 제목의 야담과 비슷하다. 물론 이들 작품의 작가가 모두 연암보다 후대이고 문장의 표현까지 일치하는 점으로 보아 「양반전」을 보고 부연하여 지은 것 같지만 연암 앞 세대의 것도 어딘가 있을지 모를 일이다.

「방경각외전」 끝에 첨기된 연암의 아들 종채의 글을 보면 중국 왕포王褒의 「동약僮約」을 본받아 지은 것이라고 했으나, 문권文券으로 사람을 괴롭힌다는 내용을 제외하고는 유사성이 적다. 「동약」은 양혜楊惠라는 과부의 전남편이 거느리던 편료便了라는 남종을 왕포가 1만 5000냥에 사온 뒤 편료가 할 일을 적어놓은 노예매매 계약서 형식과 비슷한 유모러스한 문학 작품이다.

「양반전」 역시 「방경각외전」에 수록되어 있는데 저술 동기는 이렇다.

선비士란 곧 하늘이 내린 작위이니, 사士와 심心이 합하여 뜻志이 된 것이다. 그 뜻은 어떠한가. 권세와 이익을 염두에 두지 않고 현달해도 선비의 처지를 떠나지 않으며 곤궁해도 선비의 지조를 잃지 말아야 한다. 명분과 절의에 힘쓰지 않고 하릴없이 문벌을 상품으로 삼아 여러 대를 걸쳐 쌓아 온 가문의 미덕을 남에게 팔았으니 장사치와 무엇이 다르겠는가. 이에 「양반전」을 쓴다.

士迺天爵 士心爲志 其志如何 弗謀勢利 達不離士 窮不失士 不飭名節 徒貸門地 酤鬻世德 商賈何異 於是述兩班.[1]

조선 후기를 산 우리네 양반들은 널브러진 민초들을 보지 못하였다. 이미 연암의 시대는 조금씩 비겁한 것이 미덕인 시대였으며 '모난 돌은 정을 맞는다'고만 우겨댔다. "천석꾼은 천 가지 걱정, 만석꾼은 만 가지 걱정"이라는 속담이 있다. 이 속담대로라면 양반들은 더 많은 걱정을 했을 법한데, 쉽사리 고민의 흔적을 찾을 수 없으며 혹 찾더라도 언행이 영 맞아떨어지지 않는다는데 문제가 있다.

저들은 자신과 집안을 챙기는 이성의 간지奸智는 살아 있는지 모르겠지만 낮은 백성과 조국을 생각하는 열정은 없었다. 결국 조선을 팔아먹은 것도 저들이 아니었던가. 상민들은 나라를 팔아먹을 힘도 그렇다고 막을 힘도 없었다. 그저 저들이 시키는 대로 할 뿐이었다.

연암이 양반을 내세우면서도 다른 양반과 구별되는 그 무엇은 바로 이 '열정熱情'이다. '이성'과 '열정'은 사실 그리 멀지 않다. 어디 머리와 가슴의 사이가 천 리이던가. 제 아무리 먼 자라야 겨우 세 뼘 아닌가?

「양반전」은 양반에게 제 자리를 찾으라는 소설이다. 연암은 양반, 특히 선비를 "곧 하늘이 내린 작위士酒天爵"라 할 정도로 꽤 높이 쳤다. 그래서 선비는 모름지기 '권세와 이익을 염두에 두지 않고 현달해도 선비의 처지를 떠나지 않으며 곤궁해도 선비의 지조를 잃지 말아야 할 것弗謀勢利 達不離士 窮不失士'이라고 못 박는다. 하늘이 내린 지위이기에 당연한 행동이다.

연암은 이렇듯 양반으로서 책무를 따져 강조하고 양반의 지위를 확고히 하려 하였다. 그의 글들에서 양반에 대한 애증을 적잖이 찾는 것은 그만큼 양반이란 자부심이 대단하였다는 증표이다. 연암이 다른 양반들과 달랐던 점은 저들에게 높은 도덕적 지수를 요구하였다는 점이다.

---

1   박지원, 『연암집』 권8, 「방경각외전자서」, 경인문화사, 1982, 114쪽.

연암이 살았던 시대는 많은 모순과 부조리 속에서 새로운 자각의 모습이 보이는 전환기였다. 이러한 시대적 상황은 연암의 사상 및 문학에 큰 영향을 주었으니 여기를 '입론점'으로 삼고 논의를 시작해 보자.

연암의 시대, 국가의 철저한 관리 아래 시행되던 토지제도는 이미 종말을 고한지 오래였다. 토지의 소유 권력은 왕에게 있었으나 이것은 어디까지나 표면상 그러한 것뿐이었다. 조선 사회의 특이한 위치를 차지한 소위 '양반 계급', 조선의 왕은 저 양반을 앞에 두고 토지를 독차지할 수는 없었다. 왕실의 적극적인 협력자에 대한 보수 등으로 점차 국토는 사전화私田化되어갔다.

그러나 형식상으로 토지사유제가 확립된 것은 아니었으니 왕의 명령을 거쳐야 했다. 양반들은 이 토지제도를 비껴 직접 생산자인 농민을 착취하였기 때문에 그 수단이 더 한층 교묘하였다.

조선 사회의 경제적인 발판은 영세적인 농업경영이었는데 그 농민의 등 뒤에는 수많은 양반 관료들의 수탈이 있었으니, 이것이 곧 조선 후기 농민 봉기의 원인이 되었다.

조선 후기의 시대적 정황으로 또 짚어 볼 것은 아이러니하게도 임진란 이후 더욱 강해진 성리학적 중세 질서 또한 와해되기 시작하였다는 점이다. 그 대표적인 현상이 양반 계급의 동요였다. 양반 계급은 '더욱 강해진 양반'과 그렇지 못한 '명색만 양반'으로 분화되었다.

연암도 양반임에 분명하나 그 생활 여건은 양반의 특권을 누리지 못하는 '명목상 양반'이었다. 연암뿐 아니라 당시 특권층의 몇몇을 제외한 많은 수의 양반이 이러한 계층적 모순 속에 있었다.

실학자 유수원柳壽垣, 1694~1755의 부국안민富國安民을 위한 방안을 기술한 책인 『우서迂書』나 이중환李重煥, 1690~1752의 『택리지擇里誌』라는 문헌에도 당시의 양반들이 벼슬을 하지 못하면 살아갈 길조차 없는 형편에 이르게 된 실정이 잘 나타난다. 양반이 지배하는 사회에서 양반이 제 노릇을 하지 못하여 심지어는 양반을 사고파는 일까지 생기고 만 것이다.

이를 잘 알려 주는 경기도 민요 한 자락 들어보자.

> 양반 양반
> 개 팔아 두 냥 반
> 돼지 팔아 석 냥 반
> 소 팔아 넉 냥 반

오죽했으면 양반을 비웃는 말로 "개 팔아 두 냥 반이다" 하는 속담이 있었을까. 개를 팔아 '두 냥兩 반半'을 받았으니, 양반兩班이란 두 냥兩의 '냥兩' 자와 '반半'만 있어도 된다는 소리다. 결국 '냥 반', 즉 '한 냥 반'이니 개 한 마리 값만도 못하다는 뜻이렷다. 못난 양반을 놀림조로 이르는 언어유희지만, 참말 "개가 웃을 일이다".

또 「봉산탈춤」 제6장에는 "개잘 량이라는 '양兩' 자字에 개다리소반이라는 '반' 자字 쓰는 양반"이라고도 하였으니 양반이 비꼬임 대상임을 여실히 보여준다. 욕으로 친다면 꽤 센 것이다.

세상을 살다 보면 저절로 욕이 나오는 경우가 있다. 욕 나오는 이유를 김열규 선생은, "세상이 증뿔나게 가만히 있는 사람 배알 뒤틀리게 하고 비위 긁어댄 결과 욕은 태어난다. 욕이 입 사나운 건 사실이지만 욕이 사납기에 앞서 세상 꼴이 먼저 사납다. 꼴같잖은 세상!"[2]이라고 욕의 출생부를 정리해 놓았다.

---

2 김열규, 『욕, 그 카타르시스의 미학』, 사계절출판사, 1997, 24쪽.

가끔 길을 걷노라면 육두문자肉頭文字를 호기롭게 날리는 청소년들을 본다. 저만한 나이라도 같은 땅을 밟고 사니 몹쓸 것을 왜 보고 듣지 못하겠는가. 정도 차이야 있겠지만 욕을 하고 싶은 심정은 나도 다를 바 없으니 낭패다. 언어 예절에 어긋나지만 듣고 싶다면 대략 이러하리라.

정치한답시고 나라말아 먹는 분들 모가지를 뽑아 똥장군 마개로 하시고 사업 한답시고 제 배만 채우는 분들 염병에 땀구멍 막히소서. 저만 잘났다고 설치는 분들 아가리로 주절대는지 똥구멍으로 말하는지, 돈 많다고 돈 없는 사람들 깔보는 분들 복날 개잡듯 하고 학맥, 인맥으로 알음알이 당신들의 천국만 만드는 분들 벼락을 나이대로 맞아 뒈지소서.

참 면구面炙스럽지만 조금은 시원한 것을 보니 욕의 말 요술이 여간 아닌듯 하다. 악담과 험구조차 그렇게 제 쓰임이 있다는 것을 알 수 있다.

욕은 그렇고, 「양반전」은 연암소설 중 가장 정공법을 사용한 작품으로 양반의 치부를 정면에서 건드리는 소설이다. 비유니, 상징이니 하는 에두른 표현을 찾을 필요 없이, 연암이 바라 본 꼴같잖은 세상에 대한 비우감분悲憂感憤, 소설의 발생 원인을 사회에서 찾는 비평어로 비통한 근심과 분한 마음이란 뜻이 그대로 내배어 있다. 아마도 연암의 소설 중에서는 양반에 대해 가장 노골적으로 쓴 소설이 아닌가 한다. 그런데 박종채의 『과정록』 기록에는 "「예덕선생전」, 「광문자전」, 「양반전」은 세간에 가장 성행하였다穢德 廣文 兩班 三傳盛行於世"고 기록되어 있다. 아이러니한 일이다.

쯧쯧! 양반, 양반이란 한 푼어치도 되지 못하는군요.

지금이나 그제나 어디 돈벌기가 쉬운 일인가. 그래서인지 돈이면 다 된다는 "돈만 있으면 처녀불알도 산다"거나 "돈만 있으면 개도 멍첨지"라고 하는 우리네 속담도 있다. 며칠 전 복^伏날, 하릴없어 공원을 빈둥거렸다.

아! 그 복날, 공원에서는 한가로운 멍첨지들께서 망중한을 보내고 있었다. 불룩한 배를 드러내고 시원한 나무 그늘을 찾아 주인의 무릎을 베개 삼아 ─. 한참을 멍하니 보고 있다가 주머니를 뒤적거려서는 개장국 값을 확인하고 가면서 고소를 금치 못하였다. 난 그렇게 연암 선생이 아니었다.

넘어 간다. 이 작품은 강원도 정선군^{旌善郡}에 사는 한 양반이 밀린 환곡^{還穀},

<small>삼정의 하나, 각 고을에서 백성에게 꾸어 주었던 사창에 간직한 곡식으로, 봄에 내어 주었다가 가을에 받아 들였다</small>

을 갚기 위해서 양반을 팔아 버린다는 설정부터 정치적·경제적으로 여지없이 몰락해 버린 양반들의 기막힌 사회상을 꼬집고 있다. 더구나 정선이란 지명은 강원도에 실재하는 지명이기에 예사롭지 않다.

이 소설과 어떠한 관계인지는 모르나 강원도 정선 지방에서 불리는 민요로 「아라리」가 있다. 이 민요는 사화나 당쟁으로 인하여 낙향한 선비들과 불우한 사람들에게 애창되었다고 하는 것으로 미루어 정선에는 어려운 삶을 살아가는 양반들이 꽤 있었던 듯하다. 「아라리」는 모심기·김매기를 하면서도 부르지만 노동과 상관없이 폭넓게 부른다. 노랫말의 내용은 남녀의 사랑·이별·신세한탄·시대상·세태풍자 등이 주류를 이루고 사설 중에 정선에 있는 지명이 빈번하게 등장하여 지역적 특수성을 나타내고 있다. 특히 후렴구 "아리랑 아리랑 아라리요 / 아리랑 고개로 나를 넘겨주소" 하는 부분은 구슬프고도 아름다워 듣는 이로 하여금 애처로움을 자아내게 한다.

관청에서 밀린 환곡을 갚으라고 채근하나 양반은 밤낮 울기만 할 뿐 해결을 못 하자 보고 있던 그의 처가 이렇게 외친다.

평생 동안 당신은 책 읽기만 좋아하였건만 환곡을 갚는 데는 도움이 되지 않으니. 쯧쯧! 양반, 양반이란 한 푼어치도 되지 못 하는군요

生平子好讀書 無益縣官糴 咄兩班 兩班不直一錢.[3]

무능한 남편을 흘겨보며 던지는 처의 말이다.

잔뜩 추궁기를 머금은 아내의 말은 문자대로 '비루먹은 말 같은 서생꼴'이다. 아마도 「양반전」의 '양반'은 빈혈성 외모에 참 주변머리 없는 도학 선생道學先生일시 분명하다. 그러니 이 어른 돈 버는 것과는 당최 거리가 멀다. 그렇다고 '무물불성無物不成'[4]을 염두에 두지 않으시는 '무룡태능력은 없고 그저 착하기만 한 사람'라고 두둔하기에는 상황이 너무 급하다.

이쯤이면 사실 '양반만 인간'이라는 절대적 악성惡聲을 들이대며 진리라고 우기던 시절도 내리막길로 들어섰음을 알 수 있다. 당시에 '사람'이 모두 '사람'이라는 것은 야무진 상상처럼 '양반'이란 말 또한 그랬다. '양반'이란 '모든 양반'이 아니라, 당대 정치를 농단하였던 '저들만'이 '양반' 개념에 합당하다.

하지만 그래도 양반들의 시절임에는 분명하였다.

연암이 그린 저들의 삶을 좀 더 들여다보자. 결국 가난을 견디다 못한 양반은 상사람 부자에게 양반을 팔아 환곡을 갚는다. 이를 의아하게 여긴 군수는 경위를 물었고 자초지종을 듣자 양반은 사사로이 팔고 살 수 없다며 양반을 산 상사람 부자에게 양반 증서를 만들어 주니 그 대략을 적어보면 이러하다.

① 『동래박의東萊博議』[5]처럼 어려운 글을 얼음 위에 박밀 듯 외고

東萊博議 誦如氷瓢

3　박지원, 『연암집』 권8, 「양반전」, 경인문화사, 1982, 119쪽(이하 「양반전」은 모두 같은 책이다).

4　물질이나 돈이 없이는 아무 일도 이루어지지 않음을 이르는 말.

② 배고픔과 한기를 참고 견디고 가난을 입 밖에 내지 말며

　　忍飢耐寒 口不說貧

③ 노비를 부를 때는 긴 소리로 하고 느리게 걸으며 신을 끌며 걷고

　　長聲喚婢 緩步曳履

④ 손으로 돈을 다루지 말며

　　手毋執錢

⑤ 곡식 값을 묻지 말며

　　不問米價

⑥ 더위에도 버선을 벗지 말며

　　署毋跣襪

⑦ 식사는 맨 상툿바람으로 하지 말며

　　飯毋徒髻

끝없이 이어지는 무위도식無爲徒食하는 양반들의 모습이다. 저들에게선 양반임을 과시하고자 체면치레만 강조하는 모습밖에는 달리 무엇을 찾지 못한다. 양반 썩는 고린내가 비위에 거슬릴 정도로 구리터분하다.

조선 후기의 양반들, 저들 중 많은 이는 낮은 백성이라는 숙주宿主에 기생寄生하여 그들의 고혈膏血로 연명하는 기식인寄食人이었다.

특히 ②의 경제와 관련된 '홍생이 굶어 죽은 이야기' 한 편을 살펴보겠다.

이 이야기는 『어수신화禦睡新話』에 「홍생아사洪生餓死」라는 제목으로 실려 있는데 홍생이라는 양반이 어린 두 딸을 데리고 굶어 죽는 내용이다.

『어수신화』의 「홍생아사」 전문은 아래와 같다.

5　『동래박의』는 중국 남송시대 학자인 여조겸이 지은 『동래선생좌씨박의(東萊先生左氏博議)』 25권을 말한다. 동래는 여조겸의 호이다.

소의문昭義門 밖의 홍생원은 홀아비로 두 딸과 살았다.

가난하여 먹을 것이 없어서 항상 훈조막熏造幕의 역부役夫들이 있는 곳으로 와서 밥을 빌었다. 역부들은 저마다 한 술 밥을 덜어서 주었고 홍생원은 겨자 잎사귀에 싸들고 가서 두 딸을 먹이었다.

어느 날 홍생원이 또 밥을 빌러 왔을 때 훈조막 역부가 취중에 욕지거리를 해 댔다.

"홍생원은 도대체 훈조막 부군당府君堂, 각 관아에서 신령을 모시던 집이오? 우리들 상전 나리요? 무슨 까닭에 날마다 와서 밥을 내라 해요?"

홍생원은 눈물이 글썽해져 돌아섰다.

그리고 자기 집 안으로 들어간 후 5, 6일이 지나도록 삽짝이 닫힌 채로 있었다.

한 역부가 삽짝을 밀치고 들어가서 보니 홍생원과 어린 두 딸이 정신을 못 가누고 누웠는데 눈물만 주르르 흘릴 뿐이었다.

그 역부는 가련한 마음으로 급히 나와서 죽을 쑤어 가지고 갔다.

홍생원은 13세 된 큰딸을 돌아보고 말하였다.

"얘들아, 이 죽을 먹겠니? 우리 세 사람이 간신히 주림을 참는 데 엿새 동안의 공부가 있었다. 이제 죽음이 가까웠다. 전공前功, 엿새동안 굶주림을 참은 것을 공이라 한다이 가석하지 않느냐? 지금 이 죽 한 그릇을 받아먹고 저이가 계속 가져다준다면 좋겠지만, 내일부턴 매일 치욕을 어찌 다 당하겠느냐?"

홍생원이 말하는 동안에 다섯 살 된 막내딸이 죽 냄새를 맡고 일어나려고 머리를 들었다. 큰딸이 동생을 따독따독하여 눕히면서 "자자, 자자" 하고 달래는 것이었다.

이튿날 역부들이 다시 가 보았을 때는 모두 죽은 다음이었다.

이 이야기를 전해 듣고 눈물을 흘리지 아니하는 사람이 없었다.

저러한 주변머리로 두 딸을 어떻게 건사하려 낳았는지 의아하다. 200여 년 뒤 가난은, 그래도 "가난이야 한낱 남루^{襤褸}에 지나지 않는다"^{서정주,「무등을 보며」}라는 자조섞인 초월로 넘어가니 목도하는 저 광경보다는 그래도 나은 편이다.

관아에 메주를 쑤어 바치던 훈조막의 역부들에게 밥을 빌어 연명하던 몰락 양반 홍생원, 어느 날 비바리를 보다 못한 역부의 조롱에 그만 목숨을 끊는다. 양반이기에 천한 역부들의 식량을 당연시하면서도 역부의 모욕은 참지 못하고 더욱이 '굶어 죽을지언정 생업^{生業}에 종사 할 수 없다'는 상황을 어떻게 이해해야 할지 난감하다.

애처롭고 처연하다 못해 잔인한 이 상황을 만든 것은 모두 홍생원이다. 더욱이 어린 두 딸에게 엿새 동안 참은 굶주림을 '공'이라 여기고 죽자는 홍생원의 말에는 경악할 따름이다. 이쯤이면 홍생원은 '양반'이라는 두 글자를 믿는 '광신도'에 지나지 않는다. 그러한 아버지의 체면을 껴안고 동생의 등을 토닥여 억지로 뉜 큰딸, 주린 배를 움켜쥐고 그 소녀는 무슨 생각을 하며 눈을 감았을까?

이미 식물화 되어 가는 조선의 양반제도에 연암은 링거를 들이대지만 혼란한 의식 속에서도 저들은 여전히 손사래를 쳐대니 참으로 밉살스럽다. 하지만 반향^{反響}이 없는 외침일지라도 연암의 양반들에 대한 질타는 평생을 두고 이어진다.

연암은 「과농소초^{課農小抄}」에서도 당시의 선비 무리들에게 이렇게 말한다.

아아. 지금 겉보기만 화려하고 실속이 없는 배우지 못한 선비들에게 게으르고 타성에 젖은 무지한 백성들을 인솔하게 하는 것입니다. 그렇다면 술 취한 사람에게 소경을 도와주라는 것과 무엇이 다르겠습니까?

嗚呼 今以浮華不學之士 率其惰窳無知之氓 卽何異於使醉人 相瞽哉.[6]

연암은 저들을 '부화불학지사浮華不學之士, 제대로 배우지를 못하여 겉보기만 화려하고 실속이 없는 선비'라 하였다. 독서하여 활용할 줄 모르는 두서충蠹書蟲과 나라를 좀먹고 백성들에게 폐를 끼치는 것을 일삼는 슬관蝨官, 썩은 선비인 부유腐儒들의 가슴이 섬뜩했어야 한다.

각설하고 소설 줄거리를 따라간다. 양반을 산 부자가 자기에게 이익이 안 된다고 퉁퉁거리자 다시 써준 양반문권은 더욱 가관이다.

① 농사를 짓거나 장사를 하지 않는다. 대충 글을 읽으면 크게는 문과에 급제하고 작게는 진사가 되고 문과에 급제하면 홍패를 받는다. 그 크기는 이 척에 불과하지만 백 가지 물건을 갖출 수 있고 돈 자루나 다름이 없다. 진사는 삼십에 첫 벼슬을 하더라도 음관으로서 이름이 나고 더 큰 벼슬에 오를 수 있다.

不耕不商, 粗涉文史, 大決文科, 小成進士, 文科紅牌, 不過二尺 百物備具, 維錢之, 進士三十, 乃筮初仕, 猶爲名蔭, 善事雄南.

② 궁벽한 선비가 되어 시골살이를 하더라도 무력이나 억압을 써서 이웃집 소로 내 논을 먼저 갈고 마을 사람으로 하여금 밭에 김을 매게 한들 누구도 거만하다 하지 못하고 코에 잿물을 들이붓고 상투를 잡아매며 수염을 뽑은들 감히 원망하지 못한다.

窮士居鄕 猶能武斷 先耕隣牛 借耘里氓 孰敢慢我 灰灌汝鼻 暈髻汰鬐 無敢怨咨

---

6   박지원, 『연암집』 권16, 「과농소초」, 경인문화사, 1982, 345쪽.

①은 과거만 붙으면 모든 것을 얻는다는 과거제도의 폐단이요, ②는 양반들의 횡포이다.

이해를 더하기 위하여 박제형(경)朴齊炯, 朴齊絅의 『조선정감朝鮮政鑑』을 인용해 본다. 여기서 인용한 부분은 「양반전」의 첫 머리에 나오는 사족土族이다.

선비로서 네 당파의 자손들은 비록 글을 몰라도 스스로 사족土族으로 행세하며 마을에서 제멋대로 행동하였다. 시골 백성을 억압하여 밭을 갈지 않고 베를 짜지 않으면서도 의식이 풍족한데 모두 백성의 살림을 박탈한 것이었다. (⋯중략⋯) 평민이 그 노여움에 부딪치면 종을 보내 묶어다가 채찍으로 고문하며 오형五刑을 갖추기도 하는데 관官에서 금지시키지 못하고 당연한 것인 양 보아 넘긴다. 백성으로서 사족을 욕한 자가 있으면 관에서 보내는 율律을 매기고 심한 즉 사형에도 처하기도 하니 백성이 사족을 두려워하여 귀신같이 섬긴다.[7]

이쯤 되면 조선에는 '양반종兩班種'이라는 별종이 '낮은 백성'들의 생살여탈권生殺與奪權을 쥐고 있다고 하여도 나무랄 이는 없을 듯하다.

오죽했으면 사보두청이라는 말이 있을까. 사보두청은 사포도청私捕盜廳으로 개인포도청이니, 권세 있는 집에서 백성을 함부로 잡아다 사사로이 처벌함을 빈정거리는 말이다.

연암이 위처럼 양반의 몹쓸 행실을 나열한 것에서 당시 관념론만을 일삼고 무위도식하는 양반들의 형식적이며 위선적인 부패성, 그 폭악성에 대한 격렬한 반응을 찾는다. 「양반전」은 이렇듯 비틀린 사회구조를 타파코자 하는 연암의 사회비판 정신이 강하게 드러나 있으니, 겉으로는 신선처럼 보이

---

7   박제형(朴齊炯, 朴齊絅이 맞다고 한다), 이익성 역, 『조선정감』, 한길사, 1992, 76쪽.

김득신(金得臣, 1754~1822), 〈반상도(班常圖)〉

이미 신화가 되어버린 양반과 상민의 모습이 대조적이다. 말 위에 점잖 빼고 앉으신 양반종(兩班種) 어르신 말고는 모두 고단한 삶을 사는 이들이다. 전모(氈帽)를 쓴 저 여인 두 손 모아 절하고, 그 옆의 사내는 죽을죄를 지어 마당꿇림이라도 당하는지, 아예 땅에 코를 박고 맨 뒤에 남정네는 허리가 휘었다. 양반종을 제외하고는 다들 그렇게 살았을 것이다. 하기야 지금도 이러구러 사는 이들이 훨씬 많을 것이다.

는 양반의 허상을 그림으로써 사대부 계층의 각성과 양반의 반성을 촉구하는 '시비是非' 글인 셈이다. 다만 '양반이기에 서민의 위에 군림한다'는 명제에 당위성을 부여할 만한 사람은 아무도 없다는 것까지 연암의 의식이 나아가지 못함은 아쉬움으로 남는다.

　연암의 다른 글에도 당시 양반들의 모습이 적나라하게 그려져 있으니 한 편만 더 살펴보겠다. 아래 글은 담헌 홍대용에게 준 「회우록서會友錄序」의 일부분인데, 사대부 양반이란 별종들의 모습이 문자 그대로 목불인견目不忍見이다.

옛날에 말하던 양주·묵적·노자·부처가 아니건만 대립된 의논이 네 파요, 이른바 사·농·공·상도 아니면서 명분상 차등이 네 가지나 된다. 좋다고 생각되는 견해가 같지 않을 뿐인데, 의논이 서로 격렬함은 진秦·월越보다 더 이질적이고 처해 있는 입장에 차이가 있을 뿐인데, 명분 구별을 비교하여 긋는 것은 화華·이夷보다 더 엄격하다. 서로가 이름을 들으면서도 남의 이목에 드러날까 꺼리어 서로 알려고 하지 않고 서로 교제는 하면서도 신분상의 차등에 구애되어 감히 벗으로 삼지는 아니한다.

사는 동네가 같고 종족이 같고 언어나 의복이 자기와 다른 것이 전혀 없다. 그러나 서로 알려고 하지 않으니 어찌 서로 혼인을 하겠는가? 감히 벗으로 삼지 않으니 서로 도의를 이야기할 수 있겠는가? 여러 집안이 막연하게 수백 년 동안을 진·월과 화·이의 관계처럼 지내 오고 있다. 지붕을 맞대고 담장을 붙여 사는데도, 그 풍속이 또 어찌 이다지도 꽉 막혔는가!

古之所謂 楊墨老佛 而議論之家四焉 非古之所謂 士農工商 而名分之家四焉 是惟所賢者不同耳 議論之互激 而於秦越 是惟所處者有差耳 名分之較畵 而嚴於華夷 嫌於形跡 則相聞 而不相知拘於等威 則相交而不敢友 其里閈同也 族類同也 言語衣冠 其與我異者 幾希矣 旣不相知 相與爲婚姻乎 不敢友焉 相與爲謀道乎 是數家者漠然 數百年之間 秦越華夷焉 比屋連墻而居矣 其俗又何其隘也![8]

정신의학자인 융Carl Gustav Jung, 1875~1961, 스위스 정신과 의사은 다른 사람과 관계에서 내보이는 일종의 공적인 얼굴이라는 뜻으로 '페르소나Persona'라는 용어를 사용하였다. 페르소나는 우리가 사회인으로 역할을 수행하기 위해서 '필

8   박지원, 앞의 책, 「회우록서」, 119쪽.

수 불가결하게 착용해야 하는 일종의 가면'이다. 나의 경우만 하더라도 남편, 아들, 아버지, 사위, 친구, 선생 등 수많은 역할 속에서 여러 가지 페르소나를 가지고 살아간다.

그렇다면 '양반'이라는 페르소나는 무엇일까? 참 특이하다. 태어 날 때부터 쓰고 나와서 죽을 때까지 벗지 않아도 되는 '저들만의 특수한 가면假面'이기 때문이다.

나보고 도둑놈이 되라는 것이오.

군수가 정녕 양반이 되려면 위와 같은 계율을 지켜야 한다고 하자 양반을 사려했던 부자는 댓바람에 이렇게 말한다.

> 그만두시오, 그만 둬. 참으로 맹랑합니다 그려. 나보고 도둑놈이 되라는 것이요.
>
> 已之已之 孟浪哉 將使我爲盜耶.

양반이 '양상군자上君子, 도둑'라는 지적은 사뭇 가혹할 정도이니 겨울 밭처럼 땡땡하니 차갑고도 과격하다. 부유腐儒, 생각이 낡아 완고하고 쓸모 없는 선비들을 향한 여지없는 연암의 일갈을 희창쾌喜唱快[9]라는 평어를 끌어다 써본들 조금도 부족함이 없다.

연암의 소설을 읽으면서 더욱 상연爽然함을 느끼는 곳이 바로 이런 대목을 만났을 때가 아닌가 한다. 연암은 말을 해야 할 때 결코 변죽을 울리는 법이 없이 오금을 박아버리니 이 글을 읽는 조선 후기의 저들로서는 매우 불편한 말결임에 틀림없다.

---

9 '즐겁고 상쾌하다!'로 소설을 읽은 쾌감을 나타내는 비평어.

위에 든 ①, ②의 예들이 바로 도둑질하는 것과 조금도 다르지 않다. 부자의 말은 결국 양반과 도적은 동일하다는 소리인데 연암은 그렇게 양반에 대해 직설적인 비판을 서슴지 않았다.

화려한 언설로들 조선 후기를 수놓으며 '곰은 웅담에 죽고 사람은 말에 죽는다'라고 바른말을 경계하던 시절이다. 끼니 거를 작정을 않고서야 그 시절 어느 누가 저런 매몰찬 소리를 하겠는가.

양반을 사려던 부자는 저런 소리를 내뱉고는 원래의 자리로 돌아간다. 백성을 갉아먹고 살 수 없다는 말이요, 위선으로 가득 찬 권위보다는 순수한 인간 그 자체에 더 큰 가치를 두고 있다는 말이다. 이유가 여하하든 양반지위를 매매하는 것은 없었던 일이 되었다.[10]

연암소설은 단순히 사회의 모순에 대한 적절한 비판으로 그치는 것이 아니다. 연암이 쏘아붙이는 여백에서 양반들의 위선을 적극적으로 파헤치고 그 건강성을 회복하려는 '진정성眞情性'이 내재한 것을 읽는다는 점을 잊지 말아야 한다.

더구나 조선 후기로 내려오며 저들의 집합처인 서원書院은 공부를 잘못한 이들에 의해 '악의 온상'이 되었다. 저들은 하라는 마음공부는 하지 않고 과거 공부만 하고서는 고개 바짝 쳐드는 것만 배웠다.

훗날이지만 이러한 폐단을 없애고자 흥선대원군興宣大院君 이하응李昰應, 1820~1898은 서원 철폐를 단행해버리고 만다. 이에 유생들이 선현의 제사는 선

---

10 소설 속에서 양반이 매매된 것은 염상섭(廉想涉, 1897~1963)의 「삼대」를 기다려야 했다. 「삼대」는 1931년 『조선일보』에 연재된 장편소설이다. 서울의 이름난 만석군 조씨(趙氏) 집안의 할아버지와 아버지, 그리고 아들에 이르는 삼대가 일제 치하에서 몰락해가는 과정을 그리면서 당시 청년들의 고민을 사실적인 수법으로 묘사한 작품이다. 3·1운동 전후의 대지주의 생태, 그 당시 풍미했던 사회주의자들의 군상이 복잡하게 얽혀 이야기가 전개된다. 할아버지가 죽자 쑥밭이 되는 덕기의 집안, 젊은 사회주의자들의 상호 불신과 반목, 그리고 그들 내부의 갈등과 테러가 인상 깊게 묘사되었다.

비의 기풍을 기르는 것이니 명을 거두어 달라고 하자 다음과 같이 말한다.

> 진실로 백성에게 해되는 것이 있으면 공자가 다시 살아난다 하더라도 나는 용서하지 않겠다. 하물며 서원은 우리나라 선유先儒를 제사 지내면서 곳곳마다 도둑의 소굴로 된 것이리오.[11]

하지만 연암, 그는 내가 더듬더듬 짚은 바로는 결코 조선의 이념에 반기를 든 개혁론자가 아니었다. 오히려 그 반대로 그는 철저한 유교적 이상 국가를 꿈꾸며 유교의 뜰을 서성거렸다. 따라서 「양반전」에 보이는 노기 띤 어성語聲은 양반들에게 매질을 하여 진정한 유자로서 거듭나기를 바라는 것으로 보아야 한다. 「양반전」을 '양반의 붕괴와 신흥중산층의 대두'로만 볼 수 없음이 여기에 있다.

어릴 적에 장마철이 되면 할머니는 긴 빗자루로 호박꽃을 때리곤 하셨다. 호박꽃은 이 매질에 떨어지고 잎은 찢기지만 꽃에 있던 꽃가루가 빗자루에 묻어 다른 호박꽃잎에 옮겨 튼실한 열매가 맺히기 때문이었다.

연암의 소설은 양반들을 바로 잡으려는 도지개틈이 나거나 뒤틀린 활을 바로 잡는 틀였다.

저기, '양반'이라 쓴 만장輓章[12]을 꼭 끌어안고 긴 한숨을 토하는 연암이 보인다.

---

11   박제형, 이익성 역, 앞의 책, 77쪽.
12   죽은 이를 슬퍼하여 지은 글, 또는 그 글을 비단이나 종이에 적은 기(旗).

김신선전

金神仙傳

홍기弘基는 대은大隱인지라, 유희 속에 몸을 숨겼다

이 작품에는 서민층부터 관찰사까지 다양한 인물들이 등장한다.

배경		서울의 채부동·삼청동 등 현재의 종로와 중구 일대, 강원도의 금강산 등
등장인물	**나**	김신선을 만나려 하는 인물로 연암 자신이다.
	김신선	신선처럼 살아가는 사람이나 베일에 싸여 있어 작품 속에 한 번도 모습을 드러내지 않는다.
	윤생, 신생	내가 시킨 심부름으로 김신선을 찾으러 다니는 이들이다.
	관찰사	지방을 순시한답시고 금강산에 와서는 수령들과 중들로부터 대접만 받는 것으로 미루어볼 때 오리汚吏류인 듯하다.
	친구들	나와 선암에 오르자는 약속을 어기는데 아마도 관찰사 행사에 어울린 것이 아닌가 한다.
	수령, 스님	권세에 아부하는 모리배다. 수령이 제 지방을 다스리지 않고 중들 역시 제자리를 잃고 권력을 붙따르는 모양새가 속되다.

『연암별집』「방경각외전」에 실려 있으며 연암 29세 무렵 작품이다.

김홍기라는 인물의 기이한 행적에 흥미를 느껴 그를 만나보기 위해 겸인傔人들을 시켜 찾게 한 때의 사정과, 내가 관동 여행을 하면서 그를 찾던 체험을 한 편의 작품으로 만든 것이다.

김신선의 속명은 홍기弘基이다. 16세에 장가들어 단 한 번 아내를 가까이 해서 아들을 낳았다는 것을 보면 속세의 범부는 아닌 듯하다. 홍기는 화식火食을 끊고 벽을 향해 정좌한지 두어 해 만에 별안간 몸이 가벼워졌으며 그 뒤 각지의 명산을 두루 찾아다녔다. 하루에 수백 리를 걸었으나 5년 만에 한 번 신을 갈아 신었고 험한 곳에 다다르면 더욱 걸음이 빨라졌다. 그는 밥을 먹지 않아 사람들은 그가 찾아오는 것을 싫어하지 않았으며, 겨울에도 속옷을 입지 않고 여름에는 부채질을 하지 않았다.

모두 그를 신선이라 불렀다. 키는 7척이 넘었으며, 여윈 얼굴에 수염이 길었고 눈동자는 푸르며 귀는 길고 누른빛이 났다. 술은 한 잔에도 취하지만 한 말을 마시고도 더 취하지는 않았고 남이 이야기하면 앉아서 졸다가 이야기가 끝나면 빙긋이 웃으니 자면서도 귀를 열어둔 것이었다. 조용하기는 참선하는 것 같고 겸손[㤴]하기는 수절과부와 같았다. 나이 또한 알 수 없어 어떤 사람은 그의 나이가 백여 살이라고도 하고 쉰 남짓이라고 하는 사람도 있었다. 또 들으니 지리산에 약을 캐러 가서 돌아오지 않은지가 수십 년이라고도 하고 어두운 바위 구멍 속에 살고 있다고도 했다.

그 무렵 작품 속 나는 마침 마음에 우울병이 있었는데 김신선의 방기[方技]가 기이한 효험이 있다는 소문을 듣고 그를 만나 보고자 윤생과 신생을 겨끔내기로 시켜 몰래 탐문해 보았으나 열흘이 지나도 찾지 못하였다. 한번은 김홍기가 서학동에 있다는 소문을 듣고 윤생을 보냈으나 아들에게 술, 노래, 바둑, 거문고, 꽃, 책, 고검[古劍] 따위를 좋아하는 사람들 집에서 놀고 있으리라는 말만 듣는다. 창동을 거쳐 임동지의 집에까지 찾아갔으나 아침에 강릉으로 떠났다고 한다.

이듬해 작품 속 내가 관동으로 유람 가는 길에 단발령을 넘으면서 어떤 스님으로부터 선암[仙庵, 내금강 표훈사(表訓寺)에 딸린 암자]에서 벽곡 하는 사람이 있다는 말을 듣고 아침에 친구들과 찾자고 약속하고는 장안사에 머무른다. 하지만, 다음 날 친구들이 약속을 지키지 않아 선암을 찾지 못하였다. 절에는 지방을 순시하러 온 관찰사가 머물러서 수령들과 중들이 시중들기에 분주하다. 친구들, 수령들, 중들, 이런 숭악한 날탕들을 관찰사와 연결시키면 연암이 왜 이 부분을 「김신선전」에 넣었는지를 짐작할 수 있다. 어쩌면 김신선은 속세의 저런 꼴을 보기 싫어서 떠났는지도 모르기 때문이다. 며칠을 지체하다 드디어 선암에 올라 보니 탑 위에 동불銅佛과 신발 두 짝만이 덩그러니 놓여 있을 뿐이었다.

세상을 버리고 은둔하는 장왕長往, 떠난 뒤에 돌아오지 않다. 세상을 피해 은둔하는 것을 가리킨다과 신선의 우의성寓意性를 어떻게 읽어야 할까?

세상과 합일하지 못하는 울울한 마음을 버리지 못하여 그래서 어쩔 수 없이 입산을 하여 문을 닫아걸고 신선이 되려는 것일 게다. 연암 당대에는 김홍기처럼 '난수亂數인 인생'을 풀지 못해 그렇게 자신을 유폐한 이들이 제법 많았으리라.

김신선전

金神仙傳

10년 만에 찾아 온 더위라고 한다.

등줄기로는 땀이 흐르고 아스팔트의 지열이 아지랑이를 만들어 보이는 사물마다 흐물흐물하다. 그래도 내 방에서 구들장 지고 이러구러 버틸 수 있는 것은 매미 소리 때문이다. 어린 시절 대청마루에 누워 옥수수 씹으며 듣던 그 소리, 그대로이니 버티지 못할 것도 없다.

매미는 '선연蟬娟'이라 하여 곱고 어여쁜 뜻으로 불린다. 또 신선으로 탈바꿈하는 곤충을 닮았다고 해 '선세蟬蛻'라고도 한다. 호메르스는 먹지도 마시지도 않고 피도 없고 배설을 하지 않으니 신과 같다 했고 서양에서는 꿈을 먹고 사는 가난한 음영吟詠 시인으로 매미를 종종 비유하였다. 이런 매미 소리를 들으며 책상에 앉아 있으니 신선 못지않다.

이 글을 쓰고 다듬으며 세월은 시나브로 잘도 흐른다. 여조과목如鳥過目, 나는 새가 눈앞을 스쳐 감이라더니 서너 해가 총총히 지났다.

옛날 우리 선인들은 매미가 문, 청, 겸, 검, 신의 오덕五德을 갖추었다하고 벼슬아치들이 본받아야 할 징표로 삼았다. 오덕이란, 머리 모양새가 관冠 끈이 늘어진 형상을 닮았다 하여 문文, 맑은 이슬만 마시고 평생을 살다 죽으니 청淸, 곡식을 먹지 않는다 하여 겸廉, 집 없이 살아 검儉, 허물을 벗고 노래를 불러 절도를 지켜내 신信이라 한다.

그래서 벼슬길에 오르는 양반들은 매미 날개와 머리 끈을 닮은 익선관翼蟬冠을 쓴다. 임금도 예외는 아니어서 정장에는 익선관으로 치장했으니 매미가 갖고 있는 덕의 깊이가 어느 정도인지 짐작된다. 그러나 익선관으로 치장만 한들 무엇 하랴. 매미의 덕을 갖춘 이를 기대해 본다. 그래서 저 김신선을 따라 속세를 떠나는 사람들이 없게 하여야 한다.

「김신선전」은 그 제목에서부터 신선 세계를 그리고 있는 작품이라는 것을 풍긴다.

이 작품 역시 『방경각외전』에 실려 있는데 이덕무의 『청장관전서』 50권, 『이목구심서』 3권의 김홍기金洪器의 이야기와 조희룡趙熙龍, 1789~1866의 『호산외기壺山外記』에는 똑같은 제목의 「김신선전」이 있고 이름은 김가기金可基로 되어 있다. 내용 역시 세 이야기가 비슷한 것으로 보아 당대에 김신선이란 인물이 있었던 것이 확실하다.

다만 연암의 「김신선전」은 김신선의 이야기에 자기를 결부시켜 허구적으로 재구성하여 소설로 완성시킨 반면, 이덕무는 항간 이야기를 정리한 수준이고 조희룡은 전통적인 '-전'의 형식에 맞추었다.

이러한 '신선전'은 17세기부터 지어져서 18~19세기까지 이어진 당대 문인들에게 유행하던 장르였다. '신선神仙'이란, 도를 닦아서 인간 세상을 떠나 자연과 벗하여 늙지 않고 오래 산다는 상상의 사람이라는 사전적 정의야 모를 리 없지만, '-전'의 형식으로 정착된 신선은 사전적인 개념과는 다르다.

'신선전'에 서술된 주인공들은 사실 우리가 알고 있는 신선이 아니라, 대부분 조선이라는 유교 사회의 체제 부적응자들로 엇먹은 인생들이다. 그들은 그 시절에 고뇌하며 하루하루를 살다가는 끝내 속세를 등졌다. 그러나 여기서 '부적응'이라는 말은 '타의他意'라는 명사를 선행사로 놓아야만 한다는 사실을 잊지 말아야 한다. 그들의 세속을 초탈한 삶은 기실은 정치, 사회, 문화, 경제적인 고통에서 비롯한 탈출이었을 뿐이다.

따라서 '신선전'에서 우리는 현실로부터 탈피하고자 하는 조선 후기의 자의식이 만들어 낸 사회적 현상이라는 서글픈 함의를 읽어야 한다. 연암의 「김신선전」은 이러한 비애를 본밑으로 지어졌다. '신선'에 대한 부질없는 해석을 피하고자 바로 본문으로 들어간다.

그런데 『방경각외전』 소재 다른 작품들과는 달리 「자서」가 신통치 않다.

홍기弘基는 벼슬을 하지 아니하고 숨어사는 큰사람이라 유희 속에 몸을 숨겼다. 맑고 흐림에 실책이 없었고 시기하거나 구하는 일도 없었다. 이에 「김신선전」을 쓴다.

弘基大隱 酒隱於遊 淸濁無失 不忮不求 於是述金神仙.[1]

대략의 내용을 살펴보고 이야기를 전개해 보자.

이 소설을 쓸 무렵에 나는 우울병이 있었다. 김신선의 방기方技, 기이한 술수가 기이한 효험이 있다는 소문을 듣고 그를 만나 보려고 윤생尹生과 신생申生을 시켜 몰래 탐문해보았다. 열흘이 지나도 찾지 못하였다. 윤생은 김홍기가 서학동에 있다는 소문을 듣고 찾아갔다. 그러나 그는 사촌집에 처자를 남겨둔 채 떠나고 없었다. 그 아들에게 홍기가 술·노래·바둑·거문고·꽃·책·고검古劒 따위를 좋아하는 사람들 집에서 놀고 있으리라는 말을 듣고 두루 찾았으나 어느 곳에서도 없었다.

이듬해에 내가 관동으로 유람 가는 길에 단발령을 넘으면서 남여藍輿, 뚜껑이 없는 작은 가마를 메고 가는 어떤 스님으로부터 '선암船菴에서 벽곡辟穀, 곡식은 안 먹고 솔잎, 대추, 밤 따위만 조금씩 먹는 사람하는 사람이 있다'는 소문을 듣고 선암에 올랐을 때에는 탑 위

---

1   박지원, 『연암집』 권8, 「방경각외전자서」, 경인문화사, 1982, 114쪽.

에 동불銅佛과 신발 두 짝이 있을 뿐이었다.

대충의 내용을 보면 김신선은 말 그대로 신선인 듯하다. 두루 노니는 사람들 또한 여느 사람들과는 면면이 다르다.

나연암는 윤생을 시켜 김신선을 찾으려 한 적이 있었으나 찾지 못하고 돌아왔다. 아래는 윤생이 김신선의 집으로 찾아갔더니 그이는 없고 아들이 이러구러 말하더라고 옮긴 말이다. 이야기 속으로 들어가 김신선을 찾아보자.

우리 아버지는 한 해에 서너 번 다녀가시곤 하지요. 아버지 친구 한 분이 체부동에 사시는데, 그는 술 좋아하고 노래도 잘 부르는 김봉사라고 한다오. 누각동에 사는 김 첨지는 바둑 두기를 좋아하고 그 뒷집 이만호는 거문고 뜯기를 좋아하지요. 삼청동 이만호는 손님 치르기를 좋아하고 미원동 서초관이나 모교 장첨사 그리고 사복천변에 사는 지승도 모두들 손님 치르기와 술 마시기를 좋아하신답니다. 이문 안 조봉사도 역시 아버지 친구이신데 그 집엔 이름난 꽃들을 옮겨 심었고 계동 유판관댁에는 기이한 책들과 오랜 칼이 있지요.

言父一歲中 率四三來 父友在體府洞 其人好酒而善歌 金奉事云 樓閣洞金僉知好碁 後家李萬戶好琴 三淸洞李萬戶好客 美垣洞徐哨官 毛橋張僉使 司僕川邊池丞 俱好客而喜飮 里門內趙奉事 亦父友也 家蒔名花 桂洞劉判官 有奇書古釖.[2]

김신선과 교류하는 이들에 대한 자세한 소개이니 이들을 살핀다면 김신선이란 사람에 대해서도 정보를 얻을 수 있을 것 같다.

---

2   박지원, 『연암집』 권8, 「김신선전」, 경인문화사, 1982, 119쪽(이하 「김신선전」은 모두 같은 책이다).

우선 지명을 보도록 하겠다.

체부동體府洞과 누각동樓閣洞은 현재 종로의 체부동과 누상동樓上洞이다. 체부동은 체부청體府廳, 왕명을 받아 장병들을 시찰, 독려하던 관아이 있어서 유래한 지명이며 누각동은 누각이 있어서 유래한 지명이다. 『동국여지비고東國輿地備攷』에는 서리로 늙어 물러난 사람들이 살았고 그들은 꽃과 과일나무를 심는 것을 일삼았다 한다.

삼청동三淸洞 역시 지금의 종로 삼청동으로 도교의 삼청전三淸殿(태청(太淸)·상청(上淸)·옥청(玉淸))에서 유래한 지명이다. 예로부터 삼청동은 절경이었기에 청백리 재상 맹사성孟思誠, 1360~1438, 6조 판서를 두루 지낸 민정중閔鼎重, 1628~1692 같은 이름난 이들이 살던 동네이다.

미원동美垣洞은 미동美洞이 아닌가 하는데 그렇다면 지금의 중구 을지로 1가를 말한다. 모교毛橋는 모전교毛廛橋라고도 하는데 지금의 종로구 서린동 148번지 남쪽과 중구 무교동 3번지 북쪽 전일의 서린 호텔 동쪽 입구에 있던 다리이다. 부근에 토산土産 과일을 파는 모전毛廛이 있었으므로 모전다리 즉 모전교, 모교라고 했다.

사복천변司僕川邊은 지금의 종로 수송동을 말하는데 궁중의 말들을 맡은 관아인 사복시司僕寺에서 유래하였다. 이문里門은 마을 입구에 설치하고 그 마을 안의 사람들이 교대로 숙직하였는데 가장 말단 치안기구의 일종이다. 이문이 여러 곳에 있다 보니 구체적으로 어디인지 알 수 없다.

계동桂洞은 현재의 종로구 계동이다.

그러고 보니 모두 지금의 종로 근처이다. 김신선이 거니는 곳은 조선의 국심國心이지 신선들만 노니는 별세계가 아니다. 연암소설이 모두 그렇듯이 이 소설 또한 현실 속에서 신음하는 낮은 백성의 삶을 정직하게 응시한다.

이제 벼슬에 대해 살펴보자.

김 봉사는 김 씨 성의 봉사 벼슬을 하는 이이다. '봉사奉事'란 나라 제사와 시호의 일을 맡던 관아인 봉상시奉常寺의 벼슬로 종8품이며 김 첨지는 '첨지 중추부사'의 준말로 중추부의 정3품 당상관의 관직이다. 본래 정원은 8명인데 그중 3명은 한직閑職이었으므로 성 뒤에 붙여 '나이 많은 이'를 낮추어 가볍게 부르기도 하였다.

이 만호라는 이는 이 씨 성의 만호萬戶 벼슬이다. '만호'란 각 도의 여러 진鎭에 배치되었던 종4품의 무관직이다. 미원동의 서 초관은 서 씨 성을 갖은 초관을 말한다. 초관哨官이란 지금의 군대 계급으로 중대장 정도의 초급 장교에 지나지 않는다. 모교에 사는 장 첨사는 장 씨 성을 가진 첨사이니 첨사僉使란, 조선시대 각 진영鎭營에 속하였던 무관직으로 절도사節度使 아래이며 종3품이었다. 판관은 종5품의 벼슬이니 유 판관 역시 말직에 지나지 않는다.

이외에 유생이 얻어 온 정보를 보면 김신선이 잘 다니는 곳으로 창동倉洞 선혜청宣惠廳, 창고가 있어 불린 이름으로 지금의 중구 남대문 시장 부근이나 회현방會賢坊, 지금의 회현동, 이현梨峴, 지금의 종로 4가, 동현銅峴, 지금의 을지로 2가 근처로 구리개, 자수교慈壽橋, 지금의 종로 옥인동 21번지 부근, 사동社洞, 지금의 종로 사직동, 장동壯洞, 지금의 종로 효자동, 대릉大陵, 지금의 중구 정동, 소릉小陵, 지금의 정릉 따위이니 모두 북촌을 중심으로 하는 것을 알 수 있다.

이로 미루어 보면 김신선과 벗으로 지내는 이들은 모두 종로를 중심으로 살되, 하찮은 벼슬살이를 하는 그렇고 그런 평범한 사람들에 지나지 않는다. 다만 그들의 삶이 술을 좋아하고 노래를 잘하고 바둑을 좋아하고 거문고를 즐기는 것 등에서 풍류를 느낄 수 있을 뿐이다.

이제 김신선의 생김생김을 뜯어보자.

소설 속의 그는 "키는 칠 척이 넘고 여윈 얼굴에 수염이 났는데 눈동자는 푸르고 귀는 길고도 누르스름하였다身長七尺餘 癯而鬚 瞳子碧 耳長黃" 하였다. 한 척을 대략 30cm로 치면 2m가 넘는다는 소리이나 '칠척장신'이니 '팔척장신'이니 하는 말들로 미루어 엄밀하게 길이를 재어서 칭하는 말이 아니다. 그냥 키가 크다는 정도의 수식이고 눈동자가 푸르다는 것도 눈빛이 형형하다는 정도의 의미이다.

이러한 것을 종합하면 김신선은 눈에 푸른빛이 돌아 반짝이고 커다란 귀에 수염을 기르고 키가 훤칠한 사람 정도이다. 그저 우리 고소설에서 흔히 보는 그런 인물이다.

이런 일이 있은 얼마 후 연암은 관동으로 놀러간다.

울울하니 뜻을 얻지 못한 자가 바로 신선이다.

「김신선전」에서 우리는 연암이 소설의 배경 묘사에 얼마나 세심한 주의를 기울였는지 주위해 볼 필요가 있다. 공들여 쓴 배경의 한 장면을 그대로 옮겨 보겠다. 아래는 저녁 무렵 금강산을 들어서는 장면 묘사이다.

저녁 무렵 단발령斷髮令에 올라 금강산을 바라보았다. 그 봉우리는 일만 이천이라고 하는데, 산 빛이 하얗다. 산에 들어가니 단풍나무가 가장 많은데 막 붉어가고 있었다. 감탕나무와 가시나무, 녹나무, 예장나무도 모두 서리를 맞아 노랗게 되었고 삼나무와 노송나무는 더욱 푸르렀다. 또 동청수冬靑樹, 사철나무가 많았는데 산 속에 여러 신기한 나무들이 모두 잎사귀가 누렇고 붉었다.

夕日 登斷髮嶺 望見金剛山 其峯萬二千云 其色白 入山山多楓 方丹赤 枏梗 柟豫章 皆霜黃 杉檜益碧 又多冬青壽 山中諸奇木 皆葉黃紅.

이야기 진행 중에 왜 생생한 배경 묘사를 써놓았을까?

소설의 줄거리와 전혀 관계없는 단발령에서 바라본 금강산의 모습이다. 단발령은 금강산 남쪽에서 금강산을 여행할 때 가장 먼저, 가장 넓게 금강산

김홍도(金弘道, 1745~1806?), 〈선인기우도(仙人騎牛圖)〉

탕건을 쓴 선비가 소를 타고 한가로이 거닐고 있다. 그런데 소의 눈망울과 선비의 시선이 비껴 있다. 소는 제 갈길 위해 앞만 보고 소 잔등에 걸터앉은 탕건 쓴 선비는 소 걸음 아랑곳없이 놔두고 깊은 상념에 잠겼다. 낮술 한 잔 드셨나 본데 저 멀리엔 물새만 난다. 김홍도는 못다 한 마음을 중앙에 이렇게 놓아두었다.

落花流水閒啼鳴 꽃은 떨어져 강물 위로 흐르는 데 한가한 새 울어대고
一事無干陸地仙 아무 일도 없으니 땅 위의 신선이로구나

이 시구는 중국 당(唐)나라의 시인 「방은자불우(訪隱者不遇)」와 유사하다.

落花流水認天台 꽃은 떨어져 강물 위로 흐르는 데서 세상 넓은 줄 알고
半醉閑吟獨自來 술에 반쯤 취하여 한가롭게 읊조리면서 혼자 돌아 오네

늦봄, 낙화(落花)에 자신의 심정을 비겨 쓴 시이다. 세상과 불우를 한 잔 술로 달래려니 쇠잔(衰殘)한 자연이 그대로 내 마음이로세. 김홍도는 저러한 자들이 '신선'이라고 한다. 속세를 떠나야만 신선인 줄 알았는데 퍽 많은 신선이 여기에 있었나 보다. 연암 당대에는 여기에도 저기에도 회재불우(懷才不遇,재주를 품고 있으나 자기를 알아주는 사람을 만나지 못한다는 의미)한 신선들이 꽤 많았나 보다.

이 한눈에 들어오는 고개이다. 단발령이 높기에 먼발치의 일만이천봉의 기자묘태奇姿妙態를 부감俯瞰, 높은 곳에서 내려다 봄한 것인데, "하얗다色白"라는 단 두 자로 단출하게 표현하고는 산 속을 세세히 짚었다.

가을, 저녁 무렵이니 운무가 서서히 산에 내릴 터, 그림이 아니니 한 마디로 요약하여 "하얗다" 한 것이다. 소루疏漏한 듯하지만 이외에 달리 마땅한 표현이 없는 듯하다. 그러고는 산으로 들어가며 나무와 나뭇잎을 세세히 그린다. 고소설 비평어로 치면 '사물을 핍진하게 그렸다'라고 할 수 있는 부분이다. 글을 치밀하게 쓰는 연암이 이 부분을 제 흥에 겨워 이렇게 썼을 리 만무한 터, 곰곰이 생각할 문제다.

그렇다면 이것은 무엇을 의미하는 것일까?

금강산으로 들어가며 이야기는 배경이 달라지기 때문이다.

즉 종로에서 금강산으로 들어가는 첫 부분으로 연암은 이곳에서 비로소 김신선과 맞닥뜨리게 되니 지금까지 이야기와 달리해야 하는 것이다. 또 이야기가 절정으로 치달아 오를 것이기에 화제를 돌려 독자들의 이완을 일부러 장치해 놓은 것이니 신선한 방법이다.

그날 연암은 장안사長安寺, 한국전쟁 때 완전히 소실되었다에서 머물고 승려들로부터 선암에 벽곡하는 이가 있다는 말을 듣고 다음 날 오르려 하였다.

그런데 다음 장면에서 엉뚱한 삽화가 나온다. 그것은 친구들과 관찰사의 등장인데 뜬금없이 친구와 관찰사가 왜 여기에 등장해야 하는 것일까 생각하지 않을 수 없다. 그 부분을 보자.

이튿날 아침 진주담 밑에 앉아서 같이 놀러 온 친구들을 기다렸다. 한참을 이리저리 보았지만, 모두들 약속을 어기고 오지 않았다. 또 관찰사가 여러 군읍郡邑을 순행하는 길에 마침내 금강산까지 들어왔다. 여러 절간을 돌아가며 묵었는데 수령들이 모두 찾아와서는 음식을 바치고 나가 놀 때마다 따르는 스님이 백여 명이나 되었다.

坐眞珠潭下 候同遊 眄睞久之 皆失期不至 又觀察使巡行郡邑 遂入山 流連 諸寺間 守令皆來會 供張廚傳 每出遊從僧百餘.

고을의 수령들은 정무를 팽개치고 스님들은 하라는 염불은 않고 오직 관찰사의 뒤꽁무니만 따라다니는 모양새다. 물론 연암과 같이 온 무리들도 뉘라고 그 자리를 마다하겠는가. 아마도 관찰사와 어울리느라고 연암과 선암에 가자던 약속을 저버린 것이니 이 부분을 굳이 이 소설에 넣어 둔 연암의 속다짐을 미루어 짐작할 수 있다.

이쯤 되면 연암의 금강산에 대한 읊조림과 관찰사의 등장은 둘 다 미리 장치된 설정이란 것을 귀띔받는다. 고소설에서는 이러한 것을 횡운단산법橫雲斷山法이라 한다. 이야기가 너무 길어지면 지루해질 염려가 있기 때문에 중간에 잠시 다른 이야기를 비치게 하여 간격을 둔다는 뜻의 비평어이다.

이제 이야기는 마지막으로 넘어간다.

연암은 며칠 뒤, 내원통內圓通을 따라 20여 리를 들어가 수미봉須彌峰 아래 있는 선암船菴을 찾아 든다. 그러고는 벽곡을 한다는 이를 찾아본다. 그런데 선암에 이르니 뜰은 고요하고 새들조차 지저귀지 않는데 탑 위에는 조그만 등불 하나 있고 오로지 신발 두 짝만이 놓여 있을 뿐이었다. 적막하여 구름 기운이 감돌고 바람조차 쓸쓸했다. 그야말로 신선이니 대단한 줄 알았는데 썰렁할 따름이다.

이것이 「김신선전」의 마지막이라면 영 싱거운 소설일 수밖에는 없는데 연암은 맨 마지막에다 아래와 같은 토를 달아 의미심장한 말을 남긴다.

어떤 사람은 "선仙이란 산山에 사는 사람ㅅ이지" 하였고 또 어떤 사람은 "산山 속으로 들어가면ㅅ 바로 선仙이 되는 게야" 하였다. 선僊이란 춤추는 모양처럼 가벼이 행동하는 뜻이라고도 하였다. 벽곡하는 자가 반드시 신선은 아니니 그 울울하니 뜻을 얻지 못한 자가 바로 신선일 것이다.

或曰 仙者山人也 又曰 入山爲仙也 又僊者 僊僊然 輕擧之意也 辟穀者 未 必仙也 其鬱鬱不得志者也.

연암이 주의 깊게 응시한 '신선' 풀이이다.

'선仙이란 산山에 사는 사람 인ㅅ'이거나 '산山 속으로 들어간 입ㅅ 이 바로 선仙'이라 한다. '선仙'자를 가지고 산山 + 인ㅅ, 산山 + 인ㅅ과 비슷한 입ㅅ으로 파자跛字놀음을 한 것이다. 결국 연암이 말하는 신선이란, 세상에서 자기의 경륜을 펴지 못한 자들, 그러니까 '울울하니 뜻을 얻지 못한 자鬱鬱不得志'라는 말이다.

앞에서 연암은 울적한 마음병이 있었다고 하였다. 그래 답답한 세상을 살아가자니 힘겨워 김신선이라는 자를 만나면 좀 나아질까 싶어 찾아다닌 것이다. 그런데 그 신선이란 자도 자기처럼 울울한 마음에 속세를 떠나 산에 들어 간 둔세자遁世者, 즉 현실 사회를 피하여 사는 사람일 뿐이란 소리이다.

그러면 연암은 울울한 마음의 병이 왜 걸렸을까?

연암의 처남인 이재성李在誠이 지은 제문에서 그 이유를 찾아보면 이렇다.

가장 참지 못한 것은	最所不能
두루뭉술 인물을 상대하는 일.	酬接鄕愿
굽은 바늘 썩은 겨자씨 무리들	曲鍼腐芥
모두들 너무나 미워하였네.	胥致尤怨

이재성이 말한 '두루뭉실 인물[鄕愿]'은 '옳고 그름을 가리지 않고 아첨하는 짓거리를 하는 자'이다. 이 말은 『논어』「양화陽貨」 편에 나오는데, "향원鄕原은 덕의 도둑이니라鄕愿 德之賊也" 하였다. 즉 덕이 있는 체하지만 실상은 아첨하여 모든 것을 좋다고 넘어가기에 덕德을 훔치는 짓이라고 한 것이다. '향원'이 미덕이던 시절이다.

연암이 「김신선전」을 지은 것은 20대 후반으로 혈기가 방정할 때다. 연암의 성정性情으로 세상과 적당히 타협하고 조금씩 비겁한 것을 삶의 미덕으로 여기며 사는 저러한 '향원' 같은 무리들과 맞닥뜨리자니 답답증이 안 걸릴 수 없었을 것이다.

하지만 김신선처럼 산으로 들어가 신선이 된다고 해서 넌더리 난 속세가 잊어질까? 꼴 같잖은 이 세상을 버린다고 정말 그 꼴이 잊어질까?

저 앞에서 연암은 김신선을 '대은'이라 하였다. 진晉나라 왕강거王康琚의 「반초은시反招隱詩」에 "작은 은자[小隱]는 산림에 숨고, 큰 은자[大隱]는 조시에 숨는지라, 백이는 수양산에 숨었고, 노자는 주하사柱下史 벼슬에 숨었다네小隱隱陵藪 大隱隱朝市 伯夷竄首陽 老聃伏柱史"라는 구절이 있다. 몸은 조시朝市, 조정과 시장으로 일반인이 거처하는 곳에 있어도 뜻은 멀리 산림에 두는 게 진정한 큰 은자라는 뜻이다. 연암이 이 구절을 모를 리 없고 또 김신선이 '유희 속에 몸을 숨겼다'는 말과 연결시키면 구태여 김신선을 산 속에서 찾을 필요가 없다. 연암이 말하고자 한 '신선이 될 수밖에 없던 시대'를 살았던 한 신선의 이야기는 '우리 주변에 큰 은자가 있으니 찾아보라'는 역설로도 읽힌다. 「김신선전」의 저작 동기는 여기가 아닐까 한다.

燕巖先生松下老仙聽瀑之圖

박지원, 이가원 역, 『열하일기』 상, 〈연암선생송하노선청폭지도(燕巖先生松下老仙聽瀑之圖)〉,
대양서적, 1978, 삽화

〈소나무 아래 늙은 신선이 폭포 소리를 듣는 그림〉이다. 노송 아래 앉은 이가 누구인지 알 수 없지만 저 아래 골짜기 물을 바라보고 있다. 제목에는 폭포라 하였지만 명실이 영 딴판인 것이 폭포라 부르기에는 좀 여리다. 조선시대 소나무 아래에서 폭포를 바라보는 '송하관폭도'가 많았다. 이유는 선비들의 도가적 세계관이 투영된 것으로 물을 최상의 선으로 여겼기 때문이다. 그렇다면 골짜기의 물은 '선비들에게 인간의 본성을 비추어주는 깨달음의 상징물'이다.

광문자전

廣文者傳

얼굴이 추하기 때문에

스스로 보아도 용납될 수가 없다

이 작품에 등장한 인물은 다채롭다. 아래로는 거지, 건달, 기생에서 위로는 암행어사 출신 사대부까지 그야말로 당대의 사람들을 모두 본다.

배경　　조선 후기 종루^{鐘樓, 종로의 옛 이름} 시장통 뒷골목

등장인물　**광문**　걸인들의 꼭지딴에서 약국점원으로 금융의 중개인, 빚지시^{빚을 주고 쓰고 할 때 중간에서 소개하는 일}를 거쳐 기생들의 매니저가 되기도 한다. 자신의 말로는 절세 추남인 듯한데 의리가 대단하며 기생도 다룰 줄 아는 인간성의 소유자로 조선 후기 뒷골목의 스타이다.

　　걸인들　광문을 꼭지딴으로 추대하고 또 그를 믿지 못하고 내쫓는 어리석은 무리이다.

　　집주인　광문의 순수함을 읽어 내어 약국 주인에게 추천하는 지혜로운 사람이다.

　　약국 주인　자신의 잘못을 인정할 줄 아는 사람으로 여러 사람들에게 광문을 자랑한다.

　　운심　장안의 이름 난 명기로 밀양 출신의 기생이라 한다. 도도함을 지닌 해어화^{解語花}지만 우정 광문을 기다렸다 춤을 출 정도로 그에 대한 마음이 각별하다.

　　자칭 광문의 아들이라는 거지 아이

　　　　광문의 이름을 빌려 밥은 후히 얻어먹었으나 역모에 가담하여 귀양을 간다.

1　「방경각외전」 목록과 「방경각외전자서」에는 「김신선전」 뒤에 「광문자전」을 위치하였다. 그런데 원전은 「민옹전」 뒤에 수록하였다. 여기서는 '목록'과 '자서' 순서를 따랐다.

| 자칭 광손廣孫 | 광문의 이름을 빌려 역모를 꾸미다가 죽은 인물이다. 자칭 광문의 아들이라 하는 거지 아이를 꾀어서는 자신의 이름도 광손으로 바꾸어 역모를 꾸민다는 것에서 어리석은 인물임을 알 수 있다. |
| 표철주 | 재산도 있고 싸움도 잘하였던 왈자였으나 세상의 쓴 맛을 보고 집주름으로 살아가는 실존 인물이다. |

「연암별집」「방경각외전」에 실려 있으며 「광문자전」은 18세 무렵, 「서광문전후」는 28세 무렵의 작품으로 추측된다.

연암이 20세를 전후하여 병으로 고생할 무렵, 적적함과 병으로 인한 괴로움을 견디기 위해 겸인이나 문객, 하인들에게 시정의 기이한 이야기를 듣는 과정에서 광문에 대한 일화가 나왔고 후에 이것을 입전한 것이 「광문자전」이다. 특히 이 소설에는 거지, 기생, 서울의 뒷골목 등, 하층민의 삶을 천착한 인정물태론人情物態論이 전면에 흐른다.

광문은 종로 네거리를 다니며 구걸하는 수표교 다리 밑의 거지 우두머리다.

어느 겨울밤, 날은 추운데 거지 아이가 병이 들어 앓는다. 광문은 꼭지딴이지만 아이를 위하여 밥을 얻으러 나가고, 그 사이 아이가 갑자기 죽게 된다. 아이 살해범으로 오인되어 쫓겨난 광문은 아이의 시체를 수습하려고 마을로 갔다가 한 집주인에게 도둑으로 몰리게 되는데, 다행히도 그의 순박한 행동을 본 주인의 선처로 풀려난다.

광문은 거적 한 장을 얻어 수표교 밑으로 가서 거지 아이의 시체를 잘 싸서 장사 지내준다. 이것을 몰래 지켜본 집주인은 광문으로부터 자초지종을 듣고는 가상히 여겨 어떤 약방에 추천하여 일자리를 마련해준다.

거지 신분에서 일약 약방 점원이 된 광문. 그러나 어느 날 약방에서 돈이 없어지고 광문은 또 다시 의심받게 되나 잘못이 없기에 태연히 행동한다. 얼마 후 돈을 가져간 것은 약방 주인의 처조카였음이 드러나고 광문의 무고함이 밝혀진다. 주인은 의심을 받으면서 변명한 한 마디 없이 참아낸 광문의 행동을 높이 사 사과한 뒤, 광문의 사람됨을 자기 친구들에게 널리 알린다. 이 선행담이 널리 퍼져 장안 사람 모두가 광문을 칭송하게 된다.

이제 광문은 조선 뒷골목의 거렁뱅이에서 장안의 유명 인사가 된다. 그의 말 한 마디는 신용의 보증 수표나 다름없었으니 전당을 잡히지 않고도 천 냥을 선뜻 빌려 줄 정도였다. 이쯤 되면 광문은 가정을 차릴 만한데 그러하지 않는다. 이유를 물으니 가로되, '추한 꼴을 한 남자를 반겨줄 여인은 없다'고 한다. '미추'의 대상에 여자뿐 아니라 남자도 넣는 발언으로「광문자전」에서 읽어내야 할 의식이다.

한번은 광문이 장안에서 가장 이름난 운심이란 기생을 찾아갔다. 방에 있던 기녀들은 그의 남루한 행색과 추한 얼굴을 보고 불쾌하여 상대해주지 않았으나 광문은 태연히 상좌에 앉는다. 걸인 광문의 순후한 마음, 겸손한 심결, 사내다운 기품은 당대 양반들에게서는 좀처럼 찾기 어려운 것들이다. 이 역시 상백성들에게서 조선의 내일을 찾아보려는 연암의 뜻이「광문자전」에 접어 넣어진 것이다. 그러자 조금 전까지도 움직일 기색조차 없던 운심이라는 기생이 광문의 높은 인격에 감복하여 흔연히 일어서서 춤을 춘다.

더덩실, 더덩실.

광문자전

廣文者傳

2020년 역병이 돌았다. 코로나19로 온 세계가 불경기다. 나라에서는 곳간을 푼다지만 '가난은 나라님도 어찌지 못 한다'고 했다. 꼭 가난 때문만은 아니겠으나 서울역은 노숙자들의 잠자리가 된 지 오래되었다. 지금도 이러하니 조선 후기 연암의 시대는 어떠했을까?

당시에도 이 문제는 적지 않은 사회적 문제였던지 실학자인 우하영禹夏永, 1741~1812은 『천일록』에서 '유개流丐'라는 제목으로 대책을 제시하기도 하였다. 『연암외집』「방경각외전」에 수록되어 있는 「광문자전」은 바로 이러한 걸인이 주인공인 소설이다. 연암은 자서에다 아래와 같이 이 소설을 짓는 까닭을 적바림하였다.

광문은 궁벽한 거지였다. 들리는 소문이 사실보다 지나쳤지만 명성을 좋아하는 사람이 아니었는데 오히려 형벌을 면하지 못하였으니 하물며 도둑질로 명성을 훔치어 거짓을 가지고 다투겠는가? 이에 「광문자전」을 쓴다.

廣文窮丐 聲聞過情 非好名者 猶不免刑 矧復盜竊 要假以爭 於是述廣文.[1]

조선 후기의 기록을 뒤지면 '광문'과 같은 비렁뱅이에 대한 풍경을 제법 자주 본다.

---

1 박지원, 『연암집』 권8, 「방경각외전」, 경인문화사, 1982, 114쪽.

허균의 「장생전蔣生傳」이나 판소리계소설인 「무숙이타령」, 이유원李裕元의 「춘명일사春明逸事」에 나오는 「장도령전」, 이용휴李用休의 「해서개자海西丐者」, 성대중의 「개수전丐帥傳」 등이 바로 「광문전」과 유사한 걸인 이야기들이다.

「개수전」에는 "도성 안에는 거지들이 항상 수백 명이 있었다都下丐者 歲常數百人"고 적고 있으니 참 걸인이 많았다.

「광문자전」의 주인공인 광문은 거지였는데 보통 거지와 달랐으니, 이규상의 『병세재언록』「방기록方伎錄」에는 '달문達文'이라 하였다. 이 달문이 바로 광문이다.

「광문자전」에는 "우리나라 아이들이 서로 놀려대는 말로 '네 형을 달문이라 부르지' 하였으니, 달문이란 광문의 또 다른 이름이다三韓兒 相訾傲 稱爾兄達文 達文又其名也"라 적고 있다. 여러 책에 나오는 방기方伎 달문의 모습을 찾아보면 아래와 같다. 방기方伎란, 의가醫家・복가卜家・점성가占星家 따위를 칭하는 말이다.

① 광문의 얼굴은 이마가 넓었고 입이 커서 주먹이 한꺼번에 드나들었다. 나이가 들어서도 상투를 틀지 않고서 총각처럼 머리를 하였으며 온통 꿰매서 성한 옷이 없었다.

貌極顙 大口納拳出入 年老 不椎䯻而艸角 衣百結而不完服.[2]

② 광문의 사람됨은 얼굴이 아주 추하였고 그의 말씨도 남을 움직이지 못했으며 입이 커서 두 주먹이 한꺼번에 드나들었다. (…중략…) 광문은 비록 해진 저고리와 바지를 걸쳤지만 행동거지가 앞에 아무도 없는 듯 마음으로 뽐내는

---

2   이규상, 민족문화연구소 한문분과 역, 『병세재언록』, 「방기록」, 창작과비평사, 1997, 289쪽.

듯하였다. 눈곱 낀 눈을 들어서는 흘끔거리고 취한 척 게트림을 하였으며 고수 머리를 묶어서 뒤통수에다 붙이었다.

文爲人 貌極醜 言語不能動人 口大幷容兩拳 (…중략…) 文雖弊衣袴 擧止 無前 意自得也 眦膿而眵 陽醉噎 羊髮北髻.[3]

①은 「방기록」 소재의 「달문」이고 ②는 「광문자전」이다. 이를 종합해보 면 광문의 외모는 형편없지만 그 기개만큼은 사나이답다는 것을 알 수 있다.

이제 이야기를 내부로 돌려 보자.

이 「광문자전」은 크게 두 개의 이야기, 즉 전편격인 「광문자전」과 속편격 인 「서광문전후」로 나눠지고 다시 한 개의 이야기마다 몇 개의 삽화로 이루 어졌다. 편의상 「광문자전」과 「서광문전후」로 나누어 논의를 진행하여 보 겠다.

우선 「광문자전」부터 보자.

① 광문은 꼭지딴이었지만 아파서 누워 있는 동료 거지 아이를 위해 밥을 얻 으러 다닌다. 그 사이에 아이가 죽자 광문이 오해를 받아 쫓겨나지만, 거적때기 를 얻어다가 죽은 아이를 잘 싸서 서문 밖 무덤 사이에 묻고 운다.

② 약국 점원으로 고용살이 때 도둑으로 오인을 받지만 사실이 밝혀질 때까 지 의연하게 대처하여 점잖은 사람으로 대접을 받는다.

③ 이러한 일들이 알려지고 광문은 '의로운 사람'이라고 모든 이들이 두루 칭 찬하여 장안에 이름이 퍼진다. 광문은 신용이 매우 높아지고 빚보증을 서주는가 하면 기생들의 매니저 역할까지 한다.

---

3   박지원, 『연암집』 권8, 「광문자전」, 경인문화사, 1982, 117쪽(이하 「광문자전」은 모두 같은 책이다).

「광문자전」은 18세 무렵, '연암소설의 숫눈길'을 열어 젖뜨린 소설이다. 「방경각외전」에는 29세에 지어진 「김신선전」과 31세 무렵의 「우상전」 사이에 위치시켜 놓았는데 이유는 「서광문전후」와 연결되어야만, 한 편의 완성된 「광문자전」이 이루어지기에 그러한 것으로 추측된다.

우선 광문이 여느 비럭질만 하는 거지와 달리 아파서 누워 있는 동료 거지 아이를 위해 밥을 얻으러 다녔다는 점에 주목해본다. 독자들은 그게 뭐 그리 대단하냐고 할는지 모르지만 광문이 거지의 '꼭지딴'이라는 사실을 생각한다면 그렇지 않다.

성대중의 「개수전」을 보면 거지의 우두머리인 꼭지딴이 어느 정도의 위치인지를 가늠할 수 있다.

성 안에 거지가 해마다 늘 수백 인이었다. 그들의 법대로 거지들 중 한 사람을 택하여 꼭지딴으로 삼았다. 모든 행동이 꼭지딴에게 한 번 명령 들으면 감히 조금도 어그러짐이 없었다. 아침저녁으로 얻어 온 것을 모아서 꼭지딴을 받들어 봉양하는 것을 삼가 조심하였으니 꼭지딴이 살아가는 것이 이와 같았다.

都下丐者 歲常數百人 其法擇一丐 以爲帥 行止聚散 一聽其令 無敢少違 朝夕聚其所丐 奉饋帥惟謹 帥居之自如.[4]

그런데도 광문은 걸인 아이가 아프자 밥을 빌어다 먹이려고 나간다. 또 그 사이 걸인 아이가 죽어 자신이 혐의를 받고 쫓겨나도 변명을 하지 않는다. 그러고는 아이를 위하여 자리를 얻어 다가는 싸서 묻어주고는 곡까지 한다.

그야말로 『논어』의 「위령공衛靈公」 편에 보이는 "뜻있는 선비와 어진 사람

---

4   성대중, 『청성잡기』 권3, 「성언」, 「개수」.

210   연암소설을 독讀하다

은 살기 위하여 인을 해치는 일은 없으나 자기 몸을 죽여 인을 이룩하는 일은 있다子曰 志士 仁人 無求生以害仁 有殺身以成仁" 하는 말과 부합하는 행동이다. 걸인인 광문이 이러한『논어』를 읽었을 리 만무하지만 오히려 글만 읽은 학자보다도 더 의로운 행동을 보이고 있다.

한번은 한약방의 주인으로부터 도둑이란 의심을 받지만 이를 의연히 대처했으며 지금으로 치면 기생의 매니저까지도 한다. 게다가 광문이 빚보증만 서면 전당 잡힐 물건이 있는지를 묻지 않고도 천 냥도 대번에 승낙하였다고 적혀 있는 것으로 보아 그의 됨됨이가 어떠했는지를 짐작할 수 있다.

광문은 나이 마흔이 넘도록 장가를 들지 않았기에 총각 머리를 땋았는데 남들이 장가들기를 권할라치면 이렇게 말했다.

대체로 아름다운 얼굴을 모두 좋아하는 법이지. 그러하니 사내만 그런 게 아니라 여인네들도 역시 그렇거든. 나는 얼굴이 추하기 때문에 스스로 보아도 용납될 수가 없다네.
夫美色 衆所嗜也 然非男所獨也 唯女亦然也 故吾陋而不能自爲容也.

여기서 우리는 연암의 진보적인 시각을 본다. 우선 그가 남자와 여자를 동등한 자격으로 대하고 있다는 점이다. 그것은 '미색美色'이라는 낱말을 대하는 연암의 태도이다. 미색이란 여자의 아리따운 용모를 말함이니 남성의 시각에서 바라 본 상대적인 용어이다. 그런데 연암은 이 용어를 남자가 여자에게 구하듯 여자 또한 남자에게 구한다고 생각한다. 조선 후기 미추美醜의 통념을 여지없이 버린 연암의 모습이다.

연암이 그의 누이와 아내에게 보이는 애정, 또「열녀함양박씨전 병서」에서 성性에 관한 운운 또한 이 말결과 자연스럽게 하나로 연결 지어짐을 알 수 있다.

이어지는 문장에서 광문에게 누가 집칸이나 마련하라고 하자, 광문은 부모 형제도 없으니 무엇으로 살림을 차리겠느냐면서 그저 아침나절이면 노래 부르며 시장 바닥으로 들어갔다가 날이 저물면 부잣집 문턱 아래서 잠을 잔다고 한다.

광문의 말대로 한양에 집이 팔만이나 되니, 날마다 잠자는 집을 옮겨 다녀도 그가 죽을 때까지 모두 돌아다닐 수 없겠지만 저러한 생각을 품고 말하는 데서 예사 사람이 아님을 안다.

특히 광문은 한양의 이름난 기생들과 깊은 인연을 맺고 있었던 듯하다. 아무리 아름다운 기생이라도 광문이 칭찬해 주지 않으면 한 푼 어치의 값도 나가지 못하였다.

한번은 우림아羽林兒와 각전各殿의 별감別監 또는 부마도위駙馬都尉의 청지기들이 당대의 명기 운심雲心을 찾아서는 그녀의 춤을 보려고 하였다.

그런데 모인 사람들이 비록 청지기일망정, 모두 당대의 내로라하는 집안의 2인자들로 만만찮다. 우림아는 궁궐의 호위와 의장의 임무를 맡은 근위병이다. 별감은 지방의 수령을 보좌하던 자문 기관으로 풍속을 바로잡고 향리를 감찰하던 유향소留鄕所에 속한 직책이니 고을의 좌수에 버금가던 자리였다. 더구나 궁궐의 별감은 왕명의 전달과 알현, 대궐 관리 등을 맡아 양반 못지않은 위세를 떨쳤다. 여기에 임금의 사위인 부마도위라는 2인자까지 합세한 자리이다. '정승집 개가 죽은 데도 문상'을 가던 시절이 아닌가.

그러나 운심은 우정 시간을 늦추면서 춤을 추려하지 않았으니 광문이 오기를 기다리기 때문이었다.

광문이 밤에 가서는 마루 아래에서 서성거리다가 마침내 들어가서 그들의 윗자리에 서슴지 않고 앉았다. 광문은 비록 옷이 다 떨어졌지만 행동거지가 거리낌이 없었으며 태연하였다. 눈구석이 짓물러서 눈곱이 낀 채로 술 취한 듯 트림하고 양털처럼 생긴 머리를 뒤통수에다 상투를 틀어 붙이었다. 자리에 앉았던 사람들이 모두 깜짝 놀라서는 서로 눈짓해서 광문을 몰아내려고 하니 광문은 더 앞으로 다가 앉아 무릎을 치며 콧노래로 장단을 맞추었다.

운심이 그제야 일어나서 옷매무시를 고치고는 광문을 위해서 칼춤을 추었다. 자리에 앉은 사람들이 모두 기뻐하며 다시 벗으로 사귈 것을 약속하고 흩어졌다.

文夜往 彷徨堂下 遂入坐 自坐上坐 文雖弊衣袴 擧止無前 意自得也 眦膿而眵陽醉噎 羊髮北髻 一座愕然 瞬文欲毆之 文益前坐 拊膝度曲 鼻吟高底 心卽起更衣 爲文釰舞 一座盡歡 更結友而去

여러 사람들 앞에서 거지꼴의 광문은 조금도 주눅이 들지 않는다. 그리고 장안의 명기인 운심은 그를 기다렸다가 춤을 춘다. 비록 웃음과 몸을 파는 논다니지만, 그녀라고 왜 남자 보는 눈이 없겠는가.

화류계에서 여자를 다루는 법을 청루농주법靑樓弄珠法이라고 하는데, 광문으로 미루어 보면 별것 아니다. '못생겨도 거짓 없는 진실한 마음결'과 '누구에게도 굴함이 없는 당당한 태도'면 다 통하는 모양이다.

이 글에서 광문은 호걸남아로서 조금도 손색이 없다. '광문廣文'이라는 이름부터가 '넓은 글'이라는 뜻으로 큰 데다가 행동까지도 여느 거지들과는 다르니 그럴 수밖에.

안타까운 것은 왜 양반들에게는 광문과 같은 호걸이 없느냐는 것과 사회구조상 어쩔 수 없다 하더라도 광문 같은 사람이 어째서 걸인으로 밖에 살아갈 수 없을까 하는 점이다.

아울러 조선 후기 기생집을 드나들며 농탕치는 무리들이 많았음도 점경點

^輾으로 찾는다.

지금까지의 이야기를 통해 이 소설을 규정해 본다면 기만과 교만에 가득 찬 양반층에 대한 풍자요, 인정 있고 정직하고 소탈한 새로운 인간상을 부각 하려 한 작품이다.

몰래 역모를 꾸미고 있었다.

이제 「서광문전후」로 이야기를 돌려본다. 「서광문전후」는 「광문자전」의 후편이라 할 수 있는데 상당한 시간을 두고 지어진 듯하다. 그리고 의미하는 바는 「광문자전」보다 더욱 깊은데 대략의 내용을 짚어 보면 아래와 같다.

우선 두 가지로 나누어 문제에 접근하여 보자.

첫째로, 연암소설이 모두 시정 거리에서 그 소재를 취하였다는 점을 상기 하면 이러한 일이 정말 일어났을 가능성이 있다.

둘째로, 연암이 허위로 쓴 것이다.

첫째처럼 만약 사실이라면 연암 당시 조선의 사회란 웃지 못할 희극적인 모습이라는 점이다. 생계조차 잇지 못하여 도적이 될 수밖에 없는 모습은 「허생전」에 잘 나타나 있다. 그러나 「광문자전」에서는 역모에 관한 것이니 조선 팔도 여기저기에서 주린 배를 움켜쥐고 칼과 도끼를 든 작은 도적이 감당할 문제가 아니다. 그런데도 어리석은 자조차 역모를 꾸미려 한다면 그 사회가 지탱할 수 있는 존재 이유를 어디서 찾는단 말인가.

둘째처럼 연암이 허구로 만든 것이라 하여도 문제는 여전한데, 사실 이에 대한 개연성은 충분하다. 조수삼의 『추재기이』에 보이는 붉은 매화 한 가지 로 자신이 왔다 감을 표시한 일지매^{一枝梅}, 명종대왕 시절 양주 땅 백정의 아 들인 임꺽정^{林巨正}, 영조 때 지어졌다는 『어수신화^{禦睡新話}』에 보이는 아래적^我 ^{來賊} 등은 모두 이름난 도둑들이다. 떠돌이 거지인 유개^{流丐}나 무리를 지어 다 니는 군도^{群盜}는 그 수조차 헤아릴 수 없음은 「허생」에서도 드러난다.

사는 것이 이러하니 역모라도 꾀하고자 하는 마음이 누구에겐들 없겠는 가. 그러니 개연성은 충분하다.

이야기를 ③으로 옮겨 보자.

③이 책 252쪽에서 광문과 이야기를 나누는 표철주는 실존 인물이다.

표철주에 대한 기록은 이규상李圭象, 1727~1799이 쓴 「장대장전張大將傳」에 나온다. 장대장은 영조 때 포도대장인 장붕익張鵬翼, 1674~1735으로 당시의 무뢰배들이 모여 만든 폭력조직인 검계劍契를 소탕하는데 혁혁한 공을 세운 인물이다.

표철주表鐵柱의 '철주鐵柱'라는 이름은 쇠삽을 짚고 다녀서 붙은 이름이며 젊은 시절 세자궁을 호위하던 별감別監이었다 한다. 그러나 어찌된 일인지 후일 검계의 구성원이 되었으며 이규상이 만났을 때는 집주름부동산 중개업이나 하는 초라한 늙은이에 불과했다고 적고 있다.

그런데 걸인 광문이 이 표철주와 주고받는 이야기에 영성군靈城君, 풍원군豊原君이 등장한다. 영성군은 암행어사로서 숱한 일화를 남겨 우리가 잘 아는 그 박문수朴文秀, 1691~1756요, 풍원군 조현명趙顯命, 1690~1752은 한성부판윤·공조판서 등을 역임한 뒤, 우의정, 영의정에 오른 당대 정치계의 풍운아들이다.

주제꼴이 걸인인 광문과 망동望同, 망령된 행동을 부린다는 의미이로 불린 표철주가 저들의 안부를 묻고 답한다는 것이 꽤나 의아하다. 더구나 여기에 기생 분단粉丹 이야기까지 겹치며 시큰둥하게 지나갈 시정 이야기에 요절복통의 사회상이 드러난다. 걸인과 최고의 정치인, 그리고 깡패와 기생……

어디 그때뿐이겠는가.

사실, 이 글을 쓰고 있는 지금도 사리에 맞지 않는 일들이 항다반사恒茶飯事로 벌어지고 있으니 그때와 지금이 도와 개 사이에서 맴돌이 한다. 언제까지 우리 사회는 신동엽申東曄, 1930~1969의 "껍데기는 가라"를 외쳐야 하는 것일까?

신연활자본(딱지본) 『박문수전』 표지, 이문당, 1933

구씨와 천씨가 살아 구천동이라 불리는 마을에서 유일한 성씨인 유씨 집안이 있었다. 천씨가 유씨 집안의
아들에게 죄를 씌우자 박문수가 이를 풀어주는 내용이다. 암행어사 박문수 이야기는 당대부터 현재까지도
널리 회자되고 있다.

우상전
虞裳傳

잃어버린 예를 비천한 우상에게 구한다

제題「우상전」후後

이 작품은 실존 인물을 주인공으로 등장시켜 더욱 사실감을 준다.

배경	서울, 일본	
등장인물	**나**	우상의 이야기를 이끄는 인물이다.
	우상	실존 인물이다. 문장에 뛰어났으나 역관이란 신분적 제약으로 꿈을 펴지 못하고 짧은 일생을 보낸다.
	우상의 아우	우상이 일본으로 떠난 뒤 형이 보낸 편지를 받은 인물로 그 역시 문장에 뛰어난 것으로 보인다.
	매남노사(梅南老師)	역시 실존 인물로 우상의 스승인 이용휴이다.
	일본의 승려와 귀족	우상의 재주를 보고 운아 선생雲我先生이라고 부르면서 칭도稱道한다.

「연암별집」「방경각외전」에 실려 있으며 연암 31세 무렵의 작품으로 추측된다.

끝부분이 떨어져 나가 전하지 않지만 내용 파악에는 별 문제가 없다.

영조 때 실재하였던 역관 이언진이 죽자 그의 행적과 남긴 시를 모아 엮어 소설화시킨 작품이다.

일본 관백이 새로 취임하여, 문화를 자랑하는 조선의 콧대를 꺾으려고 각종 기예技藝와 문사文士를 모아 단련을 시킨 후 우리나라에 사신을 파견해 줄 것을 요청했다. 조선 조정에서는 사신 일행을 엄선하여 보냈는데 우상은 그들 가운데 한 사람이었다.

일본 사람들은 서화書畵와 사장詞章, 시가와 문장을 좋아하여 그것을 우리 사신 일행에게 얻기 위해 중보重寶를 아끼지 않았고 우상은 문장으로 그들에게 격찬을 받았다. 일인들은 우상에게 난제難題와 강운强韻, 시를 지어내기가 무척 어려운 운자(韻字)으로 궁지에 몰아넣고자 했으나 번번이 우상은 미리 지어 놓은 듯이 즉시 응대를 하여 그들을 놀라게 하였다.

하지만 우상의 신분은 역관이었다. 그의 재주는 일본에서 경탄의 대상일지 몰라도 조선에서는 한낱 '역관 따위'에 지나지 않았기에 그 누구도 인정해 주지 않았다. 우상은 늘 그것이 슬펐다. 어느 날 '이 사람만은 알아주지 않겠는가' 싶었던지 일면식조차 없는 나연암에게 자신의 시를 보여준다.

그러나 나는 왜 그랬는지, 그의 비대발괄억울한 사정을 하소연하면서 간절히 청하여 빎을 알면서도 '보잘것없다' 일축해버리고—.

우상은 끝내 생을 접고 만다.

우상이 이 세상을 쓴 것은 겨우 스물일곱 해였다. 하기야 그는 아무리 열심히 살아도 인생의 흑자를 내기는 어려웠을 역관 출신이었다. 조선 후기의 '역관譯官', 그들의 품종品種과 계보系譜의 배경은 늘 어둠뿐이었기 때문이다. 그 남루한 공간에서 살아가는 그들에게 대건한 삶을 요구하는 것은 애초부터 무리인지도 모른다. 지우知遇, 남이 자신의 인격이나 재능을 알고 잘 대우함도, 희망도 부재하였으며 휘휘 둘러보아도 막무가내로 뒤섞인 대안 없는 삶이었다. 그러기에 늘 가슴이 메고 맥맥하니 한숨을 토하며 조선 후기의 어둑한 미로를 퀭한 눈으로 헤맸을 그, 아니 그들은 신의 희작戱作이던가?

허균許筠, 1569~1618은 「유재론遺才論」에서 "하늘이 냈는데 사람이 버리는 것은 하늘을 거스르는 법天之生也 而人棄之 是逆天也"이라 하였다. 차라리 하늘이 재주라도 주지 말 것을.

「우상전」은 이렇게 조선 후기의 질환을 고^告하는 불길하고도 우울한 진단서였다. 날지 못하는 새라면 새장을 열어 놓아도 나오지 못 하겠지만, 펄펄 창공을 날고 싶어 하염없이 창살에 부딪치다 죽은 심정을 어떻게 읽어야 하나. '성광^{成狂, 술을 먹지 않고서도 미침}'일 일이다.

비록 열전체^{列傳體}의 변체^{變體} 형식이요, 이언진의 시가 그대로 삽입되어 소설로 인정하지 않는 학자도 있으나 내레이터인 나와 우상의 관계 등으로 거짓과 참을 섞어 지어냈으니 미루어 보아 분명 소설이다.

우상전

虞裳傳

가끔씩 산에 오를 때가 있다.

산에는 토산이 있고 석산이 있는데 토산±山은 흙이 켜켜이 쌓여 이루어진 산이고 석산石山은 보기 좋은 큰 암석들이 빚어 놓은 산이다. 그래서 토산보다는 석산을 오르는 게 훨씬 등산하는 데는 제격이다. 석산을 이룬 바위의 불끈불끈 솟은 암괴巖塊와 그 괴량감塊量感이 제법 고답적인 멋을 풍기기 때문이다.

하지만 곰곰 뜯어보면 우리네 삶에는 토산이 훨씬 좋다.

밋밋하고 빼어난 볼거리가 없이 그저 흙으로 켜켜이 쌓아 놓은 산이지만, 우리가 먹고 사는 문제를 감싸 안고 있기 때문이다. 그래서인지 토산은 넉넉히 사람을 품에 안고 살지만 석산은 사람들의 근접을 허락하지 않고는 오르면 곧 내려가게 만든다.

수년 전쯤 나는 도봉산을 넘어서다 물끄러미 등성이 저 편으로 우뚝 솟은 기암奇巖을 바라보다 혹 연암의 글이 저렇지 않은가 하고 생각하였다. 왜냐하면 연암의 글은 너무 높고 가팔라서 도저히 그를 따라잡을 수가 없어서였다.

그러다 연암의 소설을 되읽으면서 연암의 글쓰기에 대한 비유가 적절치 않음을 알았다. 그의 글은 완연한 우리네 뒷동산 기슭에 옹기종기 모여 삶을 허락하는 '토산식 글쓰기'였다. 연암이 서슬 퍼렇게 큰 소리로 꾸짖는 것은 절대 토산 기슭에 모여 사는 그들에게 퍼붓는 호령이 아니다.

이「우상전」역시 연암의 이러한 점을 쉬 읽을 수 있는 작품인데 소설을 쓴 이유부터 보자.

아름다운 저 우상虞裳이여! 옛 문장에 힘을 다하여 잃어버린 예를 비천한 우상에게 구하였으니 삶은 짧았어도 끼친 것은 길다. 이에「우상전」을 쓴다.

變彼虞裳 力古文章 禮失求野 亨短流長 於是述虞裳.[1]

글의 요체는 "잃어버린 예를 비천한 데서 구하였다禮失求野"는 데 있다. '예'란 무엇인가?

지금의 예란 '사람 사는 도리'이다.

그러나 연암이 살았던 조선 후기, 그 전근대 사회에서는 사람 사는 도리에 '관습적慣習的 사회제도社會制度'라는 전제가 있었다. 따라서 신분 계급에 의한 차등적 질서가 유지되는 가운데서 지키는 사람들 간의 도덕성이 요구됐다.

그러나 신분 계급에 의한 차등적 질서가 있다 하여도 사람이 살아가는 바른 도리를 행한다는 소리임에는 분명하다. 그래서인지 공자는 이러한 예에 도덕적인 색채를 주어 법치法治에 대한 예치禮治, 덕에 의한 지배 즉 '극기복례克己復禮'를 주장했다.

극기복례란 자기 욕심을 극복하고 예禮로 돌아갈 것을 이르는 말로『논어』「안연顏淵」편에서 공자가 제자 안연에게 인仁을 실현하는 구체적 방법으로 설명한 말이다. 즉 '극克'이란 이긴다는 것이고 '기己'란 몸에 있는 사사로운 욕심을 말한다. '복復'이란 돌이킨다는 뜻이고 '예禮'란 하늘의 바른 이치인 도덕적 법칙이다. 자신의 욕망을 예와 의로써 조정하여 극복하는 것이

---

1   박지원,『연암집』권8,「방경각외전자서」, 경인문화사, 1982, 114쪽.

〈원숭이 그림〉, 일본 신큐사

세 마리 원숭이가 각각 눈과 귀와 입을 가리고 있다. 각각 보지도 않고(不見), 듣지도 않고(不聞) 말하지도 않는다는(不言) 뜻이다. 이 그림은 일본 도쇼구 정문을 들어서면 바로 왼쪽에 마구간인 신큐사(神廏舍)에 있는 그림이다. 저들의 예가 어떠했는지는 정확히 알 수 없지만 우리나라뿐 아니라 동아시아에도 이러한 예사상은 널리 퍼진 듯하다.

사람됨의 길인 인仁이고 나아가서 이를 사회적으로 확충하면 도덕 사회가 된다는 말씀이다.

이러한 바른 예를 위하여 이이李珥는 『격몽요결擊蒙要訣』「지신장持身章」 제3편에서 "예가 아니면 보지 말며, 예가 아니면 듣지 말며, 예가 아니면 말하지 말며, 예가 아니면 움직이지 말라는 네 가지 조목은 몸을 닦는 것의 요체이다非禮勿視 非禮勿聽 非禮勿言 非禮勿動 四者 修身之要也" 하였다.

이른바 이를 '사물四勿, 네 가지의 하지 말아야 할 것'이라 한다. 일상의 행동 지침으로 우리의 선현들은 생활 속에서 이를 실천하려고 서원의 기둥이나 벽에 적어 놓았다. 그러나 이를 정말 새김질하여 행실로 보인 이가 얼마나 되는지는 모르겠다.

연암의 이「우상전」은 이러한 예가 무너지는 사회, 도덕이 무너지는 사회를 개탄한다. 그렇지만 연암은 안타깝게 무너져 내리는 중세의 윤리만을 붙잡으려 한 것은 아니었다. 연암이 말하고자 한 것은 실상은 역관인 우상이다. 연암은 이미 찾을 수 없는 예를 우상에게 보았다고 하였다.

널리 알려진 작품이 아닌 만큼 우선 그 경개를 소개하고 이야기를 풀어나가 보겠다.

일본 관백이 새로 취임하여 주변을 정리하고 각종 기예技藝와 문사文士를 모아 단련을 시킨 후 우리나라에 사신을 파견해 줄 것을 요청했다. 조정에서는 사신 일행을 엄선하여 보냈다. 일본 사람들은 서화書畵와 사장詞章을 좋아하여 그것을 우리 사신 일행에게 얻기 위해 중보重寶를 아끼지 않았다. 우상은 역관의 자격으로 수행하였으나 문장으로 격찬을 받았다. 그들은 우상에게 난제와 강운으로 궁지에 몰아넣고자 했으나 그는 미리 지어 놓은 듯이 즉시 응대를 하여 그들을 놀라게 하였다.

그러나 우상의 문장이 이와 같이 뛰어났음에도 신분이 역관이기 때문에 사람들이 그의 문장을 인정해 주지 않았다. 우상은 항시 그것을 슬퍼하였다. 나는 우상과 면식조차 없었다. 그런데 우상은 사람을 통해 나에게 자신의 시를 보여 주면서 이 사람만은 알아주지 않겠는가 한다. 그러나 나연암는 희롱으로 보잘 것 없다고 했더니 우상은 몹시 탄식하고는 내가 앞으로 얼마나 살겠느냐 하며 죽었다. 그의 나이 27세였다고 한다.

언급한바, 학자들 중에는 아예 이 「우상전」을 소설에서 빼어서는 '-전傳'으로 보려는 분도 있다. 그 이유는 종래의 '-전'의 형태와 매우 비슷하기 때문이니 잠시 이 문제를 짚고 넘어 가자.

거두하고 「우상전」을 '-전'으로만 보기에는 문제가 있다. 왜냐하면 연암의 '-전' 중 이 작품만이 유독 소설이 될 수 없느냐는 것이고 또 하나는 정말 허구가 전연 없느냐 하는 점이다. 실다허소實多虛少, 실제가 꾸밈보다 더 많다는 비평어라는 실록 이론實錄理論을 잔뜩 염두한 것이 사실이지만 허구 또한 적지 않은 작품이다.

이를 해결하는 문제는 의외로 간단하다. 우선 '-전'의 특성인 '한 사람의 일대기를 오직 객관적인 사실에 입각하여 자신의 판단에 따라 포폄褒貶, 옳고 그름이나 착하고 악함을 판단하여 결정한 것'에 그쳤느냐를 살피면 된다.

그러면 이에 대한 이야기를 풀어 나가는데 우선 우상이란 역관이 실제로 있었던가 하는 데서부터 시작하기로 한다.

연암의 여타 소설이 그렇거니와 이 소설 또한 시정市井에서 취하였으며 우상은 다름 아닌 당시의 이언진이란 역관이다.

역관 이언진李彦瑱, 1740~1766은 강양江陽 이씨로 자는 우상虞裳, 호는 운아雲我·송목관松穆館·창기滄起·상조湘藻를 썼으며 시를 잘 지은 일본어 통역관이었다. 그의 집안은 대대로 서울에 살며 역관을 지내었으니, 그 또한 싫든 좋든 역관 노릇만을 평생 해야 할 서러운 팔자였다. 이용휴李用休, 1708~1782에게 수학하여 1759년영조 35 역과譯科에 합격하여 사역원주부가 되었고 1763년 통신사 조엄趙曮을 수행하여 역관으로 일본에 다녀왔다.

어려서부터 시문과 서예에 능하여 스승 이용휴에게 영이적 천재靈異的天才로까지 불리며 인정을 받았다. 자연·영물·회고·풍자·변새邊塞·궁원宮怨 등 다양한 내용을 소재로 다루고 있는 그의 시는 성당盛唐의 시풍에서 많은 영향을 받았는데 수준 높은 걸작들이다.

이런 박학능시博學能詩한 우상은 27세로 요절하였는데 죽기 전 모든 초고를 직접 불살라 버려 남아 있는 것이 별로 없다. 초고를 불사를 때 그의 아내가 빼앗아둔 일부의 유고만이 『송목관집松穆館集』이라는 이름으로 겨우 전할 뿐이다.

이상 이언진에 대한 간략만으로도 연암이 쓴 「우상전」이 역관인 이언진

미야세 류몬〈宮瀨龍門〉, 〈천재시인 이언진 초상화〉, 『경향신문』, 2005년 5월 16일자

일본 긴조가쿠인(金城學院)대 문학부 다카하시 히로시(高橋博巳) 교수가 일본 국회도서관과 교토대 도서관 등에서 발굴한 이언진의 초상화와 필담 자료를 5월 14일 '한국18세기 학회(회장 송재소)'가 주최한 학술대회에서 발표한 자료이다. 울결(鬱結)진 마음으로 세상을 살다간 우상이건만 초상화 속에서 그는 한껏 당당한 모습이다.

을 주인공으로 하였음을 분명하다.

이언진에 대한 기록은 이덕무의 글이나 김조순金祖淳, 1765~1832의 『풍고집楓皐集』에 있는 「이언진전」, 역관인 이상적李尙迪, 1804~1865의 『은송당집恩誦堂集』에 실린 「이우상선생전李虞裳先生傳」 등으로 그 이름이 후대를 드리워졌으니 아마도 그의 재주를 아껴서인 듯하다.

이들 중, 이덕무의 기록이 가장 자세한데 이덕무의 「청비록」과 「이목구심서」에는 여러 차례에 걸쳐 우상에 관한 일화를 적어 놓았다. 우상과 이덕무는 직접적인 교류가 없었고 이덕무의 벗인 성대중成大中, 1732~1812이 그 둘을 왕래하였던 듯하다. 따라서 성대중은 종종 우상의 시를 이덕무에게 주었고 절친한 연암도 이를 보았을 것이라는 추측 또한 가능하다.

그 수수관계가 어떻든 간에 이덕무의 이러한 기록들이 연암의 「우상전」의 본밑이 되었음은 분명하지만, 이덕무의 기록과 분명히 다른 점은 연암이 단순한 우상의 '-전'을 쓰고자 한 것이 아니란 것이다. 연암은 일인칭 관찰자 시점으로 「우상전」을 이끌어 갔으며 또 실존 인물인 우상을 허구화하기 위해 우상의 스승인 이혜환도 '오농吳儂'으로 익명화시켰다. 오농은 오吳나라 사람, 즉 화려하고 세련됨을 추구한 강남江南 사람을 가리킨다. 삼국시대 때 오나라 땅이었던 이 지역 사람들의 말투가 간드러진 느낌을 주었으므로 '오농연어吳儂軟語'니 '오농교어吳儂嬌語'니 하였다. 연암은 이를 끌어다가 '오농세타吳儂細唾'라 한다. 또 우상의 아내 꿈을 빌려 그가 죽어 신선이 되었음을 암시하기도 하는 등 소설화 장치를 여러 곳에서 사용하였음을 보기 때문이다.

이 글이 「우상전」의 소설임을 따지자는 게 아닌 만큼 이쯤에서 이야기를 돌려 연암이 이 소설을 통하여 무엇을 말하고자 하는지를 살펴보겠다.

연암은 당시의 '무너진 예'를 애태우며 「우상전」을 짓는다 하였지만 속내는 다른 데 있다. 그 이유는 「우상전」에서 연암이 말하는 예에 대한 모습을 찾을 수 없기 때문이다.

「우상전」의 사건이라야 일본 관백이 조선 사신을 맞이하기 위한 준비, 사신으로 간 우상의 뛰어난 문장, 연암이 우상의 글을 조롱하고 얼마 후 그가 죽었다는 정도이다. 연암이 「자서」에서 말한 대로 '예를 구하려는 우상의 모습'은 어디에도 없다.

다만 우상의 뛰어난 문장과 그것을 쓰지 못하는 현실에 대한 개탄만이 또렷이 보인다. 연암이 말하고자 하는 이 소설의 주제 또한 이 속에 있는 듯싶다.

우상의 삶이 저러할 수밖에 없었던 것은 그의 신분이 미천한 역관이라는 것에 기인한다.

역관은 "어떠한 부류에서 정도나 수준이 낮은 층"으로 매겨진 중인신분으로 의원醫員, 산관算官, 율관律官, 화원畵員 등과 같은 기술직에 종사하는 사람들이었다. 그런데 외교상 일선에서 상대국의 관리들과 직접 대화를 나누고 경우에 따라서는 중대한 사안을 처리해 주기도 하는 등 결코 낮추어 볼 신분은 아니었다. 역관이 중인이라는 신분적 제한은 있었지만 사회, 경제적으로 비교적 안정된 삶을 유지하는 사람들도 여럿 있었다.

그러나 역관은 역관일 뿐이라는 태생적 한계로 인하여 그들의 꿈은 거기서 만족해야 할 수밖에 없었으니 우상의 비극은 여기서 시작한 것이다.

연암보다 한 세대 앞선 김득신金得臣, 1604~1684이란 이의 『종남총지終南叢志』라는 책이 있다. 시의 품평品評에 대한 글인데, 여기에서 우상의 비극을 볼 수 있다.

나는 일반 사람들에게는 사물의 시비를 판단하는 눈을 제대로 갖춘 자[具眼者]

와 사물의 시비를 판단하는 귀가 제대로 뚫린 자[具耳者]도 없다고 생각한다. 오직 시대가 먼저인지 나중인지, 사람이 귀한지 천한지로 경중을 가린다. 비록 이백과 두보가 다시 살아난다 해도 만약 신분이 낮은 계층이라면 반드시 경멸하는 자가 있다. 세상의 도덕이 개탄스럽구나.

余謂俗人無具眼 又無具耳 唯以時之先後 人之貴賤 輕重之 雖使李杜再生 若沈下流 亦必有輕侮者 世道可慨也.[2]

"사람이 귀한지 천한지로 경중을 가린다人之貴賤 輕重之"라 개탄하는 김득신의 목소리에 역관인 우상의 비극이 보인다. 제 아무리 시선詩仙인 이백李白, 701~762과 시성詩聖인 두보杜甫, 712~770라 하여도 신분이 낮으면 어쩔 도리가 없는 시대였다. 저러하니 우상인들 자곡지심自曲之心, 스스로 고깝게 여기는 마음이 들지 않을 수 없었으리라.

이게 연면히 이어져 오늘날에는 모든 국민을 괴롭히는 그놈의 '일류병'으로 도져 나라가 골병이 들었다. 그래서 '3류대', '3류인생', '3류영화'…… 쓰레기통으로 처넣어지는 이력서, 인격, 예술…… 신분제도도 사라진 이 개명한 세상, 이젠 아예 빛나는 우리의 전통유산으로 떡하니 가부좌를 틀고는 요지부동이니 언제쯤 조곡弔哭을 들을 수 있을까?

내 책 몇 권만이 나의 천 년 뒤를 증명하리라.

여러 기록으로 미루어 역관들의 인물됨은 대단했던 듯하다. 이규상이 지은 『병세재언록』에는 따로 「역관록譯官錄」[3]을 둘 정도였다. 그는 역관 '김경

---

2   김득신, 『종남총지』, 『시화총림』, 아세아문화사, 1973, 381쪽.

3   이추(李樞)·김경문(金慶門)·홍순언(洪純彦) 등 13명의 역관과 의관을 다루고 있으나 이 언진에 대한 기록은 없다. 이들 외에도 이상적·정지윤 등도 뛰어난 재주를 지녔고 조금 뒤이지만 김석준이라는 역관도 보인다.

문金慶門'에 대해 쓰면서 "의학과 역학은 참으로 인재의 창고이나 사대부들은 역관을 멀리한다. 그러므로 그 사람들의 이야기를 들을 수 없으니 너무나 한탄스러운 일이다譯醫眞人才府庫 而士大夫遠譯官 故無以聞其人 可勝嘆哉" 하였다.

안 할 말로 지금으로 치자면 우상은 뛰어난 외교관으로 외무부 장관쯤은 떼 놓은 당상이었을 텐데 안타깝기 그지없다. 우상이 27세에 목숨을 끊은 것은 한숨이나 토하며 한 세상을 사느니 차라리 죽어 스스로 제 숨통을 트게 한 것인지도 모른다.

「우상전」은 이러한 점에서 당대의 신분제와 인재등용의 허실을 지적하기 위해 연암이 우상이라는 실존 인물을 끌어들여 소설화한 것으로 보아 마땅하다.

일반적으로 고소설에서 주인공은 이상세계에서 자기의 꿈을 실현하려는 공명주의功名主義, 자기 개인의 공로와 명예, 입신출세를 더 내세우는 관점이나 태도적 인물이 대부분이다. 따라서 자신의 절대적 운명인 계급질서에 대한 고민으로 끝내 삶을 놓고 마는 우상과 같은 소설 속 주인공은 일반화된 인물 유형이 아니다.

이렇게 「우상전」은 비극적으로 일생을 마칠 수밖에 없는 실존 인물의 이야기를 소설화하여 신분적 질곡으로 붙잡아 매놓은 조선 후기의 인재등용책을 질타하는 소설이다. 재능 있는 이와 사회의 벽, 회재불우懷才不遇, 재주가 있으나 때를 만나지 못함한 역관으로서 분개憤慨, 앙분怏忿, 비탄悲嘆, 그리고 낙담落膽이 「우상전」에 그렇하다.

슬픔 그득 담긴 때꾼한 눈으로 조선을 바라보는 우상의 눈망울을 지금의 우리가 어떻게 읽어낼 수 있을까. 농조연운籠鳥戀雲, 갇힌 새가 구름을 그린다는 뜻으로 '자유 없는 사람이 자유를 그리워함'을 비유하여 이르는 말이라는 넉 자로 그와 대화를 시도해 보자.

연암은 「우상전」에서 이러한 말을 한다.

덕만이 있고 재주가 없으면 덕이란 빈 그릇이 될 것이며 재주만 있고 덕이 없으면 재주를 담을 곳이 없을 뿐만 아니라 그 그릇이 얕은 것은 넘치기 쉬운 법이다.

有德而無才 則德爲虛器 有才無德 則才無所貯 器淺者易溢.[4]

우상의 뛰어난 재주를 두고 연암이 하는 말이다.

연암은 우상의 재주를 담아 낼 그릇이 없음을 넌지시 놓아둔다. 우상을 알아준 것은 일본 사람들이지 조선의 저들은 우상에 대한 관심조차 없었으니 그의 재주를 담아 쓸 그릇이 못 되었다. 조선에서 역관이란 운명은 그렇게 절대적이었다. 우상은 오로지 역관으로만 살아야 할 수밖에 없었다.

이덕무의 『청장관전서』에는 이 우상에 대한 기록이 여러 차례 보이는데, 그중 일부를 인용해 보겠다. 결론은 후일 내려야겠지만, 이 『청장관전서』의 글을 연암이 보고 「우상전」을 지은 것이 아닌가 할 만큼 너무 흡사하다.

우상은 일찍이 자신의 화상畵像에 이렇게 썼다.

공봉供奉 이백李白, 당(唐)나라 시인 · 업후鄴候 이필李泌, 당나라 현종(玄宗) 때의 문장가이자 고사(高士) · 이철괴李鐵拐, 중국 민간에 전해지는 8인의 신선 중 한 사람가 모두 창기滄起였다. 고시인古詩人 이백 · 고산인古山人이필 · 고선인古仙人이철괴가 모두 성은 '이 씨'이며 '창기'는 그들 모두의 자호이다.

또 이렇게 말했다.

4   박지원, 『연암집』 권8, 「우상전」, 경인문화사, 1982, 121쪽(이하 「우상전」은 모두 같은 책이다).

바보든 똑똑한 이든 죽으면 누구나 썩는다는데 토원책兎園冊, 보잘 것 없는 책으로 자신의 저서를 낮추어 부르는 말 몇 권만이 나의 천 년 뒤를 증명하리라.

그는 시를 읊었다.

천인天人의 안목眼目을 내 몸에 붙여놓으니
비책秘冊과 신령한 글의 참과 거짓을 가리네
창기 하나를 세워 이백, 이필, 이철괴 셋을 포함하니 참으로 상쾌한 일
문호를 열어놓고 새로운 일가를 만들어 보세.

그의 스스로 마음가짐이 당당함을 알겠다.

虞裳 嘗自題畵像曰 供奉 白鄴候泌 合鐵拐爲滄起 古詩人 古山人 古仙人 皆姓李 滄起其自號也 又曰痴獃巧聰明 朽土不揀某某某 兎園冊若干卷 吾證 吾千載後 其自咏曰 天人眼目寄吾身 秘冊炅文辨贗眞 起一函三眞快事 自開 門戶作家新 其自負可知也.[5]

호방장쾌豪放壯快한 우상의 배짱과 포부가 적지 않음을 살필 수 있는 글이다. 그는 자신의 호인 '창기滄起'와 이백, 이필, 이철괴 등의 호가 창기임을 들어 같다고 자부한다. 그러고는 자기의 글 또한 후세에 남으리라고 당당히 말한다. 더욱이 자기 한 사람을 세워 이백, 이필, 이철괴 셋을 포함한다는 발언은 호걸 사내로서 면모가 분명하다. 문을 활짝 열어 놓고는 그 누구와 겨룬

5　이덕무, 민족문화추진회 편, 『국역청장관전서』7, 「이우상」, 솔, 1980, 38쪽(해석은 번역본을 따랐다).

다 해도 조금도 부끄러움 없이 당당히 독자적인 경지를 이루겠다는 우상의 포효이다.

그러나 그 시절, 일개 역관의 헌걸 찬 기개 따위를 보아줄 사람이 없었다. 우상은 '양반들의 시선에 의해 만들어진 사회적 약자'였다. 그러니 차라리 당대에 맞게끔 정신과 언어를 수선해 쓰는 게 신상에는 이로웠을 지도 모른다.

하지만 우상은 정반대의 길을 택하여 "내 책 몇 권만이 나의 천 년 뒤를 증명하리라兎園冊若干卷 吾證吾千載後"라는 사자후를 토혈하고는 죽음을 택한다. 우상은 역관으로서 시나 지으면서 소견세월消遣歲月하며 조용히 등 굽도록 살아갈 수 없었다.

이제 마무리를 위해 정리하여 보자.

우상은 통신사 수행원으로 일본에 가서 크게 명성을 떨쳐 '운아 선생雲我先生'이란 호를 얻은 뛰어난 인재이지만 27세로 생을 마감하였다. '역관譯官이란 천호賤號, 천박한 직업'가, 그 이유였다.

실상 우상의 죽음에 대한 사실여부를 알 수 없지만, 연암의 「우상전」에서만은 '천호'가 틀림없는 이유이다.

역관 우상은 고까운 삶을 안간힘을 다하여 넘기려 하였건만, 역부족이었으리라. 인고를 한들 정신이 오롯이 살아 있는데 어찌 '취생몽사醉生夢死'[6]로 하늘 보고 주먹질만 하다 늙어 죽으란 말인가?

우상은 혼암昏暗한 조선 후기의 지성을 조종弔鐘하며 푸른 한숨을 짊어지고 생을 마쳤으니 참척慘慽의 괴로움과 무엇이 다를까. 운명이 '자생적自生的'이라면 반드시 심판대상일 것이다. 연암이 소설화한 「우상전」에서 우상의 상

---

6   취몽 속에서 살고 죽는다는 뜻으로 아무 뜻 없이 한세상을 흐리멍덩히 보냄을 이르는 말.

심을 단순히 조선 후기의 계급 질서가 빚은 비극으로만 읽기에는 우리 가슴 팍이 너무 좁다. 「우상전」에서 '다시는 이런 비극을 짓지 말아야 한다'는 연암의 외침을 들어야 할 것이다.

이 글을 쓰며 연암에 대해 다시 한번 생각해 보았다.

내가 처음 연암의 소설을 대할 때와 전연 다르다. 조선 후기를 살아가는 역관인 우상의 삶, 시를 짓고 또 지어도 신열身熱이 나고 열망 덩어리가 울컥 치밀어 오른다. 가망 없는 희망, 사는 게 죽는 것보다 무서우니 죽어 평안을 구할 수밖에 ―. 그러나 그 못다 푼 한은 어이할거나. 그때는 이러한 것을 정말 느끼지 못하였다.

저 멀리 가칠한 우상이 노기 띤 숨결 몰아쉬며 바람살 눈살 몰아치는 조선 후기의 뒷골목을 허랑허랑 걷는다. 수많은 연석燕石7들이 지나친다.

---

7   송나라의 어리석은 사람이 옥돌과 비슷하면서도 보통의 돌멩이에 불과한 연석을 보옥인 줄 알고 주황색 수건으로 열 겹이나 싸서 깊이 보관하며 애지중지하다가 비웃음을 당한 고사가 있다. 연석은 곧 사이비다.

김후신(金厚臣), 〈대쾌도(大快圖)〉, 지본담채(33.7×28.2cm), 간송미술관

아침나절부터 술깨나 드셨는가. 만취한 선비가 건드렁타령, 갈지자로 걸어간다.
감 냄새 물씬 풍기며, 부축하는 친구의 얼굴은 난감하기만 한데, 정작 취한 이는 말 그대로 "희희(嬉戲)!"
고단한 18세기였다. 그렇게 살밖에 —.
그런데 오늘의 작취(酌醉)로 이는, 내일 아침의 인음증(引飮症)은 또 어쩌나.

역학대도전

易學大盜傳

학문을 팔아먹는 큰 도둑놈 이야기다

이 작품에 등장하는 인물은 일실되어 자세히 알 수 없으나 비판받아 마땅한 양반일 것 같다.

배경　　미상

등장인물　　**역학대도**　　학문을 팔아서 먹고 사는 천박한 양반인 듯하다.

「연암별집」『방경각외전』에 실려 있으며 연암 31세 무렵의 작품으로 추측되는데 일실逸失되어 내용을 추고할 뿐이다.

「역학대도전」이란 '학문을 팔아먹는 큰 도둑놈의 전'이라는 뜻인데, 연암이 「방경각외전자서」에서 밝힌 「역학대도전」을 지은 동기는 이러하다.

세상이 말세로 떨어지매, 선비가 허위를 꾸며 시로 남의 무덤을 파고 구슬을 빼내며, 덕을 해치는 향원鄕愿, 사이비과 주색朱色, 종남終南의 첩경과 같은 태도는 자고로 추악하게 여겼다. 이에 「역학대도전易學大盜傳」을 쓴다.

世降衰季 崇飾虛僞 詩發含珠 愿賊亂紫 逕捷終南 從古以醜 於是述易學大盜.

흥미로운 점은 '역학易學'을 '이학易學'으로도 읽을 수 있는 점이다. 역易 자 음이 '바꿀 역', '쉬울 이' 모두 되기 때문이다. 역학으로 읽으면 만물의 변화를 설명하는 '역학'이란 학문이 되지만 이학으로 읽으면 '쉬운 배움' 정도의 의미가 된다. 「이학대도전」이라 읽으면 '배움을 쉽게 배워 팔아먹는 큰 도둑놈 이야기'가 된다. 당시 학문을 팔아 벼슬아치가 되어 백성들 등골이나 파먹고 배움과 실상이 다른 사이비 유자들이 많았기에 말이 된다.

역학대도전

易學大盜傳

「역학대도전」이란 '학문을 팔아먹는 큰 도둑놈의 전'이라는 뜻이다.

학문을 팔아먹는 큰 도둑놈이라.

매문賣文, 돈을 벌기 위해서 실속 없는 글을 써서 팔아먹음이 어디 그때만의 문제이련마는 지금과는 그 의미가 사뭇 다르다는 데 있다. 안타깝게도 이 소설은 일실逸失되어서 소설의 내용을 추론해 볼 수밖에 없는데 추론의 단서를 얻을 수 있는 것은 박종채의『과정록』과「방경각외전자서」뿐이다.

『과정록』에는「역학대도전」을 왜 지었는지 또 어떻게 하여 없어진 것인지에 대한 이해를 얻을 수 있는 글이 있다. 아래 글은 이재성의 말이다.

「역학대도전」은 당시에 선비의 이름에 의탁하여서 세상의 이득을 파는 자가 있어 네 아버지께서 이 글을 지어서 꾸짖으신 것이란다. 뒷날 그 사람이 무너지자 네 아버지께서 말씀하시기를, "노천老泉, 1009~1066이 죽은 뒤에 반드시 '간사한 사람을 분별하였다'라는 명성을 얻을 필요는 없지" 하시고는 마침내 그것을 불사르셨지. 한편「봉산학자전」을 없애신 뜻도 이 때문일 게야.

大盜傳 皆當時有托儒名 而潛售歲利者 尊公 作是文以譏之 後其人敗 尊公曰 老泉身後 不必有辨姦名 遂焚棄之 下篇之失意 亦在此時也.[1]

---

1   박종채,『과정록』,『한국한문학연구』제6집, 1982(영인), 9쪽.

노천은 중국 북송北宋 때 문장가인 소순蘇洵이다. 소식蘇軾·소철蘇轍의 아버지이며 송나라를 대표하는 문장가로 그의 아들들과 '당송팔대가唐宋八大家'로 꼽힌다. 이재성은 박종채의 외삼촌으로 매형인 연암을 평생 스승처럼 따랐다. 그래서 박종채가 외삼촌에게 아버지께서 왜 소설을 지으셨느냐고 물은 것에 대한 이재성의 대답이다.

이로써 연암이 '그 사람'을 꾸짖으려고 지었다는 것과 '그 사람'이 뒷날 무너졌음도 알 수 있다. 여기서 '그 사람'이 누구인지는 정확히 모르지만 아마도 당시에 새로운 개혁정치를 외쳤으나 실상 뜻을 이루지 못한 사람이 아닌가 한다.

그것은 이어지는 "노천蘇洵이 죽은 뒤에 반드시 '간사한 사람을 분별하였다'라는 명성을 얻을 필요는 없지" 하는 이야기 때문이다.

"노천蘇洵이⋯⋯" 운운은 이렇다.

소순이 「변간론辨姦論」을 지었다.

「변간론」이란 '간사함을 분별하는 글'로 여기서 간사한 사람이란 왕안석王安石, 1021~1086[2]을 말한다.

왕안석은 중국의 역사에서 개혁을 꾀한 사람이다. 따라서 이해 당사자가 누구냐에 따라 지탄을 받기도 칭탄을 받기도 하였다. 그렇다면 누구를 말하

---

2   중국 북송 때 개혁정치가로 신법당의 영수. 자는 개보(介甫), 호는 반산(半山). 장시성(江西省) 린촨(臨川, 撫州) 출신. 1042년(경력 2) 진사 출신으로 강남지역의 지방관으로 근무하였으며 이재(理財)의 능력을 인정받았다. 때마침 정치의 일대 쇄신과 개혁을 갈망한 야심적 황제 신종(神宗)에 의해 발탁되어 역사적으로 유명한 파격적인 개혁정책을 실시하였으니 이것이 이른 바, 왕안석의 신법이다. 왕안석의 신법은 열거하려면 한이 없을 정도로 각 방면에서 시행되어 종래의 관례를 개정했다. 그러나 왕안석을 신뢰하여 혁신정치를 단행했던 신종은 재위 19년 만에 38세의 젊은 나이로 세상을 떠났다. 이후 장남 철종(哲宗)이 즉위했지만 그는 불과 10세의 소년이었기 때문에 조모 선인태후(宣人太后)가 섭정하게 되었다. 그녀는 인심을 안정시킨다는 빌미로 신법에 반대하여 하야해 있던 원로들을 중앙으로 소환한 후 사마광을 재상으로 임용하며 왕안석은 정치의 무대에서 사라졌다.

는 것일까?

「자서」를 통하여 다시 한번 살펴보자.

세상이 말세로 떨어지매, 선비가 허위를 꾸며 시로 남의 무덤을 파고 구슬을
빼내며, 덕을 해치는 향원鄕愿[3]과 주색朱色,[4] 종남終南[5]의 첩경과 같은 태도는 자고
로 추악하게 여겼다. 이에 「역학대도전易學大盜傳」을 쓴다.

世降衰季 崇飾虛僞 詩發含珠 愿賊亂紫 逕捷終南 從古以醜 於是述易學
大盜.[6]

'선비가 허위를 꾸며 시로 남의 무덤을 파고 구슬을 빼낸다崇飾虛僞 詩發含珠'
라는 말결은 「호질」과 「홍덕보묘지명洪德保墓誌銘」에서도 언급할 정도로 연암
이 꽤 잡고 있던 사회적 폐단이었다. 이 문장은 "무덤을 파던 유자發塚之儒"
라 하는 데서 기인하였다. 『장자』 「잡편」 '외물' 편에 보이는 내용이다.

'외물' 편의 내용은 대유大儒와 소유小儒가 죽은 유자儒者의 무덤을 파헤쳐서
수의와 입안에 넣어 둔 구슬을 훔치는데 우습게도 『시경』에 보이는 시구를
끌어 온다. 시경에 보이는 구절은 "살아 베풀지 않았는데 죽어서 어찌 구슬
을 입에 머금었는가生於陵陂 生不布施 死何含珠爲"라는 일실된 구절이다.

'외물' 편은 결국 『시경』과 『예기』를 핑계 삼아 나쁜 일을 행하는 유자儒者
들을 풍자한 시이다.

야음을 틈타 무덤을 도굴하는 도둑이 '대유'와 '소유'라는 설정도 한껏 유

---

3 여기서는 정의를 지키는 자세가 없는 것.
4 정색(正色)을 어지럽히는 자색(紫色), 간색(間色).
5 장안의 남산인데, 이곳에 은거함이 벼슬의 첩경이란 말이 있음. 당나라 노장용의 고사.
6 박지원, 『연암집』 권8, 「방경각외전자서」, 경인문화사, 1982, 114쪽.

자들을 풍자한 것인데 입안에 저승노자로 넣어 둔 반함飯含[7] 구슬마저 훔치며 주고받는 이야기는 꼬바른 삶을 사는 유자들로서는 낯 뜨거운 것이다.

또 다음 구절에 보이는 "덕을 해치는 향원惡賊"이란 '두루뭉실 인물사이비'로 '옳고 그름을 가리지 않고 아첨하는 짓거리를 하는 자'이다. 『논어』「양화陽貨」편의 "향원은 덕의 도둑이다鄕愿 德之賊也" 하는 데서 차용하였다. 즉 덕이 있는 체하지만 실상은 아첨하여 모든 것을 좋다고 넘어가기에 덕을 훔치는 짓이라고 한 것이다. 주색朱色은 정색正色을 어지럽히는 색이고 종남은 장안에 있던 산으로 이곳에 은거함이 벼슬의 첩경이란 말이 있다. 지금도 벼슬길에 오르는 가장 빠른 길이라는 뜻으로 종남첩경終南捷徑 혹은 첩경을 쓴다.

연암은 당대, 학문을 내세워 파당을 짓고 자기만 옳다는 여기는 한편, '향원'을 미덕으로 여겨 두루뭉술하니 자기의 주견을 밝히지 않고 권력의 주변인 서울의 남산에서 지내는 자들을 경계하기 위하여 「역학대도전」을 지은 것이다. 그러니 '학문을 팔아먹는[易學] 큰 도둑놈[大盜]'이란 바로 썩어 문드러진 '조선의 부유腐儒'이다. 이로 미루어 보면 역학을 하는 대도는 그 모습을 드러낸다. 연암소설 모두가 그렇듯 이 소설도 칙려론飭勵論, 소설의 교화기능을 강조하는 비평어으로 읽을 수 있다.

딱히 누구라 할 것 없이 연암 당대 북벌책을 붙잡고 자신과 당파의 안위만을 챙기던 위학자僞學者들 모두 지칭한다 하여도 큰 무리는 아닐 듯 싶다.

잠시 풍운이 몰아치던 구한말의 김윤식金允植, 1835~1922이라는 분으로 이야기를 옮겨봤으면 한다. 이분은 대문장가요, 동도서기론東道西器論[8]을 외치는 정치가로 1884년의 갑신정변, 갑오경장, 을미사변을 두루 거치면서 정치적인 역량을 드러냈다. 그리고 한말에 기호학회 회장, 흥사단장 등 반일에

---

7   염(殮)할 때, 죽은 사람의 입 속에 구슬과 쌀을 물리는 일.
8   우리의 전통적 사상과 제도를 지키면서 서양의 문물을 받아들이자는 주의.

나섰으며 1910년 8월 순종에게 합방의 옳지 않음을 주장하기도 하였다. 3·1운동이 일어나자 그는 '대일본장서對日本長書'를 제출하여 징역 2년을 선고받는 등 우리 민족의 자긍심을 한껏 고취한 분으로 알고 있다. 그러나 이분이 1908년 중추원 의장, 1910년 일본으로부터 자작子爵 작위와 함께 은사금 5만 원을 받았으며, 1915년 조선인 최초로 일본 학사원學士院에 가입한 것을 아는 이는 그리 많지 않다. 한 마디로 '애국자이면서도 아닌' 묘한 인사임에 틀림없다.

그런데 이분의 이러한 성향을 추단推斷해 볼 수 있는 말이 '불가불가不可不可'라는 교언巧言이다.

때는 1910년 8월 19일의 어전회의, 일한합방日韓合邦이 있기 열흘 전이었다. 합방의 문제로 여러 대신들이 의견을 밝히는 자리에서 내놓은 김윤식의 의견이다. 이 말은 보통 재미있는 것이 아니다. 구두점에 따라서 정반대로 읽히니 말이다.

우선 '옳지 않다, 옳지 않다不可 不可'. 이것은 반복을 통하여 합방을 거세게 반대한다는 의미이다. 그러나 '어쩔 수 없이 찬성한다不可不 可'는 어떻고 '불가불 찬성하지 않을 수 없다不 可不可'라 한들 어떠한가? 여기에 한 발 더 나아가, '불가하다고 함은 불가하오不可 不可'라고 읽은들 또 누가 뭐라 하겠나?

오독誤讀이니, 곡해曲解니 시비할 것도 없다. '반복'을 거듭한 의미가 뒤쪽에 있다는 것은 후일 그의 행적이 고스란히 대변해주니, 그의 '노회老獪한 입담'일 뿐이다.

일제가 그 말을 어떻게 읽었는지는, 합방의 공로자로 작위爵位와 은사금恩賜金9을 받고 조선총독부朝鮮總督府 자문기관인 중추원中樞院 부의장에 임명되었

---

9   은혜롭게 베풀어 준 돈이라는 뜻으로, 임금이나 상전이 내려 준 돈을 이르던 말.

으며, 후에 성균관을 폐지하고 세운 경학원經學院의 대제학에 임명된 사실을 보면 알 수 있다. 어쩌면 이 말은 그 시절 꾀를 쓰려는 자들에게 일본과 조선을 넘나드는 최상의 의사소통 모델이었는지도 모를 일이다.

'불가不可'라 하면 될 것이었다. 나라를 팔아먹는 자리 아닌가? 무슨 말이 그리도 많은가. 배운 자의 잔꾀요, 정치가의 교언巧言이 아닌가. 말 들은 훗입맛이 참으로 사납다. 이럴 때 쓰려고 현두자고懸頭刺股하여 과거에 급제한 것인지 씁쓸하다. 그야말로 배워서 나라를 팔아먹는 데 쓰는 꼴이니 친일과 항렬에 그를 적바림한들 큰 잘못은 아닐 것 같다. 더욱 가슴 아픈 것은 이분이 연암의 손자인 박규수朴珪壽의 문인이었다는 점이다. 연암이 하늘에서 곡을 하였을지도 모를 일이다.

하기야 배운 만큼 행동한다는 것이 얼마나 어려운가. 오죽하였으면 조선 말기 순국지사이며 시인인, 매천梅泉 황현黃玹, 1855~1910 선생은 절명시絶命詩 마지막 구절을 이렇게 적어 놓았나.

"참으로 어렵구나, 배운 사람으로서 인간답기가難作人間識字人."

절명絶命을 해야 하는 순간, 그 이유를 '배운 사람識字人'에서 찾아낸 황현이다.

그렇다면 「역학대도전」에서 저들이 배운 것은 무엇인가? 권모술수이고 교언이고 부귀영화란 말이런가? 이 모두가 연암의 「역학대도전」 저술과 연결되어 있지 않나 싶다. 그리고 이러한 문제로 우리는 연암과 똑같은 고민을 계속하고 있다는 사실을 넋두리하지 않을 수 없다. 지금도 역학대도를 꿈꾸는 많은 이들이 넘쳐 나서다.

가끔씩 항간을 떠들썩하게 만드는 시험부정사건은 그 단적인 예라고 생각한다. 매스컴에서는 개개인의 부도덕한 행위로 폄하하고 있으나 그리 간단치 않은 문제가 이 속에 있으니 저들에게 낯익은 우리 선조들의 냄새가 나기 때문이다.

학생, 학부모, 입시학원 원장이 부적절한 관계를 맺고 여기에 돈과 시험감독 교사의 온정주의, 그리고 교육당국의 해이가 똘똘 뭉쳐 빚어내는 웃지 못할 이 광경의 연출을 총지휘한 장본인은 다름 아닌 우리 사회의 '학벌의식學閥意識'임에 틀림없다. 어느 대학을 나왔느냐가, '인생 대박 프로젝트 만들기'로 가는 고속철이라는데 누가 승차하지 않으려 하겠는가. 그러니 뒷구멍으로 몰래 표도 좀 구하고 슬쩍 새치기도 하는 협잡과 부정이 판을 치는 것 아닌가. 그럴 수밖에 더 있나. 다른 차를 타면 영 길을 잘못 들어선 것이니 말이다.

따지고 보면 이것도 우리네 조상으로부터 대물림한 것이다. 뫼비우스띠의 동선動線을 따라가 보자.

때는 1699년 10월 단종端宗 복위를 축하하기 위하여 증광과增廣科를 실시하여 한세량韓世良 등 34명을 뽑았다. 그런데 이때 시험부정이 적발되었기 때문에 시험 자체가 무효가 되어 파방罷榜이 되는 등 커다란 파문을 일으켰다. 물론 이들

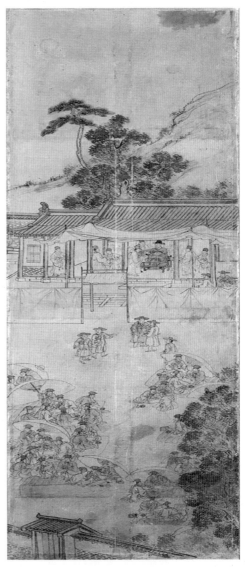

〈소과응시〉, 국립박물관 소장

과거 날이 닥치면 푸른 두루마기에 유건(儒巾)을 쓰고 필묵과 커다란 일산(日傘) 돗자리, 어둠을 대비한 등롱(燈籠)을 들고 입장하는데, 시험은 지금 청와대 자리인 경복궁 후원, 성균관의 명륜당이나 비천당, 예조 등에서 치렀다. 전날 예비소집에서 자리를 잡아두는데 이때 좋은 자리를 차지하고자 깡패가 동원되고 권력이 행사되어 난장판을 이루게 마련이다. 연암 또한 이런 우울한 과거제도의 피해자였다.

사이에 오간 것은 평생의 부귀와 부정을 입막음하려는 돈이었다. 이 사건으로 예조판서 오도일吳道一 등이 유배되었으며 부동역서를 한 서리 이제李濟·윤귀열尹貴說은 3년간 병역 복무를 하였다. 고군을 대신 세우게 한 위장소衛將所의 서원書員 안구서安龜瑞·최석기崔錫基는 가족과 추방되고 고군을 선 자들은 응시자들 대신에 제주도로 보내 3년간 병역에 복무시켰다. 고군雇軍이란 시험 감독관이니, 시험 감독관을 바꾸었다는 소리이다.

조선의 과거 시험이 얼마나 부패했는지는 부동역서符同易書, 시험지 바꿔치기, 차술차작借述借作, 대리 시험, 수종협책隨從挾冊, 시험장에 책 반입, 입문유린入門蹂躪, 시험장에 드나들기, 정권분답呈券分遝, 답안지 바꿔치기, 외장서입外場書入, 시험장 밖에서 답안 작성 등 부정행위과 거벽巨擘, 전문적으로 과거 대리 시험을 보는 자, 사수寫手, 전문적으로 과거 답안 글씨를 써 주는 자 따위 대리 시험 보는 사람들을 지칭하는 용어만으로도 넉넉히 짐작이 가능하다.

무혈복無穴鰒[10], 정거停擧[11]라는 말도 있었지만, 이 또한 과거의 타락상을 반증하는 말일 뿐이다. 과거제도는 이렇게 점점 타락의 길로 빠져들었다.

오죽하였으면, '어사화야 금은화야御賜花耶 金銀花耶, 과거에 급제하여 머리에 꽂는 꽃이 돈을 주고 산 것 아니냐고 비웃는 노래'라는 노래까지 불러 젖혔겠는가. 돈만 들이면 대리인도 사고 또 불법으로 장원급제의 표지인 어사화를 저 속물의 머리에 꽂을 수 있다는 비아냥거림이다.

그런데 이렇게 큰일이 있은 지 불과 10여년 뒤에 똑같은 사건이 재발하였으니 임진과옥壬辰科獄이다. 숙종 38년1712의 정시 때에 일어난 사건으로 시관이 친구의 아들에게 시제를 미리 가르쳐 주어 합격시킨 것이 3건, 답안에 암

---

10 꼬챙이에 꿰지 않고 그대로 말린 큰 전복'이라는 말로 과거를 볼 때 감시를 엄하게 하여 협잡을 부리지 못하게 하던 일을 비유적으로 이르는 말.
11 과거 부정행위자에게 응시 자격을 제한하는 법.

표를 쓰게 함으로써 합격시킨 것이 1건, 시간이 지난 뒤에 낸 답안을 합격시킨 것이 1건, 도합 5건의 부정이 드러났다. 이러한 부정이 방 후에 들어나 시관을 비롯한 많은 종사원들이 처벌당하였다.

내친김에 이옥李鈺, 1760~1812의 「유광억전柳光億傳」도 좀 보자. 이 소설에도 당대의 과거 폐단이 여실히 드러나 있다. 혹 궁금해 할 독자가 있을까 싶어서 「유광억전」의 대략을 소개한다.

당시에는 과거 시험의 답안인 과시科詩를 팔아서 생활하는 사람이 많았다. 유광억은 경상남도 합천陜川 사람으로 과시를 잘한다 하여 영남에서 특히 유명했다. 집이 가난하고 지위가 낮았지만 날이 갈수록 그의 이름이 나라 안에 퍼지자, 한번은 경상감사와 경시관京試官이 유광억의 글을 찾아내는 내기를 하였다. 이름이 가려진 시험지 가운데 그의 글인 듯한 것을 장원으로 하고 다시 2편을 더 뽑아 2위와 3위로 정했다. 그러나 이름을 확인해 보았더니 유광억의 것은 하나도 없었다. 몰래 알아보았더니 뽑힌 글들은 모두 유광억이 돈을 받은 액수에 맞춰 차등을 두고 지어준 것들이었다. 감사와 내기를 한 터였으므로 경위를 알아보고자 잡아오게 하였으나, 지레 겁을 먹은 유광억은 친척들을 모아 함께 술을 마신 뒤 몰래 강물에 빠져 죽었다.

매문매필賣文賣筆이라는 과거의 부정도 그렇지만 과시에 합격할 정도의 인재임에도 가난하고 지위가 낮기 때문에 글을 팔아 생활할 수밖에 없는 유광억의 심정은 어떠하였겠는가. 오죽하였으면 이덕무는 『아정유고雅亭遺稿』에서 '과거는 장사꾼이요 문장은 이단科擧 商賈也 文章 異端也'이라고까지 하였다.

조선 후기로 오며 과거 시험의 폐단은 점점 성하였다. 지금 우리가 쓰는 '난장亂場판'이란 말은 과거 시험 보는 장소가 전국의 수험생들이 모여 나누는 이야기로 매우 어수선하다는 데서 나온 말이다.

삽화가 길었다. 이 모두가 연암이 말한 학문을 팔아먹는 '역학대도易學大盜'들이다. '갈喝!'은 이럴 때 쓰는 말이렷다.

봉산학자전

鳳山學者傳

글을 알지 못하지만 참된 학문을 했다

제題「봉산학자전」후後

이 작품에 등장하는 인물은 일실되어 자세히 알 수 없으나 꽤 괜찮은 부부일 것 같다.

배경	봉산	
등장인물	**봉산학자**	봉산에 사는 농부로 비록 배우지는 못하였지만 부부간의 예절을 깍듯이 지킨 이일 듯하다.
	봉산학자의 아내	봉산에 사는 농부의 아내로 부부간의 예절을 깍듯이 지킨 여인일 듯하다.

「연암별집」「방경각외전」에 실려 있으며 연암 31세 무렵의 작품으로 추측되는데 일실逸失되어 내용을 추고할 뿐이다.

「봉산학자전」이란 '봉산에 사는 학자의 전'이라는 뜻이다.

봉산학자전

鳳山學者傳

「봉산학자전」은 앞 장에서 살핀 것처럼 유실되어서 여러 글로 내용을 추고할 뿐이다.

연암이 「방경각외전자서」에서 밝힌 「봉산학자전」을 지은 동기는 이러하다.

"집안에서 효도하고 밖에서 어른을 공경하면 배우지 않았어도 배웠다 할 수 있다." 이 말이 비록 지나친 바가 있다 하더라도 위선적인 풍조에 경종을 울릴 수 있다. 공명선公明宣, 증자의 제자이 증자의 문하에 다니며 글을 읽지 않은 것이 삼 년이나 잘 배웠다고 했다. 한 농부가 들에 나가 농사일을 하면 부부간에 예절을 깍듯이 지켰으니 눈으로 글을 알지 못하였지만 참된 학문을 했다 하겠다. 이에 「봉산학자전」을 쓴다.

入孝出悌 未學謂學 斯言雖過 可警僞德 明宣不讀 三年善學 農夫耕野 賓妻相揖 目不知書 可謂眞學 於是述鳳山學者.[1]

공명선은 증자의 문하에서 삼 년 동안 있으면서도 글을 배우지 않았다. 증자가 그 까닭을 물었더니 공명선은 "제가 선생님께서 집에 계실 때나 손님을 응접하실 때나 조정에 계실 때를 보면서 그 처신을 배우려고 하였으나 아직 제대로 배우지 못했습니다. 제가 어찌 감히 아무것도 배우지 않으면서

---

1   박지원, 『연암집』 권8, 「방경각외전자서」, 경인문화사, 1982, 114쪽.

선생님 문하에 머물러 있겠습니까"라며 이렇게 그 배운 예를 든다.

자식으로서 집에 거하시면서 부모가 곁에 계시면 개나 말에도 성내어 꾸짖으시지 않고, 빈객을 응대하면서 공경하는 마음이 게으르시지 않고, 관직에 나아가셔서는 아랫사람을 상하게 하지 않으셨습니다. 이 세 가지 일을 배우기는 했지만 아직 능숙하지 못합니다. 어찌 감히 배우지 않았겠습니까.

공명선은 증자의 행실을 보고 가르침을 받았다는 말이다. 머리로 학습한 것을 가슴으로 느끼고 발로 행동하는 것이 학문이다. 연암은 이러한 공명선의 배움을 「초정집서」에서 '독학篤學, 독실한 배움'이라 하였다.

연암이 양반과 서민 사이에서 서성거리는 등거리等距離적 글쓰기를 하지 않은 것은 '행동'이야말로 진정한 배움으로 여겨서이다. 연암이 늘 옳고 그름을 분명히 한 이유도 여기이다. 여기서 '옳고 그름을 분명히 하였다'는 것은 매우 종요로운 명제이다.

모든 문화에는 크게 두 가지의 현상이 있다.

'중심中心'과 '주변周邊'이 그것인데 문학 또한 이에서 벗어나지 못한다. 주변부의 문학은 끊임없이 중심부로 이동하려하고 중심부의 문학은 이와 반대로 굳게 중심을 고수하려 한다. 따라서 주변부와 중심부 사이의 진동振動의 폭이 좁혀지며 중심과 주변의 위치가 서서히 바뀌는 것이다. 연암의 소설은 아직 중심부로 이동하지 못하였다. 따라서 중심부의 문학이나 가치와 부딪쳐 일어나는 진동이 예사롭지 않음을 넉넉히 짐작할 수 있다.

배움이란 과연 무엇인가?

출세를 위해서 아니면 부귀를 위해서. 「봉산학자전」의 이해는 '우리는 왜 배우는가'라는 물음으로부터 시작해야 될 듯하다.

내 좁은 소견으로야 정답을 달기가 여의치 않지만 자기 자신을 다잡으려는 위기지학爲己之學이 아닌가 한다. 즉 사람으로서 마땅히 행하여야 할 도리를 말한다. 사람으로 마땅한 도리야 온 천지 사방에 있는 것 아닌가. 그렇다면 온 천지가 배움이니 굳이 학벌은 따져 무엇 하겠는가.

여러 차례 언급하였지만 연암의 소설은 여항담閭巷談, 서민이 모여 사는 마을의 이야기에서 비롯되었다. 이 소설 역시 비슷한 이야기가 당시에 널리 회자된 듯하다.

다행히도 이덕무의 『청장관전서靑莊館全書』 권50 「이목구심서耳目口心書」에는 「봉산학자전」의 근원이 되었을 법한 이야기 한 편이 실려 있다. 더구나 『청장관전서』 권62 「산해경보山海經補」에는 연암이 「이목구심서」를 빌려 갔다는 내용도 보인다. 이로 미루어 보건대, 연암이 이를 보고 부연 첨삭한 것인지는 알 수 없지만 본 것만은 분명하다.

「이목구심서」의 '봉산학자'에 관한 이야기 전문은 아래와 같다.

봉산鳳山[2]에 농사를 짓는 백성이 있었다. 글을 볼 줄 몰랐으나 훈민정음訓民正音은 조금 알았다.

집 안에 『소학언해小學諺解』가 있었는데 마음속으로 흔연히 여겼다. 그래서 모든 행동거지와 말을 이에 맞추어서 하였다. 아내와 약속하고서는 출입할 때 서로 예를 차리기로 하였고 공경히 상대를 대하여 서로 앉아서는 날마다 『소학언해』를 읽었다. 이웃 사람들은 모두 비웃으며 크게 놀라서 보고는 미친 병이라고 하였다.

어떤 사람은 손가락질을 하며 굶어 죽는 모양새라고 하였으나 그들은 오히려

2   함경북도에 있는 지명이 아닌가 하는데 '바닷가'라는 것이 어긋난다.

굳건하게 지키어 굽힘이 없었다. 대저 봉산鳳山이라는 곳은 바닷가이다. 예로부터 풍속이 거칠어 강폭하고 사나운 품성으로 농업이나 상업을 하여 생활을 하였다.

　그중에서도 건장한 사람들은 큰 활쏘기를 익혀서 과거를 보았으나 공부를 하는 사람이라고 부를 만한 사람은 더욱이 드물었다.

　이 백성은 본래 보고 들은 것이 없었으나 갑자기 마음에 느낀 바가 있어 열악한 환경 속에서도 스스로 힘썼으니 또한 훌륭한 것이 아니겠는가?

배움이란 바로 이러한 것이 아니겠는가.

　여기서 봉산학자는 세상을 피하여 숨어사는 학자인 은일자隱逸者로 본들 크게 무리 없다. 그는 비록 한글만 겨우 깨쳐『소학언해』만 뜨덤뜨덤 뜯어 읽지만 부부간에 예절을 깍듯이 지킨다. 지식을 배워서 익히는 학문은 바로 사람답게 살고자 함이다. 일껏 작정하고 배워 유수有數한 학자가 되고 대부大夫 되는 것만이 학문하는 태도는 아니다. 더욱이 강포한 지역이라, 남들 하지 않는 글을 읽으니 이야말로 애써 배우려는 자의 학문하는 태도이다.

　고사한거高士閑居, 뜻이 높은 선비의 한가로운 삶라 칭한다 하여도 과하다 할 수 없다. 조선 후기, 여느 양반이라고 쉬이 이 봉산학자의 삶을 하대下待할 수 있겠는가.

　학문 이야기가 나왔으니 좀 더 구체적으로 연암이 박제가의『북학의北學議』에 써준「서」를 살펴 학문의 길을 더듬어 보자.

　학문하는 길에는 방법이 따로 없다. 모르는 것이 있으면 길을 가는 사람이라도 잡고 묻는 것이 옳다. 어린 종이지만 나보다 글자 하나라도 더 알면 우선 그에게 배워야 한다. 자신이 남과 같지 못한 것을 부끄러워하여 자기보다 나은 사람에게 묻지 않는다면 이것은 종신토록 고루하고 무식한 경지에다 자신을 가두어 두는 것이 된다.

(…중략…) 그러므로 순임금과 공자가 성인이 된 것은 남에게 묻기를 좋아하고 잘 배운 데에 불과한 것이다. 우리나라의 선비들은 세상의 한 모퉁이에서 태어나 한편으로 치우친 기질을 가지고 있다. 한 번도 하(夏)나라의 땅을 밟아 보지 못했고 눈으로도 중국 사람을 보지 못했다. 나서 늙고 병들어 죽을 때까지 이 나라 강역을 떠나 본 적이 없다. 그래서 학의 다리가 길고 까마귀의 날개가 검은 것처럼, 각기 타고난 품성을 바꾸지 못한 채, 마치 개구리가 우물 안에 있듯, 두더지가 밭 흙을 뒤지듯, 홀로 그 땅만을 지켜 왔다.

(…중략…) 진실로 법이 좋고 제도가 아름다우려면 아무리 오랑캐라 할지라도 나아가서는 스승으로 삼아야 한다.

(…중략…) 우리와 저들과 비교한다면 진실로 한 치만큼도 나은 것이 없는데, 다만 한줌의 상투를 묶어서는 스스로 천하에서 제일인 체하며, "지금의 중국은 옛날의 중국이 아니다" 하고는 그 산천은 버리고 노린내가 난다고 탓하며, 그 인민들은 개나 양 같다고 욕하며, 그 언어는 뜻이 통하지 않는 오랑캐의 소리라고 모함하고는 아울러 중국 고유의 아름답고 좋은 법과 제도마저도 부정하니 그렇다면 장차 어느 나라를 본받아서 진보해 나아갈 것인가?

學問之道 無他 有不識 執塗之人 而問之可也 僮僕 多識我一字 姑學 汝恥己之不若人 而不問勝己 則是終身 自錮固陋於無術之地也.

(…중략…) 故舜與孔子之爲聖 不過好問於人 而善學之者也 吾東之士 得偏氣於一隅之士 足不蹈函夏之地 目未見中州之人 生老病死 不離疆域 則鶴長鳥黑 各守其天 蛙井蚡田 獨信其地.

(…중략…) 苟使法良 兩制美 則固將進夷狄而師之.

(…중략…) 我較彼 固無寸長 而獨以撮之結 自賢於天下曰 今之中國 非古之

中國也 其山川 則罪之以腥羶 其人民 則辱之以犬羊 其言語 則誣之以侏離 幷
與其中國固有之良法美制而攘斥之 則亦將何所倣而行之耶.[3]

연암의 저 도도한 말길을 따라 가보니, 학문하는 길에는 방법이 따로 없다
고 한다. 그러고는 '모르는 것이 있으면 길을 가는 사람이라도 잡고 묻고有不
識 執塗之人學 而問之 어린 종이지만 나보다 글자 하나라도 알면 그에게 배워야 한
다童僕 多識我一字 姑學'고 말한다. 자기의 의견만 옳다고 여기는 '자시지벽自是之癖'
이 연암에게는 없다. 그러고는 세상의 한 모퉁이 조선에서 태어난 선비들은
치우친 기질을 논하고 있다.

그야말로 한 줌의 상투를 틀어 쥔 한줌밖에 안 되는 양반들이, 조선의 공
인된 권리權利를 등에 업고 나라를 아수라장으로 만드는 모습이 그려져 있
다. 연암은 도수屠獸쟁이 정수리부터 찍듯, 그렇게 글 속에 새파란 결기를 숨
기고 내닫는다.

연암은 형식적이고 고루하기 짝이 없는 당시의 양반 사회를 이렇게 비판
한다. 그리고 청나라를 인정하고 배우는 실학을 통하여 백성들의 삶을 윤택
하게 해야 한다 하고 이러한 관점에서 학문의 방법도 실질적이며 적극적인
자세를 취할 것을 강조하는 것이다. 지금 우리가 연암하면 이용후생利用厚生
이니, 중상학파重商學派니, 실사구시實事求是니 하는 실학 용어들을 떠올리는 것
도 이 때문이다.

언젠가 신채호申采浩, 1880~1936의 「차라리 괴물怪物을 취取하리라」라는 글을
보며「봉산학자전」을 쓴 연암의 심정도 이러하지 않았을까?'라는 생각을 해
보았다. 신채호는 소설의 공리성을 무척이나 높이 샀던 분이다. 따라서 소설

---

3   박지원, 『연암집』 권7, 「북학의서」, 경인문화사, 1982, 105~106쪽.

을 '국민國民의 혼魂'이라고 까지 하면서 『꿈 하늘』따위 소설을 짓기도 하였다. 「차라리 괴물을 취하리라」 또한 뒷부분이 탈락이 되었다.

일제치하를 살았던 신채호 선생이 말한 "차라리 괴물을 취하리라" 의미는 형식적이고 고루한 사회에서 벗어나려는 자기 다짐이다. 선생은 "한 사람이 떡장사로 이득을 보았다면 온 동리에 떡방아 소리가 나고 동쪽에 있는 집이 술을 팔다가 실패하면 동쪽에 있는 집의 노인도 용수싸리나 대오리로 만든 둥글고 긴 통. 술이나 장을 거르는 데 쓴다를 떼어 들이어, 나아갈 때에 와~ 하다가 물러날 때에 같이 우르르 하는 사회가 어느 사회냐. 매우 창피하지만 우리 조선의 사회라고 스스로 인정할 수밖에 없다" 하였다.

400여 년 된 유학에 붙은 저승꽃을 실학으로 하나씩 떼어낸 연암 또한 "나는 차라리 괴물을 취하리라! 괴물…! 괴물…!"이라고 외쳤을 것이다.

율곡栗谷 이이李珥, 1536~1584의 『격몽요결擊蒙要訣』에 보이는 말로 이 장을 마친다.

만약에 입으로 읽기만 하고 마음으로 체득하지 못하며 몸으로 실행하지 않는다면, 책은 책대로요, 나는 나대로이니 무슨 이익이 있겠느냐.

若口讀而心不體 身不行 則書自書 我自我 何益之有.

제3부

연암 중기와 후기 작품들로
1780년(44세)에서 1793년(57세)까지 지어진 소설들을 살핀 글들이다.
1780년(44세) 작으로 「호질」은 『열하일기』 「관내정사(關內程史)」에,
「허생」은 『열하일기』 「옥갑야화(玉匣夜話)」에,
「열녀함양박씨전 병서」는 1793년(57세) 작으로 『연상각선본(煙湘閣選本)』에
실려 있다. 연암은 「열녀함양박씨전 병서」 이후
단 한 편의 소설도 쓰지 않았다.
이 세 편은 세계 어느 작품과 견주어도 뒤지지 않는 소설들이다.
특히 「열녀함양박씨전 병서」는 그중에서도 가장 뛰어난 작품이다.

호질

虎叱

슬하의 다섯 아들이 저마다 성姓이 다르다

범, 인간, 창귀 등 다양한 인물이 등장한다.

배경	정鄭나라	

등장인물 **범** 비록 인간은 아니지만 의인소설로 볼 때 주인공이라 할 수 있다. 범은 북곽 선생으로 대표되는 봉건 사회의 부유腐儒들을 꾸짖는 역할로 연암의 대리적 인물이다.

북곽 선생 나라 안의 이름 높은 선비이나 거탈만 학자인 척하는 속유俗儒. 밤이슬 맞으며 남몰래 과부와 사랑을 속삭일 정도로 의뭉스럽기도 하며 동리자의 성이 다른 각성바지 다섯 아들에게 발견되어 봉변을 당하자 도망치다 똥통에 빠진다. 범을 만나서는 목숨을 구걸하며 야살을 떨고 농부를 만나서는 변명을 늘어놓는 위선자이다.

그러나 원래 '북곽 선생'은 후한後漢 때 사람 요부廖扶로 평생 은거하고 성시에 출입하지 않아서 당시 사람들이 북곽 선생이라 불렀다. 그 뒤 일반적으로 벼슬하지 않고 은거하는 사람을 가리켜 북곽 선생이라 하였다.

동리자 과부로서 국가에서 열녀문까지 받은 열부이나 아비가 다른 다섯 아들을 두고 있을 정도이니 그야말로 '열녀전 끼고 서방질하는 여인네'다. 더구나 이름 높은 학자 북곽 선생과 정을 통하다 아들들에게 발각된다.

다섯 아들 동리자의 아들들로 아버지가 다른 각성바지들이다. 자기들의 어머니가 열녀라고 철석같이 믿고 그 어머니와 사랑을 속삭이는

	북곽 선생을 여우의 변신으로 알고 습격할 정도로 어리석다.
농부	정이라는 고을에 살고 있는 농부로서 새벽 일찍 북곽 선생이 똥통에서 나와 범에게 빌고 있는 모습을 보고 이유를 묻는다. 부지런한 서민층을 대변한다.
의원, 무당	정이라는 고을에 살면서 혹세무민惑世誣民하는 사람들이다.
창귀	범에게 먹을거리로 사람을 추천하지만 창귀 역시 범에게 잡아먹힌 사람들로 권위자에 아부하는 부패한 군상群像이다.

『열하일기』「관내정사」에 실려 있으니 1780년 44세 때의 작품이다.

「호질」은 순정醇正, 순수하고 바름하지 못하다는 비판을 받아 『연암집』이 오래도록 간행될 수 없도록 만든 작품으로 「허생」과 함께 양반과 대립각이 첨예한 소설이다. 진리를 말하는 동물과 위선적 존재인 학자와 열녀를 묘하게 뒤틀어 내세워 놓고는 이야기를 진행시킨다. 우언寓言이란 기법을 사용한 이 난센스적인 발상에 동음어를 교묘하게 활용하고 여기에 우리의 민담과 전설을 적절하게 버무려 생략과 압축이 빛을 발하는 소설이다.

범을 등장시켜 사람을 꾸짖거나 의원의 의醫를 '의심이 많다의 의疑'로 무당의 무巫를 '남을 속이다는 무誣'로 푸는 등, 동음어를 활용한 언어놀음을 이용한 수사법은 특히 사대부의 위선을 다루는 무거운 주제를 코믹하면서도 냉소적으로 만들어 놓았다.

대호大虎가 사람을 잡아먹으려 하는데, 마땅한 것이 없어 청렴한 선비의 고기를 먹기로 하고 부유腐儒의 은유인 북곽 선생을 찾는다는 트릭은 당대의 소설로서는 수준이 여간 높은 게 아니다.

정鄭나라 어느 고을에 도학으로 이름이 있는 북곽 선생이라는 선비가 정려문을 하사받은 동리자라는 열녀와 정을 통한다. 열녀에게는 각성바지 다섯 아들이 있었는데, 이 아들들이 과부인 어머니의 방에서 나는 소리를 듣고는 여우로 오인하여 방을 에워싸고 들이친다. 상류 사회의 저 사람들 이야기가 적실할진데 웬 셈인지 내용은 영 그게 아닌 것 같다.

다급해진 북곽 선생은 어마지두에 혼겁해서 도망쳐 달아나다가 분뇨 구덩이에 빠진다. 겨우 머리만 내놓고 발버둥치다가 기어 나오니 이번에는 사람을 잡아먹으려던 큰 범이 앞에 기다리고 있다. 범은 더러운 선비라며 탄식하고 유학자의 위선僞善과, 아첨阿諂, 이중인격二重人格 따위를 신랄하게 비판하였다.

연암은 범의 입을 빌어 '선비 유는 아첨 儒者諛也', '도적盜賊', '잔학殘虐', '돈을 형님으로 부름呼錢爲兄' 따위의 양반을 겨냥한 초식을 에둘렀다. 당시 양반들에게는 더 없이 자극적인 단어들이니 이쯤 되면 망조亡兆로 수繡를 놓은 사회이다. 많은 이들이 허위에 굴복하고 그 굴복의 대가로 받은 안락한 삶을 행복으로 받아들일 때 연암은 이를 마다하고 양반들을 향한 자성을 요구하는 목소리를 높였다.

희붐한 새벽녘, 북곽 선생은 정신없이 머리를 조아리고 목숨만 집어내려 빌다가 머리를 들어보니, 범은 보이지 않고 아침에 농사일을 하러 가던 농부만이 저를 쳐다보고 있잖은가. 부끄러운 북곽 선생 '고추 따면서 똥 싸는 척', 의뭉스럽게 자기는 지금 '하늘을 공경하고 땅을 조심하는 중'이라고 변명해 댄다. 엉너리치는 폼새가 가증스럽다. 명예와 체면을 형편없이 잃어버린 북곽 선생 그야말로 '모양새가 개잘량'이다.

「호질」은 이렇게 눈을 질끈 감고 위선적인 사대부들에게 퍼붓는 연암의 독설이 읽는 재미를 더해주는 작품이다.

호질
虎叱

「호질」은『열하일기』「관내정사關內程史」에 수록된 소설이나 박종채의『과정록』에는 일절 이에 대한 언급이 없다. 이유는 그의 아들 박규수朴珪壽가 우의정에, 박선수朴瑄壽가 공조판서에 올랐으면서도 조부의 문집을 간행하지 못한 까닭이 바로 이「호질」과「허생」이 유림儒林의 비방을 받아왔기 때문이라 하는 데서 찾으면 어떨까 한다.

「호질」은 소박한 농부와 위선적 사대부라는 북곽 선생을 대립시켜 독자들로 하여금 범보다 더욱 심한 힐책을 한 우언寓言으로 연암이 주목하고 있는 타락한 양반과 부상하는 서민의식이 오롯한 작품이다.

연암의 기질로 보더라도 이 소설이 꽤 맞지 않나 싶으니 참 '연암스럽다'. 이덕무의『청장관전서』에 수록된 연암의 시 한편으로 그의 성품을 어림잡으며 논의를 시작한다.

푸른 물 명징한 모래 외로운 섬에	水碧沙明島嶼孤
하야로비 같은 신세 티끌 한 점 없네.[1]	鸂鶒身世一塵無

위의 시를 적어 둔 곳에서 이덕무는 이러한 연암을 포용도包龍圖에 비견하였다. 포용도는 우리에게는 포청천包青天, 999~1062이란 이름으로 더욱 친근한

---

1 이덕무, 민족문화추진회 편,『국역청장관전서』7, 솔, 1980, 163쪽.

북송 때 청백리이다. 강직한 성품을 가진 그는 관리로 재직하였을 때 청렴결백했음은 물론, 황제에게 직언도 서슴지 않았으며 억울한 백성 편에 서서 고충을 해결하는 등 정의를 실천하는 데 앞장섰다. '청천靑天'은 '푸른 하늘'도 되지만 '청백리'를 뜻한다. 실지 그가 조정에서 벼슬하는 동안에는 귀척貴戚이나 환관들이 발호하지 못하고 그를 무서워하였다. 또한 그가 얼마나 근엄한지 한 번도 웃는 일이 없어서 "포용도가 웃으면 황하수黃河水가 맑아질 것이다" 하는 말까지 있었다고 한다. 그래서 포청천은 지금도 여러 장르의 소재원으로 쓰이고 있다.

지금도 그렇지만 예전에야 청백리보다 탐관오리가 더 많았던 시대였다. 따라서 청백리는 그만큼 돋보일 수밖에 없었는데 포청천은 그런 점에서 가히 독보적인 존재라 할 만하니 그에 관한 일화는 수없이 많다.

이덕무의 글은 이 포청천이 잘 웃지 않음에서 연암의 시문 또한 얻어 보기 어려움을 비유한 것이었다. 실상 연암이 남긴 시는 몇 편 안 되는 것으로 미루어 보아, 시보다는 산문소설을 통하여 사물을 이해하는 주요한 방식으로 삼았음을 알 수 있다. 그러나 조금 비껴 생각한다면 포청천과 연암의 올곧은 성격이 유사함을 쉽게 짐작할 수 있으니, 단순하게 시를 얻기 어려움만을 비유한 것에서 나아가 적극적으로 이해하는 것이 좋을 듯하다.

그렇다면 「호질」은 포청천의 일갈이나 다름없는데 그 대략은 이러하다.

정나라 한 고을에 도학道學으로 이름이 있는 북곽 선생北郭先生[2]이라는 선비가 정려문을 받은 동리자東里子[3]라는 열녀烈女와 정을 통하는데, 그녀의 각성바지 아들들

---

2 북쪽 청나라와 성곽을 쌓고 지내는 선생, 혹은 중국의 복성(複姓)으로 보는 견해도 있다.
3 중국의 동쪽에 자리한 조선(朝鮮), 동리(東里) 혹은 동이(東夷)의 선생[子], 혹은 중국의 복성으로 보는 견해도 있다.

이 여우가 든 것이라 의심을 하여 몽둥이를 들고 어머니의 방으로 지쳐 들어갔다. 그러자 북곽 선생은 허겁지겁 도망쳐 달아나다가 그만 어두운 밤이라 분뇨 구덩이에 빠졌다. 겨우 머리만 내놓고 발버둥치다가 기어 나오니 이번에는 큰 범이 더러운 선비라 탄식하며 유학자의 위선과 아첨, 이중인격 등을 신랄하게 비판하였다. 북곽 선생은 정신없이 머리를 조아리고 목숨만 살려주기를 빌다가 머리를 들어보니 범은 보이지 않고 아침에 농사일을 하러가던 농부가 그에게 뭐하냐 묻는다. 그러자 그는 농부에게 자신의 행동이 하늘을 공경하고 땅을 조심하는 것이라고 변명한다.

「호질」의 저작 상황은 「호질」 전지前識'와 「호질」 후지後識'에 기록되어 있다. 주지하듯 「호질」은 『열하일기』 「관내정사」에 수록된 소설로 1780년 7월 28일에 실려 있다. 따라서 「호질」의 앞뒤의 관련 내용을 「호질」 전지'와 「호질」 후지'라 부른다.

'「호질」 전지'에는 연암이 산해관에서 연경으로 가는 도중 옥전현玉田縣이란 곳에서 묵게 되었을 때, 심유붕沈有朋이라는 사람의 점포 벽에 기록된 절세기문의 격자를 발견하고 고국에 돌아와 우리나라 사람들에게 보여 한바탕 웃게 하기 위하여 정진사는 중간부터, 자신은 처음부터 베꼈는데 숙소에 돌아와 살펴보았더니 정진사가 베낀 부분에 잘못 쓴 글자와 빠뜨린 자구가 많아 대략 자신의 뜻으로 얽어서 한 편의 작품으로 만든 것이 「호질」이라고 밝혀 놓았다.

'「호질」 후지'에서는 원래 작자 성명과 제목이 없었는데, 아마 근세 중국인이 비분하여 지은 것이고 글 중의 '호질虎叱' 두 글자를 뽑아 제목을 삼았다고 하였다.

결국 '「호질」 전지'와 '후지'는 연암 자신이 이 소설을 쓴 것이 아니라 중국의 점포에서 절세기문을 보고 베낀 것이라는 소리이다. 이 말은 그대로 「호질」의 작자 시비로 이어진다. 「호질」을 읽기에 앞서 이렇게 작자 문제부터 배반背反되는 상황으로 끌고 들어가니 그야말로 소설 제작 과정부터가 우의寓意인 셈이다.

물론 「호질」의 '전지'와 '후지'를 앞에서도 여러 번 언급한 사실적인 기록임을 밝혀 허구성에 개연성을 증대하려는 실록 이론實錄理論4쯤으로 간략히 설명할 수 있다.

하지만, 「호질」에서는 좀 더 작자 문제를 심도 있게 살필 필요가 있기에 논의의 중심에 놓아 보겠다. 저간의 연구 결과를 보더라도 「호질」의 작자 문제는 ① 연암이 지었다는 연암 창작설, ② 중국인이 지었다는 중국인 창작설, ③ 연암이 중국인을 끌어들였다는 연암 가탁설, ④ 중국인의 원거原據를 본밑으로 재창작하였다는 연암 절충설 등으로 나뉘어 합일점이 쉽지 않다.

결론을 미리 말하면 이 글은 '연암 절충설'을 따른다.

그 이유는 이렇다.

연암이 「호질」의 원거原據가 되는 글을 정진사와 함께 베끼자 집주인인 심유붕이 무얼 하려느냐고 묻자 연암은 이렇게 말한다.

돌아가서 우리나라 사람들에게 한 번 읽혀서는 모두들 허리를 잡고 한바탕 웃게 하려는 거요. 아마 이것을 읽는다면 입안에 든 밥알이 벌처럼 날아갈 것이며 튼튼한 갓끈이라도 썩은 새끼처럼 끊어질 거외다.

歸令國人一讀 當捧腹軒渠 嘔噦絶倒 噴飯如飛蜂 絶纓如拉朽.5

---

4 소설이 사실적 내용을 기록해야 한다는 것으로 역사가들의 비평과 산문 비평에서 주류를 이루던 실록 이론에서 비롯하였다. 즉 사실을 중시하는 정통적 문학 관념을 지칭하는 소설 비평어이다.

연암 말대로 따라 붙으면 「호질」의 원거가 '허리를 잡고 한바탕 웃을 만한 글'이라고 한다. 「호질」의 원거가 그대로 「호질」이라면 상징과 우언을 두루 얼버무려 '부유腐儒'들을 통매한 여간한 글이 아닌 셈이다. 그렇다면 심유붕이 그러한 명문名文을 베끼는 조선 선비의 심정을 몰라서 저토록 연암에게 '거 뭣에 쓰렵니까?'라는 우문愚問을 던지겠는가?

맞대면하여 풀 의문이 아니기에 가설을 붙여 생각한다면 연암이 본 「호질」 원거原據는 범이 등장하는 그럴듯한 글이었을 가능성이 짙다. 그래서 이 것을 읽은 연암이 돌아가서 '입안에 든 밥알이 벌처럼 날아가고 튼튼한 갓 끈이라도 썩은 새끼처럼 끊어질 만한 글을 만들 수 있겠는데……'라는 생각을 하고 베꼈을 추론이 가능하다.

사실 연암의 모든 소설이 이미 있었던 이야기의 선용善用임을 참작한다면 진실과 낙차는 그리 크지 않다. 그런데 문제는 범을 에둘러 내놓아도 내용이 북벌北伐이나 당대의 사대부들에게 촉수가 지나치게 닿기에, 다시 이러한 「호질」 전지'와 「호질」 후지'를 내세워 놓고 자신의 글이 아니라고 짐짓 뒷짐을 진 것은 아닐까? 다음 장에서 볼 「허생」 또한 「허생」 전지'와 「허생」 후지'를 써 놓고는 부득불 윤영의 작품이라고 하는 데서도 이러한 의심을 둘 만하다. 거침없이 붓을 들기에는 이미 세속의 나이가 적지 않았을 터였다.

그러면서도 연암은 「호질」을 읽을 독자를 분명히 '우리나라 사람國人'으로 적시하였다. 외통수를 두기가 뭣하여 저러하였지만 한 자락만은 분명히 「호질」이 누구를 위한 글인지 밝히려는 의도이다. '독자를 상정하지 않은 작가는 없다'라는 분명한 사실로 미루어 본다면 연암은 '작가는 나, 연암'이요, 독

---

5   박지원, 『연암집』, 권12. 「사호석기」, 경인문화사, 1982, 191쪽.

서인은 한문을 아는 '식자층양반'임을 명시한 셈이다.

작자 문제는 뒤에서 여러 번 언급할 것이니 이만하고 「호질」의 우언寓言 문제로 넘어가 보자. 「호질」이 우언이란 점 또한 이 글에서 작자 문제와 함께 독자의 눈썰미를 요구하는 부분이다.

연암은 현재 누가 뭐라 하여도 조선 후기를 대표하는 소설가임에 틀림없다. 그렇다면 그의 소설은 성공하였다는 소리인데 이유는 무엇일까?

꼼꼼히 살필 것도 없이 우리는 연암소설에서 서너 가지를 들 수 있으니 '주제의 구체화'와 '패설적稗說的 문체', 그리고 시정市井을 살아가는 '인물의 생동성' 등이다.

그런데 「호질」은 다른 작품들과 좀 다르다. 우선 주제 찾기도 쉽지 않거니와 인물들을 파악하는 것도 만만치 않은데, 이유는 이 소설이 우언寓言6을 사용하여서이다.

유득공은 『고예당필기古藝堂筆記』 권3, '열하일기조'에서 「상기象記」·「야출고북기夜出古北記」와 함께 이 「호질」을 들고는 주요한 특징으로 '기뻐서 웃고 성을 내어 욕하고 꾸짖음이 우언으로 섞여 있다嘻笑怒罵 雜以寓言'라 하였다. 「호질」을 우언으로 보고 있음이 분명하다. 우언이란, 사물을 바르집어 말하지 않고 들떼놓고 말하는 수법을 이름이다.

이제 '작자 문제'에 '우언'을 더하여 「호질」의 진실을 따져 보자.

「호질」 서두는 이렇게 시작된다.

정鄭나라 어느 고을에 벼슬을 탐탁하게 여기지 않는 학자가 살았으니 북곽 선생北郭先生이었다. 그는 나이 40에 손수 교정校正해 낸 책이 만 권이었고 또 구경九

---

6 어떤 뜻을 직접 말하지 않고 다른 사물에 비유하여 의견이나 교훈을 나타내는 말수법.

經7의 뜻을 부연해서 다시 저술한 책이 일만 오천 권이었다. 천자가 그의 뜻을 가상히 여기고 제후들도 그의 명망을 사모하였다.

그 고장의 동쪽에는 아름다우나 일찍이 과부가 된 여인이 있었으니 이름이 동리자東里子였다. 천자가 그 절개를 가상히 여기고 제후가 그 현숙함을 사모하여, 그 마을의 둘레를 봉封해서 '동리과부지려'東里寡婦之閭라고 정표旌表해 주기도 했다. 이처럼 동리자가 수절을 잘 하는 부인이라 했는데, 실은 슬하의 다섯 아들이 저마다 성을 달랐다.

鄭之邑 有不屑宦之士曰 北郭先生 行年四十 手自校書者萬卷 敷衍九經之義 更著書一萬五千卷 天子嘉其義 諸侯慕其名 邑之東 有美而早寡者曰 東里子 天子嘉其節 諸侯慕其賢 環其邑數里 而封之曰 東里寡婦之閭 東里子善守寡 然有子五人 各有其姓五子.8

정鄭나라 어느 고을에서 벌어진 일이다.

동리자는 이름난 과부로 열녀 표창까지 받은 여인인데 어찌된 영문인지 각성바지 아들을 다섯이나 두고서도 또 여섯 번째 사내를 만난다. 또한 나라의 뛰어난 학자로 오죽하면 천자와 제후도 그를 존경해마지 않는 북곽 선생도 동리자와 놀아난다.

이른바, '학자'니 '열녀'니 위명爲名하는 고결한 가치 개념이 '양심 없는 생리적 분비작용의 결정체'로 바뀌었다. 저들은 시간과 장소에 따라 '학자'니 '열녀'에서, '위학자'僞學者와 '탕부'蕩婦를 거리낌 없이 넘나든다. 비금비금 선명한 보색대비補色對比를 이루니 참으로 속되고도 더럽다.

---

7 『역경(易經)』·『서경(書經)』·『시경(詩經)』·『춘추좌전(春秋左傳)』·『예기(禮記)』·『주례(周禮)』·『효경(孝經)』·『논어(論語)』·『맹자(孟子)』.
8 박지원, 『연암집』 권12, 「호질」, 경인문화사, 1982, 192쪽(이하 「호질」은 모두 같은 책이다).

이 소설이 우언이라는 점을 상기하여 배경인 정나라부터 살펴보자.

『논어論語』의 「위령공衛靈公」편에서는 "정나라 음악을 내친다放鄭聲", 그리고 「양화陽貨」편에는 "정나라 음악이 바른 음악을 어지럽힘을 미워한다惡鄭聲之亂雅樂也" 하였다. 『논어』의 「헌문憲問」편의 주자의 주註를 보면 본래 정나라는 작은 나라로 진晉나라와 초楚나라라는 강대국의 틈바구니에 있었는데, 동리자산東里子産 등 세 사람이 있어 사직을 보존하였다고 하였다. 「호질」에서는 아마도 이러한 정나라를 상징화하여 '음탕한 나라'로 설정한 듯하다.

북곽 선생은 『후한서』권82 「방술열전」 「요부廖扶열전」에 그 이름이 보인다. 북곽의 아버지는 북방의 태수로 있다가 일에 연루되어 옥사하였다. 그러자 북곽은 돌아가신 아버지 무덤 곁에 사니 주군州郡에서 그 학식을 사모하여 여러 번 청하였지만 끝내 학문에만 잠심하다 80세에 죽었다는 사람이다. 「호질」의 북곽 선생과는 딴판이니 일종의 반어irony적 명명법命名法이다.

이제 동리자를 살펴보자.

동리자에 대한 기록 역시 『논어』 「헌문」편에서 찾을 수 있는데 "외교문서를 만드는데 비침裨諶이 초고를 잡고 세숙世叔이 검토하고 다음에 외교관인 자우子羽가 첨삭하고 동리東里의 자산子産이 윤색을 더하였다爲命, 裨諶草創之, 世叔討論之, 行人子羽脩飾之, 東里子産潤色之"고 되어 있다.

「호질」의 동리자는 여기서 공손교公孫僑가 아닌가 한다. 동리의 자산, 즉 동리는 지명이고 자산은 공손교의 호이다. 그렇다면 이 공손교 또한 북곽 선생처럼 긍정적 인물이니 음란한 동리자라는 여인과는 사뭇 다르다. 다만 자산이 외교문서에 '윤색'을 잘하였다 하는 것과 음탕한 동리자가 '동리과부지려東里寡婦之閭'라는 정표를 세우기 위해 음교淫巧한 언행을 잘했을 것이라는 추론이 겹치는 정도이나 이로써 동리자라는 명칭을 해결하지는 못한다.

결론으로 정나라는 음탕한 음악이 판치는 못된 나라의 상징을 그대로 가

저왔으나 동리자와 북곽 선생은 혹 그 반어적인 명명법을 취한 것으로 보는 게 설득력 있다.

다음 내용을 보자.

두 사람의 애정 행각은 동리자의 각성바지 아들들이 보는 줄도 모르고 진행된다.

다섯 놈의 아들들이 서로 지껄였다.

"강 건너 마을에서 닭이 울고 강 저편 하늘에 샛별이 반짝이는데, 방 안에서 흘러나오는 말소리는 어찌도 그리 북곽 선생의 목청을 닮았을까."

다섯 놈이 차례로 문틈으로 들여다보았다.

동리자가 북곽 선생에게 말했다.

"오랫동안 선생님의 덕을 사모하였는데, 오늘 밤은 선생님 글 읽는 소리를 듣고자 하옵니다."

북곽 선생은 옷깃을 바로 잡고 점잖게 앉아서 시詩를 읊었다.

五子相謂曰 水北鷄鳴 水南明星 室中有聲 何其甚似 北郭先生也 兄弟五人 迭窺戶隙 東里子請於北郭先生曰 久慕先生之德 今夜願聞 先生讀書之聲 北郭先生 整襟危坐而爲詩曰.

'비단보에 개똥'이라고 겉모양은 대유자요, 열부가 흉한 짓을 한다. 새벽녘이 되기까지 이어지는 '음란한 열부烈婦'와 '속류배俗儒輩 학자'가 부리는 수작이 아주 볼썽사납다. 동리자야 이미 적어도 다섯 이상의 남자를 두루 거치며 다진 색태가 요염한 여인이라 그렇다지만, 나라의 대학자인 북곽 선생은 이해하기가 좀 떨떠름하다. 나이 40에 손수 교정해 낸 책이 만 권이요, 저술한 책이 일만 오천 권이라면 눈코 뜰 새 없이 공부에 매진한 이 아니던가?

일 년에 책 한 권 내기도 힘든데 계산 한번 해보자. 똑똑하여 15살부터 책을 교정하고 저술하였대도 얼추 25년간이니, 일 년에 1,000권이요, 하루에 2.7권……? 하! 이 정도면 '파천황破天荒, 이전에 아무도 하지 못한 일을 처음으로 해냄을 이르는 말'과 '물경勿驚'이라는 문자를 겹으로 써야 한다.

이런 정도 학자이니 바람피우는 것도 고차원적인가 보다.

북곽 선생이 은근짜를 놓아 읊은 시는 이랬다.

원앙새는 병풍에 그려 있고	鴛鴦在屛
반딧불이 흐르는데 잠 못 이뤄	耿耿流螢
저기 저 가마솥 세 발 솥은	維鬵維錡
무엇을 본떠서 만들었나.	云誰之型
흥이로다.	興也

병풍에 그려져 있는 원앙새는 두 사람의 사랑을 나타내는 것으로 원鴛은 암컷, 앙鴦은 수컷이니 지금도 금실 좋은 부부를 상징한다. 그런데 바람피우는 관계까지도 그러한지는 잘 모르겠다.

반딧불이 흐르는 것으로 미루어 계절은 초여름쯤인 듯하니 춥지도 덥지도 않은 좋은 시절이고 개똥벌레가 반딧불을 반짝거리는 것은 사랑을 나누기 위한 필수적 수단을 말해준다. 개똥벌레는 날개가 퇴화된 암놈은 날 수가 없기 때문에 반짝거리는 불로 신호를 보내 수놈을 유혹한다. '야화夜火'가 흐르는 방에서 '야화夜話'를 만들려 하니 잠을 이루지 못할 듯하다.

저 가마솥과 세발솥은 무엇인가?

발 없는 가마솥과 세발솥은 그 모형이 다 다르니 이것은 다섯 아이들이 성도 모습도 다른 것에 대한 비아냥거림이다. 또 가마솥鬵은 평퍼짐한 솥이니 여성의 성기를 세발솥鼎은 다리가 셋이라는 소리이니 즉 남자의 그놈이 성을 내어 굵기가 두 허벅지와 똑같아져 흡사 세발솥 같은 형국이란 뜻으로도 읽힌다.

참, 대학자치고는 남우세스러운 소리만 골라하는데 마지막에는 "흥이로다" 하였다.

'흥야興也'는 시경학詩經學의 큰 뜻으로 제시된, "풍風, 부賦, 비比, 흥興, 아雅, 송頌" 등 시육의詩六義의 하나이다. 다시 말하면 시를 짓는 한 방법인데 『시경』에는 "먼저 다른 사물을 말하고 이로써 읊는 바의 사詞를 이끌어 일으키는 것이다興者 先言他物以因起所詠之詞也"라고 하였으니 꽤 우의寓意를 넣어 두었다는 뜻이다. 그런데 이 흥이 붙은 시는 주로 남녀의 관계를 다른 사물에 의탁한 것이 많다.

또한 '흥이 나다'의 '흥興'으로 즐겁고 좋아서 일어나는 정서와도 동음이다. 두 사람의 관계를 생각하며 이 시를 풀이한다면 참으로 야한 시임에 틀림없다.

북곽 선생과 동리자가 노니는 방안 풍경, 그리고 저들의 밀애密愛를 문틈으로 엿보는 각성바지 다섯 아들들, 문자 그대로 한 폭의 문장여화론文章如畵論, 글은 마치 한 폭의 그림을 보는 듯하다는 시각적 비평어이요, 춘화도법春花圖法, '춘화'란 남녀 간의 성교하는 모습이나 남우세스런 장면을 그린 그림. 여기서는 동양화, 특히 산수화가 지니고 있는 의경(意境, 뜻)을 잘 보라는 의미의 비평어이다. '문장여화론'과 '춘화도법'은 회화 이론繪畵 理論인데 조선 중기 이후 많은 문인들이 이에 대한 이해가 있었던 점을 감안한다면 연암 또한 이 회화론에 꽤 영향을 받았을 것이라는 추측도 가능하다.

각성바지 다섯 아이들이 이 광경을 문틈으로 보고는 북곽을 여우로 여겨 정숙한 어머니 방으로 지쳐 들어가니 북곽 선생은 덴겁하여 도망친다. 그러고는 사람들이 자기를 알아볼까 겁이 나서 모가지를 두 다리 사이로 들이박고 귀신처럼 춤추고 낄낄거리며 문을 나가서 내닫다가 그만 들판의 똥구덩이 속에 빠져 버린다.

인의仁義를 절대명제로 내세운 맹자조차 고자告子의 입을 빌려 "식욕과 성욕은 사람의 타고난 본성이다食色 性也" 하였지만 그 도가 지나치다.

막 범이 사람을 하나 잡아먹으려고 내려왔다가는 북곽 선생을 보고 오만상을 찌푸리고 구역질을 하고 코를 싸쥐며 "어허, 유자儒者여! 더럽다" 하고는 꾸짖는다.

어허, 유자儒者여! 더럽다.

금수에 지나지 않는 범이 만물의 영장인 사람, 그것도 대유학자에게 해대는 꾸지람은 통렬한 반어이다.

「호질」은 「허생」과 함께 연암의 12편 소설 중, 가장 원숙하며 필력이 집결된 작품이다.

그런데 하고 많은 동물 중 왜 범일까? 또 범의 상징성은 무엇일까? 우리 속담에 "사부집 자식이 망하면 세 번 변해" 하는 말이 있다. 사부士夫란 양반이다. 잘 살던 양반 집이 망하게 되면 자식이 생계를 유지할 수 없으니 세 번 변한다는 의미이다.

첫 번은 송충이가 되니 이는 조상 산소 주위의 소나무를 베어서 먹는다는 뜻이다. 둘째로 좀이 되는데 이것은 조상이 읽던 책을 팔아먹는다는 얘기요, 끝으로는 범이 되는데 이것은 집에서 부리던 종을 팔아서 먹기 때문에 사람을 먹는 범이 됐다는 얘기다.

북곽 선생의 볼썽사나운 모습을 본 범은 이렇게 일갈을 한다.

범이 꾸짖어 말하였다.

"너는 내 앞에 가까이 오질 마라. 내가 들으니, '유儒'란 '유諛'라 하더니 정말

이구나. 네가 평소에는 온 천하의 모든 나쁜 이름을 모아서 망령되이 내게 덧붙이더니, 이제 다급해지자 낯간지럽게 아첨하는 것을 그 뉘라서 곧이듣겠느냐…….

虎叱曰 毋近前曩也 吾聞之儒者諛也 果然汝平居集 天下之惡名 妄加諸我 今也急而面諛 將誰信之耶…….

우리나라 전래의 호설화虎說話나 민담에 자주 보이는 호환虎患을 다룬 글이 아니다. 우리 소설사에서 범이 등장하는 소설도 한산하거니와 더구나 주인공으로 등장한 것은 이「호질」이 유일한 작품이 아닌가 한다.

「호질」은 소설 전체가 알레고리allegory[9]로 된 한 편의 우언이다. 그러니 가볍게 작품의 표면만을 읽어서는 연암이 넣어 둔 소설적 진실을 찾는다는 것은 어렵다. 우의寓意와 유추類推, 은유隱喩를 걷어내며 작가의 의도를 찾아야 하기 때문이다.

저 위의 질문인 '왜 범? 상징은?'에 이렇게 답을 넓혀서 달아본다. '상징'이란 글자의 여백에 남음이 있는 함축을 담아내는 것이니 글 짓는 이나 읽는 이나 문력文力이 꽤 높아야만 할 것이지만, 여기에서는 내 뜻대로 읽어보면 이렇다.

정나라는 조선이고 범은 연암, 북곽은 조선의 부유腐儒, 동리자는 열녀를 가장한 부유층의 과부이다. 그래서 이 글에서는 범이 북곽 선생에게 꾸지람을 하는 상황은 그대로 연암이 썩은 양반을 질타하는 것으로 본다.[10] '정려

---

9 어떤 한 주제 A를 말하기 위하여 다른 주제 B를 사용하여 그 유사성을 적절히 암시하면서 주제를 나타내는 수사법.

10 저자와 달리 '호질'의 호(虎)를 호(胡), 오랑캐, 청나라, 혹은 호왕으로 보고 창귀는 청조에 아첨하는 한족(漢族)의 무리, 북곽 선생은 현실에 안주하는 한족 선비, 동리자는 청조(淸朝) 예치주의의 산물로 보는 견해도 있다.

문'의 허실을 묻는 동리자는 놓아 버리고 북곽 선생만 범과 맞닥뜨리게 하는 상황에서 「호질」의 종착이 부유들에 있음을 분명히 한다는 것을 읽을 수 있다.

북곽 선생은 『논어』에 보이는 바, '군자유^{君子儒}'가 아닌 '소인유^{小人儒}'[11]에 지나지 않는다. 잘라 말해, 여기서야 북곽 선생에 대한 일갈이지만 조금만 폭을 넓혀 잡아본다면 부패한 조선을 만드는 양반이라고 한들 크게 무리한 추론은 아니다.

이제 작자 문제와 연계하여 「호질」의 알레고리를 짚어가 보자.

위의 예문에서 '유^儒'란 아첨할 '유^諛'라는 것은 동음을 이용한 언어유희인데 중국의 발음이 아닌 우리식 한자음에 따른 것이다. 유^儒와 유^諛는 중국어로는 각각 '르우'와 '위'로 발음되기 때문에 동음의 유희를 만들어 낼 수 없으니 연암의 손에 의해 넣어진 것임을 알 수 있다. '의^醫'란 곧 의심스러울 '의^疑'요, '무^巫'는 속일 '무^誣'도 연암 손을 탄 것이다.

또 '범도 상주는 잡아먹지 않는다'는 것은 우리의 속담이며 범이 "오행은 제 각기 자리가 정해져 있어서 상생이란 없다……五行定立 未始相生……" 하면서 전래의 오행상생설을 비판하거나 인성^{人性}과 물성^{物性}을 동일시하는 것도 연암식 사고의 전형이다.[12]

아울러 「호질」의 원거^{原據}가 비록 중국인일지라도 연암에 의해 조선의 소설로 된 것임을 확증하는 준거이기도 하다.

이어지는 범의 꾸지람으로 넘어간다.

---

11   공자가 자하(子夏)에게 "너는 군자유가 되어야지 소인유는 되지 말거라(女爲君子儒 無爲 小人儒)" 가르침을 내린 말.

12   김택영, 『소호당집』 권9, 「박연암호질문발(朴燕巖虎叱文跋)」, 17쪽 참조.

김홍도(金弘道, 1745~1806?) · 이인문(李寅文, 1754~1182) 합작, 〈송하맹호도(松下猛虎圖)〉

우리나라에 호설화(虎說話)는 대단히 많다. 그러나 어찌된 셈인지 소설에서는 그 모습을 찾을 수 없다. 범은 「주역」에 따르면 '대인(大人)'을 뜻한다. 도도한 몸짓하며 강골(强骨)한 기상, 그리고 형형(炯炯)한 눈빛에 양심이 주뼛하지 않을 이가 몇이나 되랴. 홧홧증이 인다. 김홍도가 호랑이를 이인문이 소나무를 그렸다.

대개 제 것 아닌 것을 취함을 도라 하고 남을 못살게 굴고 그 생명을 빼앗는 것을 적賊이라 하니, 너희들이 밤낮을 헤아리지 않고 쏘다니며 황황이 팔을 걷어 붙이며 눈을 부릅뜨고 함부로 남의 것을 착취하고 훔쳐도 부끄러운 줄을 모르며 심지어는 돈을 형이라 부르고 장수가 되기 위해서 아내 죽이는 일까지도 있으니 이런 즉 다시는 인류의 도리를 논하지 못한다.

夫非其有 而取之 謂之盜 殘生而害物者 謂之賊 汝之所以日夜 遑遑揚臂努目拏攘 而不恥 甚者呼錢爲兄 求將殺妻 則不可復論於倫常之道矣.

'돈을 형'이라 부르는 이유는 옛날 돈이 구멍이 났으므로 공방형孔方兄이라 하였고 또는 가형家兄이라 하여서다. 진晉나라 노포魯褒의 「전신론錢神論」에 나오는 말들이다. '아내 죽이는 일'은 전국 때 명장 오기吳起의 고사이다. 오기는 전국시대戰國時代의 재능 있는 인물이었으나 모친을 버리고 벼슬을 구했는가 하면 처를 죽이고서 장수가 되려고 하였다.

이 글을 가만히 보면 「양반전」에서 살핀 내용과도 유사하다. 남의 것을 빼앗는 도적은 누구이며 맘몬Mammon, 물질 신을 섬기는 사람은 또 누구란 말인가. 당대의 '썩은 사대부[腐儒]'들이 아니고서야 이런 패악을 부릴 자들이 낮은 백성 중에 누가 있겠는가.

이러고도 그 못된 꾀를 마음껏 부리지 못하여서 악행은 계속 이어진다.

이제는 보드라운 털을 빨아서 아교를 녹여 붙여 날을 만들되, 몸뚱이는 대추씨처럼 뾰족하고 길이는 한 치도 못 되게 하여, 오징어 거품에다 담갔다가 세로가로로 멋대로 치고 찌르되, 그 굽음은 세모창 같고 날카로움은 작은 칼 같고 예리함은 긴 칼 같고 갈라짐은 가지창 같고 곧음은 살 같고 팽팽하기는 활 같아서, 이 병기가 한 번 번뜩이면 모든 귀신들이 밤중에 곡哭할 지경이니 그 서로 잡아

먹기로도 가혹함이 누가 너희들보다 더할 자 있겠느냐.

乃吮柔毫 合膠爲鋒 體如棗心 長不盈寸 淬以烏賊之沫 縱橫擊刺 曲者如矛
銛者如刀 銳者如劒歧者如戟 直者如矢 殼者如弓 此兵一動 百鬼夜哭 其相食
之酷 孰甚於汝乎.

'펜은 검보다 더 강하다'라고 하는 말이 있지만 범의 말은 붓이 칼보다 강하다는 정도의 의미가 아니다. 칼도 무섭지만 붓은 더욱 무섭다는 뜻이다. 어찌나 무서운지 '온갖 귀신들이 밤에 곡한다百鬼夜哭'[13]고 한다. 이것은 글줄깨나 읽은 이들이 전가지보도傳家之寶刀인 양 툭하면 '문자 운운'으로 문제를 해결한답시고 붓을 휘두르는 횡포를 날카롭게 형상화한 것이다. 실상 붓 한 자루를 휘둘러 죄 없는 사람을 죽이고 무고한 이를 욕보인 것이 이심하다. 대부분의 '사화士禍'는 '필화筆禍' 아니었던가.

조선 후기의 학자들, 그들은 학문이란 자기 자신의 완성을 추구하는 것이라며 '위기지학爲己之學'을 그 머리맡에 두었다. 그러나 그것은 한낱 잠시 목을 속여 두는 자리끼에 지나지 않았으니 저들은 자신을 닦는 공부를 한 것이 아니라 열심히 배워 자기 영달만을 꾀하려 한 이들이 더 많았다.

이렇듯 「호질」은 악덕惡德의 분지가 되어 버린 조선 사회의 양반층에게 자정 능력 회복을 촉구하는 예리한 격문檄文이다. 연암이 「호질」 전지와 후지에서 이 소설이 자신의 작품이 아니라고 거듭 말하는 이유도 여기서 찾는다. 그러니 범은 연암의 전사체轉寫体로서 연암 자신을 대상화對象化시켜 표현한 것으로 보아 마땅하다.

드센 꾸짖음에 북곽 선생은 숨조차 제대로 쉬지 못하고 손을 싹싹 비비며

---

13 붓으로 문자를 써서 온갖 못된 짓을 다한다는 비유. 옛날 창힐(蒼頡)이 한자를 처음 만들자, 귀신이 밤에 울었다고 한다.

애걸하니 영락없이 파리 발 드리우는 모양새다. 도둑놈이 개에게 물린 셈이니 구박을 받아도 아무 말 못하는 처지로 그저 숨을 죽이고 범의 다음 꾸지람을 기다릴 뿐이었다.

한참동안 아무 동정이 없자 머리를 들어 보니, 이미 먼동이 터 주위가 밝아오는데 범은 간 곳이 없었다.

그때 새벽 일찍 밭 갈러 나온 농부가 "선생님, 이른 새벽에 들판에서 무슨 기도를 드리고 계십니까?" 하고 묻는다.

그러자 북곽 선생은 엄숙히 아래와 같은 시 한 구를 읊는다. 물론 영판 귀신 씻나락 까먹는 소리다.

하늘이 높다 하지만	謂天蓋高
머리 어찌 안 굽히며	不敢不局
땅이 비록 두텁단들	謂地蓋厚
가만가만 걷지 않을쏘냐	不敢不蹐

북곽 선생, 각성바지 아이들의 고함 소리를 꽁무니에 매단 채 도망치다가 똥통에 빠지고 더하여 사람 잡아 먹으로 내려 온 범에게조차 먹잇감이 못되고는 가파른 핀잔만을 들어 무참無慘해 하던 조금 전 태도를 돌변하여 영절스럽게 엉뚱스런 말주변을 늘어놓는다. 능청맞고 변덕 부리는 짓을 '도섭'이라고 하는데, 북곽 선생이 참으로 도섭스럽다. 여간만 심상尋常치 않은 위인임을 진작에 알았지만, 어느새 회오悔悟의 시선을 싹 거둔 모습에서 참으로 물색없는 부유腐儒임을 알 수 있다.

이 시는 『시경』 「소아小雅, 기부지십祈父之什」 '정월'의 여섯 번째 시의 첫째와 두 번째 구인데, 간신奸臣이 국정을 문란케 하니 의로운 선비가 화를 입지 않도록 조심한다는 뜻이 숨어 있다.

바람피우다가 덜미 잡힌 사람이 웬 '국정 문란 운운'에 '의로운 선비 타령'이란 말인가?

새벽녘 일찍이 들에 일을 하러 나온 농부가 이 말을 어떻게 받아들였을까. 어쩌면 '대학자가 하시는 말씀이니 어련히 좋은 뜻이시겠지' 하였을지도 모르지만, 북곽 선생은 부끄러움도 모르니 그야말로 후안무치厚顔無恥요, 참으로 가증스러운 모습이다.

"굶주린 범은 고자도 가리지 않는다虎飢困 不擇宦" 하는 말이 있다. 고자가 비록 온전한 사람은 아니지만 배고픈 범은 이것저것 가릴 겨를이 없다는 말로 쓰이지만 「호질」 속 범은 먹을거리를 눈 앞에 두고 입맛도 다시지 않는다. **남의 묘혈墓穴이나 뒤지는 유자儒者이니 승냥이나 범의 먹이도 못될 것이다.**

마지막으로 「호질」 후지를 적어 놓은 부분을 보겠다.

연암은 이 소설이 자기의 것이 아니라고 하였다. 그래서인지 '연암씨왈燕巖氏曰'이라고 열전列傳의 형식을 끌어다 '「호질」 후지' 달았는데 그 내용이 제법 길다.

아래는 「호질」 후지의 첫 부분인데 논의의 편의상 숫자를 붙이었다.

연암 씨燕巖氏는 말한다.

① 이 글은 비록 작자의 성명이 없으나, 근세 중국인의 비분悲憤의 작作일 것이다. ② 세운世運이 암흑시대에 들어 이적夷賊의 화가 맹수보다 더 심한데, 지금 몰염치한 유자儒者들은 경전의 장구章句를 끼어 맞춰서 곡학아세를 일삼고 있다. ③ 이야말로 남의 묘혈墓穴을 뒤지는 유자로서 승냥이나 범의 먹이조차 못 될 것들이 아닐까. ④ 이제 이 글을 읽어 보매 말이 이치에 어그러진 점이 없지 않아 『장자莊子』의 '거협편胠篋篇', '도척편盜跖篇'과 취지를 같이한다고 보겠다.

燕岩氏曰 篇雖無作者姓名 而盖近世華人悲憤之作也 世運入於長夜 而夷
狄之禍 甚於猛獸 士之無恥者 綴拾章句 以狐媚當世 豈非發塚之儒 而豺狼之
所不食者乎 今讀其文 言多悖理 與肚篋盜跖同旨.

이제 「호질」의 저작에 관한 마지막 의문을 풀 곳이다.

연암은 ①에서 「호질」은 '근세 중국인의 비분의 작'이라고 강변하며 자기
의 작품이 아니라고 하지만 연암이 말한 문맥을 그대로 받아들이기에는 석
연치 않다.

유만주의 『흠영欽英』이란 일기에 보이는 「호질」에 대한 당시의 평으로 이
에 대한 의문을 넘겨 짚어보자. 이 일기의 내용으로 「호질」이 당시 국내에 꽤
널리 퍼졌으며 연암의 작품으로 인정하였음을 알 수 있다.

유만주俞晚柱, 1755~1788는 이 책의 앞에서 언급한 바 있는 연암과는 척을 두
고 지냈던 유한준의 아들이다. 그의 『흠영』이란 일기에는 굉박한 독서 편력
이 보이는데, 1786년 11월 2일에 아래와 같은 「호질」에 관한 평이 있다.[14]

㉠ 「호질」을 돌려받았다. 편지에 이르기를 "문장은 기이하지 않음이 없으나
뜻은 심히 아름답지 못하니 한 번 보는 것으로 족하다"고 하였다.

虎叱還 書云 文非不可奇 意甚不可 一覽而 止足矣.

㉡ 늠이 호질을 돌려보내며 편지에 이르기를, "이 글은 『연기燕記』[15]에서 보여
준 솜씨와 아주 비슷하다. 바로 영웅이 사람을 속이고 성내어 무덤을 파던 유자
儒者를 묘사한 게 아닌가. 필세가 왕성하지 못한 것은 걱정스럽지 않으나 너무 꼽

---

14   유만주, 『흠영』 6, 서울대규장각자료총서 문학편, 1977, 408~409쪽.
15   『열하일기』가 아닌가 한다.

진하게 묘사한 것은 걱정스러우니 혹 지나친 것은 아닐는지"라 했다.

凜還虎叱 書云 此文 絶似斫手段 燕記云云 無乃英雄欺人 憤嫉發塚之儒 模
寫處 不患不淋漓 患太逼盡 毋或過乎

「호질」이 1780년에 지어졌으니 그로부터 6년 뒤에 「호질」을 읽은 평이
다. ㉠과 ㉡이 동일 인물인지를 정확히 알 수 없어 나누어 살핀다.

㉠은 유만주가 누군가에게 「호질」을 빌려 주고 돌려받을 때 독서자가 함
께 준 편지 구절의 인용이다. 독서자는 이 소설이 재미있었던지 기문론奇文
論[16]을 들어 연암소설의 문장 가치를 한껏 높이면서도 '뜻'에 대해서 떨떠름
한 반응을 보이는 것으로 보아 유자儒者가 분명하다.

㉡늠凜이란 자 역시, 고소설 비평어인 핍진론逼眞論[17]을 들어 「호질」을 평하
고 있다. 늠이란 자가 누구인지 정확히 모르지만 그 역시 ㉠평을 한 사람과
다른 부류는 아닐 듯하다. 그는 「호질」의 핍진성이 무엇인지 구체적으로 적
시하지는 않았지만 소설의 내용으로 미루어 대사회적 비판의식에 긴장한
듯한 말투다. 왜 그랬을까?

대답을 "무덤 파던 유자發塚之儒"에서 찾아본다. 이 말은 『장자』「잡편」 '외
물' 편에 보이니 일부를 인용하면 아래와 같다.

---

16 기문론은 소설의 문체가 기이하다는 뜻으로 글투의 뛰어남을 들어 소설의 가치를 높이고
자 한 비평어이다.

17 핍진론은 소설 속에 묘사된 인물들의 목소리, 생김새, 말투, 행동거지 따위가 일상생활 속의
그것과 가깝다는 말이다. 이 '사실에 가깝다'라는 뜻의 핍진은 중국의 소설 비평에서도 흔
히 볼 수 있는 것으로 이지(李贄, 1527~1602) 등이 사실 이론(寫實理論)의 하나로 자주 사
용한 비평 용어이다. 이 용어는 명대(明代)의 비평가들이 보편적으로 인식하였던 것으로
'생동감이 있어야 한다'는 '욕활(欲活)'과 함께 예술적 형상화에 꼭 필요한 것으로 여겼다.

유자儒者는 시례詩禮[18]의 기술을 구실 삼아 무덤을 파헤친다. 대유大儒가 말을 전했다.

"동방이 밝아 온다. 일이 어찌 되었느냐?"

소유小儒가 말했다.

"수의囚衣를 아직 다 못 벗겼는데 입안에는 구슬이 있습니다."

"『시경』에 진실로 '푸르고 푸른 보리가 무덤가에 무성하네. 살아 베풀지 않았는데 죽어서 어찌 구슬을 입에 머금었는가'라고 한 것이 있지 않더냐? 그 살쩍을 잡고 뺨을 눌러라."

소유가 쇠망치로 그 턱을 두드려 천천히 그 볼을 벌려 입안의 구슬을 깨지지 않게 꺼내었다.

儒以詩禮發塚. 大儒臚傳曰 東方作矣 事之何若 小儒曰 裙襦未解 口中有珠. 詩固有之曰 靑靑之麥, 生於陵陂 生不布施 死何含珠爲 接其鬢 壓其顬. 儒以金椎控其頤 徐別其頰 無傷口中珠.

이 글은 시례詩禮, 즉 『시경』과 『예기』를 핑계 삼아 나쁜 일을 행하는 속 각각 말 각각인 유자儒者들을 풍자한 시이다. 야음을 틈타 무덤을 도굴하는 도둑이 '대유'와 '소유'라는 설정도 한껏 유자들을 풍자한 것인데 입안에 저승 노자로 넣어 둔 반함飯含마저 꺼내며 주고받는 희극적인 상황은 유자들로서는 낯 뜨겁다. 더욱이 '푸르고 푸른 보리가 무덤가에 무성하네. 살아 베풀지 않았는데 죽어서 어찌 구슬을 입에 무는가'라는 『시경』의 일시逸詩에서 살아 생전 좋은 일이라고는 전혀 하지 않은 위인임을 알 수 있다. 더욱이 '훔치는 자'나 '망자亡子'나 모두 유자라는 데서 상황이 몹시 반어적이다.

---

18 『시경』과 『예기』.

연암은 평소에 선비로서 이 반함을 평소 부끄럽게 여긴 듯하다. 일찍이 연암과 홍대용은 이를 하지 말자고 한 적이 있어, 홍대용이 먼저 사망하자 연암은 친히 찾아가 반함을 못하게 하였다는 기록이 종채의 『과정록』에도 보인다. 아마 연암도 이를 지켰으리라 생각한다. 연암이 이러한 것은 유자로서 낮은 백성들에게 넉넉히 베풀지 못한 것이 마음에 걸려서일 듯하다. 말로는 오상五常[19]을 찾고 사강四綱[20]을 권면한다지만 그 당시에 과연 그러한 삶을 산 이가 몇이 된다고 연암은 저러한 것일까 하는 생각이 드니, 그의 치열한 '선비의식'이 새삼 새롭다.

③에서 연암은 「호질」이 바로 이러한 '발총지유發塚之儒'를 공격하는 것이라고 명시하며 연암은 선비를 남의 묘혈墓穴이나 뒤지는 진개장塵芥場, 쓰레기 버리는곳의 소제부 정도로 격하하고는 아예 '승냥이나 범의 먹이조차 못될 것들'이라는 발언도 서슴지 않는다. 그리고 저들이 구체적으로 '경전의 장구章句를 끼어 맞춰서 곡학아세曲學阿世'[21]라고 ②에서 구체화하였다. 늘이 한껏 격정하는 것은 바로 이 부분이다.

또한 ④의 '거협 편'은 『장자』의 「외편外篇」의 편명인데 도적을 방비하고자 하는 인간의 지혜가 결과적으로 대도적의 이익에 이바지 한다는 역설적인 발상에서 출발하여 성지聖知니 인의仁義라는 고상한 정치 구호를 배격하고 무위無爲의 정치를 해야 한다는 글이다.

'도척편' 역시 같은 책의 「내편內篇」에 보이는 것으로 인간의 본성에 역행하는 모습들을 극력 반대한다는 내용으로 모두 당대의 몹쓸 질서를 신봉하라는 조선식 주자학과는 대척점에 있다. 그렇다면 연암이 하고 많은 책 중에

---

19 부의(父義)·모자(母慈)·형우(兄友)·제공(弟恭)·자효(子孝).

20 예(禮)·의(義)·염(廉)·치(恥).

21 바른 길에서 벗어난 학문으로 세상 사람에게 아첨을 일삼는 몰염치한 유자(儒者)들.

서 『장자』를 인용한 의도를 명확하게 읽을 수 있잖은가. 그것은 양반들이 그렇게 지키고자 하던 보수적인 유교 논리에 대한 통박이다.

연암의 「호질」 후지, 늠의 소설평, 『장자』를 다시 한번 정리해 보자.

⊙ 연암의 「호질」 후지 : 남의 묘혈墓穴을 뒤지는 유자儒者

發塚之儒.

ⓛ 늠의 소설평 : 성내어 무덤을 파던 유자儒者

憤嫉發塚之儒.

ⓒ 『장자』 「잡편」 '외물' 편 : 유자儒者는 시례詩禮의 기술을 구실 삼아 무덤을 파헤친다.

儒以詩禮發塚.

'발총지유發塚之儒'는 「호질」에서 표면상 북곽 선생이지만 조선으로 돌리면 당대의 부유들이고 더욱 구체적으로는 공연한 구두선口頭禪22으로 북벌론을 내세워 정치를 유린하였던 우암尤庵 송시열宋時烈, 1607~1689을 추종하던 노론 일파로 볼 수도 있다. 범은 물론 연암으로 본들 어그러짐이 크지는 않을 것이다.

만약 「호질」이 연암의 말대로 중국인의 작이라면 늠이 이렇게 민감한 반응을 보일 리가 없다. 늠은 "너무 핍진하게 묘사한 것이 걱정스러우니 혹 지나친 것은 아닐는지" 하고 한껏 불편한 심기를 드러내었다. 당시 유자들은 「호질」을 연암의 작품으로 간주하였다는 의미다.

기필起筆에서 완성까지 모두 연암의 의도하에 이루어진 것이 확연하니 이상으로 미루어 「호질」은 연암의 작이고 독자는 조선인 유자儒者이다. 따라서

---

22 실행이 따르지 않는 빈말.

연암소설이 모두 그렇거니와 「호질」에 대한 원거의 영향 관계나 작자 문제는 왕배덕배 시비하지 않아도 괜찮다. 양반의 도덕적 허위의식을 풍자적으로 비판하기 위하여 중국의 한 객점에서 「호질」의 원거를 발견하고는, 이를 본밑으로 「호질」이라는 걸작을 만든 것으로 이해하면 된다.

세상은 끊임없이 선택을 하여야 하고 그 때문에 늘 갈등을 한다. 늘 시시비비是是非非를 가리지 못하겠지만 지식인으로서 기연가미연가하고 머뭇거리는 것은 기회주의 같아서 보기에 딱하다. 진실을 찾아내는 특별한 법칙은 없다. 용기와 행동이 있어야만 가능한 일이니 이것이 지식의 생동성生動性이요, 가치價値이다.

연암이 이 소설에서 지적하는 유학자의 위선과 아첨, 탐욕스러움에 대한 범의 꾸짖음은 바로 이러한 지식이 살아 있음에 대한 반증이요, 미망未亡에 빠진 유교 논리에 대한 통박이다.

뒤를 잇는 연암의 목소리는 더욱 높다.

그런데 천하의 뜻있는 인사들이 어찌 하루라도 중국을 잊는단 말인가? 지금 청나라가 중국 대륙을 지배한 지 사대四代를 지나 문치文治와 무비武備가 잘 되어서 백 년 동안 안정을 누리고 세상이 아주 조용하니, 이것은 한당漢唐의 시대에도 못 보던 일이다. 이처럼 백성들을 잘 다스려 보살피는 것을 보니 이 또한 하늘이 보낸 명리命吏가 아닌가 싶다. (…중략…) 슬프다! 명나라의 명맥이 끊어진 지 이미 오래다. 중국의 인사들이 변발을 한 지도 백년의 세월을 넘겼으되 자나 깨나 가슴을 치며 문득 명나라를 생각하는 것은 무슨 까닭인가? 차마 중국을 잊을 수 없기 때문이다.

然天下有志之士 豈可一日而忘中國哉 今淸之御宇纔四世 而莫不文武壽考
昇平百年 四海寧謐 此漢唐之所無也 觀其全安扶植之意 殆亦上天所置之命

吏也 (…중략…) 噫 明之王澤已渴矣 中州之士 自循其髮於百年之久 而寤寐 標擗 輒思明室者何也 所以不忍忘中國也.

이 무슨 뚱딴지같은 소리인가.

연암은 뜬금없이 다음과 같은 소리를 해댄다. 「호질」에 대한 작자 문제 운운하다가는 곧바로 딴전을 붙이어 청나라를 옹호하고 나선다. 「허생」에서 들어 본 멜로디가 그대로 「호질」이라는 주파수에서 흐르고 있는 셈이다.

연암은 지금이 청나라의 시대임을 분명히 하면서 명나라를 잊지 못하는 안타까움을 적어 놓았다. 물론 연암의 무게 중심은 청나라에 있지 이미 역사 속으로 사라진 명나라를 붙잡지 않는다.

그런데 이 문제는 이렇게 끝낼 것이 아니라는 점이다. 왜냐하면 당시 조선의 정치계는 아직도 숭명배청崇明排淸을 목 놓아 부를 때이기 때문이다. 문자 대로 '언감생심焉敢生心, 어찌 감히 그런 마음을 먹을 수 있으랴'이니 이러한 국가적 불문율에 대해 척을 두는 발언을 하는 연암의 속셈은 무엇일까.

이어지는 글줄을 더 보자. 이번에는 앞의 문장을 만회라도 하려는 듯, 반대로 청나라를 들이친다.

한편 청나라가 취하는 정책도 어쭙잖다. 예전 호족 출신의 임금들이 마지막엔 중국에 동화된 나머지 쇠망했던 것에 비추어 징계하는 철비鐵碑를 새겨 전정箭亭, 파수보는 곳에 세웠다. 그러나 저들도 항상 자기들의 복색을 부끄럽게 여기지 않은 이 없건마는 오히려 자기들의 옷과 벙거지를 가지고 강약의 형세만 마음에 두니 어찌 그다지 어리석단 말인가. 문왕文王 무왕武王의 현철하심으로도 말주末主, 은나라의 마지막 왕인 주(紂)왕의 무너져 가는 것을 붙잡지 못했는데, 하물며 구구이 한낱 복색과 벙거지를 통해서 강약의 형세를 유지하려 해서 되겠는가. (…중략…) 나는 그렇게 해서 정말 강하게 되는지 모르겠다.

清之自爲謀 亦踈矣 懲前代胡主之末效華而衰者 勒鐵 埋之箭亭 其言未嘗
不自恥其衣帽 而猶復眷眷於强弱之勢 何其愚也 文謨武烈 尙不能救末主之
陵夷 況區區自强於衣帽 (…중략…) 吾未知其强也.

겉으로는 청나라의 복식 이야기를 하고 있지만 속내는 다른 곳을 겨냥하
고 있다. 그것은 청나라의 복색 문제다. 명나라 사람 모두 '입성'이 '청나라의
복색'이라고 해서 저들이 청나라 사람이 된 것은 아니다.

그래서 연암은 "가령 백성들이 한번 청나라의 홍모를 벗어서 땅에 팽개쳐
버린다면 청나라 황제는 앉아서 천하를 잃게 된다. 철비를 세워 후세에 교훈
을 삼으려던 것이 참으로 부질없는 짓 아닌가" 하고 되뇐다.

맨 뒤의 연암 소리를 다시 한번 들어보자.

이 글은 원래 제목이 없었는데 이제 글 가운데 '호질虎叱' 두 글자를 뽑아서 제
목을 삼아 둔다. 중국의 산하山河가 맑아질 날을 기다려 보기로 하자.

篇本無題 今取篇中有虎叱二字 爲目 以竢中州之淸焉.

연암은 이 소설의 제목을 '호질虎叱, 범의 꾸짖음'이라고 하면서 '중국의 산하가
맑아질 날을 기다려 보겠다'라는 말로 글을 마친다. '말은 다하였으나 뜻은
아직 다하지 않았네'라는 '사진의부진辭盡意不盡'의 여운을 독자에게 던졌다.
표면적으로야 중국의 혼탁한 정세를 겨냥하여 쓴 중국인의 작품이라는 뜻
이지만 지금까지 살핀 바, 범은 바로 연암의 분신이요, 중국은 조선이다.

달을 그릴 때, 직접 달을 그리지 않고 구름을 그려서 달을 드러내는 방법
인 홍운탁월법洪雲拓月法이요, 뜻은 안에 있으면서 잠시 속여 두는 츤탁법儭托法

이다. 이 두 고소설 비평어들은 객체를 묘사함으로써 주체를 더욱 드러내는 수법이니 범이 꾸짖는 인물도 중국 산하가 맑아질 날을 기다리겠다는 것도 조선의 양반이요, 우리 조선임을 가리킨다.

사냥꾼들은 더 잘 겨냥하기 위하여 한쪽 눈을 감듯이 연암도 한쪽 눈을 질 끈 감고 부조리한 양반들을 겨누어 소설을 쓰되 범을 중간에 세워 숨바꼭질을 한 것이다. 자신에게 득이 되지 않을 것을 번연히 알면서도 감히 써서 세상에 내보내자니 우언, 범, 작자 문제 등의 여러 소설적 장치들을 두어 부러 곡해를 불러 시휘時諱, 시세(時世)에 맞지 않는 언행를 미연에 막고자 함이렷다.

많은 이들, 특히 지식인들은 이 연암소설을 역할모델로 삼기에 충분하다고 생각한다.

허생

許生

문장이 몹시 비분강개하다

제題「허생」후後

이 작품은 각계각층의 복잡한 인물들로 구성되어 있다.

배경		서울의 묵적동, 안성, 변산, 제주도, 무인도, 일본의 장기 등
등장인물	**허생**	10년을 정하고 독서를 하다 7년 만에 그친 빈곤한 유생으로 뜻이 원대하고 기개가 있어서 남에게 얽매이거나 굽히지 않는 헌걸찬 선비이다. 족히 나라를 구할 만한 인재이나 등용되지 못하는 바람직한 실천적 지식인의 초상으로 경제와 학문의 참다운 가치실현을 보여준다. 연암소설 중 가장 연암의 실학사상을 보여주는 대리적 분신이다.
	허생의 아내	바느질을 하여 호구를 꾸려가는 가난한 여인으로 견디다 못하여 남편의 무능을 원망한다.
	변씨	허생이 만금을 차용하려 할 때 즉시 빌려 주어 후에 십만 금을 받을 정도로 안목이 넓다. 더욱이 정계에까지 손을 뻗어 이완하고도 친교가 깊어 허생을 소개하기도 한다. 그는 부자로서는 보기 드물게 긍정적 인물로 연암이 생각하고 있는 바람직한 경제인이다.
	이완	효종시대 어영대장을 지낸 실존 인물이다. 이 소설 속에서는 조선 후기의 전형적인 정치적 인물로 설정되어 있다. 변씨의 안내로 허생을 만나 계책을 듣지만 모두 불가능하다고 말하여 허생이 죽이려 하자 도망친다. 무능한 북벌론자들의 허상의 상징적 존재로 차용한 인물이다.
	윤영	나에게 허생 이야기를 제보해 준 사람이다.

조계원	실존 인물이다. 무능한 북벌론자들의 상징적 존재로 차용한 인물이다.
비장들	이들의 이야기를 통하여 돈과 관련된 신의信義와 의협義俠, 의로움, 인간적 긍지 등의 구체적 가치세목을 볼 수 있다. 바람직한 돈의 효용성을 보여주는 인물들이다.
변씨의 자제	지금으로 치면 돈이 공물公物임을 모르고 부의 세습을 당연시 여기는 전형적인 재벌가 아들의 형상화이다.
변산 도적들	상식이 통하지 않던 세상에서 절벽 위에 서 있는 듯한 심정으로 내일 없는 오늘을 살던 따라지 목숨들이다. 허생을 만나 사람이 살지 않는 '알섬'에서 비로소 가정을 꾸리지만 그리 오래가지는 못할 것 같다.

『열하일기』「옥갑야화」에 실려 있으니 1780년 44세 때의 작품이다.

한국 지식인의 역사를 추상追想하자면 '허생'은 좀 특이한 부류에 속한다. 그것은 지적체계에 경제력經濟力이라는 소품을 갖춘 실천적 지식인의 발견이기 때문이다.

「허생」은 연암소설에서 가장 구상과 착상이 뛰어난 득의得意의 작품으로 허생이라는 '이상적 양반상'을 보여줌으로써 「양반전」의 퇴행적 '양반'을 반추케 한다.

또 「허생」은 연암이 윤영이라는 신비한 노인에게 들은 것이라는 장치를 겹겹이 둘만큼 저들에 대한 비판 수위가 높다. 「허생」은 「옥갑야화」라는 여러 층위의 삽화 중 하나이다. 하지만 조금만 깊이 살피면 우리는 「옥갑야화」

의 여러 삽화들이 야금야금 「허생」에 콘센트를 접지하고 있음을 보니 실상인 즉 「허생」에 혈㐀을 모으기 위한 행룡行龍들이다.

허생은 남산 아래 묵적골의 다 쓰러져 가는 오막살이집에 살고 있었다. '남산 아래 묵적골' 하면 가난한 양반들의 상징어로 통한다. 저들은 물에 빠져 죽어도 개헤엄은 안 치고 얼어 죽을망정 겻불을 안 쬐고 주려 죽을지언정 채미探薇도 않는 꼬장한 기개가 있는 사람들이었다. 지역적인 특성만으로 허생의 총체성을 담아내고 있다.

더욱이 그는 책 읽기를 몹시 좋아하였으니 가난은 불 보듯 뻔한 일, 아내의 삯바느질로 겨우 '서발막대 거칠 것 없는 삶'을 경영한다. 결국 한계상황에 도달한 그의 아내는 '과거도 보지 않으면서 책은 무엇 때문에 읽느냐', '장사 밑천이 없으면 도둑질이라도 하라'고 퍼붓는다. 종일 먹물만 휘저으며 방구들을 차고앉은 아낙군수에 대한 최후의 일격이다.

아내가 남편을 박대함을 내소박內疏薄이라고 한다. 단단히 내소박을 맞은 허생, 결국 책을 덮고야 마니 10년을 기약하고 공부한 지 7년째였다.

허생이 찾아 간 곳은 한양 제일 부자 변씨의 집이다. 뜬금없이 찾아가 만 냥을 꾸어 달라는 허생이나 처음 보는 이에게 선뜻 그 큰 돈을 빌려주는 변씨의 안목 또한 여간 아니다. 사람 보는 눈이 범상치 않은 것을 보면 큰 부자는 하늘이 내는 것이라는 말이 맞나 보다. 허생은 빌린 만 냥을 들고 안성으로 내려가서 과일 장사를 시작하면서 매점매석이라는 결코 쓰지 말아야 할 상행위로 폭리를 얻는다. 마수걸이가 이 정도이니 허생의 상재商材가 놀랍다.

그러고는 제주도에 들어가 비슷한 수법으로 말총장사를 하여 또한 막대한 이익을 얻는다. 이렇듯이 만 냥에 무너지는 조선의 경제에서 주변국들에게 늘 침략을 당하면서 사는 이유를 읽을 수도 있다.

허생의 활약은 이제 민생치안으로 건너뛴다. 무인도 하나를 얻어 변산에 숨어 있는 도둑들을 설득하여 각기 소 한 필과 여자 한 사람씩 데려오게 하고 그들과 무인도에 들어가 농사를 짓는다. 여기서 또 한 번 조선의 피폐한 현실이 보인다. 오죽하면 '모이면 도둑이요, 흩어지면 백성聚則盜 散則民'이라고 실록에도 적혀 있을까. 이 땅의 농사짓는 백성으로 산다는 것은 겸하여 도둑질을 해야만 하였다. 홍길동이니, 일지매니, 홍경래니, 임꺽정이 바로 그들이다. 조선의 뒷골목 풍경이 아니라 브로마이드 인화지Bromide paper 즉, 실제 조선 풍경이었다. 그런데 왜 이 문제를 연암과 같은 하찮은 지식인이 걱정해야만 할까?

허생은 섬사람들을 데리고 삼 년 동안 농사 지어 얻은 곡식을 일본에 팔아 백만 금을 얻게 된다. 그러고는 섬사람들을 떠나지 못하게 외부로 통행할 배를 불태우고는 50만 금은 바다에 던져 버리고 자신은 '조그만 시험[小試]'을 끝냈다 하며 섬에서 나온다.

이것이 허생이 치부를 한 이유였다. 허생의 치부致富가 개인을 위해서가 아닌 사회의 공공성公共性에 두었다는 점은 시사하는 바가 적지 않으니 국가로까지 나아가기 때문이다. 결코 글하는 이의 오만한 시혜도 자기도취적 동정도 아니다. 이른바 실학자들이 기치로 내걸었던 독서를 통한 '경세제민經世濟民의 구현'이니 허생의 독서 10년 기약은 이러한 큰 뜻이 있었다.

허생은 섬에서 나올 때 글 아는 사람을 모두 데리고 나왔다. 모든 폐단은 한낱 지식에서 비롯된다고 여겨서였다. 지금도 우리 사회의 큰 병폐는 글 아는 이들이 그 원인이다. 저들의 삶 연속선상에 우리가 있음을 잊지 말아야 한다.

다시 본토로 돌아온 허생은 가난한 자들을 구제하고 남은 돈 10만 금을 변씨에게 갚는다. 변씨는 불과 몇 년 만에 앉아서 10배의 변리를 취하였으니 그 재주 또한 허생 못지않다.

허생은 빈털터리로 남산골로 돌아간다.

여기서 몇 가지 생각을 하게 된다. 남산골 오두막집에서 시작된 이야기가 다시 그 집으로 돌아 왔다. 분명한 '원점회귀原點回歸 소설'이니, 이 점을 고려한다면 '주인공에게 어떠한 모습으로든 변화'가 보여야 한다. 그런데 달라진 것이 전혀 없다. 물론 가난도 그대로다. 그렇다면 허생이 세운 섬나라는 이상국으로서 의미가 없다. 허생이 머물고자 한 이상국은 바로 조선이었다.

허생의 아내가 그를 어떻게 맞았는지는 소설에 쓰여 있지 않지마는 허생의 이야기를 들려주었다는 윤영은 "허생의 아내는 필경 또다시 굶주렸을 것"이라 하였다. 「허생」에는 변씨가 돈을 돌려주려고 하여도 받지 않으며 호구糊口할 정도의 식량만 받고 술이나 가져가면 즐겨 마셨다고 되어 있다. 언급한 바 허생의 치부致富가 개안의 안락에 있는 것이 아니라, 철저하게 공공적 차원을 지향함을 알 수 있다.

이제 이야기는 급전직하 정치로 옮아간다. 변씨에게 허생의 이야기를 들은 이완 대장이 허생을 찾았다.

허생은 이완에게 와룡 선생을 천거하고 종실의 딸들을 명나라 후손에게 시집보내고 강남을 정탐하고 국치를 설욕할 계책을 세우라고 한다. 이른바 허생의 '큰 시험[大試]'이다.

하지만 이완이 모두 어렵다고 한다. 허생은 좀 더 쉬운 방법을 알려주나 이완은 이것도 사대부들이 예법을 지키기에 못 하겠다고 한다. "가재는 게 편이요, 초록은 동색"이라더니 개혁을 하겠다고 찾아 온 이완도 사대부를 감싸안기에 바쁘니 저 푼수로 무슨 국정을 살피겠는가.

하지만 10년 기약의 독서에서 3년이 모자란 이유를 여기서 안다. 급기야 허생은 칼을 빼어들고 이완을 찌르려 하자 이완은 꽁무니가 빠지게 도망친다. 북벌론이라는 국정지표 밑에서 탐욕만을 챙기는 저들에게 거침없이 적의를 드러내는 허생의 행동이다.

이튿날 이완이 다시 허생을 찾아갔으나 그는 이미 자취를 감추고 집은 비어 있었다. 마치 우복동으로 사라진 청허자淸虛子처럼. 그러니 이 허생을 경제법 위반으로 떼돈 번 사나이 정도로 이해해서는 안 된다.

허생

許生

'돈'과 '명예', '권력'은 시대와 공간을 초월하며 우리의 삶을 지배하는 전통적인 세 강자였다. 그런데 요즈음 '돈'님이 삼두체제三頭體制를 허물고 천하통일의 대업을 완성하고 황제로 등극하더니, 내친김에 신격화까지 넘보고 있다. 그래서인지 전 세계인이 뜻을 모아 '일체향전간!一切向錢看, 오로지 돈만 보세!', 혹은 '전능신통!錢能神通, 돈은 신과 통한다!' 하고 외친다.

컴퓨터는 0과 1 두 개만을 가지고서도 모든 정보와 계산을 신속 정확하게 처리하듯, 오늘날에는 돈만 가지면 모든 것을 다할 수 있다고 생각하는 사람들이 많다. 정녕 이제 돈을 더럽다고 '이까짓 것아도阿堵'으로 부르거나 '무물불성無物不成, 돈이 없으면 아무 것도 이룰 수 없음'이란 말에 손사래를 칠 이도 없는 시대이다. 그래서인지 만나는 사람마다 "부자 되세요" 하는 덕담을 너도나도 주고받는다.

그것이 덕담인지 아닌지는 알 수 없지만 그런 세상인 것만큼은 분명하다. 아마 우리는 집집마다 마을마다 탐천貪泉[1]이라는 샘을 파고 또 파나 보다.

우리는 이「허생」에서 탐천을 마시고 돈과 명예, 권력에 휘둘리는 이들과 바른 삶을 정립한 경제인과 지식인讀書人의 초상을 볼 수 있을 것이다.

논의로 들어가기에 앞서 연암소설에서「허생」의 의의를 짚어 보자면 당대의 모순된 현실을 '지적하고 고발'하였던 작품 경향에서 벗어나 이「허생」

---

1   일명 석문수(石門水)라고도 하는데, 이 물을 마시면 결백하던 성품도 변하여 물욕이 생긴다고 한다.

에서는 적극적으로 '대안을 제시하고 모순을 시정'하려는 의도를 담아냈으니 허생의 경제적 행동, 변산의 도둑 해결, 시사삼책 제시 등이 바로 그것이다. 독서자는 이러한 점을 놓치지 말아야 한다.

「허생」은 본래 제목이 없었으나 편의상 이렇게 부르고 있다는 점부터 살피자.

「허생」은 『열하일기熱河日記』 「옥갑야화玉匣夜話」에 수록되어 있으며, 판본에 따라 「진덕재[2]야화進德齋夜話」에 들어 있기도 하다. 이 소설의 제목을 놓고 「허생」이니 「허생전」이니 하여 논쟁을 벌이는 이들이 있는데 저자의 생각을 말하라면 「허생」으로 하였으면 좋겠다.

혹자는 「허생전」으로 하기에는 일대기 형식을 겨냥한 '-전'의 모습이 아니라는 점 때문에 「허생」으로 하자고 하나 이런 논의를 굳이 들이대지 않아도 「허생」이라고 하는 데 문제는 없다. 이는 뒤에서 설명해 보겠다.

「허생」 이야기는 「안빈궁십년독역安貧窮十年讀易」, 「식보기허생취동로識寶氣許生取銅爐」, 「영만금부처치부瀛萬金夫妻致富」, 「와룡처사유사臥龍處士遺事」 등과 유사하다. 「안빈궁십년독역」은 한 선비가 10년 한정으로 『주역周易』을 읽기로 했다가 7년 만에 생계를 거의 잇지 못할 지경이 되자 나라의 부자인 홍동지에게 3만 냥을 빌려 아내로 하여금 식리殖利하게 하고 자신은 계속 책을 읽었는데, 3년 사이에 기만 냥이 되어 원금을 갚고 강원도 산골로 들어가 사람들을 모아서는 병화가 미치지 않는 무릉도원을 이루었다는 내용이다.

「식보기허생취동로」는 10년 한정으로 『주역』을 읽기로 한 허생이 아내가 머리카락을 팔아 연명하는 것을 보고는 1년 안에 돌아오기로 하고 집을 나선다. 그는 개성의 백부자에게 가서는 천 냥을 빌려서 평양 명기 초운의

---

2   진덕재는 열하에 있는 태학의 유생들이 공부하던 집.

집에서 탕진하고는 다시 백부자에게 3천 냥을 빌려 역시 초운에게 탕진하고 또다시 그렇게 한다. 만금을 날린 뒤 떠날 때 그는 선물로 오동화로를 받아서는 회령에 가서 호인胡人에게 10만 냥에 판다. 그 오동화로는 진시황 때 것이었다. 10만 냥을 백부자에게 주고 가버리자 그 뒤 백부자가 허생의 살림을 보태었다. 북벌을 계획하던 이완이 허생의 소문을 듣고 찾아오자 허생은 세 가지 계책을 내놓는다. 당색을 혁파하고 인재를 골고루 등용할 것, 호포법을 시행하여 사대부 자제도 그 대상이 되게 할 것, 국민 모두 호복胡服을 입게 할 것 등이다. 이완이 모두 어렵다고 하자 허생은 그를 내쫓고는 사라진다.

「영만금부처치부」는 남산 밑의 가난한 선비 여생呂生이 굶주림을 이기지 못하여 다방골 김동지를 찾아가 만 꿰미의 돈을 빌려 천 꿰미는 아내에게 주어 생계를 삼도록 하고 10년 뒤에 돌아오기로 한다. 여생은 영호남의 물산이 모이는 곳에 가서 매점매석하여 엄청난 돈을 번다. 그런 다음 그는 도적의 소굴로 들어가 우두머리가 되어서는 그들을 이끌고 섬으로 들어가 몇 년 동안 농사를 짓고는 함경도와 평안도에 가 팔아서 큰 이익을 본다. 그런 뒤 도적들에게 돈과 곡식 및 소를 나누어주고 고향으로 돌아가 양민이 되게 하고는 돌아온다. 김동지에게 거금을 돌려주고 집으로 돌아오니 부인도 그 사이에 그가 남겨준 돈으로 크게 치부하였다는 내용이다.

「허생」에 대한 이해를 위해 「육대조와룡정공유사六代祖臥龍亭公遺事」와 『한경지략』 소재 허생에 관한 부분은 좀 깊게 들여다 보자.

「육대조와룡정공유사」는 와룡정臥龍亭 허호許鎬, 1654~1714의 고사인데, 그의 5대손인 허유許愈가 지은 『허후산집許后山集』 권19, 「유사」에 실려 있다. 그런데 이 이야기는 선학들이 일찍이 허생의 모델로서 그 가능성을 타진한 바처럼 내용이 「허생」과 매우 비슷하다.

가장 먼저 '허호설'을 제기한 이는 김태준金台俊, 1905~1950 선생[3]이고 이가원 李家源, 1917~2000 선생이『연암소설연구』에서「육대조와룡정공유사」의 전모를 소개하였다.

「육대조와룡정공유사」의 일부를 소개하면 이렇다.

공의 휘諱는 호鎬, 자는 경원京遠이요, 성은 허 씨로 김해金海 사람이다. (···중략···) 태어나면서부터 준수하여 빼어났으며 성장하여서는 책 읽기를 몹시 좋아하였으나 자질구레하게 과거 시험을 위하여 일삼지는 아니하였다. 국가가 병자丙子와 정유丁酉년에 당한 부끄러움을 통분히 여겨 늘 연운지지燕雲之志[4]를 다듬는 데 두고 스스로 호를 와룡臥龍이라고 하였다.

(···중략···) 공이 바다 가운데 있는 섬으로 피신하였다 돌아와 종남산終南山, 서울시 중구에 있는 남산(南山)의 옛 이름 아래에 집을 빌려 가난하게 흙집에서 사니, 눈서리처럼 늠연하고 의관은 해졌으나『중용中庸』읽는 것을 그치지 않았다.

그때 조정에서는 은밀하게 북벌北伐을 계획하고는 인재를 찾았다. 대장大將인 아무개가 공의 사람됨을 듣고는 기이하게 여겨 밤에 하인을 데리고 집을 찾아서는 공과 천하의 일을 의논하였다.

공이 삼책三策을 제시하고는 이를 따져 물으니, 대장은 어렵다고 한다.

공은 정색을 하고는 말했다.

"이와 같은데 무엇을 할 수 있겠느냐?"

대장이 꽁무니를 빼어서는 도망가니 공도 다음 날 살던 집에서 나갔다. 그러고는 산 속으로 들어가서는 간단하게 집을 얽어놓고 검을 쥐고는 노래를 부르며 길게 탄식을 하여 이로써 슬프고 분함을 나타내었다.

3　『조선소설사』, 학예원, 1933, 173~177쪽 참조.
4　연운은 화북 지방으로 청나라가 점령하고 있는 연운을 빼앗겠다는 뜻이다.

公諱鎬 字京遠 姓許氏 金海人 (⋯중략⋯) 生而英秀峻拔 旣長 沉潛好讀書 而不屑爲擧子事. 痛國家丙丁之恥 常有直搗燕雲之志 自號臥龍 (⋯중략⋯) 公遂避身海島中 旣歸 倣居終南山下 席門土屋 霜雪凜如 而弊衣冠 讀中庸不 撤也 時朝延密議北擧 搜訪人材 時將臣某 聞公之爲人異之 夜屛騶從至門 與 論天下事 公設三策以詰之 將臣以爲難 公正色曰 如此尙可有爲乎 將臣逡巡 而退 公亦明日 拔宅而去 結幕山中 有撫劍歌幕將歎 以寓悲憤.[5]

「육대조와룡정공유사」를 보면 허호가 남산 아래에 살고 북벌을 하고자 인재를 찾고 대장이 찾아와 세 가지 계책을 이야기하나 받아들이지 못하고 집을 나가는 것 등이 거의 「허생」과 흡사하다.

또 『한경지략漢京識略』[6]에도 허생에 대한 이야기가 보인다.

흑수동에는 이동악의 집이 있는데 이 집의 정원에 시단이 있다. (⋯중략⋯) 또 예전의 허생이 이 동네에 은거하였는데, 집안이 가난하고 책 읽기를 좋아하 여 자못 선인의 자취를 좇는 것을 일삼아서 연암이 전傳을 만들었다.

黑水洞有李東岳內吉宅 園有詩壇 (⋯중략⋯) 又昔有許生隱居此洞 家貧好 讀書 頗有事蹟 朴燕岩爲之立傳[7]

이미 여러 차례 언급한 바, 이것은 연암소설의 본밑이 바로 여항에 있다는

---

5 이가원, 『연암소설연구』, 을유문화사, 1965, 599~600쪽에서 재인용. 이외에도 공이 스무 살에 호서(湖西, '충청남도'와 '충청북도'를 아울러 이르는 말)의 한 절을 유람하였는데, 절 에는 용력(勇力)이 있다고 자부하는 한 늙은 중이 있어 법에 어긋나는 게 많아 방망이로 죽였다는 기사 등이 보이나 「허생」과는 직접적인 관련이 없다.

6 조선시대 수도 한성(漢城)의 역사와 모습을 서술한 부지(府誌). 저자는 수헌거사(樹軒居 士)로 되어 있어 누구인지 확실하지 않으나, 이병기(李秉岐)의 설에 따르면 유득공(柳得 恭, 1748~1807)의 아들 본예(本藝)로 추정된다.

증명인 셈이다. 그래서인지 「허생」은 이후 일제강점기에도 관심의 대상이 었으니, 『신한민보新韓民報』 1918년 8월 15일에 '동히슈부'라 필명을 쓰는 이에 의해 번역이 게재되었으며, 이광수李光洙, 1892~1950는 여러 차례 이를 시로 썼다가는 아예 장편소설 「허생전」으로 개작하였다.

또 야담집 『기인기사록』에는 연암의 허생을 그대로 번역하여 「연작안지홍곡지 가석호걸노림천燕雀安知鴻鵠志 可惜豪傑老林泉, 제비와 참새가 어찌 큰기러기와 고니의 뜻을 알겠는가, 호걸이 노림천(老林泉)에서 늙어감이 아깝구나」[8]라는 제목으로 실렸으며, 해방 후에 오영진吳泳鎭, 1916~1974은 「허생전」[1970]이라는 장막극을 만들기도 하였다.

연암은 「허생」의 근원설화를 적절히 이용하였다. 그러면서 그는 '허생 이야기'는 변승업卞承業의 할아버지 이야기, 즉 '변승업의 치부致富 유래담'을 윤영尹映에게 들은 대로 전하는 것뿐이라고 한다. 따지자면 연암은 이 얘기가 자신이 말하는 것이 아니고 윤영이라는 사람에게 들었다는 것이 표면적인 언술言述일진대 그 진정성을 의심하지 않을 수 없다.

이러한 '이 얘기 누구에게 들었는데……'라는 형식은 고소설에서 가담항어街談巷語니, 가담항설街談巷說이니와 같이 소설류의 시원을 설명하는 용어들이다. 「호질」에서도 보았지만 자기가 지은 소설에 대해 부러 딴전이라도 부리는 듯한 어투의 연암 발언을 대략 세 가지 정도의 의미로 짚어본다.

하나는 이 소설은 절대 내가 지은 게 아니라는 것의 강조요, 또 하나는 이 소설의 개연성蓋然性을 높이고자 함이요, 나머지는 이 소설이 시휘時諱에 저촉되는 데 대한 방어기제防禦機制[9]이다. 이 세 가지를 모두면 앞에서 살핀 「호질」

---

7   임형택, 「한문단편의 형성과정에서의 강담사」, 한국고전문학연구회 편, 『한국소설문학의 탐구』, 일조각, 1982, 268~269쪽에서 재인용.

8   송순기, 간호윤 역, 『기인기사록』 상, 보고사, 2023, 19화소.

9   개인이 자기를 방어하기 위해 생각하고 느끼고 인식하는 것을 왜곡하는 행위.

과 「허생」이 시대적 정황으로 미루어 연암이 '내 작품이요'라고 말하기에는 너무나 많은 드센 시선들과 부딪칠 것을 감안한 그의 의도된 서술이라는 결론에 도달한다.

우선 「허생」의 대강 줄거리를 따라 잡아보고 이야기를 이어나간다.

허생이 10년 계획으로 글공부를 하다가, 가난을 이기지 못하여 7년 만에 중단하고 장안의 갑부 변씨卞氏를 찾아가 1만 냥을 빌려 안성장에서 장사를 시작하였다. 얼마 뒤 많은 돈을 벌어 좋은 일을 한 다음 10만 냥을 변씨에게 갚은 뒤 두 사람은 친구가 되었다. 하루는 어영대장 이완李浣이 찾아와 북벌의 묘책을 묻자, 3가지의 지혜를 내었으나 이완이 모두 어렵다고 하자, 이완을 쫓아낸 후 자취를 감추었다.

「허생」은 우리 소설사에서 읽어낼 부분이 많다.

우선 당시 육의전六矣廛, 六注比廛[10]이나 도고상인都賈商人, 도매상(都賣商)을 이르던 말 같은 도시 대상인들의 매점매석과 같은 행위를 비난하는 것이고 또 집권층의 무능을 예리하게 지적한 투계격문鬪鷄檄文[11]이요, 시사삼책時事三策으로 이른바 '국가를 바로 세우는 데 대한 시대의 물음에 대한 답'이기 때문이다. 앞의 것이 상도의商道義를 다룬 것이라면 후자는 북벌책北伐策을 정면에서 비판하고 있다.

아울러 '해외통상론海外通商論', '용차론用車論' 등 연암의 실학자로서 경륜을 펴 보인 소설이라는 점도 읽어내야 한다. 이러한 것은 당시에 현실 문제를 직시한 소설이었다는 점에서 한국소설사의 새 지평을 연 것으로 평가된다.

10 독점적 상업권을 부여받고 국가 수요품을 조달한 여섯 종류의 큰 상점.
11 왕발이 지은 글로 당시 왕족들의 자리다툼을 닭싸움에 비의한 것.

송순기(宋淳夔), 「연작안지홍곡지 가석호걸노림천」, 『기인기사록(奇人奇事錄)』 제1집,

「허생전」 서두, 『이광수전집(李光洙全集)』 제3권, 삼중당, 1962

「허생전」의 서두가 '변진사(卞進士)'라는 소제목으로부터 시작함을 알 수 있다. 이광수가 「허생전」을 쓰던 당시는 일제 강점기였다. 이광수 개인이나 국가적으로 큰 시련의 시기였다. 시대적 배경은 허생을 신적인 존재로 이상화하고 이상적 공간을 확장하도록 만들었다. 이광수는 「허생전」을 지은 '자작의 변'에서 아래처럼 적고 있다. 다소 이광수 투의 과장된 품새지만 허생이 '기인'임을 부각시켜, 이 작품에 대한 그의 애정이 녹록치 않음을 감지케 하는 글이다.

"그는 기인(奇人)이다. 그는 초인(超人)과 지략과 통찰력과 의지력을 가진 초인이다. 그의 눈에 조선의 인민은 너무 무력하였고 조선의 국토는 너무 협애(狹隘)하였다. 흉중의 양양(洋洋)한 경륜과 울발(鬱勃)한 불평을 펼 만한 천지가 없었다. (…중략…) 그는 계급을 미워하고 그 계급제도를 기저로 하는 모든 사회조직을 미워하였다. (…중략…) 이러한 세계적 기인 허생의 행적은 근대문호 박연암의 기경(奇警)한 붓으로 「허생전」이라는 대문자가 되어 그의 전집에 실렸다. 그러나 한하건대, 그것은 너무 간단하다."

(이광수, 「춘원문학」 2, 성한출판사, 1986, 359쪽)

그런데 박종채의 『과정록』에는 앞 장에서 살핀 「호질」과 「허생」에 대해 단 한 번도 언급하지 않았다. 「허생」은 이렇게 아들조차도 삼간 작품이었으니 글자 이면에 신경을 곤두세우고 살펴야 한다. 이 말은 연암의 구기口氣를 다만 그의 억센 마음이나 마이너리그로서 삶을 토로한 글로만 볼 수 없다라는 뜻이다. 그러니 독자들은 심행수묵尋行數墨[12]이라는 말과 내 뜻으로써 저이를 헤아리는 이의역지以意逆志를 꼭 챙겨야 한다.

「허생」은 「옥갑야화玉匣夜話」에 들어 있는 이야기 중의 하나이다. 「옥갑야화」는 연암이 열하에서 돌아오던 중 옥갑玉匣, 어디인지 구체적으로 알 수 없다에서 비장裨將들과 밤새 나눈 이야기를 기록한 것인데, 이야기판이 야단스럽다.

연암이 정사正使 삼종형 박명원朴明源의 자제군관子弟軍官[13] 자격으로 연행길에 오른 것은 1780년정조4 5월 25일이다. 정조 임금에게 하직을 하고 출발하여 6월 24일 도강渡江, 8월 1일 북경北京에 도착하여 5일간 체류, 8월 9일 열하熱河에 도착하여 7일 체류, 8월 20일 북경 귀환, 9월 17일 북경을 출발하여 10월 27일 귀성복명歸城復命하였다. 「허생」과 「호질」은 이 기간 중에 초고가 꾸려진 작품이다.

이해를 돕기 위해 다소 번거롭지만 「옥갑야화」의 대략을 훑어보겠다.[14]

① 30년 전에 우리나라 역관이 북경에 사신을 다녀오다 한 주막집에서 돈을 빌려 와서는 크게 부자가 되었다. 그러나 돈을 갚기 싫은 역관은 사신으로 가는 친구에게 주막집 주인이 물으면 자기 가족이 염병으로 죽었다고 말을 하라 한

---

12 독서하는 데 문자에만 구애되면 문자 밖의 참뜻을 깨닫지 못한다는 뜻.

13 정사가 자신의 자제·근친 중에서 글 잘하는 젊은 학자를 뽑아 정부의 승인을 얻어 함께 여행길에 오른 사람.

14 박지원, 『연암집』 권14, 「옥갑야화」, 경인문화사, 1982에는 없어 이우성·임형택 역편, 『이조후기 한문단편집중』, 일조각, 1978, 430쪽에서 재인용.

다. 우리나라 역관이 죽었다는 말을 들은 주막집 주인은 100냥을 주면서 돌아가서 명복을 빌어 달라고 한다. 그런데 친구가 돌아와 보니 역관 가족이 정말로 염병에 걸려 죽었더라는 이야기.

② 이추李樞 이지사李知事의 이야기다. 이추는 역관인데 돈을 입에 올린 적도 없고 북경을 드나든 지 40년이 되었으나 돈을 한 번도 손에 쥔 적도 없는 군자였다는 이야기.

이추는 실존 인물로 자는 두경斗卿, 숙종 1년1675에 태어나서 역과에 합격하여 한학교회漢學敎誨를 지낸 사람이다.

③ 홍순언洪純彦 이야기.

이 세 번째 이야기는 당시에 널리 퍼진 이야기였다.

조선조 선조 때 역관 홍순언이 북경의 창관娼館에 들렀다가 부모의 죄를 속량받기 위해 몸을 팔러 나온 남경 호부시랑의 딸을 2천 냥으로 구해 주었다. 얼마 후 홍순언이 북경에 갔는데 병부상서兵部尙書 석상서石尙書, 石星가 그를 초청하였다. 이유는 홍순언이 도와 준 여인이 석상서의 재취再娶로 들어가 자기를 구해 준 은혜에 보답하기 위해서였다. 그 여인은 보답으로 손수 '보은報恩'이란 글자를 수놓은 비단과 수많은 재물을 은인인 홍순언에게 주었으며 임란 때 명나라의 출병도 병부상서였던 석상서의 도움이었다는 이야기.

홍순언이 귀국하자 사람들이 비단을 사러 그의 집에 모여드니 그가 살던 동네를 '보은단동報恩段洞'이라 하였다. 또 현재 을지로 1가와 남대문로 1가 사이에 미장동교美墻洞橋라는 다리가 있는데 홍순언洪純彦이 을지로 1가 부근에 살면서 담에다 효제충신孝悌忠信의 여러 자를 수놓아 단장했으므로 담이 매우 아름다워 '고운 담골', 즉 미장동美墻洞이라는 이름이 붙었다 한다.

④ 조선인의 단골 주고主顧, 단골집였던 중국인 정세태鄭世泰란 인물이 있었다. 그가 죽자 가산이 기울었고 그의 손자는 얼굴이 고와 희장戱場에 팔렸다. 정세태의 회계로 있던 임가林哥란 인물이 후일 거부가 되어 연희를 하던 정세태의 아들을 1,000냥을 주고는 빼내와 편하게 지내게 했다는 이야기.

④-① 중국의 주고들이 전과는 달리 거짓된 행동을 한다는 지적.

⑤ 장안 갑부 변승업이 병으로 눕게 되자 그의 아들들이 50만 냥이나 되는 돈을 거두어들이려 한다. 이에 변승업은 이 돈은 성중 사람의 목숨 줄이라 하며 후일의 후환을 염려하여 돈을 흩어버렸다는 이야기.

실상 조선 숙종 때 변승업卞承業이라는 역관이 있었다. 그의 자는 선행善行이고 본관은 밀양密陽이었다. 인조 1년1623에 태어나서 역과譯科에 합격하여 한학교회漢學敎誨를 지낸 사람이다.

그는 무역을 통해서 축척한 부를 바탕으로 고리대금업을 했는데, 대출 총액이 50여만 냥이나 되었다고 한다. 변승업은 다방골茶房洞에 살고 있었기 때문에 서울에는 한때 '다방골 변 부자'라는 말이 유행할 정도였다.

⑥ 연암도 윤영에게 들었던 변승업 이야기를 하고 이어 허생에 대한 이야기를 길게 하니 이것이 바로 「허생」이다.

⑥-① 경상감사 조계원이 이상한 중 두 명에게 명나라를 위해 복수하겠다는 것에 대해 꾸중을 들은 이야기를 하고 더하여 두 명의 중이 명말의 총병관摠兵官, 군대 직명으로 진(鎭)을 맡아 관리하던 지휘관일 것이라는 우암尤庵 송시열宋時烈, 1607~1689의 해석을 보탬.

⑦-① 내가 20살¹⁷⁵⁶ 때 봉원사^{奉元寺}에서 윤영^{尹暎}이라는 노인에게 허생, 배시황^{裵時晃}, 완흥군부인^{完興君夫人}에 대한 이야기를 들음.

⑦-② 내가 1773년에 평안도 성천^{成川}에 있는 비류강^{沸流江}가 십이봉에 있는 암자에서 윤영을 만났는데 그는 조금도 늙지 않았으며 발걸음도 날랬다. 윤영은 허생의 전이 완성되었느냐고 나한테 물어 아직 짓지 못하였다고 한다. 윤노인은 자기 이름이 윤영이 아니라 신색^{辛嗇}이라고 한다.

⑦-③ 광주^{廣州} 신일사^{神一寺}에 90살이 넘고 별호를 약립^{蒻笠} 이생원^{李生員}이라는 기인이 있다는 소문을 듣고서 그가 혹 윤영 노인이 아닌가 싶어 만나려 하였으나 뜻을 이루지 못하였다는 말을 보탬.

「옥갑야화」는 위와 같은 「허생」 이야기인 ⑥과 ⑥-①을 중심으로 앞뒤로 다른 이야기들이 긴밀히 연결되어 있다. 이 야단스럽게 차려 논 이야기판은 현대소설에서 말하는 소위 액자소설^{額子小說}의 꾸밈이니 내부 이야기의 과거 서술 속에 현재 상황이 액자의 형태로 중첩적으로 끼어드는 소설 형식이다.

또 ①에서 ⑥은 연암이 열하를 돌고 오다가 한 이야기이니 44살¹⁷⁸⁰이요, ⑦-①은 20살¹⁷⁵⁶ 적, ⑦-②는 37살¹⁷⁷³ 적의 이야기이다. 즉 ⑦-①, ⑦-②, ①에서 ⑥으로 무려 24년이라는 세월이 「허생」이라는 소설 속에 흐르고 있으며 『열하일기』 탈고^{1783년경}까지를 생각한다면 27년 정도의 시간을 두고 한 편의 완벽한 소설로 빚어진 것이다. 일종의 '사건재연식'으로 삽화들이 병치된 독특한 형태의 내적 연관성이 흐르는 소설이므로 ①에서 ⑦-③까지 조금씩 개먹어 들어가야만 연암이 말하고자 하는 주제에 접근한다.

이야기가 서로 조응^{照應, 사건의 전개가 인과적으로 연관성을 지니고 있음을 비평하는 용어}되어 맞물려 있으니 잘 살펴보자.

'「옥갑야화」 후지^{後識}'에 쓰여 있는 박제가가 써 놓은 글로부터 논의를 시작하겠다.

이 글은 대체로「규염객전虯髯客傳」에「화식전貨殖傳」을 배합한 것인데 그 가운데 중봉 조헌趙憲의『만언봉사萬言封事』와 유형원柳馨遠의『반계수록磻溪隨錄』, 이익의『성호사설星湖僿說』에서 말하지 못한 내용이 담겨 있다. 문장이 더욱 비분강개해서 압록강 이동의 유수한 문자이다.

大略以虯髯配貨殖傳 而中有重峯封事 柳氏隨錄 李氏湖僿說 所不能道者 行文尤踈宕悲憤 鴨水東有數文字.

박제가는「허생」이「규염객전」에「화식전」을 배합한 것이라고 하였다. 「규염객전虯髯客傳」은 당唐나라 말기에 두광정杜光庭이 지은 전기소설傳奇小說로 의협 남아의 무용담을 동선으로 한 스펙터클하고도 장쾌한 서사이다. 「규염객전」의 대략은 다음과 같다.

당나라 초기의 공신 이정李靖이 수隋나라의 대관 양소楊素를 만났을 때, 홍불紅拂, 붉은 먼지떨이을 가지고 있던 시녀가 정의 인물됨을 사모하여 행동을 같이 한다. 태원太原으로 가는 도중에 규염虯髯15을 기른 이인異人을 만나 의기투합한다. 이 사람이 바로 규염객이다. 이 규염객은 이세민李世民,후의 당태종을 만나자 재물을 전부 이정에게 주고 세민을 도와 통일의 대업을 이룩한다.

학산鶴山 신돈복辛敦復이 지은『학산유언鶴山閑言』에는 규염객이 연개소문淵蓋蘇文, ?~666?이라며『당사唐史』를 인용하면서 자세히 고증하였다. 연개소문은 고구려 말기 재상·장군으로 일명 천개소문泉蓋蘇文이라고도 한다.『당서唐書』와『삼국사기三國史記』등에 연개소문의 성이 천泉으로 기록된 것은 당나라 고

조高祖의 이름인 이연李淵과 같으므로 그것을 피하기 위해 바꾼 것이라 한다. 그리고 이덕무도 『청장관전서』 제62권 「서해여언西海旅言」에서도 규염객이 연개소문이라고 하였다. 이로 미루어 본다면 연암이나 박제가 또한 연개소문을 규염객으로 본 것이 아닌가 한다. 연개소문이든 규염객이든, 국가 경영에 대한 원대한 꿈을 꾼 사람임에는 틀림없다.

규염객은 「허생」에서 나라를 경영하는 계책을 말하는 허생과 동일한 인물로 볼 수 있다.

다음에는 「화식전」을 살펴보자.

「화식전貨殖傳」은 한무제漢武帝 때 사마천이 쓴 『사기史記』에 실려 있다. 사마천은 황제黃帝로부터 한무제에 이르기까지의 역사를 적은 책인데, 특히 「화식전」은 이 시기 상술商術을 통하여 거부가 된 사람들의 이야기를 서술하고 있다.

예를 들어 「화식전」 소재의 '도주지부陶朱之富'는 '도주공陶朱公, 范蠡의 부富'란 뜻으로 큰 부를 일컫는 말로 쓰인다. 「화식전」의 대략을 적어 보면 아래와 같다.

월越나라 때 범려范蠡라는 명신이 있었는데 그의 늙었을 적의 이름은 도주陶朱였다.

월왕越王 구천은 범려의 말을 듣지 않고 오吳나라와 싸워 크게 패하였다. 후일 범려의 조언에 힘입어 구천은 부국강병에 힘써 20년 뒤에는 드디어 오를 멸망시키고 패자覇者가 되었으며 범려는 상장군이 되었다. 그러나 범려는 이 자리를 버리고 제齊나라로 건너가서는 장사를 시작하여 엄청난 부를 얻자 자신의 재산

---

15 양쪽에 뿔이 있는 새끼용처럼 구불구불한 수염.

을 아낌없이 나누어주고 도陶로 옮겨가 다시 장사를 시작하였다.

거기서도 그는 장사를 시작해 큰 부를 얻게 되어 도주공陶朱公이라 불리게 되었는데 이것도 역시 아낌없이 다른 사람들에게 나누어주었다. 이리하여 그는 17년 동안 세 차례나 큰 부를 얻어 가난한 사람들에게 나누어주어 칭송을 받았으며 가업을 물려받은 후손들도 더욱 큰 부를 얻게 되었다. 이후 큰 부자가 된 사람을 도주지부陶朱之富라고 부르게 되었다.

범려范蠡, 춘추시대 말기의 정치가는 후일 자손과 가업이 번창해 '도주'라는 명예로운 호칭을 중국 문화권에 남기게 된다. 범려가 이렇게 된 것에는 돈과 권력 중 한 가지만 가져서였다. 그러나 대다수의 사람들은 권력과 돈을 모두 얻으려 하는데 대개 잠시의 아름다움에 취하여 불구덩이에 자신을 던지는 불나방 같은 꼴임을 우리는 익히 보아 왔다.

박제가는 「규염객전」에서 허생이 장사를 하여 큰 돈을 버는 상행위를, 「화식전」에서는 구국救國의 마음으로 북벌책을 건드리는 허생을 각각 규염객과 범려에 빗대어 써 놓은 것이다.

조헌趙憲, 1544~1592의 『만언봉사萬言封事』도 눈여겨 보아야 할 대목이다.

만언봉사란, 만언에 이르는 장편의 글로 임금에게 아뢰는 '소疏, 임금에게 올리던 글'인데 조헌이 중국에 다녀와서 느낀 바를 적어 상소한 것이다.

유형원柳馨遠, 1622~1673의 『반계수록磻溪隧錄』은 지은이가 관직 생활을 단념하고 전라북도 부안군扶安郡 보안면保安面에 칩거하며 22년간 연구하여 지은 책으로 조선의 제반 제도를 고증하고 그 개혁안을 중심으로 엮은 책이다. 『반계수록』 내용은 중농사상에 입각하여 토지겸병을 억제하고 토지균점土地均霑의 실효를 거둘 수 있도록 전제田制를 개편하여 공전제公田制로 모든 국민의 기본 생활을 보장하고 지급한 토지를 대상으로 조세와 군역을 부과하고 다른 잡세는 폐지하며, 관료의 임기는 임기제를 지키며, 녹봉제祿俸制를 확립시키고 과거제科擧制를 폐지하고 천거제薦擧制를 실시하며, 신분·직업의 세습제를 탈피하여 기회 균등을 구현하고 관제官制·학제學制를 전면적으로 개편할 것 등을 주장하고 있다. 이와 같이 혁신적인 내용을 담고 있는 개혁안이었으나 국정에 채택되지 않았다. 이 책은 이익李瀷·안정복安鼎福·정약용丁若鏞 등의 학문과 개화기의 근대적 사회사상 형성에 큰 영향을 끼쳤다. 이덕무는『아정유고雅亭遺稿』권6,「문」에서 우리나라에는 도학道學에『성학집요聖學輯要, 이이(李珥, 1536~1584)가 1575년(선조 8)에 제왕의 학문 내용을 정리해 바친 책』, 방술方術에『동의보감東醫寶鑑, 1613년(광해군 5)에 허준(許浚, 1546~1615)이 저술한 의서』과 경제經濟에『반계수록』을 들어 우리나라의 세 가지 좋은 책이라고 할 정도였다.

『성호사설星湖僿說』은 '이익李瀷, 1681~1763이 지은 자질구레한 글'이라는 뜻으로 지은이가 겸사謙辭로 붙인 서명이다.

내용은 「천지문天地門」·「만물문萬物門」·「인사문人事門」·「경사문經史門」·「시문문詩文門」의 5문으로 분류, 모두 3,007편의 항목을 싣고 있으며, 각 편은 수시로 생각나고 의심나는 점을 그때그때 적어둔 수문수록隨聞隨錄의 형식이다. 좀 더 구체적으로 새기면 결국 세 책 모두 조선의 문물제도에 대해 일침을 가하는 저술들이다. 그런데 박제가는『만언봉사』,『반계수록』,『성호사설』에서도 말하지 못한 것이 이「허생」속에 있다는 것이다.

그러고는 문장이 소탕하면서 비분하다고 하며 '압록강 동쪽, 즉 우리나라에서는 보지 못한 문자鴨水東有數文字'라 한다. 연암이 박제가의 스승이라고는 해도 스승에 대한 치사致詞치고는 좀 과한 면이 없지 않으나 범연泛然히 보아 넘길 수 없다.

그러면 위와 같은 점을 잘 상기하며 줄거리를 다시 한번 더 정리해 보자.

①에서 ④-①까지는 역관들의 치부致富, 돈, 신용과 연관된 이야기로「허

생」의 서두와 그대로 연결되는데 그것은 경제 문제이다. 연암은 선비의식에 입각하여 사·농·공·상에 대한 전통적인 가치관은 조금도 흔들리지 않았으나 상업에 대한 인식은 활짝 열어놓았다.

그리고 ⑤는 변승업의 아름다운 경제관이다. 변승업은 부자이지만 돈을 제대로 쓸 줄 안다. 동취銅臭, 돈 냄새 풍기는 세상에 일침을 가하는 인물이다. 이 소설과는 무관하지만 2백여 년 전에 실재하였던 의주 상인 '임상옥'이라는 사람이 생각난다. 우리나라가 낳은 최대의 무역왕이자 거상이었던 임상옥은 죽기 직전 자신의 재산을 모두 사회에 환원한 인물이다. '장사란 이익을 남기기보다 사람을 남기기 위한 것이다. 사람이야말로 장사로 얻을 수 있는 최고의 이윤이며, 따라서 신용이야말로 장사로 얻을 수 있는 최대의 자산'이라 하였다니 이야말로 참 장사꾼이 아닌가.

㉠-①에서 ㉠-③은 연암에게 허생 이야기를 해준 윤영이라는 사람에 대한 신비로운 이야기다. 여기에 ⑥과 ⑥-①의 슬쩍 밀어 넣어 「허생」이라는 소설을 만든 것이니, 나머지는 모두 허생을 둘러싸고 있는 삽화들로 작품의 개연성을 한층 높여준다.

따라서 우리가 「허생전」이라 하여 ⑥만을 독립적인 작품으로 거론하는 것에는 문제가 있다. 「옥갑야화」라는 큰 제목에 포함하여 생각하는 것이 더욱 바람직하다. 이것은 마치 비슷한 사건을 끌어들여 서사의 진행을 매끄럽게 하기 위한 전교속란법煎膠續鸞法과 유사하다. 전교속란법은 '난교속현법鸞膠續弦法'과 같다. 난교속현법이란 난새의 기름으로 만든 아교를 사용하여 한漢나라 무제武帝의 끊어진 활시위를 접착하여 사용하였다는 고사에서 인용한 것으로 비슷한 사건을 끌어들여 서사의 진행을 매끄럽게 하기 위한 것이다. 이 용어는 주로 장편소설의 예술적 구조에 대한 기교를 비평어이다. 예를 들어 「수호전」에서 노지심이 버드나무를 거꾸로 뽑아 든 데에서 임충에 관한 이야기를 이끌어 내고 송강이 시진의 집에 잠시 묶여 있는 동안에 무송의 이야기를 이끌어 내는 것을 말한다.

⑥의 「허생」 이야기는 변승업의 선조가 부를 이룬 유래에 대한 설명으로부터 「허생」으로 나아간다.

내가 윤영尹映이란 자에게 변승업의 선조가 부자가 된 유래를 들은 내용을 그대로 다시 한 것이 바로 「허생」이니 그야말로 아귀가 착착 들어맞는다. 이 「옥갑야화」는 마치 「허생」 이야기를 위하여 짜맞추는 퍼즐처럼 정교하다.

연암이 「소단적치인騷壇赤幟引」이란 글쓰기 이론을 썼다는 점을 생각하면 군사지법軍事之法이라는 용어를 쓴들 그리 멀지 않다. 글쓰기를 전쟁의 수사학에 빗대고 있는 「소단적치인」은 문단에 해당하는 '소단'과 붉은 깃발이란 뜻의 '적치'로 대장군의 상징이다. 그리고 글자는 '병사'로, 뜻은 '장수' 제목은 '적국'으로 '전장典掌과 고사故事'는 싸움터의 진지로 비유하여 쓴 글이다.

이 글은 연암의 처남 이재성李在誠, 1751~1809이 우리나라 고금의 과체科體를 모아 열 권으로 묶은 『소단적치』란 책에 써준 인引, 문장의 서와 같음으로 과거에 높은 등수로 합격한 모범 답안이니, 모두 전장이라면 적의 성을 빼앗아 붉은 대장군의 깃발을 높이 꽂을 만한 글들이다. 연암이 글을 쓰는 마음다짐이 어떠했는지를 알려주는 자료이다.

아깝다. 내가 당초 글 읽기로 십 년을 기약하여 이제 칠 년인걸.

진짜 「허생」으로 들어간다.

허생은 묵적동墨積洞에 살았다. 곧장 남산南山 밑에 닿으면, 우물 위에 오래된 은행나무가 서 있고 은행나무를 향하여 사립문이 열려 있는데, 두어 칸 초가는 비바람을 막지 못할 정도였다. 그러나 허생은 글 읽기만 좋아하고 그의 처가 남의 바느질품을 팔아서 입에 풀칠을 했다.

許生 居墨積洞 直抵南山下 井上有古杏樹 柴扉向樹而開 草屋數間 不蔽風
雨 然許生 好讀書 妻爲人縫刺以糊口.[16]

그야말로 서발막대 거칠 것 없는 다 쓰러져가는 집, 허생이 뎅글뎅글 책
읽는 소리는 사립을 넘고 툇마루에는 바느질거리를 안고 앉은 헐벗고 굶주
린 그의 아내의 모습이 재현된다.

허생이 살았다는 묵적동은 묵동으로 당시에 남촌으로 불리었는데 현재의
서울특별시 중구 남산동에서 필동을 거쳐 묵정동에 이르는 지역이다.

지정학적인 준거로 본다면 이 글의 주인공인 허생은 적어도 노론이 아닌
듯한데 노론인 연암이 남산골 샌님을 주인공으로 삼았다는 것이 재미있다.

하루는 그 처가 몹시 배가 고파서 울음 섞인 소리로 과거도 보지 않으면서
글은 왜 읽느냐고 물으니, 허생은 아직 독서가 익숙하지 못하다며 이 핑계
저 핑계 둘러댄다.

처는 성을 내며 버럭 소리쳤다.

"밤낮으로 글을 읽더니 기껏 '어떻게 하겠소?' 소리만 배웠단 말씀이오? 장인
바치 일도 못 한다, 장사도 못 한다면, 도둑질이라도 못 하시나요?"

허생은 읽던 책을 덮고 일어났다.

"아깝다. 내가 당초 글 읽기로 십 년을 기약하여 이제 칠 년인걸." 그러고는 문
을 열고 밖으로 나갔다.

晝夜讀書 只學奈何 不工不商 何不盜賊 許生 掩卷起 曰 惜乎 吾讀書本期
十年 今七年矣 出門而去.

16 박지원, 『연암집』 권14, 「허생」, 경인문화사, 1982, 298쪽(이하 「허생」은 모두 같은 책이다).

"문적수만복불여일낭전文籍雖滿腹不如一囊錢"[17]이다. 당시 '서울은 돈으로 살고 팔도는 곡식으로 살던生民之業 京師以錢 八道以穀' 시절이다. 독서군자로 산들 과거를 보지 않는 이상 호구糊口한다는 것은 어려운 일이었다.

아내의 내소박을 견디지 못한 허생, 드디어 자리를 박차고 일어서니 10년을 기약하고 독서를 한 지 7년이었다. 이렇게 하여 「허생」은 본격적으로 시작된다.

허생은 운종가雲從街, 지금의 종로로 나가서 서울 성중에서 제일 부자라는 변씨卞氏를 찾아가서는 대뜸 돈 만 냥兩을 꾸어 달랜다.

세상을 돌보지 않고 책만 읽던 '서치書癡'에서 문자 그대로 '서향동취書香銅臭'[18]의 이야기로 넘어간다.

여기서 변씨는 변승업의 조부인데 잠시 이 인물에 대해서 살펴볼 필요가 있다. '옥갑야화본'에는 변승업卞承業, 1623~?으로 되어 있으나 '진덕재야화본'을 따르면 변씨는 조부로 나온다. 변승업의 아버지는 응성應星이고 조부는 계영繼永, 증조부는 희완希完이다. '진덕재야화본'으로 따지자면 변씨는 변승업의 조부인 계영繼永이다.

변승업의 출생연도1623와 「허생」의 등장인물인 이완李浣, 1602~1674, 유형원柳馨遠, 1622~1673, 조성기趙聖期, 1638~1689와 북벌책을 이끌던 효종孝宗, 1619~1659, 조선 제17대왕, 재위기간 1649~1659, 송시열宋時烈, 1607~1689, 조계원趙啓遠, 1592~1670 등 인물들 생존 연대를 고려하면 변승업이 맞는 듯하다.

이 글에서는 문맥의 조응으로 보아 '진덕재야화본'을 따라 변승업의 조부로 본다.

자! 그렇다면 만 냥은 현재의 화폐로 환산하면 어느 정도일까?

---

17 학문이 아무리 뛰어나도 배를 채우는 데는 주머니의 짤랑거리는 한 푼만도 못한 것.
18 책 향기와 돈 냄새. 즉 학도(學徒)와 상고(商賈).

허생이 장안의 최고 갑부 집을 찾아가서 꾸려는 돈이니 궁금하지 않을 수 없다. 조선시대 1냥은 현재의 가치로 한 3~4만 원쯤이니, 약 3억에서 4억 정도라는 결론이다.

그런데 비록 폐포파립弊袍破笠일망정 말이 오만한 데다 얼굴에는 부끄러운 기색도 없이 가즈러운 태도로 일관하는 사람에게 성명도 묻지 않고 돈을 꾸어 주는 변씨의 배포라니! 둘 다 위인이 보통이 아님을 보여주는 대목이다.

허생은 만 냥을 빌려서는 안성安城으로 내려가 대추, 밤, 감, 배, 석류, 귤, 유자 따위의 과일을 모조리 두 배의 값으로 사들이니 지금도 상도의商道義에 어긋난다는 매점매석買占賣惜이 분명하다.

매점매석이란, 장사치들의 고점庫占이라는 술수이다. 예로부터 일확천금을 쥐는 데에는 세 방법이 있는데 단골을 확보하는 '녹심錄心', 법이 금하는 물건을 파는 '난전亂廛', 그리고 수요가 급증하는 때를 맞추어 매점매석하는 '고점'이다. 녹심을 제외하고는 써서 안 되는 방법들이다. 지금도 매점매석은 물가안정에 관한 법률제7조에 의해 2년 이하의 징역, 5,000만원 이하의 벌금형에 처해진다.

허생이 과일을 몽땅 쓸었기 때문에 온 나라가 잔치나 제사를 못 지낼 형편에 이르렀다. 얼마 안 가서 허생에게 두 배의 값으로 과일을 팔았던 상인들이 도리어 열 배의 값을 주고 사 가게 되었다. 허생은 길게 한숨을 내쉬었다.

'만 냥으로 온갖 과일의 값을 좌우했으니 우리나라의 형편을 알 만하구나.'

許生權菓 而國中無以讌祀 居頃之 諸賈之獲倍直於許生者 反輸十倍 許生喟然嘆曰 以萬金傾之 知國淺深矣.

비록 고점이라는 상술을 썼으나 "만 냥으로 온갖 과일의 값을 좌우했으니,

우리나라의 형편을 알 만하구나" 하는 허생의 탄식에서 나라의 경제상태가
극히 허약함을 알 수 있다.

허생은 이 방법으로 제주도로 건너가서 말총을 죄다 사들여 열 배의 이문
을 남겨서는 사문沙門과 장기長崎의 중간쯤에 있는 섬에 변산邊山 군도群盜들을
데려와 살게 한다. 그 섬은 꽃과 나무가 제멋대로 무성하여 과일 열매가 절
로 익고 짐승들이 떼 지어 놀며, 물고기들이 사람을 보고도 놀라지 않는 곳
이었다.

이 섬을 연암의 이상국으로 오해하는 독자가 있는데 가난에 굶주리다 못
해 도둑이 된 사람들에게 준 살 터전 이상의 의미를 과부여하지 말아야 한
다. 이 문제는 뒤에 언급하기로 한다. 여기서 또 한 번 연암은 가난에 지쳐 도
둑이 된 저들의 삶과 조선의 현실을 직시하고 있다.

허생이 군도의 산채를 찾아가서 도둑 떼의 우두머리와 주고받는 목소리
에는 당시의 모습이 그대로 묻어난다.

허생이 말했다.

"천 명이 천 냥을 빼앗아 와서 나누면 하나 앞에 얼마씩 돌아가지요?"

"일 인당 한 냥이지요."

"모두 아내가 있소?"

"없소."

"논밭이 있소?"

군도들이 어이없어 웃었다.

"땅이 있고 처자식이 있는 놈이 무엇 때문에 괴롭게 도둑이 된단 말이오?"

"정말 그렇다면, 왜 아내를 얻고 집을 짓고 소를 사서 논밭을 갈고 지내려 하
지 않소? 그럼 도둑놈 소리도 안 듣고 살면서, 집에는 부부의 낙樂이 있을 것이

요, 돌아 다녀도 잡힐 걱정을 않고 길이 의식이 풍족함을 누릴 텐데."

군도가 말하였다.

"어찌 이와 같은 것을 바라지 않겠소. 다만 돈이 없어 할 뿐이지요."

曰 千人掠千金 所分幾何 曰 人一兩耳 許生曰 爾有妻乎 群盜曰 無 曰 爾有田乎 群盜笑曰 有田有妻, 何苦爲盜 許生曰 審若是也, 何不娶妻樹屋, 買牛耕田, 生無盜賊之名 而居有妻室之樂, 行無逐捕之患, 而長享衣食之饒乎 群盜曰 豈不願如此 但無錢耳.

여기서 말하는 변산 지방의 군도는 실제 전라도 부안군 변산반도에서 정부에 항거하였던 궁핍한 백성들의 모습이다. 연암의 「한민명전의限民名田議」에는 "그러므로 농민들의 말에 죽도록 부지런히 농사를 지어도 소금 값조차 남지 않는다故農人諺云 終年勤作 不贍鹽價"라고 하는 말이 보일 정도였으니 낮은 백성들에게 가난은 보편화된 현상이었다. 영조 3년1727 실록을 보면 다음과 같은 기록이 보인다.

"영의정 이광좌李光佐가 새로 벼슬에 임명되어 임금을 뵙고 숙배하니, 임금이 희정당에서 인견하였다." 이광좌가 눈물을 흘리면서 서울과 지방의 재력財力이 부족한 것을 진달하기를, "근일에 듣건대, 호남湖南의 유민流民들이 무리를 모아 도당을 이루어 하나는 변산에 있고 하나는 월출산月出山에 있는데, 관군官軍이 체포할 수가 없어 그 기세 크게 떨친다고 하니, 진실로 작은 걱정이 아닙니다."[19]

가난 구제야 나라님도 못하는 것이지만 그제나 지금이나 이런 생계형 도

---

19 『영조실록』, 영조 3년 10월 23일조.

둑은 어찌할 수가 없는 모양이다. 「광문자전」과 「마장전」에 보이는 광치狂痴,
미치광이와 멍청이 또한 도적들처럼 조선의 백성으로 세상을 힘겹게 사는 사람들
이었다. 그들은 게을러서 그러한 것인가? 아니면 사회적인 제도가 그들로 하
여금 그렇게 살도록 한 것인가? 왜 그렇게 살 수밖에 없는 사회를 만들었는
지 그 시절 정치를 한 이들에게 묻고 싶다.

허생이 이들에게 준 돈은 삼십만 냥이니 지금 돈으로 100억 쯤 된다는 소
리이다. 허생은 도둑들에게 한 사람이 백 냥씩 가지고 가서 여자와, 소 한 필
을 사오게 하고 남은 10만 냥으로는 이천 명이 1년 동안 먹을 양식을 준비해
가지고는 섬으로 들어갔다. 도둑을 몽땅 쓸어 가서 나라 안에 시끄러운 일이
없어졌음은 물론이다.

허생이 도둑을 몽땅 쓸어 가서 나라 안에 시끄러운 일이 없었다.

그들은 나무를 베어 집을 짓고 대나무를 엮어서는 울을 만들었다. 땅기운이
온전하기 때문에 백곡이 자못 무성하니 한 해나 세 해만큼 걸러 짓지 않아도 한
줄기에 아홉 이삭이 달렸다. 3년 동안의 양식을 비축해 두고 나머지를 모두 배
에 싣고 장기도長崎島로 가져가서 팔았다. 장기라는 곳은 삼십만여 호나 되는 일
본日本의 속주屬州이다. 그 지방이 한참 큰 흉년이 들어서 구휼하고 은 백만 냥을
얻게 되었다.

허생은 말했다.

"이제 나의 조그만 시험이 끝났구나."

許生椎盜 而國中無警矣 於是 伐樹爲屋 編竹爲籬 地氣旣全 百種碩茂 不
蓄不畬 一莖九穗. 留三年之儲 餘悉舟載 往糶長崎島 長崎者 日本屬州 戶
三十一萬 方大饑 遂賑之 獲銀百萬 許生歎曰 今吾已小試矣.

허생이 어떻게 농사를 지었는지는 자세히 나오지 않지만 영농營農 기술이 예사롭지 않고서야 이삭이 그렇게 영글지는 않을 것이다. 더구나 허생은 그렇게 거둔 곡식을 장기도에 가져가서는 팔았다. 장기도는 낭가사浪加沙로도 불리는 일본의 나가사키현長崎縣이다.

이 고장은 고지이고 또 산지에 둘러싸여 평지가 적으므로 일찍이 무역항으로서 발달하였던 듯한데 때마침 흉년이 들어 허생은 무역을 통해 이익을 크게 얻은 것이다.

허생은 '조그만 시험[小試]'이 끝났다고 혼잣말을 한 뒤 섬을 떠나며 이렇게 말한다.

아이들을 낳거들랑 오른손에 숟가락을 쥐게 하고 하루라도 먼저 난 사람이 먼저 먹도록 양보케 하여라.

兒生執匙 教以右手 一日之長 讓之先食.

허생이 떠나며 당부하는 말은 오직 오륜五倫의 하나인 장유유서長幼有序이다. 장유유서란, 연장자와 연소자 사이에 지켜야 할 예절이다. 따지고 보면 이 사람 사는 도리만 있으면 큰 문제는 없다. 번문욕례繁文縟禮20를 꽤나 싫어하였던 연암이 꼭 움켜쥐고 있던 예절이어서인지 지금을 살아가는 우리들에게도 여전히 유효한 말이 아닌가 한다.

그리고 백만 냥은 우리나라에서 용납할 곳이 없다하며 오십만 냥을 바다 가운데다 던져버리고는 글을 아는 자들을 골라 모조리 함께 배에 태우면서, "이 섬에 화근을 없애야 되지" 한다.

---

20 문도 번거롭고 예도 번거롭다라는 뜻으로 규칙, 예절, 절차 따위의 형식만 차리는 것을 이름.

연암이 말하는 삶의 화근은 결국 '돈'과 '글'이었다.

돈의 폐단이야 우리가 이미 익히 알고 있지만, 글자를 아는 것이 도리어 근심을 사게 된다는 식자우환識字憂患의 실천은 연암과 같이 학문을 전업으로 삼는 학자로서는 다소 엇박자인 듯하나 생각해보면 틀린 말은 아니다. 글을 배우면서 이것저것 따지는 버릇이 생기고 아는 체를 하고 시시비비를 가리려 든다. 어떤 한심한 물건들은 한 술 더 떠 밥숟가락 들고 와서는 아예 남의 밥에 꽂으려는데 첨두노尖頭奴, 붓에 먹물깨나 묻힌 이들이 더욱 그러한 것을 보면 참 볼썽사납다. 앞 장의 「호질」에서 범이 북곽 선생을 꾸짖는 데서도 살핀 바 있지만, 배운 것을 잘못 놀리는 붓의 폐단은 극히 심하다.

이후 허생은 나라 안을 두루 돌아다니며 가난하고 의지가지 없는 사람들을 구제하고서도 은이 십만 냥 남았다.

허생은 5년 만에 꾸어갔던 돈의 열 배인 십만 냥을 변씨에게 내놓으며 굶주림을 견디지 못하여 글 읽기를 중도에 폐한 것이 부끄럽다 하고 손을 툭툭 털고는 남산골 집으로 돌아간다. 처음 떠날 때처럼 허생에게는 단 한 푼도 없었다.

여기서 우리는 몇 가지 생각을 하게 된다.

남산골 오두막집에서 시작된 이야기가 다시 그 집으로 돌아 왔다는 것은 분명한 '원점회귀原點回歸 소설'이기 때문이다. 그런데 허생이 달라진 것은 전혀 없다. 보통 소설에서 주인공이 집을 떠나는 것은 여행이든 목적이 있든 간에 떠날 때와 달라진 결말을 갖고 돌아온다. 그러나 이 허생은 얻은 것도 변한 것도 없으며 가난도 전과 똑같다.

저 앞에서 지적한 '이상향 문제'를 여기서 답한다.

허생이 세운 섬나라는 '이상국理想國이 아니니' 오해가 없었으면 한다. 이상국이었다면 허생은 「홍길동」처럼 자기가 만든 섬에서 나오지 않았을 것이요, 그 처도 은요강쯤은 타고 앉았을 것이다. 그러니 이상국이라기보다는 그저 나라의 근심인 도둑떼들에게 보습대일 땅덩어리 정도 만들어 주었다는 의미에 지나지 않는다.

글을 아는 자들을 모두 데리고 나온 것만 보아도 안다. 언급했다시피 글의 폐단을 모르는 바 아니나, 이 또한 배움이 없으면 시교수휵豕交獸畜[21]이 될 터이니 '개돼지'가 아닌 다음에야 어찌 먹고살다가 죽으란 말인가. 아마 그 섬에 사는 사람들도 오래 못 가서 다시 뭍으로 나왔을 지도 모른다. 따라서 '이상국'이라는 의미망에 포로가 되어 그의 섬을 '도피처'로 여겨서는 안 된다.

허생의 목적이 이상국에 있지 않았다면 허생이 돈을 벌고 자기의 능력을 시험하는 것은 무엇 때문일까?

결론부터 말하고 논의를 진행해 보자.

허생은 골병든 나라를 치료하고자 하였다. 앞에서 허생은 '조그만 시험[小試]'이 끝났다고 하였으니 지금까지는 여줄가리이고 이제 중요로운 '큰 시험[大試]'으로 나가야 할 단계이다.

이상국理想國도 무하유지향無何有之鄕[22]의 건설도 아닌 섬나라는 허생의 말대로 조선이라는 나라를 경영하기 위한 조그만 시험에 지나지 않았다.

애초에 조선이 썩었다는 것을 안 허생은 선비로서 10년을 기약하고 책을 읽었다. 그것은 아마도 '큰 시험[大試]'을 염두한 독서였다. 자기의 가난은 애초부터 마음에 두지 않았고 정치적 야망을 키운 적도, 홍길동처럼 마음에 맺힌 그 무엇도 없으니 "십년을 경영經營하여 초려삼간草廬三間 지여 내니 나 한 간 달 한 간에 청풍淸風 한 간 맞져두고 —" 운운의 안빈낙도安貧樂道적 학문관

---

21 돼지와 같이 사귀고 짐승처럼 기른다는 뜻으로 사람 대우를 예로써 하지 않음.
22 '아무 것도 없는 시골'이라는 의미로 허무 자연의 낙토. 장자가 추구한 무위자연의 이상향을 뜻한다.

때문에 책을 읽은 것은 더욱 아니다.

이야기를 따라가 보자.

저러하자 크게 놀란 변씨는 일어나 절을 하며 이자를 십분의 일만 받겠노라고 하니 허생은 이렇게 말한다.

당신은 나를 장사치로 보는가?
君何以賈竪視我.

사농공상土農工商이라는 중세의 이념으로 상업을 낮추어 보는 소리가 아니다. 연암이 상행위를 천하게 보았다면 왜 실학을 말하고 허생으로 하여금 장사를 하게 했겠나.

『고문진보古文眞寶前集』 권지일, 「진종황제권학眞宗皇帝勸學」에는 이러한 글이 있다. "부자가 되려면 좋은 논을 사지 말라 책 속에 천 종千鍾, 6천 4백 곡으로 많은 곡식임의 곡식이 있다. 편하게 살려고 좋은 집을 짓지 마라 책 속에 황금집이 있다富家不用買良田 書中自有千鍾粟 安居不用架高堂 書中自有黃金屋."

사실 이 가난이라는 것이 글과는 제법 관계가 있다. 그래서 "말결이 좋아지면 집은 더욱 쪼들린다文章益富 家益貧"라는 말이나, 아니면 그저 분수 넘치는 '재財'를 '재災'로 여겼던 안분지족安分知足의 모습으로 연암을 이해한들 큰 무리는 없을 것이다.

소매를 뿌리치고 가는 허생을 변씨가 뒤를 따라가 돈을 돌려주려 하지만 허생은 끝내 거절한다. 어찌할 도리가 없는 변씨는 그때부터 허생의 집에 양식이나 옷이 떨어질 때쯤 되면 몸소 찾아가 도와주었다.

허생 부부가 구순하게 살았는지는 모르겠다. 하지만 허생과 변 부자는 이렇게 몇 해를 지내는 동안에 정의가 날로 두터워 갔다. 어느 날, 변씨가 5년 동안에 어떻게 백만 냥이나 되는 돈을 벌었던가를 조용히 물어본다.

허생은 아래와 같이 대답한다.

그야 가장 알기 쉬운 일이지요. 조선이란 나라는 배가 외국에 통하질 않고 수레가 나라 안에 다니질 못해서, 온갖 물화가 제자리에 나서 제자리에서 사라지지요. 무릇, 천 냥은 적은 돈이라 한 가지 물종物種을 독점할 수 없지만, 그것을 열로 쪼개면 백 냥이 열이라, 또한 열 가지 물건을 살 수 있겠지요. 단위가 작으면 굴리기가 쉬운 까닭에, 한 물건에서 실패를 보더라도 다른 아홉 가지의 물건에서 재미를 보니, 이것은 보통 이利를 취하는 방법으로 조그만 장사치들이 하는 짓 아니오? 대개 만 냥을 가지면 족히 한 가지 물종을 독점할 수 있기 때문에 수레면 수레 전부, 배면 배를 전부, 한 고을이면 한 고을을 전부, 마치 촘촘한 그물로 훑어 내듯 할 수 있지요. 뭍에서 나는 만 가지 중에 한 가지를 슬그머니 독점하고 물에서 나는 만 가지 고기 중에 한 가지를 슬그머니 독점하고 의원의 만 가지 약재 중에 슬그머니 하나를 독점하면, 한 가지 물종이 한 곳에 묶여 있는 동안 모든 장사치들은 물건이 고갈될 것이니, 이는 백성을 해치는 길이오. 후세에 당국자들이 만약 나의 이 방법을 쓴다면 반드시 나라를 병들게 만들 것이오.

此易知耳 朝鮮 舟不通外國 車不行域中 故百物生于其中 消于其中 夫千金
小財也 未足以盡物 然析而十之 百金十 亦足以致十物 物輕則易轉 故一貨 雖
絀九貨伸之 此常利之道 小人之賈也 夫萬金足以盡物 故在車專車 在船專船
在邑專邑 如網之有 罟括物而數之 陸之産萬 潛停其一 水之族萬 潛停其一 醫
之材萬 潛停其一 一貨潛藏 百賈涸 此賊民之道也. 後世有司者 如有用我道
必病其國.

연암의 상재론商材論은 독과점으로 인한 이득이니 그리 바람직하지는 않다. 그래서 그는 이러한 방법은 '백성을 해치는 길이요此賊民道, 반드시 나라를 병들게 하는 것必病其國'이라고 못 박아 버린다. 변씨가 이번에는 남한산성에서 오랑캐에게 당했던 치욕을 들먹이며 허생의 재주를 왜 묻혀 두느냐고 거푸 물으니 허생은 이렇게 말한다.

어허, 자고로 묻혀 지낸 사람이 한둘이었겠소? 우선 졸수재拙修齋 조성기趙聖期 같은 분은 적국에 사신으로 보낼 만한 인물이었건만 베잠방이로 늙어 죽었고 반계거사磻溪居士 유형원柳馨遠 같은 분은 군량軍糧을 조달할 만한 재능이 있었건만, 저 바닷가전라북도 부안에서 소요하고 있지 않았습니까? 지금의 집정자들은 가히 알 만한 것들이지요. 나는 장사를 잘 하는 사람이라, 내가 번 돈이 족히 구왕九王23의 머리를 살 만하였으되 바다 속에 던져 버리고 돌아온 것은, 도대체 쓸 곳이 없기 때문이었다오.

古來 沈冥者何限 趙聖期拙修齋可使敵國 而老死布褐 柳馨遠磻溪居士足繼軍食 而逍遙海曲 今之謀國政者可知已 吾善買者也 其銀 足以市九王之頭 然投之海中而來者 無所可用故耳.

잠시 '구왕의 머리' 운운을 짚고 「허생」의 인재등용책을 살펴보자. 구왕의 머리는 효종 때 의순공주가 청나라 구왕에게 시집간 일에 연유한 듯하다. 구왕은 청나라 황제의 아들로 1637년인조 15 강화도에까지 진격하여 봉림대군에게 항복을 받아낸 인물이다. 의순공주義順公主, ?~1662는 금림군錦林君 개윤愷胤의 딸이다. 1650년효종 1 구왕이 조선의 공주를 얻어 결혼하겠다고 요청하자 공주로 봉해져 청으로 보내진 비운의 여인이다. 이듬해 구왕이 반역죄로 몰

---

23 아홉 나라 임금. 혹은 청태조의 열 네 번째 아들로 청조 창건에 가장 큰 공로를 세운 예친왕(睿親王)의 별칭.

리자 구왕의 부하에게 넘겨졌고 1656년 금림군이 사신으로 청나라에 갔을 때 함께 돌아와 불우한 만년을 보냈다. 아마도 연암이 이 글에서 구왕을 지목한 것은 이러한 일 때문이 아닌가 한다. 이외에도 '아홉 나라 왕'이라는 해석도 있으나 앞 내용과 어근버근하다.

「허생」의 인재등용책이다. 허생이 말한 조성기^{1638~1689}와 유형원^{1622~1673}은 연암보다 조금 앞서 살다간 이들이다.

그렇다면 뜻을 못 편 이들이 적지 않을 터인데 왜 조성기와 유형원일까?

조성기는 과거에 응시하여 여러 번 사마시^{司馬試}, 감시^{監試, 조선시대에 생원(生員)과 진사(進士)를 뽑던 과거}에 합격하였으나 건강이 여의치 않아 벼슬에 대한 뜻을 버리고 골방에서 30여 년 동안 홀로 성리학을 연구한 사람이다. 그의 본관은 임천^{林川}이고 시문과 경제에도 밝았으며 저서로 한문소설인 「창선감의록」과 문집 『졸수재집』이 있다. 후일 집의^{執義}에 추증되었다. 그는 20세 때 이황^{李滉}·이이^{李珥}의 학설을 논변한 「퇴율양선생사단칠정인도이기설후변^{退栗兩先生四端七情人道理氣說後辨}」에서 자신의 견해를 설명하기 위해 본연명물^{本然命物}·승기유행^{乘氣流行}·혼융합일^{渾融合一}·분개각주^{分開各主}의 4가지 설을 세울 정도의 뛰어난 인재였다. 우리는 이 조성기가 한문소설 「창선감의록^{彰善感義錄}」의 작가라는 점을 예의주시해야 한다.

조성기는 17세기 후반에 중국소설을 참조해 중국 명나라를 배경으로 문벌가문의 내부 갈등과 정국의 변화에 따른 화씨 가문의 흥망을 다룬 장편소설을 내놓았는데 그것이 「창선감의록」이다. 그는 어머니의 시름을 위로하기 위해서라고 하였으나 소설의 이면에는 당대의 현실에 대한 골방 선비의 비판이 숨어 있었다.

「창선감의록」은 화욱과 엄숭의 정치적 갈등이 화욱의 아들인 화진과 엄숭의 갈등으로 반복되는 모습을 보여주고 있는데 이는 예론^{禮論}을 두고 벌어진 남인南人과 서인西人의 두 차례에 걸친 학문적 논쟁과 정치적 투쟁에 대한 우의寓意, 다른 사물에 빗대어 비유적인 뜻을 나타내거나 풍자함였다. 예송 논쟁에서 남인은 왕의 예는 사대부나 낮은 백성의 예와 다르다는 논조로 왕권을 강화하려고 했지만, 서인은 천하의 예가 같다는 주장으로 신권을 강화하려고 했다.

결국 이 소설은 엄숭의 승리를 통해 현실에서 패배했던 서인의 공도公道와 공치公治의 사상을 옹호했다. 조성기는 소설을 부녀자들이 좋아하는 흥미만이 아니라 '역사를 반추하는 거울'로 사용한 셈이다.

이야기를 유형원으로 돌려보자.

유형원은 앞에서 살핀 바 있거니와 과거에 응시하여 겨우 진사시에 합격하였으나 이내 단념하고 평생 야인으로 지내면서 학문 연구와 저술에 전념한 선비이다. 연암은 유형원을 통유通儒, 세상사에 통달하고 실행력이 있는 유학자라고 부르면 존경하였다. 그는 왜란과 호란으로 인해 피폐해진 민생을 구제하고 국력을 회복하기 위해서는 획기적인 혁신 없이는 불가능하다고 진단하고 수록隨錄을 통해 국가제도 전반에 걸친 개혁을 구상하였다.

특히 유형원은 토지제도가 바로잡히면 모든 제도가 바르게 된다고 하는 중농사상重農思想에 입각하여, 백성들에게 기본적인 경작농지를 확보케 하는 토지개혁의 실시, 균등한 세제稅制의 확립, 과거제의 폐지와 천거제의 실시 및 신분·직업의 세습제 탈피와 기회균등의 구현 등을 주장하였다.

그러므로 그의 경세치용적經世致用的 실학사상에는 성리학의 사유思惟가 기본 틀을 이루고 있으며, 개혁안 역시 『주례周禮』에 입각하여서, 당시 현실적으로 개혁이 가능한 것에 국한하지 않고 국가제도 전반에 걸쳐 가장 이상적인 모델을 제시하였다.

이와 같은 실학사상은 이익李瀷·홍대용洪大容·박지원·정약용丁若鏞 등에게 계승·발전되었다. 그를 '실학의 비조鼻祖'로 여기는 것은 모두 이러한 때문이다. 그러나 그의 개혁안은 정책적으로 반영되지는 못했다. 그나마 1770년^영^{조 46} 왕명으로 『반계수록』이 간행된 것은 천만다행이라 하겠다.

"너 같은 자는 칼로 목을 잘라야 해!"

이후 「허생」은 급물살을 탄다.

변씨는 당시 어영대장인 이완과 아는 사이라 허생의 이야기를 하였고 이에 이완은 급기야 허생을 만나러 와서는 나라에서 어진 인재를 구한다고 한다. 드디어 허생은 앞에서 언급한 '큰 시험[大試]'을 하게 된다. 이완李浣, 1602~1674 역시 실존 인물이다.

그는 무신으로 1624년^{인조 2} 무과에 급제하여 1636년 병자호란 때 김자점金自點의 별장으로 정방산성에서 공을 세우고 43년 경기도수군절도사 겸 삼도통어사가 되었다. 효종의 북벌정책으로 1652년^{효종 3} 어영대장, 1653년 훈련대장이 되어 신무기를 제조하고 성곽을 보수하는 등 전쟁에 대비, 군영의 체모를 갖추는 데 주력하였다. 그러나 1659년 효종이 죽자 북벌계획은 중지되었다. 이후 그는 공조·형조판서와 훈련대장을 거쳐 1673년 포도대장을 지내고 이듬해 우의정까지 올랐다.

이완은 『기문총화記聞叢話, 조선시대 명사(名士)들의 일화·시화(詩話)·항담(巷談)·소화(笑話) 등을 모은 야담집』 등 여러 책에서 그 이름을 찾을 수 있는데, 썩 담력이 있었던 인물인 듯하다. 그는 또 독서를 좋아하고 병법에 밝아 무장으로서 입신하여 효종의 뜻을 받들어 북벌 계획을 추진하였다. 하지만 효종과 이완이 북벌을 꾀한 것은 이미 연암이 태어나기 한 세기 전에 끝난 일이다.

청나라를 치려는 북벌은 청나라에 볼모로 잡혀갔던 효종이 왕위에 오르며 시작되어 그의 갑작스런 죽음을 좇아 역사 속으로 사라진 프로젝트였다.

하지만 이 북벌책北伐策은 소중화주의小中華主義라는 중국에 대한 사대의식事大意識과 함께 조선 후기로 내려오며 종래의 삶을 고집하는 사대부들에 의해 슬픈 길을 걷는다. 역대의 정권들은 적절하게 이를 '빨강, 노랑 따위로 염색하여서는 그것이 애국이요, 충성이요, 국가 염원이요' 하며 능갈쳤으니 자신들의 권력 보위를 위해 내세운 거짓 국가이념에 지나지 않았다.

그러니 「허생」에 보이는 이완과 북벌책은 실상이 아닌 연암시대의 정치 세력과 세도를 유지하기 위한 술책일 뿐이었다.

허생과 이완, 둘의 대화를 들어보자. 이 부분이 바로 허생이 시대의 물음에 답한 이른바 시사삼책時事三策을 제시하는 곳이니 '큰 시험'에 해당하는 부분이다.

"밤은 짧은데 말이 너무 길어서 듣기에 지루하오. 당신은 지금 무슨 벼슬에 있소?"

"대장이오."

"그렇다면 그대는 나라의 신임 받는 신하로군. 내가 와룡 선생 같은 이를 천거하겠으니 임금께 아뢰어서 삼고초려三顧草廬를 하게 할 수 있겠소?"

이 대장은 고개를 숙이고 한참 생각하더니 말했다.

"어렵소. 제이第二의 계책을 듣고자 하오."

"나는 원래 '제이'라는 것은 모르오."

허생은 외면하다가, 이 대장의 권에 못 이겨 말을 이었다.

"명明나라 장졸들이 조선은 옛 은혜가 있다고 하여, 그 자손들이 우리나라로 망명해 와서 정처 없이 떠돌고 있으니, 당신은 조정에 청하여 종실宗室의 딸들을 모두 그들에게 시집보내고 훈척勳戚 권귀權貴의 집을 빼앗아서 그들에게 나누어 주게 할 수 있겠소?"

이 대장은 또 머리를 숙이고 한참을 생각하더니 말했다.

"어렵소."

夜短語長 聽之太遲 汝今何官 曰 大將 許生曰 然則汝乃國之信臣 我當薦臥

龍先生 汝能請于朝 三顧草廬乎 公低頭良久 曰 難矣 願得其次 許生曰 我未

學第二義 固問之 許生曰 明將士以朝鮮有舊恩 其子孫多脫身東來 流離惸鰥

汝能請于朝 出宗室女 遍嫁之 奪勳戚權貴家 以處之乎 公低頭良久曰 難矣.

허생의 반응이 쌀쌀하고도 매섭다. 그러나 이완은 허생이 제시한 '시사삼책時事三策' 중 두 가지를 가볍게 거절한다. 저러한 요량으로 국가의 동량棟樑이라는 것이 안타깝다.

연암은 조선을 사랑했고 양반은 더욱 사랑했다. 연암은 그렇게도 매몰차게 조선 후기의 타락을 외쳤지만, 그의 글 어디에서도 중세의 심장인 '유교체제'로부터 공식적으로 전향轉向을 선언한 문장은 찾을 수 없다.

그의 양반에 대한 불손한 기록들은, 선비로서 불면不眠의 고민이요, 진유眞儒를 고대하는 기록들이다. 그것은 '유교는 살아 있고 양반도 살아 있다'는 양반으로서 골기骨氣이니 이완과 대화는 이러한 허생의 마음을 그대로 담고 있는 셈이다.

애초에 이완이 들어오는 데도 앉아서 맞이하는 방자한 행동에서 저들에 대한 예기銳氣지름을 읽지만 허생은 최선을 다하여 구국책救國策을 제시하였다. 그러나 이완의 대답은 예상한대로 모두 '어렵다'이다. 이른바 조선국의 '대장大將'이라 불리는 자가 그야말로 낡은 관습이나 지키면서 '시대의 변화'를 모르니 영판 수주대토守株待兎, '그루터기를 지키며 토끼를 기다린다'는 뜻으로, 변통을 모르는 어리석음의 모양새다. 사정없이 면박을 당할 인사인데, 당대에 저 정도의 푼수만으로도 국정을 다스리는 이들이 꽤 여럿이었다.

뚝 끊자면, 이완은 연암시대의 정치 세력들로 바꿀 수 있다. 저들은 걸핏하면 북벌을 외쳐댔지만, 그것은 저네들의 집권을 공고하게 하려는 계략이요, 일신의 안락을 꾀하려는 방편에 불과했다. 제갈량을 얻는데 삼고초려가 무슨 대수며, 숭명崇明을 부르짖는 저들로서 은혜를 입은 명나라 사람에게 종실의 딸을 시집 보내고 썩어 문드러진 훈척勳戚과 권귀權貴, 권문세가와 귀족(貴族)의 준말의 집을 빼앗아 주는 것은 능히 할 수 있는 일 아닌가. 입만 분주하게 '이민위천以民爲天, 백성으로 하늘을 삼는다'을 설레발친들 얻을 게 없다.

당시에 소설류가 사람의 심지心志를 오도한다는 '오인심지誤人心志'라는 비평어가 있었는데 연암소설은 그야말로 오도誤導된 심지를 바로잡아주는 역할을 하고 있다. 허생은 이보다 쉬운 방법을 다시 일러주니 '시사삼책' 중 마지막이다. 이것마저 거절당하면 허생의 '큰 시험'은 뜻을 펴지 못하게 된다.

내용은 네 가지로 요약된다.

① 천하의 호걸들과 접촉하여 결탁하고 먼저 첩자를 보내어라.
② 우리 자제들이 유학 가서 벼슬까지 하도록 허용해 줄 것과, 상인의 출입을 금하지 말도록 할 것을 요청하라.
③ 나라 안의 자제들을 가려 뽑아 머리를 깎고 되놈의 옷을 입혀서, 그중 선비는 가서 빈공과賓貢科에 응시하고 또 낮은 백성은 멀리 강남江南에 건너가서 장사를 하면서 저 나라의 실정을 정탐하는 한편, 저 땅의 호걸들과 결탁하라.
④ 적당한 사람을 천거하라.

낱낱이 옳은 말이다. 이완의 대답을 듣기 전에 당시의 시대적 정황을 일별이나마 하고 넘어가자.

청과 관련된 정묘, 병자년의 침입은 이렇다.

당시 조선은 1592년의 임진왜란, 1597년의 정유재란을 뒤이어 숨 돌릴

틈도 없이, 정묘호란과 병자호란을 맞이하였다.

1627년인조 5에 일어난 정묘호란丁卯胡亂은 1월 중순부터 3월 초에 걸쳐 계속되었다. 그 원인은 인조반정으로 집권한 서인西人의 친명배금정책親明排金政策과 후금 태종의 조선에 대한 주전정책主戰政策이 충돌해서였다. 후금군의 주력부대는 압록강을 건너 의주義州를 점령한 뒤 용천龍川·선천宣川을 거쳐 안주성安州城 방면으로 남하하여 평양을 거쳐 황주黃州에 이르렀다.

이에 소현세자昭顯世子는 전주全州로 피난하고 인조는 강화도江華島로 피하였다. 화전和戰의 양론이 분분하던 중 후금이 강화를 제의해 오자 최명길崔鳴吉 등의 주화론主和論을 채택, 후금과 교섭하여 정묘약조를 체결하였다. 이 약조로 우리 조선은 후금과 형제관계라는 치욕을 감수해야했다.

이러한 후금과 형제관계가 굴욕적인 데다가 막대한 세폐歲幣, 해마다 음력 10월에 중국에 보내던 공물와 수시로 요구하는 물자物資 조달이 경제적으로 과중한 부담이 되었다. 결국 금나라에 대한 배금拜金사상이 일어나며 관계가 악화되더니 병자호란丙子胡亂으로 이어졌다.

병자호란은 1636년인조 14 12월부터 이듬해 1월까지 이어졌다. 그동안 후금은 국호를 청淸으로 바꾸었고 왕자, 대신, 및 척화 주장자들을 잡아 보내지 않으면 다시 치겠다고 위협하였다. 그러나 이미 척화론이 대세를 이룬 조선 정부는 이를 묵살하였다. 청 태종은 같은 해 12월 1일 만주, 몽고 한인의 혼성병력 10만의 병력을 이끌고 조선 침략을 재개였다.

12월 14일, 개성이 무너지자 인조는 급히 방향을 바꾸어 남한산성으로 피신하였고 급기야 몸을 두려던 강화성이 함락되자 전의를 상실한 조정은 청의 요구대로 척화삼학사斥和三學士인 평양 서윤平壤庶尹 홍익한洪翼漢, 교리 윤집尹集, 부교리 오달제吳達濟를 결박 지어 청의 진영으로 보내고 항복의 뜻을 전하였다.

항복 교섭은 조선 측의 주화론자主和論者, 강화를 주장하는 사람 최명길에 의해 이루어져, 1637년인조 15 1월 30일, 인조는 세자와 함께 삼전도三田渡, 현재 서울시 송파구 삼전동에서 청 태종에게 '세 번 절하고 아홉 번 머리를 조아리는 항복 의식'을 치러야 했다. 청군은 소현세자와 봉림대군鳳林大君, 1619~1659, 후에 효종을 인질로 삼아 김상헌金尙憲, 1570~1652 등 척화파의 주요 인물들을 묶어 심양으로 돌아감으로써 병자호란은 끝이 났다.

이러한 치욕을 거쳐 온 조선 정부이다.

지푸라기라도 잡아야 할 처지임에도 허생이 제안하는 방법을 모두 거절하는데 그 이유가 참으로 가관이다.

저 용렬한 이완 가로되,

사대부들이 모두 조심스럽게 예법禮法을 지키는데, 누가 변발辮髮을 하고 호복胡服을 입으려 하겠소?

士大夫皆謹守禮法, 誰肯髮胡服乎.

이완이 어름어름 어렵다고 말하는 이유이다.

'사대부들이 모두 조심스럽게 예법을 지키기 때문'에 못한다니 생급스럽고 터무니 없다. 정녕 명정酩酊, 만취이라도 해야만 살아갈 세상이다. '사대부士大夫'란 누구인가. 연암은 「원사原士」라는 글에서 "대부大夫24를 사대부라고 하는 것은 우러러보아서이다大夫曰 士大夫 尊之也" 하였다.

정녕 저들은 우러러보아야 할 사대부들의 모습은 아니다. 저들은 정치를 하며 예법을 멀리 두고 노상 편을 갈라서는 드잡이만 일삼거나 낮은 백성들

---

24 벼슬 품계에 붙이던 칭호. 문관은 4품, 무관은 2품 이상에 붙임.

은 안중에도 없이 풍월만 읊었다. 더욱이 저들이 바른 길로 이끌어야 할 백성들의 고통은 안중에도 없었으니, 오죽하였으면 '관가 돼지 배 앓는 격官猪腹痛'25이라는 속담까지 생겨날 정도였다. 이러하였거늘 무슨 예법을 지켰다는 소리인가. 나라 임금이 머리를 세 번씩이나 땅바닥에 박으며 치욕을 감수하였는데도 비분, 강개한 마음으로 강성한 조선을 만들려고 무슨 일이든 해야 마땅하건만, 참 속악한 무리들이다.

허생은 심사가 나, 더 이상 참지 못하고는 결기를 내어 크게 꾸짖는다. 여남은 줄이 넘으나 조목조목 맞는 말이니 그대로 인용해 보겠다.

"소위 사대부란 것들이 뭣하는 것들이란 말이냐? 오랑캐 땅에서 태어나 자칭 사대부라 뽐내다니, 이런 어리석을 데가 있느냐? 의복은 흰옷을 입으니 그것이야말로 상인喪人이나 입는 것이고 머리털을 한데 묶어 송곳 같이 만드는 것은 남쪽 오랑캐의 습속에 지나지 못한데, 대체 무엇을 가지고 예법이라 한단 말인가? 번오기樊於期는 원수를 갚기 위해서 자신의 머리를 아끼지 않았고 무령왕武靈王은 나라를 강성하게 만들기 위해서 되놈의 옷을 부끄럽게 여기지 않았다. 이제 '대명大明을 위해 원수를 갚겠다' 하면서, 그까짓 머리털 하나를 아끼고 또 장차 말을 달리고 칼을 쓰고 창을 던지며, 활을 당기고 돌을 던져야 할 판국에 넓은 소매의 옷을 고쳐 입지 않고 딴에 예법이라고 한단 말이냐? 내가 세 가지를 들어 말하였는데, 너는 한 가지도 행하지 못한다면서 그래도 신임을 받는 신하라 하겠는가? 신임 받는 신하라는 게 참으로 이렇단 말이냐?"

하고는 두리번거리며 칼을 찾아 찌르려 하니 이 대장은 놀라서 급히 뒷문으로 뛰쳐나가 도망쳐버렸다더군요.

---

25 '관가의 돼지가 배를 앓거나 말거나 자기와 상관이 없다'는 뜻으로 자기와 아무 상관이 없는 일이어서 아랑곳하지 않을 때 쓰는 속담.

所謂士大夫 是何等也 産於彝貊之地 自稱曰 士大夫 豈非駴乎 衣袴純素 是
有喪之服 會撮如錐 是南蠻之椎結也 何謂禮法 樊於期 欲報私怨而不惜其頭
武靈王欲强其國而不恥胡服 乃今欲爲大明復 而猶惜其一髮 乃今將馳馬擊釼
刺鎗挳弓飛石而不變其廣袖 自以爲禮法乎 吾始三言 汝無一可得兩能者 自謂
信臣 信臣固如是乎 是可斬也 左右顧索釼 欲刺之 公大驚而起躍出後.

강개지사槪之士, 불의에 대하여 의분을 느끼어 한탄하고 분개해 하는 사람 허생이 이제 우격으
로 칼을 들어 권력의 안위에서 놀아나는 이완의 목을 겨누는 이 장면에서
독자는 카타르시스cantharsis[26]를 느낀다. 소설 구성으로는 혈법穴法에 해당하는
부분으로 극적인 종결부이다. 정치의 심장부를 향하여 들이대는 연암의 담
찬 글발에 어느 사대부, 양반이든 베이지 않고 「허생」을 읽었을 유자 중 몇
이나 이 삼엄한 글발에 노염을 타지 않았겠는가.

허생의 '큰 시험[大試]'은 이렇게 끝이 났다. 허생이 만약 기약한 대로 독서
10년을 채웠으면 어떻게 되었을까?

연암은 「원사原士」에서 "한 선비가 독서를 하면 은택이 사해에 미치고 공
이 만세에 드리워진다一士讀書 澤及四海 功垂萬世" 하였다. 일의 실제는 잘 모르면
서 앉아서 이론만으로는 떠드는 '방안풍수風水'를 경계하였던 실학자 연암
이었기에 허생의 10년 공부라면 다른 결말로 이어졌을지도 모른다. 연암은
늘 필경연전耕硯田, 벼루로 밭을 삼고 붓으로 밭을 가는 마음으로 문필로 생활함을 비유로 이르는 말 하
듯 글을 썼다. 비록 쟁기와 호미를 들고 밭에 나가지 않았지만 문필文筆로써
그러한 생활을 하겠다는 실학파들의 학문하는 태도이다. 더욱이 "책을 10년
읽으면 천하에 고치지 못할 병이 없다讀書十年書 天下無不可醫之病" 하는 말도 있으

---

26 정화(淨化). 마음속에 억압된 감정의 응어리를 행동이나 말을 통하여 발산함으로써 정신
의 균형이나 안정을 회복하는 일.

니 3년을 채우지 못하고 7년 만에 작파한 것이 안타깝다.

더 이상 번다한 설명은 필요치 않으니 흰옷 문제만 일별하고 '오망론'으로 넘어가 연암이 이렇듯 양반들에게 와지끈 벽력을 치는 이유를 가늠해 보겠다.

이수광1563~1628은 『지봉유설芝峰類說』「제국부諸國部, 풍속(風俗)」에서 "우리나라 사람들이 즐겨 입는 것은 아마도 '은나라 태사太師, 기자箕子'가 남긴 풍습이 아니겠는가東方人好着白衣 豈亦殷太師之遺風歟" 하였으니 그 연원이 꽤 오래이나 우리 본래의 것이 아님을 알 수 있다. 또 이수광의 같은 책, 「군도부君道部, 법금(法禁)」을 보면 선왕조에는 '백의금난白衣禁亂'이라 하여 흰옷 입는 것을 금지 단속하는 법이 있었다. 흰옷을 입는 풍속이 완연하게 된 것은 "가정嘉靖, 1522~1566 을축년乙丑年, 1529 이후 여러 번의 국상을 당하여 계속해서 흰옷을 입은 것이 드디어 풍속을 이루게 되었다嘉靖乙丑以後 累經國恤 仍着素衣 遂成風俗"고 적어 놓았다.

이로 미루어 볼 때, 국상으로 인한 잦은 소복이 내쳐 풍습으로 변했음이 분명하다.

하지만 '백의白衣'는 복식사服飾史에 대한 이해가 없어도 추궁追窮하는데 문제가 없다. 허생이 지적하는 상喪을 당했으면 모를까, 분망奔忙한 일상생활을 하는 데는 사실 매우 불편하기 때문이다. "새로 머리를 감은 사람은 갓을 털고 새로 목욕을 한 사람은 모름지기 옷을 터는 법新沐者 必彈冠, 新浴者 必振衣"이니, 이러한 차림으로야 뒷짐이나 쥐고 수염이나 쓰다듬으며 노닐 수밖에는 없다.

오죽하였으면 최현배崔鉉培, 1894~1970, 호는 외솔, 국어학자 선생 같은 이는 「조선민족갱생朝鮮民族更生의 도道」 '제6절 생활 방식의 개선'에서 이 흰옷을 없애자며 아래처럼 말했다. 이 글은 일제치하의 금서禁書였으니 그 의미가 적지 않다.

흰옷을 모두 없애자. 그리하여 백의인白衣人·백의민족白衣民族·백의동포白衣同胞의 이름을 버리자. 더구나 용감히 활동하여야 할 남자의 옷은 무능의 백색을 띠는 것은 옳지 않으며 쾌활한 아동의 옷이 슬픔과 설움의 상징인 흰색을 띠는 것은 더욱 크게 불합리하다.

복식사를 연구하는 분네야 나하고 이해를 달리하겠지만, 과연 흰옷은 불편한 게 사실이다. 『열하일기熱河日記』「심세편審勢編」에 보이는 '오망론五妄論'으로 이해를 가름해 보자. 연암은 이 글에서 조선에 시원치 않은 종자들이 다섯 부류나 된다고 한다. '오망론'이란, 자신의 지체와 문벌을 과시하며 청나라 지배하의 한족漢族을 경멸하는 것이 일망이요, 한 줌도 안 되는 상투로 중국인의 변발과 의복 등 풍속을 비웃는 것이 이망이며, 멸망한 명나라에게 굽실거리면서 청에게 거만한 것이 삼망이요, 글자漢文깨나 좀 안다 하여 상대편을 얕보는 것이 사망이고 중국의 선비들이 청나라를 섬긴다고 탄식하고는 고고한 체하는 것이 오망이라고 하였다. 딱하기 그지없는 노릇이다. 나라만 저 태평양 너머로 바뀌었을 뿐 여적도 통하는 이야기인 듯싶어 안타깝고 답답하다.

허생의 말은 명나라를 이겨 넘긴 청나라를 멸시하면서 '춘추대의론春秋大義論27과 북벌책北伐策을 공연히 외쳐대던 소중화의식에 젖은 조선 후기의 부패 사회에 던지는 연암의 카랑카랑한 목소리요, 표표表表한 직설直說이다.

연암은 만년에 붓을 잡아 병풍에 "인순고식因徇姑息 구차미봉苟且彌縫"이라 쓰고는 "천하만물이 모두 이 여덟 글자로부터 잘못되었다天下萬物 皆從此八字隳壞"28라고 하였다.

---

27 공자가 『춘추(春秋)』에는 불의무도(不義無道)한 천자·제후·대부 등을 비판 배척하는 대의명분이 반영되어 있으니 이 『춘추』의 저술이 있은 뒤에 후대의 난신적자(亂臣賊子)들이 모두 두려워하게 되었다는 것으로 조선시대 양반들이 늘 대의명분으로 내세웠다.
28 박종채, 「과정록」, 『한국한문학연구』 제7집, 1984(영인), 70쪽.

'인순고식'은 낡은 습관이나 폐단을 벗어나지 못하고 눈앞의 안일만을 취하는 것이요, '구차미봉' 역시 잘못된 것을 임시변통으로 이리저리 꾸며 대충 땜질한다는 의미이다.

연암의 시기는 바야흐로 개혁이 필요한 시대였다. 그런데도 이완은 대충 꿰매기만 하려는 임시변통술만을 찾고 있다. 변화할 줄 모르는 삶, 현실에 안주하려는 삶에 대한 연암의 경계를 지금도 새겨볼 일이다.

우렁우렁한 허생의 일갈, 연암의 칼 빛 일성에 당시의 집권자들을 상징하는 이완은 여지없이 희화화된다. 문여기인文如其人이라 하였다. '글을 보면 그 사람을 안다'는 말이다. 나라를 좀 먹는 모리배에게 서슬 퍼런 칼날을 들이대는 연암의 목소리는 지금까지도 쩡쩡하다.

혼쭐이 난 이완이 다음 날 다시 찾아가 보았더니 집이 텅 비어 있고 허생은 간 곳이 없었다.

"그러하고도 요동遼東과 계주薊州의 벌판을 달릴 수 있겠느냐."

허생의 '대시大試'가 이러한 종말에 머물 수밖에 없는 것은 바로 연암 사고의 한계였지만 「허생」 뒤의 이야기는 계속 이어진다.

뒤의 이야기 또한 「허생」 이야기의 동선 한 자락임은 두말할 나위 없다.

⑥-①은 경상감사 조계원에 관한 일화인데 길이가 두어 장 안팎으로 삽화치고는 제법 길다. 내용은 경상감사인 조계원이 순행하는데 이상한 중 둘을 만난다. 두 명의 중들은 "네가 헛 명성과 권세에 아부해서 도의 감사 자리를 얻었다"고 꾸짖으며 따라오라고 한다. 조계원이 두어 마장을 못 가서는 헉헉거리자 중이 이렇게 말한다.

너는 평소에 많은 사람이 모인 자리에서 몸에 갑옷을 입고 창을 꼬나 잡고 맨 앞에 서서 명나라를 위하여 복수하고 치욕을 씻겠노라고 큰소리치더니 이제 겨우 두어 마장을 걷는 동안 한 발자국을 옮길 때 열 번 숨을 몰아쉬고 다섯 발자국을 옮길 때 쉬기를 세 번이나 하는구나. 그러하고도 요동遼東과 계주薊州, 중국 하북성의 지명의 벌판을 달릴 수 있겠느냐?

汝平居衆中 常大言身被堅執銳 當先鋒爲大明 復讐雪恥 今行數里 一步十喘 五步三憩 尙能馳遼薊之野乎.

구구절절이 21세기 똑같은 조선 땅에서 사는 우리네 가슴팍에도 꽂히는 소리이다. 잠시 구한말 민족의 지도자였던 월남月南 이상재李商在, 1850~1927 선생 이야기 좀 들어본다.

언젠가 이상재 선생이 조정에 나갔을 때 외국인이 비누를 주니 이것을 먹더란다. 그래 사람들이 깜짝 놀라 빨래할 때 쓰는 것이라 하며 뺏으려 하니, 태연히 "아, 그래서 마음속의 더러움을 벗기려는 것이올시다" 하며 우적우적 씹어 먹었다는 이야기가 있다. 그 자리에 있는 탐욕에 젖은 벼슬아치들에 대한 통쾌한 일격이다.

또 한번은 조선인으로서 일본 총독부 벼슬하는 치들이 모인 자리에 들어서면서 마치 준비나 하였던 것 같이 "이키나, 신이화辛夷花가 폈군!" 하였다. 신이화란 본시 목련을 가리킨 말이지만 흔히 봄에 일찍 피는 '개나리'를 이렇게 부른다. '개나리'를 조금 길게 발음하면 '개~나~으~리' 아닌가. 왜놈 밑에서 벼슬을 하니 '개 나으리'라는 뜻이다. 연암처럼, 월남처럼, 올곧은 소리 하는 분들이 그리운 시대이다.

다시 조계원에게 평소 명나라를 위해 복수하겠다고 하더니 겨우 이 정도의 체력으로 요동 벌판을 달리겠느냐고 꾸짖는 말을 새겨본다. 말눈치로 보아 공연히 구두선口頭禪으로만 북벌론을 부르짖는 자들의 허상을 연암은 조계원을 통하여 보여 주는 것이다. 저들은 전혀 준비도 하지 않고 허성虛聲만

늘어놓았으니 그야말로 슬관蝨官, 나라를 좀 먹고 백성들에게 폐를 끼치는 것을 일삼는 관리이 따로 없다.

또 조계원이 목이 말라 물을 청하자 황정黃精, 도사들이 장생을 위하여 복용하는 약으로 만든 떡과 솔잎 가루를 물에 타 주었으나 먹지 못하자 요동 벌판에서 전쟁을 할 때는 물이 귀하므로 말 오줌을 먹어야 한다며 호통을 친다. 그리고 오삼계吳三桂, 1612~1678는 명나라 말기와 청나라 초기의 무장으로 1673년 강희제에 맞서 군사를 일으켜 주周를 세우고 1678년에는 형주衡州, 지금의 호남성에서 왕위에 올랐으나 그 해 가을에 죽은 장수이다. 뒤를 오세번이 이었으나 1681년 말 명나라가 함락되자 함께 역사의 뒤안길로 사라졌다. 이 오삼계가 청나라를 타도하기 위해 기병하여 여러 지방이 들끓고 있는데 그 사실을 아느냐 질문하니 조계원이 알 턱이 없다. 허생은 천하의 정세를 모르면서 큰 소리만 친다며 한심해 한다.

그때 오삼계를 모른다는 것은 북벌을 주장하는 정치가로서는 있을 수 없는 일이다. 북벌을 부르짖는 자들의 허구성에 대한 여지없는 통박이다. 그러고 난 뒤, 중들은 자기들 스승을 모시고 오겠다며 어디론가 가서는 돌아오지 않았다는 것이다.

그렇다면 이 어리석은 조계원이 누구인가?

조계원趙啓遠, 1592~1670은 선조 25년에서 현종 11년까지 산 사람이다. 본관은 양주楊州, 호는 약천藥泉으로 우리가 잘 아는 신흠申欽, 1566~1628의 사위이며 이항복李恒福, 1556~1618의 문인이기도 하다.

연암이 이 「허생」에 조계원을 끌어들인 것은 그가 효종의 북벌과 관련이 있었던 인물이기 때문이다. 조계원은 1641년 '세자시강원보덕世子侍講院輔德'[29]

---

29 왕세자에게 경서(經書)와 사적(史籍)을 강의하며 도의(道義)를 가르치는 임무를 담당하였다.

으로서 볼모로 심양에 갔던 소현세자가 청나라의 요구로 명나라의 진저우^錦州공격에 참가하게 되자 그를 시종하며, 모래주머니를 이용하여 성을 쌓는 기계^{奇計}를 써서 세자 일행이 무사히 돌아오게 하는 데 큰 공을 세우기도 하였다.

그는 이 공로를 인정받아 이후 수원 부사·동부승지·경상 감사 등을 두루 거쳤으며, 1654년^{효종 5}에는 사은부사^{謝恩副使}로 청나라에 다녀오기도 한 인물이다.

따라서 연암은 조계원 역시, 이완이나 송시열만 못하지만 효종과 함께 북벌책을 다듬어 놓은 상징적인 인물로 등장시켰다. 더구나 조계원이 만년에 민전^{民田}을 광점^{廣占30}한 것을 상기하면 두 중이 저러한 이유를 두루 짐작케 한다. 북벌책을 꾸려야 할 인물이 개인 축재만 하고 있다는 사실에 당대의 부패한 정치가 그대로 보인다.

이제 이야기는 허생 이야기를 들려주었다는 윤영에게로 넘어가는데 여기에는 몇 가지 소설적 의의가 숨어 있으니, 다시 한번 앞에서 살핀 자료를 되짚어 논의를 이어보자.

㉠-①은 내가 20살¹⁷⁵⁶ 때 봉원사^{奉元寺}에서 윤영^{尹映}이라는 노인에게 허생, 배시황^{裵時晃}, 완흥군부인^{完興君夫人}에 대한 이야기를 들었다는 것이다.

㉠-②는 그로부터 17년 뒤인 37살¹⁷⁷³에 평안도 성천^{成川}에 있는 비류강^{沸流江}가 십이봉에 있는 암자에서 윤영을 만났다는 내용이다. 그는 조금도 늙지 않았으며 발걸음도 날랬다고 한다. 그리고 윤영은 허생의 전이 완성되었느냐고 나한테 묻고 연암은 아직 짓지 못하였다고 한다. 그런데 연암이 윤노인^{尹老人}으로 부르자 자기 이름은 신색^{辛嗇}이라며 몹시 화를 낸다.

---

30 땅을 넓게 차지하였다고 비판받은 점.

⑦-③은 광주廣州 신일사神一寺에 90살이 넘은 약립鞠笠 이생원李生員이라는 기인이 있다는 소문을 들었는데 그가 혹 윤영 노인이 아닌가 싶어 만나보려 했으나 뜻을 이루지 못 하였다는 내용이다.

잘라 말해, 이것은 모두 「허생」에 대한 사실적 기록임을 보태는 증거들인데 몇 가지 살펴야 한다. 우선 생각할 것이 ⑦-①에서 ⑦-③은 모두 「허생」의 일차 서술자인 윤영 이야기라는 점이다. 즉 ⑦은 앞에서 언급한 바, 윤영을 등장시킴으로써 「허생」이 사실이라는 진실성을 확인시켜주는 것이요, 두 번째로는 이 「허생」의 작자는 절대 자신이 아닌 윤영임을 다시 한번 상기시키는 것이다.

조선시대 유학자들의 기본적 문학관은 사실성事實性, 혹은 사실성史實性의 중시였다. 따라서 소설의 가허착공架虛鑿空, 거짓을 꾸미고 공론을 말함은 이들과 대척점에 섰기에 비판의 대상이 되었다. 연암이 이것을 모를 리 없었으므로 윤영을 끌어들여 「허생」의 허구성을 상쇄하려 든 것으로 보아야 한다.

그리고 ⑦-②와 ⑦-③이 담고 있는 정보로 미루어 윤영을 신이한 인물로 만든 것이니 이것은 「허생」 이야기 또한 신비스런 분위기로 감싸고자 하는 뉘앙스를 풍기는 진술임이 분명하다.

①에서 ⑦-③까지 과협過峽, 소설의 여러 사건들이 여간 아니니 잘 찾아가야만 「허생」 이야기의 혈穴, 소설의 핵심을 온전히 드러낸다.

연암이 이렇듯 앞 장에서 살핀 「호질」과 이 「허생」에 여러 겹의 소설적 장치를 둔 것은 손자 박규수朴珪壽와 박선수朴瑄壽가 고위직에 올랐으면서도 『연암집』을 간행하지 못한 까닭을 바로 이 「호질」과 「허생」이 유림의 비방을 받아왔기 때문이라 하는 데서도 찾는다. 연암의 소설은 그렇게 당대 행세하는 양반들의 양식 없음을 질타하였으니 저들에게는 금서였다. 제 아무리 연암이라도 이러한 장치마저 없이 제 이름을 걸고 어찌 저와 같은 글을 쓰겠는가?

연암소설을 오늘날 주목한다는 것에 그칠 것이 아니라, 그의 이러한 소설에서 참 삶의 가치를 몸 받아 따랐으면 하는 바람이다.

열녀함양박씨전
병서

烈女咸陽朴氏傳
竝書

남녀의 정욕은 똑같다.

제^題「열녀함양박씨전 병서」후^後

이 작품에 등장하는 인물은 과부집 구성원으로 단출하다.

배경	안의, 함양
등장인물	**명관 형제 어머니**
	한 많은 과부로서 삶을 산 여인. 매듭을 짓거나 자수를 놓을 수도 없는 밤, 그녀는 수도 없이 동전을 굴려댔다.
명관 형제	자신들도 과부의 자식이면서 다른 과부의 자식에게 불이익을 주려는 자들이다. 과부 어머니의 고통스런 체험을 듣고는 비로소 어머니를 이해한다.
나	이 글의 내레이터로서 연암 자신이다.
열녀함양박씨	통인^{通引} 박상효^{朴相孝}의 조카딸로 함양으로 시집을 갔다가 요절한 남편을 따라 독약을 먹고 자살한다. 이때 그녀의 나이 22살, 못된 관습이 사주하여 생목숨을 떼인 여인이다.
임술증	열녀 함양 박씨의 신랑으로 성례한 지 반년 만에 죽는 박복한 사내.

『연상각선본』「전」에 실려 있으며 연암 57세 때의 작품이다.

안타깝게도 조선의 여성은 임진·정유왜란^{1592, 1597}과 정묘·병자호란^{1627,} ¹⁶³⁶을 거치면서 더욱 옥죄어 들었다.

조선은 미증유의 전란 속에서 임란의 주범 도요토미 히데요시^[豊臣秀吉]의 사망1598과 도쿠가와 이에야스[德川家康]의 정권 장악1603, 명의 멸망1662과 청의 건국1663 등 주변국의 소란스런 흥망과 나란히 하면서도 아이러니하게 집권층은 조선식 성리학을 중심으로 더욱 체제를 공고화하였다.

지배질서 강화를 위한 일련의 정책으로 삼강오륜의 강조와 효자, 충신, 열녀에 대한 포상, 과거제에 의한 양반 가문 중심의 정치인 양성, 그리고 명에 대한 춘추대의와 북벌책 등을 집요하게 폈다.

그것은 진 것을 억지스레 우김으로 이겼다는 일종의 '정신 승리법'이다. 일본에게 두 번 외침을 당했고 청나라 왕에게는 삼배고두三拜叩頭라는 부끄러움을 당하였다. 그런데도 '왜놈'이니 '오랑캐'니 하고 얕잡아 보고 정신적으로 우위라고 하며 마치 승리자는 조선인 듯이 하였다. 조선이 집권 사대부, '저들의 천국'이 된 것은 이러한 까닭이 있다.

결과적으로 조선은 위기를 벗어났을 뿐만 아니라 제법 조선 초기와 버금가는 정치적 안정이 표면상 이루어졌다. 그러나 이것은 '시의에 맞게 변한다'는 뜻의 수시지변隨時之變이 아니었다. 집권층은 현실을 잠시만 속여 두려고 하였기에 부패한 과거제, 열녀의 폐단, 당파의 결속과 당쟁 따위가 부작용으로 따랐으니 그 피해는 온전히 낮은 백성들 몫이었다. 저들의 정치는 백성 개개인의 안락이 아니라 조선 사대부의 유지였다.

이러한 시대 연암은 침묵하는 여성의 몸을 소설에 올려놓았으니 「열녀함양박씨전 병서」가 그것이다.

「열녀함양박씨전 병서」는 연암이 안의현에 부임했을 때 들은 열녀 이야기를 모티브로 쓴 소설이다. 겉으로는 비단결 같은 마음씨의 여인인 함양 박씨를 기리는 내용으로 되어 있으나 조금만 살피면 곧 연암과 조선 후기 과부의 내밀한 소통으로 열녀문烈女門의 허실을 폭로하였음을 알 수 있다. 그러니 소설의 이면에는 비장감이 흐른다. 연암은 이 소설에서 조선의 엄혹한 사회 제도에게 암매장된 '과부'를 양지쪽으로 끌고 나와 볕을 쬐어준다.

이 소설은 크게 서두, 제1소설, 제2소설 세 부분으로 나누어 볼 수 있다.

서두에서는 과부 개가 금지에 대한 연암 자신의 생각을 직접적으로 밝히는 데 그치고, 이어 전개되는 제1소설격인 이야기가 이 소설의 앙금이 된다. 제1소설에는 인생의 황혼기에 들어선 과부 여인이 엽전을 굴리며 쓸쓸한 밤을 혼자 보내는 방안 전경이 생생하게 그려져 있다.

> 어찌 과부라고 정욕이 없겠느냐. 가물거리는 초롱불에 그림자만 조문弔問하며 외로운 밤을 지새기 괴롭고 (…중략…) 어린 종년은 코를 드르렁 골고 자는데 혼자 잠 못 드는 이 괴로움을 누구에게 하소연하겠느냐?

자극적이면서도 다소 감미롭기까지 한 욕정欲情의 표현들, 그러나 당시로서는 더없이 불온하기 짝이 없는 자극적 어휘이다.

조선 중기 이후, 과부 문제는 유교儒敎가 국가 이념인 나랏님 소관이었다. 그녀들은 국가에서 끊임없이 감시해야 할 '병리학적 과부균寡婦菌'으로 여차하면 예의·도덕을 위태롭게 하는 '전염성 질환傳染性疾患'쯤을 앓고 있는 이들로 여겼다. 이것은 조선 후기의 여성에 관한 견고한 패러다임paradigm, 즉 어떤 한 시대 사람들의 견해나 사고를 근본적으로 규정하고 있는 테두리로서의 인식 체계였다.

그래서 그녀들은 국가의 뜻을 좇아 자신들을 정화淨化하기 위해 '신성불가침神聖不可侵한 정절신貞節神'을 섬기며 기력을 소진하였다. 과부가 되는 순간, 그렇게 그녀들의 성性은 '여성女性'이 아닌 '유성儒性'이었다. 따라서 과부들은 평생 '열녀'를 주문呪文처럼 외며 삶을 이울거나 자살을 택하였다. 이미 쉰을 훌쩍 넘겨버린 연암으로서는 차마 운용하기 어려운 이 자유로운 표현들 속에 세상과 교감이 보인다. 따라서 이 소설에서 현실 사회를 묘사해야 한다는 사실성, 혹은 문체의 곡진성을 비평하는 용어인 진절정리眞切情理를 쉽게 찾는다.

아! 밤마다 과부는 엽전을 얼마나 굴리고 또 굴렸으면 모서리가 만질만질하니 다 닳았을까. 그리고 그것을 품에 안고 있다가 자기의 아들에게 보이는 과부의 심정은 어떠하였을까 생각해본다.

제2소설은 남편을 따라 자결한 열녀 함양 박씨의 이야기로 가련한 여인에 대한 연암의 마음이 담겨져 있다. 연암은 그래서 지아비의 삼년상을 마치고 죽은 함양 박씨에게 '열녀'라는 칭호를 붙여 주고 있다. 그러나 연암이 서두에서 정의한 바, 이 '열녀'라는 어의는 그다지 아름다운 용어도 지고지순하고 애절한 사랑을 간직한 여인의 정절도 아니다. 열녀라는 풍문을 걷어낸 자리. 관습의 굴레가 그녀를 죽인 그곳에는 인간의 기본적인 성을 억압하는 상징어만이 덩그렇게 남아 있다.

열녀함양박씨전 병서

烈女咸陽朴氏傳 竝書

학생들에게 내준 리포트를 검사하다가 〈사토라레〉란 영화의 감상문을 보았다. 내용도 그렇거니와 '사토라레'란 말 자체가 흥미로워서 영화를 빌려 보았다.

'사토라레'란 일정한 범위 내의 사람들에게 자기의 생각이 들리게 하는 특이한 존재들을 말한다. 이 말은 마음속의 생각이 너무나 강하여, 그 사념파思念波를 주위의 사람들이 듣게 된다는 용어였다. 영화 전반부는 주로 사토라레의 특성을 담은 일상의 일들이 에피소드적으로 가볍게 터치하면서 지나간다.

그러나 영화의 후반부는 전반과는 사뭇 다르다. 즉, 사토라레인 주인공 켄이치가 주위 사람들에게 자기의 마음을 들키면서 겪게 되는 '인간적 고뇌'와 그를 혼자 키운 '할머니의 손자에 대한 따스한 사랑'의 시선을 앵글이 따라간다.

켄이치의 마음속은 늘 실시간으로 생중계가 되는 중이다. 그러나 할머니는 남들에게 늘 속내를 모두 들켜 버리고야 마는 사토라레로서 인간적 고뇌를 앓는 켄이치를 다르게 보지 않는다. 할머니는 다만 이렇게 말할 뿐이다.

"켄이치는 다른 사람들보다 단지 조금 더 솔직할 뿐이에요."

연암 사후 꼭 210년이다.

그런데도 우리가 연암을 주목하는 이유가 정녕 무엇이란 말인가? 그 이유를 꼭 한 가지만 들라면 연암의 글들이 그때 그 시절에 대한 '솔직한 기록'이기 때문이 아닐까 한다. "연암은 조선 후기의 그 이들보다 단지 조금 더 솔직할 뿐이지요" 하는 말은 당대의 '진실을 말하고 썼다'는 의미이니, 결코 쉬운 일이 아니었음은 연암과 같은 글들이 적다는 게 반증이다. 저 시대에 그 누가 자기의 속내를 쉬이 드러내었겠는가? 더구나 여인에 관한 일을 ─.

연암에게 있어 글쓰기는 수입종 언어로 '아방가르드avant-garde[1]적的'이다. '전위前衛'라는 뜻은 군사 용어로, 전방을 호위하는 정예부대를 지칭한다. 그런데 이 뜻이 바뀌어 혁신적인 예술 활동을 이르게 된 것이니. 연암의 글쓰기는 이에 딱 맞아떨어진다.

그것은 이 소설을 곰곰 읽어보면 열녀에 대한 칭찬이 아니라는 것에서 안다. 이것은 앞에서 언급한 연암의 누이나 아내에 대한 애틋하고 정겨운 글들과도 연결시킨다면, 조선 후기 척박하기 이를 데 없는 여인네들의 삶을 바라보는 연암의 인본주의人本主義, humanism 의식과 분명히 연결된다.

소설의 인물에 대해서도 짚고 넘어 가보자. 인물은 소설을 소설답게 하는 가장 중요한 요소이다. 소설을 공부하는 이들이 '소설이란 인물 탐구의 수단'이라고 하는 말은 '소설은 곧 인물이다'라는 명제와 같다. 현재 우리의 고소설은 제대로 대접을 받지 못하고 있는데 그 이유 가운데 하나는 바로 이 인물 묘사의 미흡함 때문이다. 그러나 「열녀함양박씨전 병서」는 고소설에 대한 저러한 폄하를 불식시킬 정도로 '인본주의'와 '인물의 내면 심리 묘사'가 꽤 좋은 소설이다.

따라서 여느 소설을 읽는다 하여도 그러하겠지만 연암소설의 글자만 따

---

1   20세기 초의 급진적인 예술운동. 즉 이탈리아의 미래파, 러시아의 구성주의, 다다이즘과 초현실주의 등을 지칭해서 쓰인다. 원래 이 용어는 불어로 전선을 넘어 적진으로 보내는 척후병, 전위(前衛)를 의미하는 군사용어였다. 문화적·이론적 언급은 르네상스시대에 구체화되었다.

라가는 축자적逐字的 해석은 통하지 않으므로 행간行間 속에 박혀 있는 연암의 뜻을 유념하여 살펴야 한다.

「열녀함양박씨전 병서」의 형식부터 살펴보자.

「열녀함양박씨전 병서」는 「열녀함양박씨전」이 아니라, 「열녀함양박씨전 병서」이다. '병서幷書'라는 단어가 덧붙어 있다. 즉, 「열녀함양박씨전 병서」는 서문 형식의 글 두 편과 본전本傳으로서 '열녀함양박씨전'이 모아져 만들어진 것이기 때문에 다소 별스런 이름을 단 것이다.

「열녀함양박씨전 병서」를 정리하면 아래와 같다.

① 서두 : 과부들에게 수절을 강요하는 우리나라의 풍속을 개탄하며 완곡하게 비판하는 글.

② 제1소설 : 일찍 과부가 된 한 여인이 깊은 고독과 슬픔을 달래기 위하여 동전銅錢을 굴리면서 아들 형제를 입신시킨 이야기.

③ 제2소설 : 통인 박상효의 조카딸인 박씨는 대대로 현리縣吏를 지낸 하찮은 집안의 딸로 태어나 19세에 함양의 아전 임술증에게 시집갔으나 성례한 지 반년도 못 되어 죽자 3년 동안 시부모를 섬기다가 남편의 대상大祥날에 약을 먹고 죽었으니 정말 열녀라는 사실담.

소설의 형식 중, 액자소설 스타일로 빚은 글쓰기라는 점이 여실하다. 세 겹으로 포장된 이 소설은 함양 박씨의 열녀 행위를 독특한 메타픽션metafiction의 형식으로 재구再構하고 있다.

'메타픽션'은 박래舶來적 비평 용어이지만, 연암이 「열녀함양박씨전 병서」라는 소설을 쓰는 기법과 유사하다. 즉 소설 창작과 비평, 그리고 소설을 짓는 것에 대한 반응들을 멀리하는 동시적 실천을 위하여 ①, ②, ③이라는 세

개의 삽화를 병치竝置한 것이 아닌가 한다.

좀 더 구체적으로 살펴보자.

①의 말미에서 연암은 과부들의 목숨을 끊는 행위를, "마치 낙지樂地, 늘 즐겁고 행복하게 살 수 있는 좋은 곳를 밟듯 하니 열녀 '열烈'은 '매서울 렬烈'이다. 어찌 지나침이 아니겠는가如踏樂地 烈則烈矣 豈非過歟?" 하고 과부 문제에 대한 자신의 부정적인 생각을 그대로 드러내었다.

②의 명관 형제와 과부 어머니의 이야기는 허구이고 ③은 연암이 안의 현감으로 있을 때 실제 겪은 사건이다. 그리고 이 세 삽화가 「열녀함양박씨전 병서」라는 소설을 만든다.

이를 메타픽션 형식으로 보고 재구하자면, 실화實話인 ③의 사단을 빌미로, ①이라는 연암의 뜻을 말하고자, ②라는 허구虛構를 꾸며, 허구와 현실의 호환互換을 통해 연암이 의도하는 대로 「열녀함양박씨전 병서」라는 소설을 창작했다는 의미이다. 즉 열녀 함양 박씨의 실화를 '-전'을 빙자한 액자 형식의 소설로 잘 짜놓은 것이다.

그러니 「열녀함양박씨전 병서」에서 작가의 목소리는 정녕 열녀 함양 박씨에 대한 진혼곡鎭魂曲이 아니다. 언뜻 보면 조선의 사회규범에 따른 예의 바른 결말인 듯하지만, 연암의 속내는 영 딴 데 있기 때문이다.

따라서 액자 형식으로 꾸며 놓은 이 소설에서 독자는 '열녀 함양 박씨' 이야기 보다는, ①과 ②의 삽화에 더 유념하여 살펴야 한다.

①의 소설적 장치부터 잠긴 빗장을 풀어 나가보자.

①은 열녀의 폐단에 대한 지적인데 제齊나라 사람인 왕촉王蠋이 주장한 '열녀불경이부烈女不更二夫'와 『시경詩經』 「용풍鄘風」의 '백주栢舟'장에 대한 언급으로부터 시작하고 있다.

밀양 박씨 열녀각, 이천시 장호원읍 이황3리

제나라 사람이 말하기를 "열녀는 두 지아비를 섬기지 아니한다" 하였다. 『시경』의 '백주'장이 바로 이것이다.

齊人有言曰 烈女不更二夫 如詩之柏舟 是也.[2]

『명심보감明心寶鑑』의 「입교편立教篇」에 보면 왕촉王蠋이 "충신은 두 임금을 섬기지 않고 열녀는 두 지아비를 섬기지 아니 한다忠臣 不事二君 烈女 不更二夫" 하였다는 말이 보인다. 이 말의 뜻이야 굳이 풀이 할 것도 없을 정도로 누구나 아는 말이다.

『시경』의 '백주'장은 「패풍」과 「용풍」 편에 보이는데 연암이 인용한 것은 「용풍」 편에 보이는 '백주'장으로 여성의 개가와 열녀 문제, 그리고 조선 후기에 이와 관련된 유사한 '열녀' 이야기 등과 깊이 엮여 있다.

---

2   박지원, 『연암집』 권1, 「열녀함양박씨전」, 경인문화사, 1982, 26쪽(이하 「열녀함양박씨전」은 모두 같은 책이다).

우선 '백주'장을 살펴본 뒤 실타래를 풀어보겠다. 그 장의 전문을 옮겨 보면 이렇다.

> 두둥실 드리운 저 잣나무 배 황하 가운데 떠 있네
> 더펄머리 드리운 저이만이 진정한 내 남편이오니
> 죽을지언정 맹세코 다른 데로 시집가지 않으리
> 어머니는 하늘이신데 어이 내 마음 몰라주시나요.
> 汎彼柏舟 在彼中河 髧彼兩髦 實維我儀 之死矢靡他 母也天只 不諒人只.

여기서 '백주'란 '잣나무로 만든 배'이다.

잣나무는 배의 재료로서 가장 좋은 품질이다. 『시경』의 글을 설명한 '모서毛序'는 이 시를 "'백주'는 공강共姜이 스스로를 다짐하는 시이다. 위衛나라의 세자인 공백共伯이 일찍 죽으니, 그의 아내인 공강이 절개를 지키고 있었는데, 부모들이 수절하려는 뜻을 빼앗아 개가를 시키려고 하니 공강은 맹세코 이를 허락하지 않았다. 그러므로 이 시를 지어 거절하였다柏舟 共姜自誓也 衛世子共伯蚤死 其妻守義 父母欲奪而嫁之 誓而弗許 故作是詩以絶之"라 되어 있다.

남편을 일찍 잃은 여인이 절개를 지킨다는 의미의 '백주지조柏舟之操'라는 말도 이에서 연유한 것이다. 공강의 부모가 과부가 된 딸을 집으로 데려다가 다른 곳으로 재가시키려 했지만, 공강은 이 시를 지어 부모의 뜻을 거절하며 끝내 승낙치 않았으니 부부 간의 사랑이 꽤나 깊었던 듯하다.

그러나 조선 사회의 관심은 오로지 '열녀'에만 두었다.

성종조成宗朝의 실록에는 '조씨녀趙氏女사건'이란 것이 보이는데 조선 후기 열녀와 관계하여 주목되는 이야기라 살피고 넘어가겠다. 이심李諶의 처妻 조씨趙氏가 과부가 된 뒤, 친지의 승낙도 받지 않은 상태에서 전前 칠원漆原 현감인 김주金澍와 혼인하여 동거하였다. 그러자 조씨의 동생이 매부인 송호와 함께 김주를 폭행하고 강간죄로 고발한 사건으로 단일 사건으로는 꽤 많은 6회에 걸쳐『조선왕조실록』기사에 보인다. 이 사건의 전말인즉 이렇다.

이심李諶의 처 조씨가 과부로 살았는데, 같은 형제인 조식趙軾과 조식의 매부인 송호宋瑚 등이 노비를 빼앗아 차지하고도 전혀 돌보아 주지 않았다. 전前 칠원 현 감김주가 슬그머니 사람으로 하여금 중매하게 했고 조씨는 친지에게 알리지 않고 성혼成婚하였다. 이를 안 조식은 매부인 송호와 함께 전후 사정을 헤아리지 않고 김주를 길에서 폭행하고 강간죄로 고발했다. 그러나 김주와 조씨녀가 이미 혼인하였기에 조식과 송호는 무고죄誣告罪로, 김주와 조씨녀는 간통죄奸通罪로 회부되었다.

이 사건은 의금부를 거쳐 내전에서까지 갑론을박을 하게 되며, 성종成宗, 1469~1494 이후 달라지는 과부의 개가 문제를 심도 있게 살필 수 있는 좋은 자료이다. 의금부의 판결 요지는 아래와 같다.

하나, 이심의 처 조씨와 김주는『대명률大明律』에 의거 장杖 80대를 처하고 이혼하게 하소서.

하나, 조진趙軫은 수범首犯이 되니, 장 1백 대에, 유流 3천 리를, 조식·송호는 종범이 되니, 장杖 1백 대에 도徒 3년을 처하되, 아울러 조정에서 내린 벼슬을 모두 추탈追奪3하소서.4

---

3   죽은 뒤에 그 사람 생전의 위훈(位勳)을 깎아 없앰.
4   『성종실록』, 성종 8년 7월 17일조.

이러한 장계를 올리자 성종은 즉각 재가하였다.

이를 모두어 보면 김주가 조씨 과부에게 중매한 예禮가 있고 날을 정한 기약도 있으며, 또 조씨 과부의 계집종이 그들 사이를 왕래했기 때문에 강간이 될 수 없고 조진 등이 누이인 조씨 과부의 재산까지 빼앗았으며 더욱이 김주를 폭행하고 강간죄로 무고하였다는 결론에 이른다. 따라서 조식·송호·조진에 대한 판결은 당연한 것이었다.

그런데 조씨녀와 김주를 '화간죄和姦罪'에 처하여 장 80대를 내린 문제는 이것으로 그치지 않았다. 『실록』을 들여다보면 이 사건으로 사헌부에서는 개가 금지를 강력히 시행할 것을 성종에게 아뢰기 때문이다. 위와 같은 날 기록인데, 그 글줄을 따라가 본다.

좌참찬 임원준任元濬·예조 판서 허종許琮·무령군武靈君 유자광柳子光·문성군文城君 유수柳洙는 의논하기를 (…중략…) 예전에 정자程子가 말하기를, '재가再嫁하는 것은 단지 후세에 추위에 주려 죽을까 두려워하여 한 것이다. 그러나 실절失節하는 일은 지극히 크고 죽는 일은 지극히 적다' 하였고 장횡거張橫渠는 말하기를, '사람이 실절한 자를 취하여 자기의 짝을 삼으면, 이것도 또한 실절한 것이다'고 하였으니, 대개 한 번 더불어 초례를 치렀으면, 종신토록 고치지 않는 것이 부인의 도道입니다. 만약 두 지아비를 고쳐 산다면, 이것을 금수와 더불어 어찌 가리겠습니까? 세속世俗이 절의節義를 돌아보지 아니하고 비록 자재資財가 풍부하여 주리고 추위를 근심하지 않는 자라도 또한 모두 재가하되, 국가에서 또한 금령禁令이 없으며, 실절한 자의 자손으로 하여금 또한 청현淸顯의 직職에 열위列位하게 하는 습관이 풍속을 이루었는데, 평범하게 보아 넘겨 괴이하게 여기지 않으니, 비록 혼인을 주관하는 자가 없더라도 스스로 중매하여 지아비를 구求하는 자까지 있습니다. 만약 이를 금하지 않는다면, 어느 곳이든 이르지 않음이 없을 것이니, 금후로는 재가한 자를 한결같이 모두 금단禁斷하고 만일 금령을 무릅쓰고 재가한 자가 있으면 아울러 실행失行한 것으로 치죄治罪하며, 그 자손도 또한 벼슬길에 들어서는 것을 허락하지 말아 절의節義를 가다듬게 함이 편하겠습니다.

하지만 이 일이 조정에서 거론되자, 일부 대신들은 조씨가 과부이고 재산을 동생에게 빼앗겨 극도로 궁핍함을 들어 조씨를 옹호하는 측도 있었다. 즉 의지가지없는 과부가 친지한테 알리지 않고 다시 시집을 간 것이니 정상을 참작해야 한다는 동정론이었다.

그러나 이 '가지기정식으로 혼인을 하지 않고 다른 남자와 사는 과부나 이혼녀의 우리말'에 대해 성종은 동정론을 따르지 않고 냉랭하게 답하였다.

지사 이극배와 성종의 대화를 들어보면 아래와 같다.

지사知事 이극배李克培는 말하였다.

"부인의 덕德은 일부一夫를 종사하는 것보다 더 큰 것은 없습니다. 그러나 조씨는 위로 부모가 없고 아래로 의뢰할 데가 없으니, 끝내 절의를 지키고 죽으면 착하겠으나, 김주를 따른 것은 부득이한 데서 나왔으니 생활할 길이 있는데도 음란한 행동을 한 자와 비교가 되지 않습니다."

임금이 말하였다.

"그렇지 않다. 공강의 백주의 일은 후세에 법으로 전할 수 있었다. 진실로 기한飢寒으로 실절하였다면, 음란한 풍습이 어찌 그쳐지겠는가? 소사所司의 말이 내 마음에 합당하니, 내 장차 짐작하여서 처리하겠다" 하였다.

이때 성종은 공강이 부른 「용풍」 '백주'를 근거로 제시하면서 아무리 의지할 데가 없다고 해도 수절하지 못한 것은 엄단해야 한다는 견해를 밝힌 것이다. '수절'은 이로부터 사회화 과정의 결과물이 되었다.

실존주의 작가인 보부아르Simone de Beauvoir, 1908~1986는 1949년『제2의 성』이란 저서에서 '여성은 태어나는 것이 아니라 만들어지는 것이다'라는 유명한 말을 하였다. 이 말은 여성은 태어나는 그 순간, 이미 사회 문화적 관습으로부터 자유로울 수 없음을 의미한다. 음양에는 원래 천벌이 없는 법이거늘, 안타깝게도 조선시대의 과부와 여성에 대한 관념 형태가 자리 잡는 순간은 이렇게 시작되었다.

이수광李睟光, 1563~16285은 『지봉유설芝峰類說』「군도부君道部, 법금法禁」에서 "개가한 집 자손을 동·서반에 올려 쓰지 않는 것은 성종조,成宗朝, 1469~1494 때 시작되었다. 사대부의 집에서는 이것을 부끄러워해서 아무리 젊은 시절에 과부가 되었어도 절대로 개가하는 자가 없었다改嫁子孫 勿敍東西班之法 始於成廟朝而士夫家取之 雖青年寡婦 絶無改醮者"라 적어 놓았다.

조선 초부터 논의되어 오던 개가 여부에 대한 시비는 이렇게 성종 16년1485에 와서 일단락되었으니,『경국대전』의 편찬을 계기로 아예 "재가하여 낳은 자손은 동·서반에 쓰지 않는다再嫁子孫 勿敍東西班" 하고 입법화한 것이다. 사실상 개가 금지와 다름이 없는 법문이니 개가를 꺼려하는 것이 하나의 습속이 된 것은 당연지사였다.

허균許筠, 1569~1618은 『성소부부고惺所覆瓿藁』권11 문8「유재론遺才論, 인재 버림을 논함」에서 그 폐단을 이렇게 적고 있다.

예로부터 지금까지 시대가 멀고 오래며 세상은 넓은데 첩이 낳은 아들이어서 어진 인재를 버려두고 어머니가 개가했으니 그의 재능을 쓰지 않는다는 말은

---

5   자는 윤경(潤卿), 호는 지봉(芝峰).

듣지 못했다. 우리나라는 그렇지 않으니 어머니가 천하거나 개가했으면 그 자손은 모두 벼슬길에 끼지 못한다.

古今之遠且久 天下之廣 未聞有孼出而棄其賢 母改適而不用其才者. 我國則不然 母賤與改適者之子孫 俱不齒仕路.

하지만 지금껏 살핀 과부의 '개가 금지'와 '정절의 이데올로기'는 원래 사대부가의 습속이었지 하층 부녀자들에게도 요구하는 것은 아니었다.

이것은 사실 『경국대전』의 법문보다도 "열녀는 두 지아비를 따르지 않고 충신은 두 임금을 섬기지 않는다烈女不更二夫 忠臣不事二君"는 유교스런 윤리사상으로 인하여 더 강조되었던 게 아닌가 한다.

이제 저간의 열녀 사정은 이만하고 「열녀함양박씨전 병서」를 보자. 연암은 개가에 대한 이러한 내력을 그 서두에 적어 놓았다.

그런데 우리나라의 법전경국대전에서는 '다시 시집간 여자의 자손에게는 정직正職, 문무 양반만이 하던 벼슬을 주지 말라'고 하였다. 이 법을 어찌 저 모든 평민들을 위해서 만들었겠는가? 그렇지만 우리나라가 시작된 이래 4백 년 동안 백성들은 오래 교화教化에 젖어 버렸다. 그래서 여자들이 귀천을 가리지 않고 집안의 높낮음도 가리지 않으면서, 절개를 지키지 않는 과부가 없게 되었다. 이것이 드디어 풍속이 되었으니 옛날 이른바 '열녀'가 이제는 과부에게 있게 되었다.

然而國典 改嫁子孫 勿敍正職 此豈爲庶姓黎 而設哉 乃國朝四百年來 百姓旣沐久道之化 則女無貴賤 族無微顯 莫不守寡 遂以成. 古之所稱烈女 今之所在寡婦也.

'열녀'와 '과부'가 동일시되는 사회적 현상의 폐단을 지적하고 있는 글이다. 본래 '개가자손 물서정직改嫁子孫 勿敍正職'[6]은 양반가에 해당하는 것이었다. 연암은 「의청소통소疑請疏通疏」라는 장문의 소疏에서 적서 차별의 폐단을 적나라하게 지적한 바 있는데 그 일부를 보면 이렇다.

아아, 왕조에서 서얼을 쓰지 않은 지가 300여 년입니다. 크게 나쁜 정사로 이보다 더한 것이 없습니다. (…중략…) 무릇 서얼庶孼, 서자와 그 자식과 정적正嫡, 본처가 낳은 아들은 진실로 차등이 있습니다만 문벌門閥[7]로 보면 또한 사족士族입니다. 진실로 국가에 무엇을 저버렸기에 금고禁錮[8]하고 폐기해서 벼슬한 사람이 늘어선 자리에 참여치 못하게 하는 것입니까.

嗚呼 國朝廢錮庶孼 三百餘年矣 爲大敝政 無過於此 (…중략…) 夫庶孼之與正嫡 誠有差等 而顧其家世 亦一士族 固何負於國家 而禁錮之廢絶之 不得齒衿紳之列哉.[9]

연암은 적서 문제를 분명히 '사대부로 한정'하며 그 폐단을 지적하고 있다. 서얼에 대한 대략의 기록을 정리해 보면 이렇다.

태종 15년[1415]에 '서얼금고법庶孼禁錮法'으로 만들어지고 세종 때는 '첩의 자식을 양자로 맞아 뒤를 잇게 하는 것을 금지'시켰으며 이 책에서 살핀 성종 때는 『대전』[10]에 서얼 자손의 '문과 생원 진사의 시험 불허를 적시'하였고 명종 10년[1555]

---

6   개가한 사람의 자식은 문무 양반만이 하던 벼슬에 기용하지 않는다.
7   대대로 내려오는 그 집안의 지체.
8   죄과 혹은 신분에 허물이 있어 벼슬에 쓰지 않음.
9   박지원, 『연암집』 권3, 「소」, 68쪽.
10 서얼차별에 관한 내용을 정리한 책으로 작자 미상이며, 18세기 후반 이후에 편찬한 『행하술(杏下述)』이란 필사본이 있다. 첫머리에 씌어진 '적얼명분변(嫡孼名分卞)'에서는 순조

『대전』을 주조할 때에 더 나아가 '자자손손'이라는 문구까지 첨부하였다. 그러나 이 제도의 폐해가 극심하므로 상소가 빗발치자 정조 1년[1777]에야 비로소 '서류허통'을 지시하나 지켜지지 않았고 순조 1년[1801]과 고종 19년[1882]으로 이어지며 잇달아 서얼허통을 법으로 허락하였으나 서얼 문제는 법적으로 폐지된 뒤에도 그대로 이어져 지금까지 여전히 버려야 할 인습으로 남아 있다.

그런데도 당시 시골의 젊은 아낙네나 뒷골목의 청상과부들은 자손의 벼슬길이 막히는 것도 아니건만, 과부의 몸을 지키며 늙어 가는 것만으로는 수절했다고 말할 수 없으니 남편을 따라 죽어 저승으로 가야만 열녀라고 생각하였다. 연암은 이러한 사회적 관습을 꼬집는 것이다.

연암은 첫 번째 이야기를 꺼낸다.

옛날에 어떤 과부의 아들 형제가 높은 벼슬을 하고 있었다. 그런데 한 사람이 벼슬길에 오르려는데 선조에 과부가 있어서 바깥 여론이 몹시 시끄럽다며 막으려 한다.

이 말을 들은 과부가, 너희들도 과부의 자식이면서 어찌 과부를 논할 수 있겠느냐면서 품속에서 동전 한 닢을 꺼내 보인다.

"이 돈에 윤곽이 있느냐?"

"없습니다."

"그럼 글자는 있느냐?"

"글자도 없습니다."

1년(1801) 때 법적으로 서얼차별을 해제하기까지 서얼차별의 유래와 제도적인 변천을 밝히고 경상도 서얼 김희용(金熙鏞) 등이 상소한 사실과 상소문을 수록했다(이 책은 국립중앙도서관에 소장되어 있다).

어머니가 눈물을 흘리면서 말했다.

"이게 바로 네 어미가 죽음을 참게 한 부적이다. 내가 이 돈을 십 년 동안이나 문질러서 다 닳아 없어진 거란다. 대저 사람의 혈기는 음양에 뿌리를 두고 정욕은 혈기로 인하여 작용하는 것이며 생각이라는 것은 고독에서 생기며 슬픔이란 것은 생각으로 인하여 일어나는 게지. 과부는 고독한 신세에 처하여 슬픔이 지극하단다. 혈기가 때로 왕성해지면 과부라고 해서 어찌 정욕이 없겠니.

日此有輪郭乎 曰無矣 此有文字乎 曰無矣 母垂淚曰 此汝母忍死符也 十年手摸磨之盡矣 大抵 人之血氣根於陰陽 情欲鍾於血氣 思想生於幽獨 傷悲因於思想 寡婦者 幽獨之處 而傷悲之至也 血氣有時而旺 則寧或寡婦而無情哉.

과부는 아들에게 정욕 운운한다.

옛날이든 지금이든 과부 어머니가 장성한 두 아들을 앞에 두고 남녀의 정욕 이야기는 내놓고 할 소리는 아닌 것 같으니, 연암의 사고를 중세에서 근대로 넘어가는 어느 지점에다가 두어서는 안 된다.

고독한 밤에는 새벽도 더디 오더구나.

그런데 연암은 한 술 더 떠 긴긴밤을 지새우는 과부의 심정을 이렇게 그려 놓았다. 앞에서 '인물의 내면 묘사 운운'한 것도 이곳 때문이다.

가물가물한 등잔불이 내 그림자를 조문하는 것처럼 고독한 밤에는 새벽도 더디 오더구나. 처마 끝에 빗방울이 뚝뚝 떨어질 때나 창가에 비치는 달이 흰빛을 흘리는 밤 나뭇잎 하나가 뜰에 흩날릴 때나 외기러기가 먼 하늘에서 우는 밤, 멀리서 닭 우는 소리도 없고 어린 종년은 코를 깊이 골고, 가물가물 졸음도 오지 않는 그런 깊은 밤에 내가 누구에게 고충을 하소연하겠느냐? 나는 그때마다 이 동전을 꺼내어 굴리기 시작했단다.

방 안을 두루 돌아다니며 둥근 놈이 잘 달리다가도, 모퉁이를 만나면 그만 멈추었지. 그러면 내가 이놈을 찾아서 다시 굴렸는데, 밤마다 대여섯 번씩 굴리고 나면 하늘이 밝아지곤 했단다. 10년 지나는 동안에 그 동전을 굴리는 숫자가 줄어들었고 다시 10년 뒤에는 닷새 밤을 걸러 한 번 굴리게 되었지. 혈기가 이미 쇠약해진 뒤부터야 이 동전을 다시 굴리지 않게 되었단다. 그런데도 이 동전을 열 겹이나 싸서 20년 되는 오늘까지 간직한 까닭은 그 공을 잊지 않으려고 하기 때문이야. 가끔은 이 동전을 보면서 스스로 깨우치기도 한단다.

殘燈吊影 獨夜難曉 若復簷雨淋鈴 窓月流素 一葉飄庭 隻鴈叫天 遠鷄無響 穉婢牢鼾 耿耿不寐 訴誰苦衷 吾出此錢而轉之 遍摸室中 圓者善走 遇域則止 吾索而復轉 夜常五六轉 天亦曙矣 十年之間 歲減其數 十年以後 則或五夜一轉 或十夜一轉 血氣旣衰 而吾不復轉此錢矣 然吾猶十襲 而藏之者 二十餘年 所以不忘其功 而時有所自警也.

"고독한 밤에는 새벽도 더디 오더구나."

과부의 방안 정경을 읽는 말마디마다 치마끈을 동여매는 여인의 슬픔이 응결되어 있다.

오죽하였으면 여인의 정절을 빙벽冰檗, 얼음을 마시고 쓴 황벽(黃藥)나무를 먹는다는 뜻으로 여자가 괴로이 절개를 지키는 것을 말함이라 하였겠는가. 과부의 성욕은 도덕의 문제였지만 조선 후기는 철저히 제도로 이를 묶어놓았다.

그래서인지, 고소설에 이렇듯 진절정리眞切情理하게 과부의 심정을 묘사하는 장면은 참으로 찾기 어렵다. 삶의 진리를 진실하게 그려낸다는 진절정리란, 사회와 인간에 대한 진지한 관심이 없이는 어려운 것이다. 여기서 연암이 그려낸 과부의 방안 정경은 그림과도 같이 생생한 활법活法이다. 양반으로서 연암도 세월을 허투루 먹은 나이가 아니련만 당대의 여느 양반과는 다른 모습이다.

과부의 심정이 이러한데도 과부는 누구나 절개를 지켜야 한다 하고 그것도 모자라 죽지 않고서는 과부의 절개가 드러나지 않는다 하니, 이 얼마나 크고 깊은 악습이요 폐단인가. 이렇듯 이 부분은 제2소설인 함양 과부의 목숨을 끊은 이야기가 결코 바람직스러운 모습이 아니라는 복선 역할을 한다.

연암은 「김유인사장金孺人事狀」이란 글에서도 의義, 절節, 열烈 중에서 열이 가장 모질다고 하였다.

> 무릇 의를 지키는 것을 일러 '절'이라 하고 절을 세우는 것을 일컬어 '열'이라 한다. 그러므로 절은 의에서 보자면 그 뜻이 더욱 모질고 열은 절에 비하여 그 행적이 더욱 모질다.
>
> 夫守義之謂節 立節之謂烈 故節視於義 其志更苦 烈比於節 其跡尤刻.[11]

이제 이야기는 연암이 안의安義고을의 원으로 재직할 때인 계축년1793으로 넘어간다.

통인通引, 심부름꾼 박상효의 조카딸이 함양으로 시집가서 일찍 과부가 되었는데 지아비의 삼년상이 끝나자 바로 약을 먹고 죽었다는 실제 사건이 있었다.

박씨는 고을 아전인 상일相一의 외동딸로 일찍이 부모를 여의고 어려서부터 조부모 손에서 자라났다. 그러다가 나이 열아홉이 되자 역시 함양의 아전의 아들인 임술증에게로 시집을 갔다. 그러나 술증은 몸이 약하여 초례醮禮를 치른 지 반년이 채 못 되어 죽고 말았다. 박씨는 예법대로 초상을 치르고

11　박지원, 앞의 책, 「김유인사장」, 26쪽.

시부모에게는 절효節孝하다 남편의 삼년상을 마치고 자결한 것이다.

그런데 참으로 이야기 속에 고약한 게 있다.

그것은 안의 과부함양박씨가 시집가기 몇 달 전에 술증의 병이 골수까지 들어 얼마 살지 못할 것을 알았다는 점이다. 그런데도 그녀는 지난번에 바느질한 옷은 자기가 시집을 가기위해 준비한 옷이 아니었느냐고 우겨 혼례의 약속을 지킨다. 당시에 정혼한 남자가 죽어서 시집도 가 보지 못한 과부를 지칭하는 까막과부망문과부라고도 한다도 있었던 시기다. 혼인이 이미 '혼인을 맺기로 약속한 때'부터 시작됨을 알 수 있다. 결국 안의 과부는 비록 혼인을 했다지만, 사실은 빈 옷만 지키다가 이 세상을 떠난 것이니 안타깝기 그지없다.

결국 안의 과부의 생목숨을 앗아간 것은 그녀 자신이 아닌 조선 사회였다. 조선 후기, 과부가 된다는 것은 죽을 자리를 이미 보아둔 것이었다.

연암의 마지막 말을 들어 보자.

아아, 슬프다. 처음 상복을 입고도 죽음을 참은 것은 장사를 지내야 했기 때문이었고 장사를 끝낸 뒤에도 죽음을 참은 것은 소상小祥이 있기 때문이었다. 소상을 끝낸 뒤에도 죽음을 참은 것은 대상大祥이 있기 때문이었다. 이제 대상도 다 끝나서 상기喪期를 마치자, 지아비가 죽은 것과 같은 날 같은 시각에 죽어 그 처음의 뜻을 이루었다. 어찌 열부가 아니랴?

噫 成服而忍死者 爲有窆空也 旣葬而忍死者 爲有小祥也 小祥而忍死者 爲有大祥也 旣大祥 則喪期盡 而同日同時之殉 竟遂其初志 豈非烈也.

유가적 사상에서 출발한 '열烈'은 자의적 현상이었으나 조선 후기로 오며 이것은 타의적으로 변하였다.

앞에서 우리는 「호질」의 동리자라는 여인을 만났었다. 동리자는 '각성바지 아들이 다섯'이나 되는데도 정절이 높다고 나라에 이름을 떨쳤다. 그런데 안의 과부는 제대로 함께 살아보지도 못한 남편을 따라서 죽어 버렸다. 정작 절열節烈을 지켜야 할 웃분들은 놀아나고 엉뚱하게도 천한 아랫것이 절열을 지킨다고 목숨을 버리는 이러한 모순된 사회를 어떻게 읽어야 할까.

한편으로는 고해苦海인 세상, 평생토록 과부로 사느니 차라리 모진 목숨 버리는 편이 나은 지도 모르겠지만 안의 과부가 안쓰러운 것은 사실이다.

연암 또한 이 소설의 맨 마지막을 "어찌 열부가 아니랴豈非烈也?"고 설의법으로 끝내는 것을 보면 그의 대답은 자명하다. 연암은 안의 과부의 행위를 바람직스럽게 여기지 않음이 역력하다. '은결된 그녀의 마음'을 알지만 그것은 도를 넘는 절열사상이기 때문이다.

그런데 과부를 죽음이라는 극단으로 몰아넣는 이 전통이 개화기까지 이어졌다. 기록들을 찾으면 유인석1842~1915의 「열녀 여종 연덕전」·「열부 양부전」, 김택영의 「열녀 김이익 이씨전」·「열녀 현덕기처 김씨전」 등 이루 헤아릴 수조차 없다. 차이는 누그러졌을망정 과부에 대한 관습은 1930년대 주요섭朱耀燮, 1902~1972의 「사랑손님과 어머니」의 '화냥년'을 거치며 꽤 오랫동안 이어졌다.

그 시대를 살았던 그녀들에게 진혼곡을 보낸들 받을까마는 생목숨과 바꾼 가슴 아픈 수절을 어찌 낮추어 보겠는가.

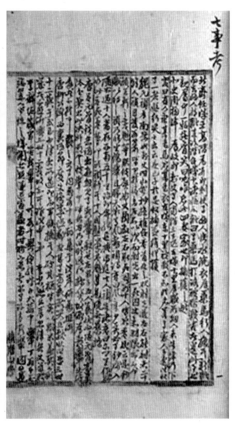

『면양잡록(沔陽雜錄)』 표지와 '칠사고' 부분, 단국대 연민문고에 소장

이 책은 연암이 면천 군수로 재직할 때 집필한 책이다. 『면양잡록』은 총 8책의 필사본으로, 현재는 6책(2, 3, 4, 6, 7, 8책)만 남아 있는 결본(缺本)이다. 우측에 '칠사고(七事考)'는 『경국대전』 규정에 나오는 '수령칠사(守令七事)'로 수령이 해야 할 7가지 업무라는 말이다. '칠사고' 좌측 하단에 '연암산방(燕巖山房)'이라 새겨져 있는 박지원의 가장본(家藏本)으로 연암의 친필이 많이 보인다. '간활식(奸猾息)'은 수령으로서 '간사하고 교활한 자를 없애야 한다'는 의미이다.

작성된 시기는 연암이 면천 군수로 재임했던 1797년 7월부터 1800년 8월 사이로 추정한다.

이 책 권8에 수록된 「박열부전(朴烈婦傳)」이 「열녀함양박씨전」의 초고이다.

제題 "연암소설" 12편후後

이제 연암의 소설을 모두 살펴보았다.

지금까지 이 글은 '개를 키우지 마라'는 화두를 잡고 연암소설 12편을 각각 따로 살폈다. 18살 즈음의 「마장전」에서부터 50대의 「열녀함양박씨전병서」까지, 그 처음과 끝이 따로 없이 모두 하나의 이야기로 마치 뫼비우스 Mobius 띠[1]처럼 동선動線을 이룬다.

12편의 작품이 다룬 주제는 다르지만 '양반들에게서 부조리를 찾고 낮은 백성들의 절박한 삶에 시선을 두고서 바른 삶 법을 제시'한다는 점에서 내면적 통일성을 이룬다.

이것은 연암소설 모두 가담항설街談巷說이 소설의 생성공간이요, 연암이 자기 검열하듯 조선 후기의 그들이 살아가는 이야기를 천착하여 인정물태人情物態를 그려냈다는 진실성眞實性, 삶의 참다운 모습과 인생의 진실을 추구함 덕분이다. 여기에 천박한 소설이라는 장르로 양반이란 우상偶像의 동굴을 해체하였다는 아이러니, 그리고 소설의 효용성效用性을 중시하여 세교론世敎論과 감계론鑑戒論을 잔뜩 품었다는 소설적 특성도 보았다. 아마도 이것은 상사람들과 부조리한 양반의 괴리를 응시한 실학자 지식인으로서 고뇌가 작가 정신으로 화한 결과이다. 그래서인지 연암은 선善한 의지가 전경화前景化하여 자칫 '윤리학 교과서'로 읽힐까 염려하여 '재미'와 '카타르시스catharsis, 淸淨·淨化'를 안겨 주는 글투의 묘미와 독자의 몫으로 남겨 둔 결말을 허구성虛構性 옆에 놓아두는 것을 잊지 않았다.

정론성正論性을 강조하는 데서 빚어진 문학적 심미성審美性을 그렇게 역설逆

---

1   사각형의 띠를 한 번 비틀어서 양쪽 끝을 이어 붙인 것으로 면의 안팎이 없다.

^說과 풍자^{諷刺}, 기지^{奇智} 따위의 문체적 수사를 통하여 독자에게 다가간다. 연암소설에서 우리가 '언어의 맛^{言語有味}'을 느끼는 이러한 요량 때문이다.

또한 연암소설 12편은 조선 후기의 구체적 현실과 각다분한 삶을 사는 낮은 백성들의 삶의 포착이라는 사회사적 의미의 증언적 기록 위에 허구를 얹어 놓은 근대적 성격의 한문단편소설이라는 가치평가도 뒤로 미룰 수 없다. 「마장전」・「예덕선생전」・「민옹전」・「양반전」・「광문자전」・「우상전」・「역학대도전」・「봉산학자전」・「열녀함양박씨전 병서」에서 낮은 백성과 높은 양반, 선과 악, 계층적 질서를 뒤집는 인간상, 정의와 위선, 속악한 관습 등의 부조리한 삶의 세계를 드러내고 거간꾼, 분뇨수거인, 걸인, 역관, 과부 등의 개성적이고 새로운 인간상을 등장시켜 '조선의 바람직한 대안적 인간형'을 모색하여 부조리한 세계를 명징하고 예리하게 짚어내었다. 저들은 조선에 늘 있던 인물들이나 연암에 의해 새롭게 발견된 순결한 사람들이었으니 연암소설이 낯설게 보이는 것은 이 이유가 한 몫을 단단히 한다.

「민옹전」・「김신선전」에서는 비록 삶의 외곽에 살지라도 세속을 초월할 수 없다는 은유가 분명히 깔려 있고 「호질」・「허생전」은 필묵을 가장 두두룩하게 놓고 간 작품들로 지배층의 도덕불감증과 부끄러운 경제와 국방이라는 치부를 노출시켜 조선의 총체적 부실을 비판하는 한편 대안을 제시하고 있다.

연암소설이 여전히 우리의 현실에 화두로 놓이는 이유는, 양반에서 낮은 백성까지 공생할 수 있는 가능성의 지평을 열어놓고 만인이 공유할 수 있는 화창한 질서를 꿈꾸게 하는 '희망의 지렛대'가 그 소설 속에 있기 때문이다. 귀담아들어야 할 말이 한 둘이 아니지만 그제나 지금이나 '개를 키우지 마라'와 같은 푼푼한 정을 삶의 곁에 놓아둘 줄만 안다면 연암이 꿈꾸었던 '화창한 질서'에 접근도 가능한 것이 아닌가 한다.

소설로 친친 동여맨 실타래를 풀어 '연암소설의 진실'이란 꾸리를 보았으면 좋으련마는 내 깜냥으로 어림도 없음을 다시금 고백하지 않을 수 없다. '사시斜視로는 외쪽 송사 밖에 안 된다'는 글발이 섬뜩하다.

마지막으로 '문학작품 해석'에 대해 한 마디 덧붙이겠다. 작품의 해석은 문학연구의 본령임에 틀림없지만 '연구자 그 누구도 해석을 결정지을 수 없다'는 명백한 진리이다. 더구나 허구스런 소설의 글마디는 두고두고 읽혀지고 해석될 것이다. 독서인들의 깊은 고뇌를 기대한다.

제목題目	연도年度	의식意識	주인공의 사회계층	분량	소설의 시점視點	주제主題
마장전 馬駔傳	1756년20세 무렵	인본주의 사회비판	광인狂人	단편 소설	3인칭 전지적 작가	양반 사대부 우도의 변질에 대한 비판과 천인들의 바람직한 우도론
예덕선생전 穢德先生傳	1756년20세 무렵	인본주의 사회비판 중농의식	천인 역부	단편 소설	3인칭 작가 관찰자	천인역부의 긍정적 삶과 양반의 우도에 대한 비판
민옹전 閔翁傳	1757년21세 무렵	사회비판	중인무반	단편 소설	1인칭 관찰자	무위도식하는 경화사족 비판과 신분적 한계를 절감하는 중인의 삶
양반전 兩班傳	1764년28세 무렵	사회비판	몰락 양반	단편 소설	3인칭 전지적 작가	양반들의 부도덕함을 비판과 풍자
김신선전 金神仙傳	1765년29세 무렵	사회비판	중인	단편 소설	1인칭 관찰자	세상에서 뜻을 얻지 못하여 신선이 될 수 밖에 없는 사회비판
광문자전 廣文者傳	「광문자전」18세 무렵 「서광문전후」 1764년28세 무렵	인본주의 사회비판	종로 거지	단편 소설	3인칭 전지적 작가→ 1인칭 관찰자	천인 광문의 순진성과 거짓 없는 인격
우상전 虞裳傳	1767년31세 무렵	사회비판	중인역관	단편 소설	1인칭 관찰자	신분적 한계를 절감하는 중인의 삶과 인재등용의 문제점
역학대도전 易學大盜傳	1767년31세 무렵	사회비판	소실되어 구체적으로 알 수 없음			위학자僞學者의 배격
봉산학자전 鳳山學者傳	1767년31세 무렵	사회비판	소실되어 구체적으로 알 수 없음			위학자僞學者의 배격
호질 虎叱	1780년44세 무렵	사회비판	위학자僞學者	단편 소설	1인칭 관찰자 →3인칭 전지적 작가	위선적인 양반 사대부에 대한 비판
허생 許生	1780년44세 무렵	사회비판	몰락 양반	중편 소설	1인칭 관찰자 →3인칭 전지적 작가	정치, 사회, 경제적으로 총체적 문제점을 드러낸 당대 비판
열녀함양박씨전 병서 烈女咸陽朴氏傳幷書	1793년57세 무렵	인본주의 사회비판	과부	단편 소설	3인칭 전지적 작가→ 1인칭 관찰자	과부의 절열사상 비판